태엽 감는 새 연대기 2

일러두기

1. 이 책은 무라카미 하루키가 직접 개고한 문고본(신초샤, 1997)을 기준으로 새로 번역했다.

태엽 감는 새 연대기

무라카미 하루키

김난주 옮김

ねじまき鳥クロニクル

2 예언하는 새

민음사

NEJIMAKIDORI KURONIKURU VOL. 2
YOGEN SURU TORI-HEN
by Haruki Murakami

Copyright © 1994 Haruki Murakami
All rights reserved.
Originally published in Japan by SHINCHOSHA Publishing Co., Ltd., Tokyo.

Korean translation rights arranged with
Haruki Murakami, Japan through THE SAKAI AGENCY.

Korean Translation Copyright © Minumsa 2018

2 예언하는 새

I   도둑 까치

3 새 잡이 사내

2

예언하는 새

1984년 7월에서 10월

I

가능한 한 구체적인 것,

문학에서의 식욕

버스 정거장에서 마미야 중위를 배웅했던 그날 밤, 구미코는 집에 들어오지 않았다. 나는 책을 읽고 음악을 들으며 그녀가 돌아오기를 기다렸지만, 시곗바늘이 12시를 넘자 포기하고 침대에 들어갔다. 그리고 불을 켜 놓은 채 나도 모르게 잠이 들고 말았다. 눈을 뜬 것은 아침 6시 전이었다. 창밖이 환했다. 얇은 커튼 너머로 새들이 지저귀는 소리가 들렸다. 침대 옆자리에 아내는 없었다. 하얀 베개는 예쁘게 부푼 그대로였다. 밤사이에 거기에 머리를 누인 사람은 아무도 없는 듯했다. 침대 옆 테이블에는 갓 빨아 갠 그녀의 여름 잠옷이 놓여 있었다. 내가 빨아서, 내가 갰다. 나는 머리맡의 불을 끄고, 시간의 흐름을 정리하듯이 크게 한 번 심호흡을 했다.

잠옷 차림으로 집 안을 죽 찾아보았다. 우선 부엌에 갔다가 거실을 돌아보고, 그녀의 방을 들여다보았다. 욕실과 화장실 문도 열어 보고, 혹시나 해서 벽장까지 열어 보았다. 하지만 어디에도 구미코의 모습은 없었다. 집 안은 기분 탓인지 고요해 보였다. 마치 내가 돌아다녀, 그 고요한 조화를 무의미하게 깨트리는 것 같았다.

이렇다 하게 할 일이 없어서, 부엌에 가서 주전자에 물을 받아 가스 불에 올려놓았다. 물이 끓자 커피를 내리고, 식탁 앞에 앉아 마셨다. 그리고 토스터에 구운 빵과, 냉장고에서 꺼낸 감자 샐러드를 같이 먹었다. 혼자서 아침을 먹기는 참 오랜만이었다. 생각해 보면 우리는 결혼해서 지금까지, 단 한 번도 아침을 거른 적이 없었다. 점심을 거르는 일은 종종 있었고, 저녁도 때로는 걸렀다. 그러나 무슨 일이 있어도 아침만은 거르지 않았다. 그것은 일종의 암묵적인 약속이었고, 거의 의식에 가까운 행위였다. 우리는 아무리 늦게 자도, 아침에는 일찍 일어나 가능한 한 반듯하게 아침을 준비해서, 시간이 허락하는 한 천천히 먹었다.

그러나 그날 아침, 구미코는 없었다. 나는 조용히 혼자 커피를 마시고, 조용히 혼자 빵을 먹었다. 건너편에는 사람 없는 의자가 하나 있을 뿐이었다. 그 의자를 보면서, 그녀가 어제 아침에 뿌린 향수를 떠올렸다. 그리고 그 향수를 그녀에게 선물했을지도 모를 남자를 상상해 보았다. 나는 구미코가 침대에서 어떤 남자와 껴안고 자는 모습을 떠올렸다. 그 남자의 손이 그녀의 알몸을 애무하는 장면을 상상했다. 어제 아침에 원피스 지퍼를 올릴 때 보았던, 그녀의 도자기처럼 매끈한 등을 떠올렸다.

왜 그런지 몰라도, 커피에 비누 맛이 섞여 있었다. 한 모금 마시고 나자, 입안에 텁텁한 뒷맛이 남았다. 처음에는 착각인가 했는데 다시 한 모금을 마셔 봐도 역시 같은 냄새가 났다. 컵에 남은 커피를 싱크대에 버리고, 다른 컵에 커피를 따라 마셔 보았다. 여전히 비누 냄새가 났다. 왜 비누 냄새가 나는지 이해할 수 없었다. 커피포트도 잘 씻었고, 물에도 문제가 없었다. 하지만 분명히 비누이거나 화장수 같은 냄새가 났다. 나는 커피포트에 남은 커피를 다 버리고, 다시 물을 끓이려다 도중에 귀찮아서 그만두었다. 그리고 컵에 수돗물을 받아, 커피 대신 마셨다. 딱히 커피가 마시고 싶은 것도 아니었다.

9시 반이 되기를 기다렸다가 그녀의 회사로 전화를 걸었다. 전화를 받은 여자에게 오카다 구미코를 부탁한다고 말했다. 오카다 씨가 아직 출근을 안 한 것 같은데요 하고 그녀는 말했다. 나는 고맙다고 말하고 전화를 끊었다. 그리고 불안할 때 자주 그러듯 집 안 청소를 했다. 헌 신문과 잡지를 끈으로 묶고, 부엌 싱크대와 식기장을 깨끗하게 닦고, 화장실과 욕조를 청소했다. 유리 세정제를 뿌려 거울과 유리창을 닦고, 전등갓을 벗겨 씻었다. 시트를 걷어 내어 빨고, 새 시트를 깔았다.

11시가 되어 다시 구미코의 회사에 전화를 걸어 보았다. 같은 여자가 받아 같은 대답을 했다. 오카다 씨는 아직 출근을 안 했는데요 하고 그녀는 말했다.

"오늘은 결근인가요?" 하고 나는 물어보았다.

"글쎄요, 그런 말은 못 들었는데." 그녀의 목소리에는 어떤 감정도 담겨 있지 않았다. 있는 사실을 그대로 말할 뿐이었다.

아무튼 11시가 되었는데도 구미코가 출근하지 않았다는 것은 예삿일이 아니었다. 출판사의 편집부는 일반적으로 근무 시간이 들쭉날쭉하지만, 구미코가 다니는 곳은 그렇지 않다. 그들은 건강과 자연식품에 관한 잡지를 만들고, 그들이 관계하는 필자와 식품 회사와 농장과 의사 등은 모두 아침 일찍 일어나 일하고, 저녁때는 일을 끝내는 사람들이다. 그래서 구미코와 구미코 동료들도 거기에 맞춰 아침 9시면

전원이 출근하고, 작업에 쫓기는 시기가 아니면 6시까지는 보통 퇴근한다.

전화를 끊고서 침실에 가 벽장에 걸린 구미코의 원피스와 블라우스와 스커트를 죽 살펴보았다. 만약 집을 나간 거라면, 구미코는 자기 옷을 들고 갔을 것이다. 물론 나는 그녀의 옷을 전부 기억하지는 못한다. 내 옷도 미처 다 기억하지 못하는데, 타인의 옷을 일일이 기억할 리 없다. 하지만 나는 구미코의 옷을 세탁소에 맡기고 찾아오는 일도 많기 때문에, 그녀가 어떤 옷을 즐겨 입고, 어떤 옷을 소중하게 여기는지 대략 파악하고 있었다. 그리고 내 기억에 그녀 옷은 벽장에 대충 정리되어 있다.

게다가 구미코는 옷을 들고 나갈 여유는 없었을 것이다. 그녀가 어제 아침 집을 나설 때 어떤 차림이었는지, 다시 한번 정확하게 떠올려 보았다. 어떤 옷을 입고, 어떤 백을 들고 있었는지. 그녀가 지니고 나간 것은, 늘 회사에 갈 때 드는 숄더백뿐이었다. 거기에는 수첩과 화장품과 지갑과 펜과 손수건과 화장지 등등이 빡빡하게 들어 있다. 도저히 여벌의 옷이 들어갈 만한 가방이 아니다.

그녀의 서랍장을 열어 보았다. 서랍 안에는 액세서리와 양말과 선글라스와 속옷과 스포츠웨어가 반듯반듯하게 정리되어 있었다. 그중에서 뭐가 사라졌는지는 전혀 알 수 없다. 어쩌면 팬티나 스타킹 정도는 숄더백에 들어갈지도 모른다. 하지만 그런 건 굳이 가져가지 않아도, 어디서든 쉽게 살 수 있다.

욕실에 가서 화장품 선반의 서랍을 다시 한번 점검했다. 거기에도 이렇다 할 변화는 없었다. 자잘한 화장품과 갖가지 액세서리가 오밀조밀 들어 있을 뿐이었다. 나는 예의 크리스티앙 디오르 향수의 뚜껑을 열어 다시 냄새를 맡았다. 어제 아침과 똑같은 향이 났다. 여름날의 아침에 어울리는 하얀 꽃의 향기다. 그리고 나는 또 그녀의 귀와 하얀 등을 떠올렸다.

나는 거실로 돌아가 소파에 드러누웠다. 그리고 눈을 감고 귀를 기울였다. 하지만 시계가 때를 새기는 소리 외에 소리다운 소리는 들리지 않았다. 지나가는 차 소리도 지저귀는 새소리도, 전혀 들리지 않는다. 이제 뭘 하면 좋을지, 나는 알 수 없었다. 다시 한번 그녀 회사에 전화를 걸려고 수화기를 들고 다이얼을 돌리다가, 또 같은 여자가 받을 걸 생각하니 마음이 무거워 수화기를 내려놓았다. 이제 내가 할 수 있는 일은 없었다. 내가 할 수 있는 일은, 그저 가만히 기다리는 것뿐이다. 어쩌면 그녀가 나를 버렸는지도 모른다 ― 무슨 이유인지는 모른다, 그러나 아무튼 일어날 수 있는 일이다. 그러나 그런 경우에도 그녀는 아무 말 않고 나를 버릴 사람은 아니다. 만약 구미코가 내 곁을 떠나려 했다면, 왜 내 곁을 떠나려 하는지 그 이유를 가능한 한 정확하게 내게 전하려 했을 것이다. 그 점에 대해서는 거의 100퍼센트 확신이 있었다.

어쩌면 그녀는 사고를 당했는지도 모른다. 차에 치여 병원에 실려 갔는지도 모른다. 의식을 잃은 채 수혈을 받고 있는지도 모른다. 그런 생각을 하자 가슴이 쿵쿵 뛰었다. 그러나 그녀의 가방 안에는 운전면허증과 신용카드와 주소록도 들어 있다. 만약 사고를 당했다면 병원이나 경찰에서 연락이 왔을 것이다.

나는 툇마루에 앉아 멀거니 마당을 바라보았다. 그러나 실제로는 아무것도 보고 있지 않았다. 뭐라도 생각하자고 마음먹었지만, 의식을 한 가지에 집중할 수 없었다. 나는 원피스 지퍼를 올릴 때 보았던 구미코의 등을 몇 번이나 몇 번이나 떠올렸다. 귀 뒤에서 풍기던 향수 냄새를 떠올렸다.

1시 넘어서 전화벨이 울렸다. 나는 소파에서 벌떡 일어나 수화기를 들었다. "여보세요, 오카다 씨 댁인가요?" 가노 마르타의 목소리였다.

"네."

"저는 가노 마르타라고 합니다. 실은 고양이 일로 전화를 드렸는데요."

"고양이?" 하고 나는 멍한 목소리로 말했다. 고양이 따위는 까맣게 잊고 있었다. 그러고는 물론 고양이를 떠올렸다. 아주 오랜 옛일처럼 느껴졌다.

"부인께서 찾고 있는 고양이 말이에요." 하고 가노 마르타는 말했다. "네, 그렇죠, 물론." 하고 나는 말했다.

가노 마르타는 전화 저편에서 무언가를 가늠하듯 잠시 말이 없었다. 내 목소리에서 뭔가를 느꼈는지도 몰랐다. 나는 헛기침을 하고, 수화기를 다른 손에 바꿔 들었다.

잠시 후에 가노 마르타가 말했다. "고양이는 어지간한 일이 없는 한 두 번 다시 찾을 수 없지 않을까 합니다. 안된 일이지만, 포기하시는 편이 좋겠어요. 고양이는 떠났습니다. 아마 돌아오지 않겠지요."

"어지간한 일이 없는 한?" 하고 나는 되물었다. 하지만 대답은 없었다.

가노 마르타는 한참이나 아무 말이 없었다. 나는 그녀가 다시 말하기를 기다렸지만, 아무리 귀를 기울여도 수화기에서는 숨소리 하나 들리지 않았다. 전화기가 고장 난 게 아닐까 하고 생각할 무렵에야 그녀가 겨우 입을 열었다.

"오카다 씨." 하고 그녀가 말했다. "이런 말씀은 실례가 될지도 모르겠지만, 고양이 외에 제가 도울 수 있는 일이 있을까요." 나는 그 물음에 바로 대답할 수 없었다. 수화기를 든 채 뒤에 있는 벽에 기댔다. 말이 나오기까지 잠시 시간이 걸렸다.

"여러 가지 일들이 아직 분명치 않습니다." 하고 나는 말했다. "분명한 것은 아직 아무것도 몰라요. 다만 머릿속으로 생각하고 있을 뿐입니다. 하지만 아무튼 아내가 집을 나가 어디 간 것 같습니다." 그리고 나는 구미코가 어젯밤 돌아오지 않았고, 오늘도 아직 출근하지 않았다고 가노 마르타에게 설명했다.

가노 마르타는 전화기 저편에서 생각에 잠기는 듯했다.

"걱정이 크시겠군요." 하고 가노 마르타는 말했다. "지금 시점에 제가 드릴 수 있는 말씀은 없습니다. 그러나 아마 조만간, 이런저런 일들이 명확해지겠지요. 지금은 기다리는 수밖에 없습니다. 괴로우시겠지만, 만사에는 때가 있는 법이죠. 밀물과 썰물처럼 말이에요. 아무도 그걸 바꿀 수 없습니다. 기다려야 할 때에는 기다리는 수밖에 없어요."

"저, 가노 마르타 씨, 고양이 일로 신세를 많이 졌는데 이런 말을 해서 죄송하지만, 나는 상투적인 일반론을 듣고 싶은 게 아닙니다. 그리고 불길한 예감이 들어요. 하지만 어쩌면 좋을지, 전혀 모르겠습니다. 저는 이 전화를 끊은 다음 뭘 하면 좋을지도 모른다고요. 내가 원하는 것은 아무리 사소하고 작은 것이라도 좋으니까, 구체적인 사실입니다. 아시겠어요? 눈으로 볼 수 있고, 손으로 확인할 수 있는 사실 말입니다."

전화기 저편에서, 무언가가 바닥에 떨어진 듯한 소리가 들렸다. 그렇게 무겁지 않은, 가령 황동 구슬 같은 것이 바닥에 떨어진 소리다. 그리고 무언가가 스치는 소리가 들렸다. 트레이싱 페이퍼를 손가락 사이에 끼고 힘껏 잡아당기는 듯한 소리다. 그 움직임은 수화기에서 그렇게 멀지도, 그렇게 가깝지도 않은 장소에서 일어난 듯했다. 하지만 가노마르타는 딱히 그런 소리에 신경 쓰지 않는 눈치였다.

"알겠습니다. 구체적인 것이 좋다는 말씀이지요." 가노 마르타는 밋밋한 목소리로 말했다.

"그래요. 최대한 구체적이면 좋겠습니다."

"전화를 기다려야 합니다."

"전화는 지금도 기다리고 있어요."

"아마, 이름 첫 글자가 오인 사람에게서 곧 전화가 걸려 올 거예요."

"그 사람이 구미코에 대해서 뭘 알고 있나요?"

"거기까지는 모르겠군요. 뭐라도 좋으니, 구체적인 사실이 알고 싶다고 하셔서 말씀드렸을 뿐입니다. 그리고 또 한 가지, 근일 중에 반달이 며칠 동안 떠 있을 거예요."

"반달?" 하고 나는 말했다. "하늘에 뜬 달을 말하는 건가요?"

"그래요. 하늘에 뜬 달입니다. 그러나 아무튼, 오카다 씨, 기다리셔야 해요. 기다리는 게 전부입니다. 그럼 또 조만간." 하고서 가노 마르타는 전화를 끊었다.

나는 책상 위에서 전화번호 목록을 가져와, '오' 페이지를 펼쳤다. 거기에는 모두 네 사람의 이름과 주소와 전화번호가, 구미코의 조그맣고 꼼꼼한 글씨로 적혀 있었다. 제일 위에 우리 아버지의 이름 — 오카다 다다오 — 가 있었다. 그 밑은 오노다라는 내 대학 시절 친구, 또 그 밑은 오쓰카 치과, 그리고 동네 술 가게 오무라 주점이었다.

우선 술 가게는 제외해도 될 것이다. 술 가게는 걸어서 10분 거리에 있지만, 간혹 전화를 걸어 맥주를 상자로 배달시키는 것 외에 우리와 그 술 가게 사이에 특별한 관계는 하나도 없다. 치과 의사도 그렇다. 이 년 전쯤에 내가 그 치과에서 어금니 치료를 받았지만, 구미코는 그 치과에 간 적이한 번도 없었다. 그녀는, 적어도 나와 결혼한 후에는 어떤 치과에도 간 적이 없었다. 오노다라는 친구와는 벌써 몇 년이나 만나지 않았다. 그는 대학을 졸업하고 은행에 취직한 다음, 이 년째 되는 해에 삿포로 지점으로 발령이 떨어진 후에는 죽 홋카이도에 살고 있다. 지금은 연하장이나 주고받는 정도다. 그가 구미코를 만난 적이 있는지조차 기억나지 않았다.

마지막 남은 것은 우리 아버지뿐이었다. 하지만 구미코가 우리 아버지와 무슨 깊은 관계가 있으리라는 생각은 들지 않았다. 어머니가 돌아가시고 아버지가 재혼한 후로, 나는 아버지를 만난 적도 없거니와 편지를 주고받은 적도, 통화를 한 적도 없다. 그리고 구미코는 단 한 번도 우리 아버지를 만난 적이 없다.

전화번호 목록을 홀홀 넘기면서 바라보다가, 나는 우리가 얼마나 교제 범위가 좁은 부부인지를 새삼스럽게 깨달았다. 결혼하고서 육 년간, 우리는 직장 동료와의 편의적인 교류를 제외하면, 거의 아무와도 관계를 맺지 않고 단둘이 움츠리고 생활한 것이나 다름없었다.

점심은 또 스파게티를 만들어 먹기로 했다. 딱히 배가 고픈 것은 아니었다. 배가 고프기는커녕 식욕조차 거의 없었다. 하지만 마냥 소파에 앉아 전화벨이 울리기만을 기다릴 수도 없었다. 일단 어떤 목표를 향해 몸을 움직일 필요가 있었다. 나는 냄비에 물을 담아 가스 불에 올려놓고, 물이 끓을 때까지 FM 라디오를 들으면서 토마토소스를 만들었다.

FM방송에서 바흐의 무반주 바이올린 소나타가 흘러나왔다. 연주 자체는 아주 매끄러운데, 뭔가 모르게 사람을 답답하게 하는 것이 있었다. 그 원인이 연주자 쪽에 있는지, 또는 음악을 듣고 있는 나의 정신 상태에 있는지는 알 수 없었지만, 아무튼 나는 라디오 스위치를 끄고 묵묵히 요리를 계속했다. 뜨거워진 올리브 오일에 마늘을 넣고, 잘게 다진 양파와 함께 볶았다. 양파가 노릇노릇해질 무렵에 미리 썰어서 물을 걸러 둔 토마토를 넣었다. 무언가를 썰고 볶는 것은 나쁘지 않았다. 거기에는 확실한 감촉이 있고, 소리가 있고, 냄새가 있다.

물이 끓자 소금을 뿌리고, 스파게티를 한 움큼 넣었다. 그리고 타이머를 10분으로 설정하고, 싱크대에서 설거지를 했다. 그러나 완성된 스파게티가 앞에 놓여 있는데도 식욕은 전혀 일지 않았다. 겨우 절반을 먹고 나머지는 버렸다. 남은 소스는 용기에 담아 냉장고에 보관했다. 어쩔 수 없지 뭐. 애당초 식욕이 없었으니.

옛날에 무언가를 기다리는 내내 끊임없이 먹는 남자의 이야기를 어딘가에서 읽은 기억이 있다. 오랫동안 골똘히 생각한 후에야, 헤밍웨이의 소설 『무기여 잘 있어라』임이 떠올랐다. 주인공은(이름은 잊었다.) 이탈리아에서 보트를 타고 국경을 넘어 스위스로 탈출해, 조그만 마을에서 아내의 출산을 기다린다. 기다리는 동안, 그는 툭하면 건너 카페에 가서 뭔가를 마시고 먹는다. 소설의 줄거리는 거의 기억나지 않았다. 내가 기억하는 것은 주인공이 이국땅에서 아내의 출산을 기다리며 계속 식사를 하는, 결말에 가까운 그 장면 뿐이다. 내가 그 장면을 잘 기억하는 이유는, 강렬한 리얼리티가 포함된 것처럼 느꼈기 때문이다. 불안해서 음식이 목에 넘어가지 않는 것보다는 이상할 정도로 왕성한 식욕이 오히려 문학적으로 리얼하다는 느낌이 들었던 것이다.

하지만 조용한 집에서 시곗바늘을 바라보며 무슨 일이 생기기를 이렇게 기다리자니, 『무기여 잘 있어라』의 그 장면과는 달리 식욕은 전혀 일지 않았다. 그러다 식욕이 없는 것은, 어쩌면 내 안에 문학적 리얼리티가 없기 때문은 아닐까 하는 생각이 들었다. 나 자신이 맛없게 쓰인 소설의 일부가 된 듯한 기분이 들었다. 너는 어차피 리얼이 아니야 하고 누군가가 규탄하는 것처럼. 어쩌면 실제로도 그럴지 모른다.

전화벨이 울린 것은, 오후 2시 조금 전이었다. 나는 바로 수화기를 들었다.

"오카다 씨 댁입니까?" 귀에 익은 남자 목소리가 들렸다. 낮고 매끄러운, 젊은 남자의 목소리다.

“그런데요.” 하고 나는 다소 긴장한 목소리로 말했다.

“2번길 25의 오카다 씨 맞으시죠?”

“맞습니다.”

“오무라 주점입니다. 늘 이용해 주셔서 감사합니다. 수금을 하러 찾아뵙고 싶은데요, 괜찮으세요?”

“수금이요?”

“네, 맥주 두 상자와 주스 한 상자 대금입니다.”

“알겠습니다, 지금 집에 있습니다.” 하고 나는 말했다. 그리고 우리의 대화는 끝났다.

나는 수화기를 내려놓고, 그 대화 속에 구미코에 관한 어떤 정보가 담겨 있는지를 생각해 보았다. 그러나 어느 각도로 보나, 수금을 위해 술 가게에서 건 짧고 현실적인 전화였다. 나는 틀림없이 맥주와 주스를 주문했고, 술 가게는 그것들을 배달했다. 30분 후에 술 가게 사람이 찾아와, 나는 맥주 두 상자와 주스 한 상자 값을 지불했다.

술 가게의 젊은 점원은 붙임성이 좋은 남자였다. 내가 대금을 치르자 그는 싱글싱글 웃으면서 영수증을 써 주었다.

“저 오카다 씨, 오늘 아침에 역 앞에서 사고가 났는데, 아세요? 오늘 아침 9시 반쯤에.”

“사고?” 하고 나는 놀라서 되물었다. “누가 사고를 당했는데요?”

"어린 여자아이였는데, 후진하던 차에 치였어요. 중태인 것 같습니다. 사고가 난 바로 다음에 거길 지나갔는데, 아침부터 그런 광경을 봐서 어찌나 께름칙하던지요. 어린아이는 무서워요. 후진할 때 백미러에 보이지 않잖아요. 역 앞에 있는 세탁소 아세요? 바로 그 앞입니다. 그 부근은 자전거도 많이 서 있고, 상자도 쌓여 있어서 잘 안 보여요."

술 가게 점원이 돌아간 후, 집 안에 가만히 있자니 더는 참을 수 없었다. 갑자기 집 안이 후텁지근하고 어둡고 답답해진 느낌이었다. 나는 신발을 신고 일단 집을 나섰다. 문도 잠그지 않았다. 창문도 닫지 않았고, 부엌 전기도 끄지 않았다. 레몬 사탕을 우물거리면서 동네를 슬렁슬렁 돌아다녔다. 그리고 술 가게 점원과 나눴던 대화를 머릿속으로 재현하다가, 역 앞 세탁소에 옷을 맡기고는 찾아오지 않았다는 기억이 났다. 구미코의 블라우스와 스커트다. 교환증은 집에 있지만, 가 보면 어떻게든 될 것이라고 생각했다.

동네가 평소와 조금 달라 보였다. 오가는 사람들의 모습도 어딘가 모르게 부자연스럽고, 뭔가 모르게 기교적이었다. 나는 걸으면서 그들 하나하나의 얼굴을 관찰했다. 그리고 그들이 과연 어떤 종류의 인간일까 하고 생각했다. 과연 어떤 집에 살고, 어떤 가족이 있으며 어떤 생활을 하고 있을까. 그들은 아내가 아닌 여자와 자거나, 남편이 아닌 남자와

28

자곤 하는 것일까. 행복할까. 자신들이 부자연스럽고 기교적으로 보인다는 것을 알고 있을까.

세탁소 앞에는 아직도 사고의 흔적이 생생하게 남아 있었다. 노면에 경찰이 그은 듯한 하얀 분필 선이 있고, 장을 보러 나온 사람들 몇몇이 모여 심각한 표정으로 사고 얘기를 하고 있었다. 그러나 가게 안 분위기는 여느 때와 똑같았다. 예의 까만 카세트라디오에서는 예의 이지 리스닝 곡이 흘러나오고, 안쪽에서는 구식 에어컨이 웅웅거리고, 다리미의 스팀이 천장까지 뭉글뭉글 오르고 있었다. 곡은 「썰물」이었다. 로버트 맥스웰의 하프. 바다에 갈 수 있다면 멋지겠군 하고 나는 생각했다. 나는 해변의 냄새와 부서지는 파도소리를 상상했다. 갈매기의 모습을 떠올리고, 시원한 캔 맥주를 생각했다.

나는 주인에게 교환증을 깜박했다고 말했다. "지난주 금요일이나 토요일쯤에 블라우스와 스커트를 맡겼는데요."

"오카다 씨라, 오카다 씨……" 하고 주인은 말했다. 그리고 대학노트의 페이지를 넘겼다. "응, 여기 있군. 블라우스와, 스커트. 그런데 이건 부인이 벌써 찾아갔는데요, 오카다 씨."

"그래요?" 하고 나는 놀라서 말했다.

"어제 아침에 찾으러 왔어요. 내가 부인에게 직접 건넸기 때문에 기억하는데. 회사에 가는 길에 들렀지, 아마. 그때 교환증도 받았고."

말이 나오지 않아 나는 잠자코 그의 얼굴을 보았다.

"나중에 부인에게 확인해 봐요. 틀림없으니까." 하고 세탁소 주인은 말했다. 그리고 계산기 위에 놓인 담뱃갑에서 담배를 한 개비 꺼내 입에 물고, 라이터로 불을 붙였다.

"어제 아침에 말인가요?" 하고 나는 물어보았다. "저녁이 아니라."

"아침이야. 8시쯤이었나. 댁의 부인이 첫 손님이었거든. 그래서 기억하는 거야. 그 왜, 아침 첫 손님이 젊은 여자면 기분이 좋잖아요."

나는 어떤 표정을 지으면 좋을지 몰랐고, 입에서 나온 목소리도 내 목소리 같지가 않았다. "그럼 됐습니다. 아내가 찾으러 온 줄은 몰라서."

세탁소 주인은 고개를 끄덕이고, 내 얼굴을 힐금 보고는 두세 모금 빨았을 뿐인 담배를 비벼 끄고, 다시 다림질을 시작했다. 그는 나의 무언가에 흥미를 느낀 듯했다. 내게 뭐라고 말하고 싶은 얼굴이었다. 하지만 결국은 아무 말 하지 않기로 정한 듯했다. 나 또한 그에게 여러 가지를 묻고 싶었다. 세탁물을 찾으러 왔을 때 구미코가 어떤 모습이었나, 손에는 뭘 들고 있었나, 그런 질문이다. 나는 몹시 혼란스럽고, 몹시 목이 말랐다. 일단 어딘가에 앉아서 시원한 것을 마시고 싶었다. 그러지 않고는 아무 생각도 할 수 없을 듯한 기분이었다.

세탁소에서 나온 나는 근처에 있는 카페에 들어가 아이스티를 주문했다. 카페 안은 시원하고, 손님은 나밖에 없었다. 벽 위의 조그만 스피커에서 풀 오케스트라용으로 편곡된 비틀스의 「에잇 데이스 어 위크」가 흐르고 있었다. 나는 또 바다를 생각했다. 파도가 철썩이는 곳을 향해 맨발로 해변을 걸어가는 장면을 상상했다. 모래는 데일 듯 뜨겁고, 바람에는 찝찔한 냄새가 무겁게 섞여 있다. 나는 크게 숨을 들이쉬고, 하늘을 올려다본다. 양팔을 벌리고 고개를 위로 쳐들면, 작열하는 여름 태양을 한껏 느낄 수 있다. 마침내 파도가 시원하게 내 발을 적신다.

구미코가 회사에 출근하기 전에 세탁소에 들러 옷을 찾아갔다니, 아무리 생각해도 이상했다. 그러면 말끔하게 다림질 한 옷을 들고 아침의 만원 전철을 타야 하기 때문이다. 그리고 돌아오는 길에도 또 그걸 들고 만원 전철을 타야 한다. 짐도 되는 데다, 기껏 세탁소에 맡겼던 옷이 구깃구깃해진다. 옷의 주름이나 얼룩에 민감한 구미코가 그렇게 무의미한 행동을 하다니, 말이 안 된다. 회사에서 돌아오는 길에 들러도 충분한 일이다. 귀가가 늦어질 것 같으면, 내게 찾아 달라고 부탁하면 된다. 생각할 수 있는 가능성은 한 가지뿐이었다. 그때 구미코는 다시는 집으로 돌아올 생각이 없었던 것이다. 그녀는 블라우스와 스커트를 들고, 그대로 어디론가 가버린 것이다. 그 옷이 있으면 한 번은 옷을 갈아 입을 수 있고, 나머지는 어디에서든 사면 된다. 그녀는 신용 카드도 있고, 현금카드도 갖고 있다. 그녀 명의의 은행 계좌 도 있다. 가려고 마음만 먹으면 어디든 가고 싶은 곳에 갈 수 있다.

그리고 그녀는 아마 누군가와 ─ 남자와 함께일 것이다. 그 외에 그녀가 집을 나갈 이유 따위는 전혀 없으니까.

아마 사태는 심각한 것이리라. 구미코는 옷가지와 구두를 전부 집에 남겨 둔 채 사라져 버렸다. 그녀는 옷을 사서 갖 추는 것을 좋아했고, 늘 정성스럽게 손질도 했다. 그런 것들 을 전부 버리고 맨몸으로 나가자면, 나름의 결의가 필요하 다. 그런데 구미코는 아무런 망설임 없이 ─ 그렇게 생각된 다 ─ 블라우스와 스커트만 들고 집을 나갔다. 아니, 그때 구 미코는 옷 따위는 생각지 않았을지도 모른다.

나는 카페의 의자에 기대어 애처로울 정도로 살균된 BGM을 무심하게 들으면서, 비닐 커버를 씌운 옷을 옷걸이 째 들고 만원 전철에 올라타는 구미코의 모습을 상상했다. 그녀가 입고 있던 원피스의 색을 떠올리고, 귀 뒤에서 풍 겼던 향수 냄새를 떠올리고, 매끈하고 완벽한 등을 떠올렸다. 나는 무척 지친 느낌이었다. 한번 눈을 감으면, 자신이 여기가 아닌 다른 장소로 비틀거리며 가 버릴 듯한 기분이었다.

2

이 장에

좋은 뉴스는 하나도 없다

카페에서 나와서도 또 정처 없이 그 주변을 돌아다녔다. 걷다 보니, 오후의 폭염 탓에 점차 속이 메슥거렸다. 한기 같은 것도 느껴졌다. 하지만 집에는 돌아가고 싶지 않았다. 그 조용한 집 안에서 언제 올지 모르는 전화를 기다린다고 생각하면, 참을 수 없을 정도로 갑갑해졌다.

가사하라 메이를 만나러 가는 정도밖에 생각나지 않았다. 나는 집으로 돌아가 마당의 벽돌담을 뛰어넘고 골목을 지나 그녀 집 뒤쪽까지 갔다. 그리고 골목 건너 '빈집'의 펜스에 기대어, 새 석상이 있는 마당을 바라보았다. 여기 서 있으면, 가사하라 메이가 조만간 내 모습을 발견할 것이다.

가발 회사 아르바이트를 하지 않을 때면 그녀는 대개 집에 있고, 마당에서 일광욕을 할 때든 자기 방에 있을 때든 늘 골목을 살핀다.

그러나 가사하라 메이는 좀처럼 나타나지 않았다. 하늘에는 구름 한 점 없었다. 여름 햇살이 내 목덜미를 빠직빠직 태웠다. 발밑에서 풀 냄새가 물씬 올라왔다. 새 석상을 바라보면서, 얼마 전에 삼촌에게 들은 얘기를 떠올리고, 그 집에 살았던 사람들의 운명을 생각해 보려 했다. 하지만 내 머리에 떠오르는 것은 바다뿐이었다. 시원하고 파란 바다. 나는 몇 번이나 심호흡을 하고, 시계를 쳐다보았다. 오늘은 안 나타나려나 보다고 포기할 즈음에야 가사하라 메이가 모습을 보였다. 그녀는 마당을 지나 천천히 이쪽으로 다가왔다. 짧은 데님 바지에 파란 알로하셔츠를 입고, 빨간 고무 샌들을 신고 있었다. 그녀는 내 앞에 서서, 선글라스 너머로 미소 지었다.

"안녕하세요, 태엽 감는 새 아저씨. 고양이는 찾았어요? 와타야 노보루."

"아니, 아직 못 찾았어." 하고 나는 말했다. "그런데 오늘은 나오는 데 시간이 많이 걸렸어."

가사하라 메이는 데님 뒷주머니에 두 손을 쑥 밀어 넣고, 흥미롭다는 듯이 사방을 돌아보았다. "있죠. 태엽 감는 새 아저씨, 내가 아무리 시간이 많아도 그렇지, 아침부터 밤까지 눈에 잔뜩 힘주고 골목을 지켜보면서 사는 건 아니라고요. 나도 나름 할 일이 조금은 있어요. 하지만 아무튼 미안해요. 그렇게 오래 기다렸어요?"

"그렇게 오래는 아니야. 그냥 여기 서 있다 보니까 너무 더웠어."

가사하라 메이는 내 얼굴을 여기저기 자세하게 한참이나 바라보았다. 그리고 미간을 약간 찡그렸다. "무슨 일 있어요, 아저씨? 얼굴이 많이 상했어요. 어디 묻혀 있다가 조금 전에 겨우 나온 사람 같아요. 이리 와요, 그늘에서 좀 쉬는 게 좋겠어요."

그녀는 내 손을 잡고, 자기 집 마당으로 데려갔다. 그리고 캔버스 천으로 된 덱 체어 하나를 떡갈나무 아래로 옮기고, 나를 거기 앉혔다. 빽빽하게 자란 나뭇가지들이 생명의 향내가 나는 시원한 그림자를 떨구고 있었다.

"괜찮아요, 집에 아무도 없으니까. 조금도 신경 쓸 거 없어요. 여기서 아무 생각 말고 좀 쉬세요."

"저, 부탁이 한 가지 있는데." 하고 나는 말했다.

"말해 봐요."

"나 대신 전화를 좀 걸어 줘."

나는 주머니에서 수첩과 볼펜을 꺼내, 아내 회사의 전화번호를 적었다. 그리고 그 페이지를 찢어 그녀에게 건넸다. 표지가 비닐인 수첩은 땀에 젖어 뜨뜻미지근했다. "여기에다 전화를 걸어서, 오카다 구미코라는 사람이 출근했는지, 만약 아직도 출근하지 않았다면 어제는 출근했는지, 그것만 물어봐 줘."

가사하라 메이는 그 종이를 받아 들자, 입을 꾹 다물고 가만히 내려다보았다. 그리고 내 얼굴을 보았다. "걱정 마요, 틀림없이 걸 거니까 아무 생각 말고 거기 누워 있어요. 바로 돌아올게요."

가사하라 메이가 가 버리자, 나는 그녀가 하라는 대로 거기 누워 눈을 감았다. 온몸에서 땀이 배어났다. 무슨 생각을 하려 하면 머릿속이 욱신거렸고, 위에는 엉킨 실밥 뭉치 같은 것이 고여 있었다. 때로 속이 울렁거리면서 묵직한 게 올라올 듯한 예감이 들었다. 사방은 고요했다. 그러고 보니 꽤 오래도록 태엽 감는 새의 울음소리를 듣지 못한 것 같은데 하고 문득 생각했다. 그 소리를 마지막으로 들은 게 언제였을까. 아마 사오 일 전쯤일 것이다. 그러나 기억은 정확하지 않다. 인식했을 때는 이미 태엽 감는 새의 우는 소리가 들리지 않았다. 어쩌면 변하는 계절을 따라 이동하는 새인지도 모른다. 태엽 감는 새의 울음소리는 한 달 전쯤부터 들리기 시작했다. 그리고 한동안, 그 모습이 보이지 않는 새는 우리가 사는 작은 세계의 태엽을 계속해 감았다. 태엽 감는 새의 계절이었던 것이다.

10분쯤 지나자, 가사하라 메이가 돌아와 손에 든 커다란 잔을 내게 건넸다. 건넬 때, 카랑카랑 얼음 소리가 났다. 그 소리는 아주 먼 세계에서 들려오는 듯했다. 내가 있는 장소와 그 세계 사이에는, 문이 몇 개나 존재한다. 지금은 어쩌다 문이 전부 열려 있어서 내게도 그 소리가 들리는 것이다. 하지만 아주 일시적이다. 언젠가, 그 문이 하나라도 닫히면 내 귀에는 그 소리가 들리지 않는다. "레몬 물이니까, 마셔요." 하고 그녀는 말했다. "머리가 개운해질 거예요."

나는 물을 반쯤 마시고 그녀에게 잔을 돌려주었다. 시원한 물이 목을 지나 내 몸속으로 천천히 내려갔다. 그다음 격한 구역질이 밀려왔다. 위 속에서 부패한 실밥이 풀려 목구멍까지 죽죽 올라왔다. 나는 눈을 꼭 감고 어떻게든 구역질을 짓누르려 했다. 눈을 감자, 블라우스와 스커트를 들고 전철을 타는 구미코가 떠올랐다. 토해 내는 편이 좋을지도 모른다고 생각했다. 하지만 나는 토하지 않았다. 몇 번이나 심호흡을 하자, 구역질은 서서히 잦아들다 사라졌다.

"괜찮아요?" 하고 가사하라 메이가 물었다.

"괜찮아." 하고 나는 말했다.

"전화, 걸었어요. 친척이라고 하고서. 그래도 되는 거죠?"

"응."

"이 사람, 태엽 감는 새 아저씨 부인이죠?"

"그래."

"어제도 출근하지 않았대요." 하고 가사하라 메이가 말했다. "회사에도 아무 연락 없이 그냥 안 나왔대요. 그래서 회사 사람들도 난감하대요. 그럴 사람이 아니라고 하던데."

"그래. 아무 연락도 없이 회사를 안 나갈 사람이 아니지."

"어제부터 없어진 거예요?"

나는 고개를 끄덕였다.

"가엾은 태엽 감는 새 아저씨." 하고 그녀는 말했다. 그녀는 나를 정말 가엾게 여기는 듯했다. 그리고 손을 내밀어, 내 이마에 얹었다. "내가 할 수 있는 일이 뭐 있을까요?"

"지금 당장은 없어." 하고 나는 말했다. "하지만, 아무튼 고마워."

"몇 가지 더 물어봐도 돼요? 아니면 안 묻는 게 좋겠어요?"

"물어봐도 상관없어. 대답할 수 있을지는 모르겠지만."

"부인이 다른 남자랑 집을 나갔어요?"

"모르겠어." 하고 나는 말했다. "어쩌면 그랬을지도 모르지. 그럴 가능성이 없지는 않아."

"이상하네, 계속 같이 살았잖아요. 그런데 어떻게 몰라요?"

맞는 말이라고 나는 생각했다. 왜 그런 것도 몰랐을까.

"가엾은 태엽 감는 새 아저씨." 하고 그녀가 다시 한번 말했다. "내가 뭐라도 가르쳐 줄 수 있으면 좋겠는데, 아쉽지만 나는 전혀 몰라요, 결혼 생활이 어떤 건지."

나는 의자에서 일어났다. 그러기 위해서는 생각보다 강한 힘이 필요했다. "여러 가지로 고마워. 힘이 됐어. 이제 가 봐야겠군." 하고 나는 말했다. "집에 무슨 연락이 왔을지도 몰라. 누가 전화를 걸지도 모르고."

"집에 가면 바로 샤워를 해요. 우선은 샤워. 알았어요? 그리고 깨끗한 옷으로 갈아입어요. 그다음에는 수염을 깎고."

"수염?" 하고 나는 말했다. 그리고 손으로 턱을 쓱쓱 만져 보았다. 아닌 게 아니라 수염 깎는 걸 깜박 잊고 있었다. 수염을 깎아야 한다는 생각은, 아침부터 한 번도 하지 못했다.

"그렇게 사소한 일이 의외로 중요해요, 태엽 감는 새 아저씨." 하고 가사하라 메이는 내 눈을 들여다보듯 보면서 말했다. "집에 가면 거울을 찬찬히 봐요."

"그럴게."

"나중에 놀러가도 돼요?"

"좋아." 하고 나는 말했다. 그리고 덧붙였다. "네가 와 주면 좋지."

가사하라 메이는 고개를 끄덕였다.

집에 돌아온 나는 거울에 비친 자신의 얼굴을 보았다. 정말 초췌한 꼴을 하고 있었다. 나는 옷을 벗고 샤워를 하고, 꼼꼼하게 머리를 감고, 수염을 깎고, 이를 닦고, 얼굴에 로션을 바르고, 그리고 다시 한번 거울 속 자신의 얼굴을 구석구석 점검했다. 아까보다는 조금 나아진 듯했다. 이제는 메슥거리던 속도 가라앉았다. 머리가 조금 멍할 뿐이다.

나는 짧은 바지를 입고, 새 폴로셔츠를 꺼내 입은 후에 툇마루에 앉아 기둥에 기대어, 마당을 바라보면서 젖은 머리를 말렸다. 그리고 지난 며칠 동안 자신에게 생긴 일을 정리해 보았다. 우선 마미야 중위에게서 전화가 걸려 왔다. 어제 아침 일이다 — 그렇다, 틀림없이 어제 아침이었다. 아내가 집을 나섰다. 나는 그녀 원피스의 지퍼를 올려 주었다. 그리고 향수 갑을 발견했다. 그다음 마미야 중위가 찾아와, 기묘한 전쟁 얘기를 했다. 외몽골 병사에게 잡혀, 우물로 뛰어들어야 했던 얘기다. 그는 혼다 씨의 유품을 전해 주고 갔다. 하지만 그건 그냥 빈 상자였다. 그리고 구미코는 돌아오지 않았다. 그녀는 아침에 역 앞에 있는 세탁소에서 블라우스와 스커트를 찾아서는 그대로 사라져 버렸다. 회사에도 연락은 없었다. 모두 어제 있었던 일이다.

그렇게 많은 일이 정말 하루에 다 생겼다니, 나는 잘 믿기지 않았다. 너무 많은 일이 생겼다.

그런 생각을 이리저리하다가 나는 잠이 쏟아지는 걸 느꼈다. 그것도 보통 잠이 아니다. 폭력적이라고 해도 좋을 만큼 혼곤한 잠이었다. 누군가가 저항하지 않는 인간에게서 옷을 잡아 뜯는 것처럼, 잠이 내게서 명징한 의식을 뜯어 내려 했다. 나는 아무 생각 않고 침실에 가서 옷을 벗고, 속옷 차림으로 침대에 들어갔다. 나는 머리맡에 있는 시계를 보려 했다. 하지만 머리를 옆으로 돌릴 수조차 없었다. 나는 그대로 눈을 감고, 바닥이 보이지 않을 만큼 깊은 잠속으로 혹 떨어졌다.

잠 속에서 나는 구미코의 원피스 지퍼를 올리고 있었다. 하얗고 매끈한 등이 보였다. 하지만 지퍼를 끝까지 올렸을 때, 구미코가 아니라 가노 크레타라는 걸 알았다. 그 방에는 나와 가노 크레타밖에 없었다.

지난번 꿈에 등장한 방과 똑같은 방이었다. 호텔의 스위트룸이다. 책상 위에는 커티삭 병과 잔이 두 개 놓여 있었다. 얼음이 가득 든 스테인리스 아이스버킷도 있었다. 누군가가 큰 소리로 얘기하면서 복도를 지나갔다. 목소리는 잘 들리지 않았지만, 외국어 같은 울림이었다. 천장에는 불이 켜지지 않은 샹들리에가 매달려 있었다. 벽에 붙은 전등만 어슴푸레하게 빛나고 있다. 창문의 두꺼운 커튼 역시 빈틈없이 닫혀 있었다.

가노 크레타는 구미코의 여름 원피스를 입고 있었다. 엷은 파란색에 새 무늬 패턴이 송송 뚫린 것처럼 들어 있다. 길이는 무릎에서 약간 올라온다. 가노 크레타는 오늘도 재클린 케네디처럼 화장하고 있었다. 그리고 왼팔에 두 줄짜리 팔찌를 끼고 있었다.

"그 원피스는 어떻게 된 거지? 당신 것인가?" 하고 나는 물었다.

가노 크레타가 내 쪽으로 몸을 돌렸다. 그리고 고개를 저었다. 그녀가 고개를 젓자, 구불거리는 머리끝이 경쾌하게 살랑거렸다. "아니요. 이 원피스는 제 것이 아니에요. 잠시 빌렸을 뿐이에요. 하지만 괘념치 말아요, 오카다 씨. 누구에게 폐가 되는 건 아니니까."

"대체 여기가 어디인지 모르겠군." 하고 나는 말했다.

가노 크레타는 아무 대답도 하지 않았다. 지난번처럼, 나는 침대에 걸터앉아 있었다. 나는 양복을 입고, 물방울무늬 넥타이를 매고 있었다.

"아무 생각 안 해도 돼요, 오카다 씨." 하고 가노 크레타가 말했다. "걱정할 건 전혀 없어요. 괜찮아요, 모두 다 잘될 거예요."

그리고 그녀는 지난번처럼 내 바지 지퍼를 내리고, 나의 페니스를 꺼내 입안에 머금었다. 지난번과 달리 그녀는 옷을 벗지 않았다. 가노 크레타는 구미코의 원피스를 계속 입고 있었다. 나는 몸을 움직이려 했다. 하지만 몸은 눈에 보이지 않는 실에 묶여 있는 것처럼 꼼짝도 하지 않았다. 그리고 나의 페니스는, 그녀 입안에서 이내 딱딱하게 부풀었다.

그녀의 인조 속눈썹이 움직이고, 구불구불한 머리끝이 흔들리는 게 보였다. 그녀의 팔찌 두 줄이 마른 소리를 냈다. 그녀의 길고 부드러운 혀가 휘감기듯 뒤엉키듯 나를 핥았다. 잠시 후 내가 사정으로 치달으려는 순간, 그녀가 갑자기 내게서 몸을 떼었다. 그리고 천천히 내 옷을 벗겼다. 윗도리를 벗기고, 넥타이를 풀고, 바지를 벗기고, 셔츠를 벗기고, 팬티를 벗기고, 알몸이 된 나를 침대에 눕혔다. 그러나 자신은 벗지 않았다. 그녀는 침대 위에 앉아, 내 손을 잡고 원피스 안으로 가져갔다. 그녀는 팬티를 입고 있지 않았다. 내 손가락이 그녀 성기의 온기를 느꼈다. 그것은 깊고, 따뜻하고, 촉촉하게 젖어 있었다. 내 손가락은 아무 저항 없이, 마치 빨려 들어가듯 그 안으로 들어갔다.

"저, 와타야 노보루가 곧 오는 거 아닌가? 당신, 여기서 그를 기다렸던 거 아니야?" 하고 나는 말했다.

가노 크레타는 아무 대꾸 없이 내 이마에 살며시 손을 올려놓았다. "오카다 씨는 아무 생각 안 해도 돼요. 그런 건 전부 우리가 합니다. 우리에게 맡기세요."

"우리?" 하고 나는 말했다. 하지만 대답은 없었다.

그녀는 내 몸 위에 올라타듯 양 다리를 벌리고 앉아, 딱 딱해진 내 페니스를 잡고는 스르륵 그녀 안으로 인도했다. 그리고 깊이 삽입되자, 천천히 허리를 돌리기 시작했다. 그 녀 몸의 움직임에 화답하듯, 엷은 파란색 원피스 자락이 내 배와 다리 위에서 너울거렸다. 원피스 자락이 펼쳐져, 내 몸 위에 앉아 있는 가노 크레타는 마치 부드럽고 거대한 버섯 처럼 보였다. 밤의 날개 속에서 은밀하게 포자를 퍼뜨리고, 낙엽 위로 소리 없이 얼굴을 내미는 은화식물처럼. 그녀의 질은 따스하고, 그리고 동시에 차가웠다. 그것은 나를 감싸 고, 유인하고, 그리고 동시에 밀어내려 했다. 그 안에서 나의 페니스는 더욱 딱딱해지고, 더욱 커졌다. 거의 터져 버릴 것 같았다. 그것은 신비로운 감각이었다. 성욕이나 성적 쾌감을 초월한 무엇이었다. 그녀 안의 무언가, 무언가 특별한 것이 나의 성기를 통해 조금씩 내 안으로 숨어드는 듯한 기분이 었다.

가노 크레타는 눈을 감고 턱을 약간 쳐들고, 꿈이라도 꾸 듯이 몸을 사뿐사뿐 앞뒤로 흔들었다. 원피스 속 그녀 가슴 이 호흡에 맞춰 부풀었다가 오므라드는 것이 보였다. 앞머 리가 몇 가닥 이마에 걸려 있었다. 나는 자신이 광활한 바다

한가운데에 홀로 떠 있는 광경을 상상했다. 눈을 감고 귀를 기울여, 얼굴에 닿는 잔물결 소리를 들으려 했다. 내 몸은 미지근한 바닷물에 완전히 싸여 있었다. 조류가 천천히 흘렀다. 나는 물 위에 떠서 어딘가로 떠내려가고 있었다. 가노 크레타가 말했던 대로, 아무것도 생각지 않기로 했다. 눈을 감고, 몸에서 힘을 빼고, 흐름에 몸을 맡겼다.

문득 눈을 떴다. 방 안이 캄캄했다. 나는 방 안을 돌아보았지만, 거의 아무것도 보이지 않았다. 벽에 달린 전등은 언제 누가 껐는지 하나도 켜져 있지 않았다. 내 몸 위에서 하늘하늘 흔들리는 가노 크레타의 파란 원피스가 그림자처럼 희미하게 보일 뿐이었다. "잊어요." 하고 그녀가 말했다. 그런데 가노 크레타 목소리가 아니었다. "모든 걸 잊어요──잠자듯이, 꿈을 꾸듯이, 따뜻한 진흙 속에 누워 뒹굴듯이. 우리는 모두 따뜻한 진흙 속에서 나왔고, 따뜻한 진흙 속으로 돌아가요."

그것은 전화 속 여자의 목소리였다. 내 몸에 올라타, 지금 나와 몸을 섞고 있는 것은 그 수수께끼의 전화 속 여자였다. 그녀 역시 구미코의 원피스를 입고 있었다. 내가 모르는 사이에 가노 크레타가 그 여자와 자리를 바꿔치기 했다. 나는 무슨 말을 하려 했다. 무슨 말을 하려 했는지는 모른다. 하지만 아무튼 뭐라 말을 하려고 했다. 그러나 나는 몹시 혼란스러웠고, 목소리가 나오지 않았다. 내가 입으로 토해 낼 수 있는 것은 뜨거운 공기 덩어리뿐이었다. 나는 눈을 부릅뜨고, 내 몸 위에 있는 여자의 얼굴을 보려 했다. 그러나 방 안이 너무 어두웠다.

여자는 그 이상 말은 않고 훨씬 더 요염하게 허리를 움직이기 시작했다. 그녀의 부드러운 살이 내 성기를 사로잡고, 살며시 조여들었다. 그것은 마치 독립된 생물 같았다. 나는 그녀의 몸 뒤에서 손잡이가 돌아가는 소리를 들었다. 또는 들린 듯한 느낌이 들었다. 어둠 속에서 무언가가 하얗게 빛났다. 테이블에 놓인 아이스버킷이 복도에서 새어드는 빛을 받아 빛났는지도 모른다. 또는 날카로운 칼날이 빛났는지도 모른다. 하지만 나는 아무 생각도 할 수 없었다. 그리고 사정했다.

나는 샤워를 하고, 정액이 묻은 팬티를 손으로 빨았다. 허참, 어쩌자고 이렇게 복잡한 시기에 하필 몽정 같은 걸 해야 하는 것일까.

나는 또 새 옷으로 갈아입고, 다시 툇마루에 앉아 마당을 바라보았다. 태양 빛이 무성하게 자란 나뭇잎들 아래에서 눈부시게 너울거렸다. 며칠이나 계속 내린 비 덕분에 선명한 초록색 잡풀이 지면 여기저기에서 고개를 내밀어 미묘한 퇴영과 정체의 그림자를 마당에 드리우고 있었다.

또 가노 크레타다. 단기간에 두 번이나 몽정을 했는데, 상대는 두 번 다 가노 크레타였다. 지금까지 나는 가노 크레타와 자고 싶다고 생각한 적이 단 한 번도 없다. 얼핏 생각한 적조차 없다. 그런데 나는 언제나 그 방에서 가노 크레타와 몸을 섞고 있다. 나는 그 이유를 알 수 없었다. 그리고 도중에 나타난 그 전화 속 여자는 대체 누구일까. 그 여자는 나를 알고 있다. 그리고 나도 그녀를 알고 있다고 한다. 나는 지금까지 성적 관계가 있었던 여자 한 명 한 명을 떠올려 보았다. 하지만 전화 속 여자는 그중 어느 누구도 아니었다. 그런데도 머릿속에 찜찜한 것이 남아 있었다. 그게 나를 답답하게 했다.

어떤 기억이 좁은 상자 안에서 밖으로 나오고 싶어 하는 느낌이었다. 나는 그 어떤 것의 서툰 꿈틀거림을 느낄 수 있었다. 아주 작은 힌트만 있어도 된다. 그 실을 잡아당기면, 모든 것이 후련하게 풀릴 것이다. 그것은 내가 풀어 주기를 기다리고 있다. 그러나 나는 그 한 가닥 가는 실을 찾아낼 수 없었다.

끝내 생각을 포기했다. "모든 걸 잊어요 ― 잠자듯이, 꿈을 꾸듯이, 따뜻한 진흙 속에 누워 뒹굴듯이. 우리는 모두 따뜻한 진흙 속에서 나왔고, 따뜻한 진흙 속으로 돌아가요."

6시가 되도록 전화는 걸려 오지 않았다. 가사하라 메이가 놀러 왔을 뿐이다. 맥주를 조금 마시고 싶다고 해서, 냉장고에서 시원한 맥주를 꺼내 둘이 나눠 마셨다. 배가 고파서 빵에 햄과 양상추를 끼워 먹었다. 먹는 나를 보더니, 가사하라 메이도 같은 걸 먹고 싶다고 했다. 그래서 그녀의 샌드위치를 만들었다. 둘이 말없이 샌드위치를 먹고, 맥주를 마셨다. 나는 이따금 벽시계를 보았다.

"이 집에는 텔레비전 없어요?" 하고 가사하라 메이가 물었다.

"없어." 하고 나는 말했다.

가사하라 메이는 입술 끝을 살짝 깨물었다. "뭐, 그럴 것 같기는 했지만. 이 집에 텔레비전이 없지 않을까 하고요. 텔레비전 싫어해요?"

"딱히 싫어하는 건 아니지만, 없어도 불편하지 않아."

가사하라 메이는 그 말을 잠시 생각했다. "태엽 감는 새 아저씨는 결혼한 지 몇 년 됐어요?"

"육 년." 하고 나는 말했다.

"그 육 년 동안 계속 텔레비전 없이 살았어요?"

"그렇네. 처음에는 텔레비전을 살 금전적 여유가 없었어. 그러다 텔레비전이 없는 생활에 익숙해졌고. 조용해서 좋아."

"행복했나 보네요."

"왜 그렇게 생각하지?"

가사하라 메이가 얼굴을 찡그렸다. "나는 텔레비전 없이는 하루도 못 살거든요."

"네가 불행해서 그런 거야?"

가사하라 메이는 대답하지 않았다. "그런데도 구미코 씨는 집에 돌아오지 않는다. 그래서 태엽 감는 새 아저씨는 이제 그렇게 행복하지 않다."

나는 고개를 끄덕이고 맥주를 한 모금 마셨다. "뭐 그런 셈이지." 뭐 그런 셈이다.

그녀는 담배를 꺼내 물고, 익숙한 손놀림으로 성냥을 그어 불을 붙였다. "아저씨 생각을 솔직하게 말해 주면 좋겠는데, 나, 못생겼어요?"

나는 맥주잔을 내려놓고, 새삼스럽게 가사하라 메이의 얼굴을 보았다. 나는 그때, 그녀와 얘기하면서 멍하니 다른 생각을 하고 있었다. 그녀가 검은색 헐렁헐렁한 탱크톱을 입고 있어서, 몸을 조금만 숙여도 봉긋 솟은 소녀다운 젖가슴의 절반이 그대로 보였다.

"전혀 못생기지 않았어. 그건 분명해. 왜 그런 걸 묻지?"

"내가 사귀던 남자애가 그런 말을 종종 해서요. 너는 못났고, 가슴도 작다고요."

"오토바이 사고를 냈던 남자애 말이니?"

50

"네."

나는 입에서 천천히 담배 연기를 밀어내는 가사하라 메이의 모습을 바라보았다. "그 나이 때 남자애들은 뭘 모르면서 그런 말을 자주 하는 법이야. 자기 기분을 정확하고 적절하게 표현하지 못하니까, 일부러 엉뚱한 소리를 하는 거지. 그래서 아무 의미 없이 사람에게 상처를 주기도 하고, 또는 자신이 상처를 입기도 하고 그래. 아무튼 너는 절대 못생기지 않았어. 아주 귀여워. 빈말 아니야, 거짓말도 아니고."

가사하라 메이는 내 말에 대해서 잠시 생각했다. 그리고 빈 맥주병 속에 담뱃재를 떨어뜨렸다. "태엽 감는 새 아저씨 부인은 예뻐요?"

"글쎄. 난 잘 모르겠어. 그렇다는 사람도 있고, 그렇지 않다는 사람도 있고. 그런 건 취향의 문제잖아."

"흐음." 하고 가사하라 메이가 중얼거렸다. 그녀는 무료하다는 듯이 손톱으로 잔을 몇 번 톡톡 쳤다.

"오토바이 남자 친구는 어떻게 됐어? 이제는 안 만나니?" 하고 나는 물어보았다.

"이제 안 만나요." 하고 가사하라 메이는 대답했다. 그리고 왼쪽 눈 옆의 상처 자리를 손가락으로 살짝 만졌다. "두 번 다시 그 애를 만나는 일은 없을 거예요. 그건 분명해요. 200퍼센트 확실해요. 오른발 새끼발가락을 걸어도 좋아요.

하지만 그 얘기는 지금 별로 하고 싶지 않아요. 말해 버리면 거짓말이 되는 일도 있잖아요? 아저씨는 그런 거 알아요?"

"알 것 같아." 하고 나는 말했다. 그리고 나는 문득 거실 전화기로 눈을 돌렸다. 전화는 책상 위에서 침묵의 옷을 걸치고 있었다. 그것은 무생물인 척 웅크리고 사냥감이 지나가기를 기다리는 깊은 바닷속 생물처럼 보였다.

"저요, 태엽 감는 새 아저씨, 언젠가 그 남자애 얘기 아저씨에게 할게요. 하고 싶어지면. 하지만 지금은 아니에요. 아직 얘기하고 싶지 않아요."

그리고 그녀는 손목시계를 보았다. "이제 집에 가야겠네요. 맥주 잘 마셨어요."

나는 가사하라 메이를 벽돌담이 있는 마당까지 데려다주었다. 보름달에 가까운 달이 입자가 거친 빛을 지상에 뿌리고 있었다. 그리고 나는 그 달을 보면서 구미코의 생리가 다가왔다는 것을 떠올렸다. 하지만 결국은 그것도 이제 나와는 무관한 일이 되었는지 모른다. 그렇게 생각하자, 자신의 몸 안쪽이 미지의 액체로 채워진 듯한 기묘한 감촉이 밀려왔다. 어딘가 모르게 슬픔과 비슷한 감촉이었다.

가사하라 메이가 담에 손을 대고서 내 얼굴을 보았다. "태엽 감는 새 아저씨, 아저씨는 구미코 씨를 좋아하죠?"

"그렇다고 생각해."

"만약 부인에게 다른 연인이 있고, 그 사람이랑 같이 어디로 가 버렸어도, 그래도 아저씨는 부인이 좋아요? 부인이 집으로 돌아오겠다고 하면, 아저씨는 부인을 받아들일 거예요?"

나는 한숨을 쉬었다. "어려운 문제군. 실제로 그렇게 되었을 때, 생각해 보는 수밖에 없을 것 같은데."

"내가 괜한 말을 했나 보네요." 하고 가사하라 메이는 말했다. 그리고 조그만 소리를 내며 혀를 찼다. "화내지 말아요. 난 그냥 알고 싶었을 뿐이니까. 부인이 갑자기 집을 나갔다는 게 대체 어떤 일인지. 난 아직 모르는 게 아주 많으니까."

"화를 내기는." 하고 나는 말했다. 그리고 다시 한번 보름달을 올려다보았다.

"그럼 잘 지내요, 태엽 감는 새 아저씨. 부인도 돌아오고 다 잘 풀렸으면 좋겠네요." 가사하라 메이는 그렇게 말하고는 깜짝 놀랄 정도로 가볍게 담을 훌쩍 뛰어넘어, 여름밤 속으로 사라졌다.

가사하라 메이가 가고 나자, 나는 또 외톨이가 되었다. 나는 툇마루에 앉아, 가사하라 메이가 던지고 간 질문을 생각해 보았다. 만약 구미코에게 연인이 있고, 그녀가 그 남자와 함께 어디로 가 버렸다 치고, 그런데도 나는 그녀를 다시 받아들일 수 있을까. 나는 모르겠다. 정말 모르겠다. 내게도 모르는 일이 아주 많다.

불쑥 전화벨이 울렸다. 나는 거의 반사적으로 손을 뻗어 수화기를 들었다.

"여보세요." 하고 여자가 말했다. 가노 마르타의 목소리였다. "저는 가노 마르타입니다. 전화를 자주 드려서, 정말 죄송합니다. 오카다 씨, 내일은 무슨 일정이 있으신지요?"

아무 일정이 없다고 나는 말했다. 내게는 — 일정이란 게 없다, 전혀.

"그렇다면 내일 낮에 오카다 씨를 뵐 수 있을까 하는데요."

"구미코와 관계가 있는 일 때문입니까?"

"아마 그렇지 않을까 합니다." 하고 가노 마르타는 신중하게 말을 골라서 말했다. "그리고 와타야 노보루 씨도 아마 동석하게 될 거예요."

나는 그 말을 듣고 하마터면 수화기를 떨어뜨릴 뻔했다. "그 말은, 우리 셋이 같이 만나서 얘기를 한다는 건가요?"

"그렇게 될 겁니다." 하고 가노 마르타는 말했다. "이번 경우에는 그럴 필요가 있어요. 전화상으로는 더 이상 자세한 설명을 드릴 수 없군요."

"알겠습니다. 좋아요." 하고 나는 말했다.

"그럼 1시에 지난번과 같은 장소에서 뵐까요? 시나가와 퍼시픽 호텔의 커피숍에서."

1시에 시나가와 퍼시픽 호텔 커피숍, 하고 나는 받아 말했다. 그리고 전화를 끊었다.

10시에 가사하라 메이에게서 전화가 걸려 왔다. 별다른 용건이 있는 것은 아니었다. 그녀는 누구와 얘기를 하고 싶었을 뿐이었다. 우리는 잠시 두서없는 얘기를 나누었다. 마지막으로 그녀가 물었다. "저, 태엽 감는 새 아저씨, 그 후로 무슨 좋은 뉴스 없어요?"

"좋은 뉴스는 없어." 하고 나는 대답했다. "하나도."

3

와타야 노보루 말하다,

천박한 섬의 원숭이 이야기

커피숍에 도착했을 때, 약속 시간까지는 아직 10분 이상 여유가 있었는데도 와타야 노보루와 가노 마르타는 벌써 자리에 앉아 나를 기다리고 있었다. 점심시간과 겹친 탓에 커피숍에는 손님이 북적거렸지만, 나는 이내 가노 마르타의 모습을 찾을 수 있었다. 맑게 갠 여름날 오후에 빨간 비닐 모자를 쓰고 있는 사람은 세상에 그리 많지 않다. 그녀가 만약 똑같은 모양과 색의 비닐 모자를 몇 개나 갖고 있지 않다면, 그것은 처음 만났을 때 썼던 모자일 것이다. 그리고 그녀는 지난번과 마찬가지로 상큼한 차림을 하고 있었다. 하얀 반소매 마 재킷 속에 목이 둥근 면 셔츠. 재킷도 셔츠도 주름 하나 없고 새하얬다. 액세서리도 화장도 하지 않았다. 그 차림새에 빨간 비닐 모자만 분위기도 재질도 전혀 어울리지 않았다. 내가 자리에 앉자, 그녀는 기다렸다는 듯이 모자를 벗어 테이블에 내려놓았다. 모자 옆에는 조그만 노란색 가죽 핸드백이 놓여 있었다. 그녀 앞에는 토닉 워터 같은 물이 있었지만, 역시 전혀 손을 대지 않은 상태였다. 물은 긴 텀블러 속에서 왠지 불편하다는 듯이 조그만 거품만 허망하게 띄워 올리고 있었다.

와타야 노보루는 초록색 선글라스를 끼고 있었다. 내가 자리에 앉자 그는 선글라스를 벗어 손에 들고 잠시 렌즈를 바라보다가 다시 꼈다. 그는 짙은 감색 면 스포츠 재킷 속에, 처음 입은 것처럼 보이는 하얀 폴로셔츠를 입고 있었다. 앞에는 아이스티 잔이 놓여 있었지만, 그도 거의 손을 대지 않은 듯했다.

나는 커피를 주문하고, 시원한 물을 한 모금 마셨다.

한동안 아무도 입을 열지 않았다. 와타야 노보루는 내가 온 것조차 모르는 듯 보였다. 나는 자신이 투명 인간이 되지는 않았는지 확인하기 위해 손바닥을 테이블에 놓고 몇 번 뒤집어 보았다. 웨이터가 다가와, 내 앞에 커피 잔을 내려놓고 포트의 커피를 따랐다. 웨이터가 가 버리자, 가노 마르타가 마이크 상태라도 점검하듯 조그맣게 헛기침을 했다. 하지만 말은 하지 않았다.

처음 입을 연 것은 와타야 노보루였다. "시간이 별로 없으니까 최대한 간단히, 솔직하게 얘기하자고." 하고 그는 말했다. 그는 언뜻 봐서는 테이블 한가운데에 있는 스테인리스 슈가 포트를 향해 말하는 것 같았지만, 물론 그가 말을 건넨 상대는 나였다. 그는 편의상, 우리 둘 사이에 있는 슈가 포트를 향해 말한 것이다.

"간단히, 솔직하게 무슨 얘기를 합니까?" 하고 나는 솔직하게 물어보았다.

와타야 노보루는 비로소 선글라스를 벗어 테이블에 접어 놓고는 내 얼굴을 보았다. 마지막으로 그를 만나 얘기를 나눈 것이 벌써 삼 년 전 일인데, 지금 이렇게 같이 있어도 오랜만에 만난다는 생각이 조금도 들지 않았다. 나는 때로 텔레비전이나 잡지에서 그 얼굴을 보는 탓이겠거니 했다. 어떤 유의 정보는 좋든 싫든, 원하든 원하지 않든 연기처럼 인간의 의식과 눈으로 흘러든다.

그러나 가까이에서 얼굴을 마주하고 보니, 지난 삼 년 동안에 그의 인상이 상당히 달라졌다는 것을 알 수 있었다. 전에 그 얼굴에서 엿보였던 뭐라 형용하기 어려운 끈적끈적한 정체(停滯) 같은 것은 뒤로 밀려나고, 세련되고 인공적인 무언가가 그 자리를 메우고 있었다. 한마디로 말하면, 와타야 노보루는 더 세련된 새로운 가면을 갖게 된 것이었다. 그것은 아주 정교한 가면이었다. 어쩌면 새 피부 같은 것인지도 모른다. 하지만 그것이 가면이든 새 피부든, 나는 ― 나조차 ― 그 새로운 무엇 속에서 어떤 유의 매력을 인정하지 않을 수 없었다. 나는 문득, 마치 텔레비전 화면을 보는 것 같다는 생각이 들었다. 그는 텔레비전에 나온 사람이 말하듯 말하고, 텔레비전에 나온 사람이 움직이듯 움직였다. 그와 나 사이에 유리 한 장이 끼여 있는 것처럼 느껴졌다. 나는 이쪽에 있고, 그는 저쪽에 있었다.

"얘기란 게, 자네도 아마 알고 있겠지만, 구미코 일이야." 하고 와타야 노보루는 말했다. "앞으로 자네들이 어떻게 할 것인가 하는 얘기. 자네와 구미코가."

"어떻게 하다니, 구체적으로 어떤 뜻인가요?" 하고 묻고서, 나는 커피 잔을 들어 한 모금 마셨다.

와타야 노보루는 신기하리만큼 표정 없는 눈으로 물끄러미 내 얼굴을 보았다. "어떤 뜻이냐니, 자네도 이런 상태로 마냥 지낼 수는 없잖아. 구미코는 남자가 생겨서 집을 나갔고, 자네 혼자 남았어. 그런 상태는 누구에게도 좋지 않지."

"남자가 생겼다?" 하고 나는 말했다.

그때, "아니, 저기요. 잠시만요." 하고 가노 마르타가 끼어들었다. "얘기에는 순서란 것이 있습니다. 와타야 씨도 오카다 씨도, 순서에 따라 얘기를 진행하시죠."

"무슨 말인지 모르겠군. 순서랄 게 있어야지." 하고 와타야 노보루는 무기질적인 목소리로 말했다. "대체 이 얘기의 어디에 순서가 있는 겁니까?"

"먼저 말하라고 하세요." 하고 나는 가노 마르타에게 말했다. "그다음에 적당히 순서를 붙이죠. 그런 게 있다면, 그렇다는 말이지만."

가노 마르타는 입술을 가볍게 깨물고 잠시 내 얼굴을 보다가, 고개를 까딱거렸다. "좋아요. 그럼 와타야 씨가 얘기하세요."

"구미코는 다른 남자가 있었어. 그리고 그 남자와 함께 집을 나갔지. 이건 분명한 사실이야. 그렇다면, 이 이상 결혼 생활을 계속하는 의미가 없잖나. 다행히 아이도 없고, 제반 사정을 감안하면 위자료 교섭도 불필요하겠으니 얘기는 간단해. 그저 서류만 정리하면 되는 일이지. 변호사가 준비한 서류에 사인을 하고, 도장을 찍으면 끝나. 그리고 혹시나 해서 말하는데, 지금 내가 한 말은 와타야 집안의 최종적인 의견이기도 해."

나는 팔짱을 끼고, 그의 말에 대해 잠시 생각해 보았다. "몇 가지 질문이 있는데요. 우선, 구미코에게 다른 남자가 있다는 걸 어떻게 알았죠?"

"구미코에게 직접 들었으니 알지." 하고 와타야 노보루가 말했다.

나는 무슨 말을 하면 좋을지 몰라, 두 팔을 테이블에 올려놓은 채 잠시 침묵했다. 구미코가 와타야 노보루에게 그런 개인적인 얘기를 털어놓았다니, 납득하기 어려웠다.

"일주일쯤 전에 구미코가 내게 전화를 걸어서, 할 얘기가 있다고 했어." 하고 와타야 노보루는 말했다. "그래서 만나 얘기를 나눴지. 구미코는 사귀는 남자가 있다고 내게 분명하게 말했어."

나는 오랜만에 담배가 피우고 싶어졌다. 하지만 물론 담배는 어디에도 없었다. 그 대신 나는 커피를 한 모금 마시고, 잔을 접시에 내려놓았다. 탁 하는 메마르고 커다란 소리가 났다.

"그리고 구미코는 집을 나갔어." 하고 그는 말했다.

"알겠습니다." 하고 나는 말했다. "당신이 그렇게 말했으니, 아마 그런 거겠죠. 구미코에게 연인이 생긴 거겠죠. 그리고 그 때문에 당신에게 의논을 하러 갔겠죠. 나는 아직도 믿기지 않지만, 당신이 그런 일로 내게 거짓말을 할 것 같지는 않으니까요."

"당연하지." 하고 와타야 노보루는 말했다. 그는 입가에 미소까지 머금고 있었다.

"그래서, 당신 얘기는 그게 다입니까? 구미코에게 남자가 생겨서 집을 나갔으니, 나더러 이혼에 동의하라는?"

와타야 노보루는 에너지를 절약하려는 듯이 고개를 한 번 희미하게 끄덕였다. "나는, 자네도 알고 있겠지만, 애당초 구미코와 자네의 결혼을 찬성하지 않았어. 내 일이 아니라 생각해서 굳이 적극적으로 반대하지 않았지만, 지금 와서는 확실하게 반대할걸 그랬다는 생각이 들지 않는 것도 아니야." 그는 그렇게 말하고는 물을 한 모금 마시고, 그 잔을 테이블에 조용히 내려놓았다. 그리고 얘기를 계속했다. "처음 자네를 만났을 때부터 나는, 자네라는 인간에게 아무런 기대도 갖지 않았어. 반드시 뭘 이뤄 내겠다거나, 또는 자신을 정상적인 인간으로 키워 나가려는 진취적인 요소가 전혀 보이지 않았거든. 자네에게는 애당초 빛나는 것도 없었고, 뭘 빛나게 하는 것도 없었어. 자네가 하는 일은 하나같이 어중간하게 끝날 것이라고, 자네는 뭐 하나 제대로 성취하지 못할 것이라고 생각했지. 그리고 그건 사실이 되었어. 자네들이 결혼한 지 육 년이 지났는데, 그동안 자네는 과연 뭘 했지? 아무것도 안 했어 ― 그렇잖아. 자네가 지난 육 년 동안에 한 것이라고는, 다니던 회사를 그만둔 것과 구미코의 인생을 괜히 골치 아프게 만든 것뿐이지. 지금 자네는 하는 일도 없고, 앞으로 뭘 하고 싶다는 계획도 없어. 딱 잘라 말하면, 자네 머릿속에 있는 것은 거의 쓰레기와 돌멩이 같은 거야.

왜 구미코가 자네와 결혼했는지, 나는 지금도 잘 이해가 안 돼. 어쩌면 그녀가 자네 머릿속에 든 쓰레기와 돌멩이 같은 걸 흥미롭게 여겼는지도 모르지. 하지만 결국 쓰레기는 쓰레기고, 돌멩이는 돌멩이야. 요컨대 처음부터 단추를 잘못 끼웠던 거라고. 물론 구미코에게도 문제는 있어. 여러 가지 사정이 있어서, 그 아이는 어릴 때부터 다소 비뚤어진 부분이 있었어. 그렇다 보니 자네 같은 사람에게 일시적으로 끌렸던 거겠지. 하지만 그것도 이제 끝났어. 아무튼, 상황이 이렇게 되었으니 빨리 정리하는 게 좋겠어. 구미코 일은 우리 집안에서 처리할 거야. 자네는 이 이상 관여하지 않았으면 해. 구미코가 어디에 있는지 찾지도 말고. 이건 이제 자네 문제가 아니야. 자네가 끼어들면 상황이 복잡해질 뿐이야. 자네는 다른 장소에서 자네에게 어울리는 인생을 시작하는 편이 좋겠지. 그게 서로를 위하는 길이야."

얘기가 끝났다는 것을 알리듯 와타야 노보루는 잔에 남은 물을 들이켜고, 웨이터를 불러 물을 새로 달라고 했다.

"그 외에 또 하고 싶은 말은?" 하고 나는 물어보았다.

와타야 노보루는 또 희미하게 한 번, 이번에는 고개를 옆으로 저었다.

"그런데." 하고 나는 가노 마르타를 향해 말했다. "이 얘기에 어떤 순서가 있는 거죠?"

가노 마르타는 핸드백에서 조그맣고 하얀 손수건을 꺼내 입가를 닦았다. 그리고 테이블에 놓인 빨간 비닐 모자를 집어 핸드백 위에 올려놓았다.

"오카다 씨에게는 아마, 충격적인 얘기겠죠." 하고 가노 마르타가 말했다. "우리도 당사자를 앞에 두고 이런 얘기를 하기가 정말 괴롭습니다. 아시기야 하겠지만."

와타야 노보루는 지구가 자전을 계속하고, 귀중한 시간이 흘러가는 것을 확인하기 위해 손목시계를 보았다.

"알겠습니다." 하고 가노 마르타가 말했다. "솔직하고, 간단하게 말씀드리죠. 부인은 우선 저를 만나러 오셨습니다. 상담차 저를 찾아왔어요."

"내 소개로." 하고 와타야 노보루가 끼어들었다. "구미코가 고양이 일로 나를 찾아왔기에, 두 사람을 만나게 해 줬지."

"내가 당신을 만나기 전의 일인가요, 아니면 후의 일인가요?" 하고 나는 가노 마르타에게 물었다.

"전의 일입니다." 하고 가노 마르타는 말했다.

"그러니까." 하고 내가 가노 마르타에게 말했다. "순서에 따라 정리하면, 대충 이런 얘기겠군요. 구미코는 와타야 노보루를 통해서 당신의 존재를 알고 있었다. 그리고 없어진 고

양이 일로 상담하기 위해 당신을 찾아갔다. 그 후에 구미코
는 무슨 이유인지는 모르겠지만 자신이 먼저 만났다는 말은
하지 않고 나를 당신과 만나게 했다. 그리고 나는 지금 이 장
소에서 당신을 만나 얘기하고 있다. 요컨대 그런 건가요?"

"대략 그렇습니다." 하고 가노 마르타는 말하기 껄끄럽다
는 듯이 대답했다 "처음에는 순전히 고양이를 찾기 위해서
였어요. 그런데 저는 뭔가 더 깊은 것이 있다고 느꼈습니다.
그래서 오카다 씨를 만나고 싶었어요. 직접 만나 뵙고 얘기
하고 싶었어요. 그리고 그런 다음에 다시 한번 부인을 뵙고,
좀 더 깊고 개인적인 여러 사정을 들어 봐야 했습니다."

"그러니까 그때 구미코가 자신에게 연인이 있다는 말을
당신에게 한 거군요."

"요약하면 그렇게 되겠군요. 하지만 제 입장이 있어 그 이
상의 자세한 말씀은 드릴 수가 없습니다." 하고 가노 마르타
는 말했다.

나는 한숨을 쉬었다. 한숨을 쉰다고 뭐가 어떻게 되는 건
아니지만, 쉬지 않을 수 없었다. "그래서, 구미코와 그 남자
는 아주 오래전부터 사귀는 사이였나요?"

"두 달 반쯤이나, 그 정도 기간이지 않았을까 합니다."

"두 달 반." 하고 나는 말했다. "두 달 반 동안, 왜 나는 전
혀 눈치 채지 못했을까?"

"오카다 씨가 부인을 조금도 의심하지 않으셨기 때문이지요." 하고 가노 마르타가 말했다.

나는 고개를 끄덕였다. "맞는 말입니다. 나는 단 한 번도 그런 의심을 하지 않았어요. 나는 구미코가 그런 거짓말을 할 수 있으리라고는 생각지 않았고, 지금도 잘 믿기지 않습니다."

"결과가 어찌되었든 누군가를 전면적으로 믿을 수 있다는 것은, 인간의 올바른 자질 중 하나이지요." 하고 가노 마르타가 내게 말했다.

"쉽게 할 수 있는 일이 아니지." 하고 와타야 노보루도 말했다.

웨이터가 다가와, 내 잔에 또 커피를 따랐다. 옆 테이블에서는 젊은 여자가 큰소리를 내며 웃고 있었다.

"그래서, 이 모임의 목적은 대체 뭡니까." 하고 나는 와타야 노보루를 향해 말했다. "뭣 때문에 우리 셋이 여기 모여 있는 거죠. 내게 구미코와 이혼하겠다는 확답을 얻기 위한 겁니까. 아니면 또 다른 확실한 목적이 있는 겁니까? 당신이 한 얘기는 그냥 들어 보면 일리가 있는 듯하지만, 중요한 부분을 애매하게 얼버무리고 있어요. 당신은 구미코에게 다른 남자가 생겼고, 그래서 집을 나갔다고 했어요. 그럼 집을 나가서 어디 있습니까? 어디서 뭘 하고 있는 겁니까. 혼자 갔습니까, 아니면 그 남자와 같이 갔습니까. 구미코는 왜 내게 연락을 안 하는 건가요. 남자가 정말 있는 거라면, 어쩔 수 없죠. 하지만 나는 구미코에게 직접 그 말을 듣고 싶고, 그러기 전에는 아무것도 믿지 않을 겁니다. 알겠나요, 당사자는 나와 구미코입니다. 우리가 대화로 결정할 일이지, 당신이 이래라저래라 할 문제가 아니죠."

와타야 노보루는 입도 대지 않은 아이스티 잔을 옆으로 밀어냈다. "우리가 여기 온 건, 자네에게 통보하기 위해서야. 그리고 내가 가노 마르타 씨에게 와 달라고 부탁했어. 둘이 얘기하는 것보다 제삼자가 있는 편이 좋을 것 같아서 말이지. 상대가 누구고, 구미코가 지금 어디 있는지, 그런 건 나도 몰라. 구미코도 어른이니, 자기 하고 싶은 대로 행동할 수 있어. 게다가 어디 있는지 알고 있다손 쳐도, 자네에게 그걸 알려 줄 마음은 없어. 구미코가 자네에게 연락하지 않는 건, 자네와 아무 얘기도 하고 싶지 않기 때문이야."

"대체 구미코가 당신에게 뭐라고 한 겁니까? 나는 당신네들이 그렇게 친밀한 사이는 아니라고 알고 있는데." 하고 나는 말했다.

"구미코와 자네가 그렇게 친밀한 사이였다면, 왜 다른 남자와 잠자리를 가졌을까?" 하고 와타야 노보루가 말했다.

가노 마르타가 조그맣게 헛기침 소리를 냈다.

"구미코는 나는 다른 남자와 관계를 가졌다, 하고 말했어. 그리고 많은 것들을 분명하게 정리하고 싶다고 말이야. 나는 이혼을 권했지. 구미코는 생각해 보겠다고 했어." 와타야 노보루는 그렇게 말했다.

"그게 다입니까?" 하고 나는 물었다.

"달리 뭐가 있겠나?"

"나는 도무지 이해가 안 되는군요." 하고 나는 말했다. "솔직히 말해서, 구미코가 그만한 일을 가지고 당신과 의논했다는 생각이 안 들어요. 이렇게 말하면 뭐하지만, 구미코는 그 정도 일로 당신 같은 사람과 의논하지 않습니다. 자기 머리로 생각하죠. 또는 내게 직접 얘기할 겁니다. 혹시 다른 얘기가 있는 거 아닙니까. 당신과 구미코 사이에, 얼굴을 맞대고 해야 할 얘기가?"

와타야 노보루는 입가에 희미한 미소를 머금었다. 이번에는 새벽녘의 하늘에 뜬 그믐달처럼 가늘고 싸늘한 미소였다. "무심결에 속내를 드러내고 말았군." 하고 그가 조용히, 그러나 잘 들리는 목소리로 말했다.

"무심결에 속내를 드러냈다." 하고 나는 내 입으로 말해 보았다.

"그렇잖아. 마누라가 다른 남자와 자고 게다가 집까지 나갔는데, 그걸 남 탓으로 돌리려 하다니, 그렇게 멍청한 얘기는 들어 본 적이 없군. 나도 오고 싶어 여기 온 게 아니야. 어쩔 수 없이 온 거라고. 이런 대화는 소모일 뿐이야. 시궁창에 시간을 버리는 격이라고.”

그가 말을 끝내자, 깊은 침묵이 내려왔다.

“천박한 섬에 사는 원숭이 얘기 압니까?” 하고 나는 와타야 노보루를 향해 말했다.

와타야 노보루는 관심 없다는 듯이 고개를 저었다. “모르겠는데.”

“아주 먼 어느 곳에, 천박한 섬이 있어요. 이름은 없습니다. 이름을 붙일 만한 섬이 아니죠. 아주 천박하게 생긴 천박한 섬입니다. 거기에는 천박한 모양의 야자나무가 있죠. 그리고 그 야자나무는 천박한 냄새가 나는 열매를 맺습니다. 그런데 또 거기에는 천박한 원숭이가 살고 있어서, 그 천박한 냄새 나는 야자열매를 즐겨 먹어요. 그리고 천박한 똥을 싸죠. 그 똥이 땅에 떨어져 토양도 천박해지고, 그 토양에서 자라는 야자나무를 더욱 천박하게 하죠. 그런 순환입니다.”

나는 남은 커피를 마셨다.

“당신을 보면서 그 천박한 섬 이야기가 문득 떠올랐어요.” 하고 나는 와타야 노보루에게 말했다. “내가 하고 싶은 말은, 이런 겁니다. 어떤 유의 천박함은, 어떤 유의 정체는, 어떤 유의 어두운 부분은 그 자체의 힘으로, 그 자체의 사이클로 점점 증식되죠. 그러다 어느 지점을 넘어서면, 아무도 그 증식을 막을 수 없어요. 가령 당사자가 막고 싶어도 말이죠."

와타야 노보루의 얼굴에는 그 어떤 표정도 어려 있지 않았다. 미소도 사라졌고, 분노의 흔적도 없었다. 양 눈썹 사이에 가는 주름 같은 것이 한 가닥 보일 뿐이었다. 그런 주름이 예전부터 거기 있었는지는 기억나지 않았다.

나는 얘기를 계속했다. "나는 당신이 사실은 어떤 인간인지 잘 알고 있어요. 당신은 나를 쓰레기고 돌멩이라고 했습니다. 나 같은 인간쯤 마음만 먹으면 얼마든지 때려눕힐 수 있겠죠. 그 정도야 식은 죽 먹기겠죠. 하지만 만사는 그렇게 간단하지 않습니다. 당신의 가치관에서 보면 나는 그야말로 쓰레기나 돌멩이 같은 인간일 수도 있죠. 하지만 나는 당신이 생각하는 만큼 멍청하지 않습니다. 나는 당신의 화면발도 좋고 세상 사람들에게 잘 먹히는 그 매끈한 가면 아래 뭐가 있는지 잘 알고 있어요. 거기에 있는 비밀을 말이죠. 구미코도 그걸 알고 있고, 나도 압니다. 나 역시 마음만 먹으면, 그걸 폭로할 수 있어요. 온 세상 사람들이 다 알게 속속들이 밝힐 수 있습니다. 그러려면 시간이 걸릴 수도 있겠지만, 나는 할 수 있어요. 나는 별 볼 일 없는 인간일지는 몰라도 최소한 샌드백은 아닙니다. 살아 있는 인간이죠. 맞으면 맞받아칩니다. 그 점을 분명하게 기억해 두는 편이 좋을 겁니다."

와타야 노보루는 아무 말 없이, 그 무표정한 얼굴로 나를 빤히 쳐다보았다. 그 얼굴은 마치 공중에 뜬 돌덩이처럼 보였다. 내가 한 말은 거의 허풍이었다. 나는 와타야 노보루의 비밀 따위는 아무것도 모른다. 하지만 상당히 굴절된 무언가가 있으리라는 상상은 할 수 있었다. 그러나 그게 구체적으로 어떤 것인지 나는 알 길이 없었다. 하지만 내가 한 말이 그의 내면의 무언가를 건드린 듯했다. 나는 그의 얼굴 위에서 그 반응을 분명하게 볼 수 있었다. 와타야 노보루는 텔레비전의 토론 프로그램에서 습관처럼 그러던 것과 달리, 내 발언을 비웃지도 않았고, 꼬투리를 잡지도 않았고, 빈틈을 노려 교묘하게 공격하지도 않았다. 그는 거의 움직이지도 않은 채 입을 꾹 다물고 있을 뿐이었다.

그리고 와타야 노보루의 얼굴에서 이상한 일이 벌어지기 시작했다. 그의 얼굴이 조금씩 벌게지기 시작한 것이다. 그것도 아주 이상하게 벌게졌다. 얼굴 군데군데는 시뻘게지고, 더러는 붉어지고, 나머지 부분은 창백해지는 것처럼 보였다. 나는 그런 얼굴을 보면서, 온갖 종류의 낙엽수와 상록수가 제멋대로 뒤섞여 자라서 얼룩덜룩하게 물든 가을 숲을 떠올렸다.

마침내 와타야 노보루가 조용히 자리에서 일어나, 주머니에서 선글라스를 꺼내 꼈다. 얼굴은 여전히 얼룩덜룩 묘하게 물든 채였다. 그의 얼굴에 그 색감이 완전히 정착해 버린 것처럼 보였다. 가노 마르타는 말도 없고, 움직이지도 않은 채 가만히 앉아 있었다. 나는 모르는 척하고 있었다. 와타야 노보루가 나를 향해 무슨 말을 하려 했다. 그러나 결국은 아무 말 않기로 한 듯했다. 그는 묵묵히 테이블을 떠나 모습을 감췄다.

와타야 노보루가 가 버린 후, 나와 가노 마르타는 피차 한동안 아무 말을 하지 않았다. 나는 몹시 피곤했다. 웨이터가 다가와 내게 커피를 더 마시겠느냐고 물었다. 나는 됐다고 대답했다. 가노 마르타는 테이블에 놓인 빨간 모자를 들고, 2, 3분 그저 물끄러미 바라보다가 옆 의자에 내려놓았다.

입안에서 텁텁한 냄새가 났다. 나는 물을 마셔 그 냄새를 씻어 내려 했다. 하지만 냄새는 없어지지 않았다.

잠시 후 가노 마르타가 입을 열었다. "감정이란 것은, 때로 바깥을 향해 터뜨릴 필요가 있습니다. 그러지 않으면 흐름이 내부에 고이게 되지요. 하고 싶은 말을 하셔서, 후련해지셨겠죠?"

"어느 정도는." 하고 나는 말했다. "하지만 아무것도 해결되지 않았어요. 아무것도 끝나지 않았고."

"오카다 씨는 와타야 씨를 좋아하지 않는군요."

"나는 그 남자와 얘기할 때마다 몹시 공허해집니다. 주변에 있는 모든 것이 실체가 없게 보여요. 눈에 보이는 모든 것이 텅 비어 보입니다. 그런데 왜 그런지, 말로는 정확하게 설명할 수 없어요. 그 탓에 나는 간혹 내가 할 말이 아닌 말을 하고, 내가 하지 않을 행동을 합니다. 그리고 그런 다음에는 기분이 무척 나빠집니다. 두 번 다시 그 남자를 만나지 않을 수 있다면, 나로서는 더없이 다행이겠군요."

가노 마르타는 몇 번이나 고개를 저었다. "안타까운 일이지만, 오카다 씨는 앞으로도 몇 번 와타야 씨와 얼굴을 마주하게 될 겁니다. 그걸 피하는 것은 불가능합니다."

아마 그녀 말대로 되겠지 하고 나는 생각했다. 그렇게 간단히 연이 끊길 사이가 아닌지도 모른다.

나는 잔을 들어 또 물을 한 모금 마셨다. 이 텁텁한 냄새는 어디서 나는 것일까 하고 나는 생각했다.

"한 가지 궁금한 게 있는데, 당신은 이번 건에 관해서 어느 쪽에 서 있는 겁니까? 와타야 노보루인가요, 아니면 나인가요?" 하고 나는 가노 마르타에게 물어보았다.

가노 마르타는 팔꿈치를 테이블에 대고 손바닥을 마주 잡았다. "어느 쪽도 아닙니다." 하고 그녀는 말했다. "쪽이란 것은 없어요. 그런 것은 어디에도 존재하지 않습니다. 위와 아래가 있고, 좌와 우가 있고, 앞과 뒤가 있는, 그런 문제가 아니에요, 오카다 씨."

"어째 선문답 같은 말이군요. 사고의 시스템으로는 흥미롭지만, 그 자체로는 아무 설명이 되지 않는데요."

그녀는 고개를 끄덕였다. 그리고 얼굴 앞에 마주 잡고 있던 두 손을 5센티미터가량 벌리고, 약간 앞으로 눕혀 나를 가리켰다. 조그맣고 예쁜 손이었다. "제가 하는 말이 요령부득인 것은 맞아요. 화를 내시는 건 당연한 일입니다. 그러나 제가 지금 오카다 씨에게 뭘 가르쳐 드린다 한들, 현실적으로는 아무 도움이 되지 않아요. 도움은커녕 오히려 만사를 훼손하게 되겠지요. 당신 자신의 힘으로, 자신의 손으로 쟁취하는 수밖에 없는 일입니다."

"야생의 왕국." 하고 나는 미소를 띠고 말했다. "맞으면 맞받아친다."

"네, 그런 겁니다." 하고 가노 마르타가 말했다. "바로 그거예요." 그리고 그녀는 마치 누군가의 유품이라도 회수하는 것처럼 핸드백을 살며시 들고, 빨간 비닐 모자를 썼다. 가노 마르타가 그 모자를 쓰자, 신기하게도 이렇게 시간이 한 차례 막을 내렸다는 실감이 있었다.

가노 마르타가 돌아간 다음, 나는 오래도록 아무 생각 없이 거기에 앉아 있었다. 일어나 어디에 가서 뭘 하면 좋은지, 전혀 생각나지 않았기 때문이다. 하지만 그렇다고 계속 거기 있을 수는 없었다. 20분쯤 지나서 나는 세 사람의 찻값을 치르고 커피숍에서 나왔다. 앞서 나간 두 사람이 아무도 계산을 치르지 않았던 것이다.

4

사라진 은총,

의식의 창부

집에 돌아와 우편함을 들여다보니 두툼한 봉투 하나가 들어 있었다. 마미야 중위가 보낸 편지였다. 봉투에는 거뭇거뭇한 달필로 내 이름과 주소가 적혀 있었다. 나는 우선 옷을 갈아입고 세면대에서 세수를 하고, 부엌에 가서 찬물을 두 잔 마셨다. 그리고 한숨 돌린 후에 봉투를 열었다.

얇은 편지지에 만년필로 쓴 자잘한 글자가 죽 이어졌다. 편지지는 전부 열 장쯤 될 것 같았다. 나는 편지지를 훌훌 넘겨보고는 다시 봉투 안에 넣었다. 그렇게 긴 편지를 읽기에는 너무 피곤했고, 집중력도 없었다. 손수 쓴 그 글자의 나열을 눈으로 더듬고 있자니, 마치 파란색의 기묘한 벌레

떼처럼 보였다. 그리고 내 머릿속에는 아직도 와타야 노보루의 목소리가 가늘게 울리고 있었다.

소파에 누워 아무 생각 않고 오래도록 눈을 감고 있었다. 아무 생각도 하지 않는 것은, 그때 내게는 그렇게 어려운 일이 아니었다. 아무 생각도 하지 않기 위해서는 여러 가지를 조금씩 생각하면 된다. 여러 가지를 조금씩 생각하다 그대로 공중에 놔 버리면 된다.

이제 마미야 중위가 보낸 편지를 읽자는 결심이 선 것은, 결국 오후 5시가 거의 다 되어서였다. 나는 툇마루에 앉아 기둥에 기대어, 봉투에서 편지지를 꺼냈다.

첫 페이지는 긴 계절 인사와 지난번 방문에 대한 인사말과 오래 머물며 쓸데없는 얘기를 장황하게 늘어놓아 어쩌고저쩌고 하는 사죄의 문장으로 채워져 있었다. 마미야 중위는 상당히 예의 바른 사람이다. 예의가 일상생활에서 중요한 부분을 차지하던 시대에서 지금까지 살아남은 인간이다. 나는 그 부분을 쓱 훑고는 다음 페이지로 넘어갔다.

'서두가 상당히 길어졌습니다. 죄송합니다.' 하고 마미야 중위는 썼다. '오카다 씨가 번거로워하실 것을 잘 알면서도 실례를 무릅쓰고 이런 편지를 드리는 목적은, 제가 며칠 전에 말씀드린 얘기가 지어낸 얘기가 아니라, 또는 이 늙은이의 부질없는 추억담이 아니라, 세부에 이르기까지 전부 엄연한 진실이라는 것을 알아주셨으면 해서입니다. 오카다 씨도 아시다시피 전쟁이 끝난 후 세월이 많이 흘렀고, 기억이라는 것은 세월을 따라 절로 변질되는 것이지요. 사람이 늙어 가는 것처럼, 기억이나 생각도 늙어 갑니다. 그러나 그중에는 절대 늙지 않는 생각도 있고, 절대 퇴색하지 않는 기억도 있습니다.

저는 오늘에 이르기까지, 오카다 씨가 아닌 사람에게는 그 얘기를 한 적이 없습니다. 아마 대부분의 세상 사람들 귀에는 저의 그 얘기가 황당무계한 엉터리로 들리겠지요. 사람들은 대개 자신이 이해할 수 있는 범위 안에 있지 않은 일들은 모두 불합리하고 고려할 가치조차 없는 것으로 무시하고 묵살하는 법입니다. 이렇게 말씀드리는 저 또한 그 얘기가 황당무계한 엉터리라면 얼마나 좋을까 하고 생각합니다. 그것이 저의 착각이거나 또는 그저 망상 혹은 꿈이라면 하는 생각으로, 거기에 한 올의 희망을 품고 지금까지 구질구질하게 살아왔습니다. 저는 수도 없이 저 자신을 그렇게 납득시키려고 노력해 왔습니다. 그것은 망상이다, 무슨 착각일 것이다, 하고 말입니다. 그러나 제가 그 기억을 기를 쓰고 어둠으로 밀어내려 할 때마다, 그것은 점점 더 견고하고 선명하게 되살아났습니다. 그리고 그 기억은 마치 암세포처럼 제 의식 속에 뿌리를 단단히 내리고 살을 파먹어 들어갔습니다.

저는 지금도, 그 세부 하나하나를, 마치 어제 일어난 일처럼 똑똑히 극명하게 떠올릴 수 있습니다. 모래와 풀을 손에 쥐고 그 냄새를 맡을 수도 있습니다. 하늘에 뜬 구름의 모양도 떠올릴 수 있습니다. 두 볼에 모래 섞인 메마른 바람을 느낄 수도 있습니다. 오히려 저는 그 후에 제 신변에 생긴 수많은 일이 비현실적인 꿈이거나 망상처럼 여겨지기도 합니다.

저의 것이었다고 말할 수 있는 인생의 근간은, 저 끝없이 광활한 외몽골의 평원에서 얼어붙고 불타 버리고 말았습니다. 그 후에 저는 국경을 넘어 침공한 소련군 전차 부대와 격렬한 전투를 치르다 한쪽 팔을 잃었고, 극한의 시베리아 수용소에서 상상을 초월하는 신산을 겪었으며, 이 나라로 돌아와서는 시골에서 사회 선생으로 무탈하게 약 삼십 년을 봉직했고, 그 후에는 논밭을 일구며 혼자 살아왔습니다. 그러나 저는 그 세월이 한 막의 환영처럼 느껴지기까지 합니다. 그 세월은 세월이며 세월이 아닙니다. 제 기억은 그 허망한 껍데기 같은 세월을 단숨에 뛰어넘어 저 후룬베이얼 벌판을 향해 똑바로 돌아가곤 합니다.

제 인생이 그렇게 상실되고 껍데기가 된 원인은, 아마 그 우물 속에서 제가 본 빛에 있으리라고 생각합니다. 10초에서 20초 정도, 그 잠깐 사이에 우물 바닥까지 똑바로 비친 그 강렬한 태양 빛입니다. 하루에 딱 한 번, 아무런 암시도 없이 불쑥 찾아왔다가 순식간에 물러가 버린 그 빛입니다. 그러나 저는 그 짧은 시간의 빛의 홍수 속에서, 그야말로 평생에 걸쳐서도 보기 어려운 어떤 것을 보고 말았습니다. 그리고 그것을 본 저는, 그것을 보기 전의 저와는 전혀 다른 인간이 되고 말았습니다.

그 우물 속에서 대체 어떤 일이 벌어졌는지, 사십 년이 지난 지금도 저는 그 의미를 정확하게 파악하지 못하고 있습니다. 그러니 이제 제가 말씀드리는 것도, 어디까지나 제가 생각한 하나의 가설에 지나지 않습니다. 논리적인 근거는 전혀 없습니다. 그러나 지금 저는 이 가설이 제가 경험한 일의 실상에 가장 가깝지 않을까 하고 생각합니다.

저는 외몽골 병사의 위협으로 몽골 벌판 한가운데에 있는 깊은 우물로 뛰어들었고, 다리와 어깨에 부상을 입었습니다. 먹을 것은 물론이요 물 한 방울 없이, 그저 죽음을 기다리고 있었습니다. 저는 그러기 전에, 한 인간이 산 채로 거죽이 벗겨지는 광경을 보았습니다. 그처럼 특수한 상황에서 저의 의식은 지극히 농밀하게 응축되었으며, 거기에 순간적으로 강렬한 빛이 비침으로 해서 저는 의식의 중핵 같은 장소로 하강한 게 아닐까 하고 생각합니다. 아무튼 저는 거기 있는 것의 모습을 보았습니다. 제 주위는 온통 강렬한 빛입니다. 저는 빛의 홍수 한가운데 있습니다. 제 눈은 아무것도 볼 수 없습니다. 저는 오직 빛에 싸여 있을 뿐입니다. 그런데 거기에 무언가가 보입니다. 일시적이지만 앞이 안 보이는 가운데, 무언가가 그 형태를 이뤄 가고 있습니다. 그것은 무엇입니다. 생명이 있는 무엇입니다. 빛 속에, 마치 일식의 그림자처럼 그 무엇이 검게 떠오르려 합니다. 하지만 저는 그 모습을 정확하게 알아볼 수 없습니다. 그것이 제 쪽을 향해 다가오려고 합니다. 그것은 제게 무슨 은총 같은 것을 주려 하고 있습니다. 저는 몸을 떨면서 그것을 기다립니다. 그런데 그 무엇은 마음을 바꿨는지, 아니면 시간이 부족했는지, 결국 제게로 오지 못했습니다. 그것은 형태를 완전히 이루기 직전에 갑자기 용해되면서 다시 빛 속으로 사라져 버렸습니다. 그리고 빛이 엷어졌습니다. 빛이 비추는 시간이 끝났던 것입니다.

이틀 동안 계속되었습니다. 똑같은 일이 반복되었습니다. 넘치는 빛 속에서 무언가가 형태를 이루려 하다가 끝내는 이루지 못하고 사라져 버렸습니다. 저는 우물 속에서 굶주리고 갈증에 시달렸습니다. 그 고통은 뭐라 형용하기 어려운 것이었습니다. 그러나 동시에, 그런 것은 궁극적으로는 대수로운 문제가 아니었습니다. 그보다 가장 고통스러웠던 것은 빛 속에 있는 무언가의 모습을 정확하게 알아볼 수 없다는 것이었습니다. 봐야 하는 것을 보지 못하는 굶주림이며 알아야 할 것을 알지 못하는 갈증이었습니다. 그 모습을 명확하게 똑똑히 볼 수 있다면, 이대로 굶어 죽어도 여한이 없겠다고 생각했습니다. 저는 정말 그런 생각이었습니다. 저는 그 모습을 볼 수만 있다면 뭘 희생해도 좋다고 생각했습니다.

하지만 그 모습은 제 앞에서 영원히 사라지고 말았습니다. 그 은총은 제게 주어지지 않은 채 끝나고 말았습니다. 그리고 앞에서도 말씀드렸다시피, 그 우물에서 나온 이후의 제 인생은 텅 빈 껍데기 같은 것이 되고 말았습니다. 그래서 저는 종전 직전 소련군이 만주를 침공하려 할 때, 자원해서 전선으로 향했습니다. 시베리아 수용소에서도, 의식적으로 스스로를 곤란한 상황에 두려고 했습니다. 그러나 저는 어떻게 해도 죽지 않았습니다. 혼다 하사가 그 밤에 예언했던 것처럼, 저는 일본으로 돌아와 기가 차도록 오래 살 운명이었던 것입니다. 저는 그 말을 처음 들었을 때, 기뻐했던 것을 기억합니다. 하지만 그것은 오히려 저주에 가까운 말이었습니다. 저는 죽지 않은 것이 아니라, 죽지 못한 것입니다. 혼다 하사가 말했듯이, 저는 그 말을 듣지 않는 편이 좋았습니다.

왜냐하면 계시와 은총이 사라졌을 때, 제 인생 또한 사라졌기 때문입니다. 그 때문에 과거 제 안에 생명을 지니고 있던 것, 그리고 가치가 있었던 것은 무엇 하나 남지 않고 죽어 버렸습니다. 그 강렬한 빛 속에서, 그것들은 불타 재가 되고 말았습니다. 아마, 그 계시거나 은총에서 뿜어 나온 열이 저라는 인간의 생명의 핵을 송두리째 태워 버린 것이겠지요. 제게는 그 열을 견뎌 낼 만한 힘이 없었던 것이겠지요. 그래서 저는 죽음이 두렵지 않습니다. 육체의 죽음을 맞는 것은, 저에게는 오히려 구원입니다. 육체의 죽음은 제가 저인 고통으로부터, 그 구원 없는 감옥으로부터 저를 영원히 해방시켜 줄 겁니다.

또 얘기가 길어졌군요. 용서 바랍니다. 하지만 제가 오카다 씨에게 정말 전하고 싶었던 것은 바로 이것이었습니다. 저는 자신의 인생을 어쩌다 잃어버렸고, 그 상실된 인생과 함께 사십 년 이상이나 살아 온 인간입니다. 그리고 저는 그 같은 처지에 있는 인간으로서, 인생이란 그 와중에 있는 사람들이 생각하는 것보다 훨씬 한정된 것이라고 생각합니다. 인생이라는 행위 속에 빛이 비추는 것은 한정된 아주 짧은 기간뿐입니다. 어쩌면 불과 10여 초에 지나지 않는지도 모릅니다. 그 시간이 지나 버리고 나면, 그리고 그 빛이 보여 주는 계시를 포착하지 못하면, 두 번 다시 기회는 존재하지 않습니다. 그리고 사람은 그 후의 인생을 구원 없는 깊은 고독과 후회 속에서 살아가야 하는지도 모릅니다. 그 같은 황혼의 세계에서 사람은 아무것도 기대할 수 없습니다. 그가 손에 쥐고 있는 것은 있어야 할 것의 허망한 잔해에 지나지 않습니다.

어찌되었든 오카다 씨를 만나 뵈었고, 또 이 얘기를 할 수 있어 기쁘게 생각합니다. 오카다 씨에게 무슨 도움이 될지는 알 수 없습니다. 그러나 저는 그 얘기를 함으로써 일종의 구원을 얻은 듯한 생각이 듭니다. 미미한 구원이겠으나, 그처럼 미미한 구원조차 제게는 보물처럼 귀중합니다. 그리고 이 역시 혼다 씨의 이끔이 있어 가능했다는 사실에 저는 운명의 존재를 느끼지 않을 수 없습니다. 오카다 씨가 행복한 인생을 보내실 수 있기를, 멀리서나마 기원하겠습니다.'

나는 편지를 처음부터 다시 한번 천천히 읽고는 봉투에 넣었다.

마미야 중위의 편지는 나의 심금을 울렸지만, 그럼에도 그 글이 내게 준 것은 아득하고 흐릿한 영상에 지나지 않았다. 나는 마미야 중위라는 인간을 믿고, 수용할 수 있었다. 그리고 그가 사실이라고 단언하는 일들을 사실로 받아들일 수 있었다. 그러나 사실이나 진실이라는 말 자체가 지금의 내게는 그렇게 강한 설득력을 지니고 있지 않았다. 그의 편지 중에서 가장 마음이 끌린 것은, 그 문장 속에 포함된 답답함이었다. 그가 묘사하려고 했지만 묘사하지 못하고, 설명하려 했지만 설명하지 못한 답답함이었다.

나는 부엌에 가서 물을 마신 다음 집 안을 여기저기 서성거렸다. 침실에 가서 침대에 걸터앉아 벽장 안에 걸린 구미코의 옷을 바라보았다. 그리고 지금까지 자신의 인생이 과연 무엇이었는지를 생각했다. 나는 와타야 노보루가 했던 말을 충분히 이해할 수 있었다. 그 말을 들었을 때는 화가 났지만, 생각해 보면 그의 말이 옳았다.

"자네들이 결혼한 지 육 년이 지났어. 그동안에, 자네는 과연 뭘 했지? 아무것도 안 했어 ─ 그렇잖나. 자네가 지난 육 년 동안에 한 것이라고는, 다니던 회사를 그만둔 것과 구미코의 인생을 괜히 골치 아프게 만든 것뿐이지. 지금 자네는 하는 일도 없고, 앞으로 뭘 하고 싶다는 계획도 없어. 딱 잘라 말하면, 자네 머릿속에 있는 것은 거의 쓰레기와 돌멩이 같은 거야." 와타야 노보루는 그렇게 말했다. 나는 그의 말이 옳다고 인정하지 않을 수 없었다. 객관적으로 보면 나는 지난 육 년 동안에 의미 있는 일은 거의 하나도 하지 않았고, 머릿속에는 쓰레기나 돌멩이처럼 무가치한 것밖에 들어 있지 않다. 나는 0이다. 그의 말이 옳다.

하지만 나는 정말 구미코의 인생을 골치 아프게 만들었을까?

나는 한참이나 벽장 속에 있는 그녀의 원피스와 블라우스와 스커트를 보았다. 그것들은 그녀가 남기고 간 그림자였다. 그림자는 주인을 잃은 채 맥없이 거기에 매달려 있었다. 나는 세면실에 가서 서랍을 열어 누군가가 구미코에게 선물한 크리스티앙 디오르 향수병을 꺼내 뚜껑을 열었다. 냄새를 맡아 보니, 구미코가 나갔던 날 아침에 내가 그녀 귀 뒤에서 맡았던 냄새와 똑같았다. 나는 내용물을 천천히 세면대에 버렸다. 액체는 배수구 속으로 흘러 내려가 사라졌지만, 뒤에 남은 강렬한 꽃향기(꽃 이름이 도무지 기억나지 않았다.)는 내 기억을 마구 휘저으며 세면실에 떠다녔다. 그 강렬한 냄새 속에서 세수를 하고 이를 닦았다. 그러고 나는 가사하라 메이를 만나러 가기로 했다.

　여느 때처럼 미야와키 씨 집의 뒤쪽 골목에 서서 가사하라 메이가 나타나기를 기다렸지만, 아무리 기다려도 그녀는 나오지 않았다. 나는 나무 울타리에 기대어 레몬 사탕을 우물거리면서 새 석상을 바라보고, 마미야 중위의 편지를 생각했다. 사방이 점차 어두워졌다. 나는 30분 가까이 기다리고는 포기했다. 가사하라 메이는 어딘가에 간 것이리라.

　나는 다시 골목을 지나 우리 집 뒤쪽으로 돌아와 담을

뛰어넘었다. 집 안은 여름날 해 질 녘의 고요하고 파란 어둠에 싸여 있었다. 그리고 거기에 가노 크레타가 있었다. 나는 꿈을 꾸고 있는 듯한 착각을 느꼈다. 하지만 그것은 현실의 연속이었다. 집 안에는 내가 버린 향수 냄새가 아직도 희미하게 떠다니고 있었다. 가노 크레타는 소파에 앉아 무릎에 두 손을 올려놓고 있었다. 내가 다가가도, 마치 그녀 안의 시간이 정지해 버린 것처럼 꼼짝하지 않았다. 나는 불을 켜고 의자에 마주 앉았다.

"문이 잠겨 있지 않았어요." 하고 가노 크레타가 그제야 입을 열었다. "그래서 그냥 들어왔어요."

"괜찮아요. 잠그지 않고 나가는 일이 많습니다."

가노 크레타는 레이스 달린 하얀 블라우스와 봉긋하게 부푼 연보라색 치마 차림에, 귀에는 큼지막한 귀걸이를 하고 있었다. 그리고 왼 손목에는 두 줄짜리 커다란 팔찌를 차고 있었다. 나는 그 팔찌를 보고서 움찔 놀랐다. 내가 꿈속에서 보았던 것과 모양이 거의 비슷했기 때문이다. 그리고 그녀는 예전과 똑같은 머리 스타일에 똑같은 화장을 하고 있었다. 머리는 미용실에서 바로 온 것처럼 헤어스프레이로 단정하게 세팅되어 있었다.

"시간이 별로 없어요." 하고 가노 크레타가 말했다. "바로 돌아가야 해요. 하지만 오카다 씨와 꼭 얘기를 나누고 싶었어요. 오늘, 언니와 와타야 노보루 씨를 만나셨죠?"

"그리 즐거운 자리는 아니었지만." 하고 나는 말했다.

"그래서 오카다 씨, 제게 묻고 싶은 게 있지 않나요?"

이런저런 사람들이 줄줄이 등장해, 내게 갖가지 질문을 한다.

"와타야 노보루라는 인간에 대해서 좀 더 알고 싶습니다. 반드시 알아야 할 것 같아요."

그녀가 고개를 끄덕였다. "저도 와타야 씨에 대해서 좀 더 알고 싶어요. 언니가 이미 말씀드렸겠지만, 그분은 오래전에 저를 더럽혔습니다. 그 일에 대해서는 지금 설명할 수 없어요. 언젠가 얘기해 드릴게요. 하지만 그 일은 제 의사에 반해 행해졌습니다. 저는 애당초 그분과 몸을 섞게 되어 있었어요. 그러니까 그건 일반적인 의미의 강간은 아니에요. 하지만 그분은 저를 더럽혔습니다. 그리고 그 일은 저라는 인간을 여러 면에서 크게 바꿔 버렸어요. 다만 저는 그 상태에서 어찌어찌 회복되었습니다. 아니, 오히려 그 경험을 통해서, 물론 가노 마르타의 손을 빌렸지만, 저를 한 단계 높은 곳으로 이끌 수 있었어요. 그러나 결과가 어떻든, 제가 그때 자신의 의사와 달리 와타야 노보루 씨에게 겁탈당하고, 더럽혀졌다는 사실은 달라지지 않아요. 그건 잘못된 일이었고, 아주 위험하기도 했습니다. 제가 영원히 상실될 가능성도 있었어요. 아시겠어요?"

물론 나는 알 수 없었다.

"저는 오카다 씨와도 몸을 섞었습니다. 하지만 그건 옳은 목적을 위해 옳은 방법으로 이뤄졌어요. 그런 경우에는 더럽혀지지 않아요."

나는 얼룩진 벽을 바라보듯 가노 크레타의 얼굴을 한참이나 바라보았다. "나와 몸을 섞었다?"

"그래요." 하고 가노 크레타는 말했다. "처음에는 입만 사용했고, 두 번째에는 몸을 섞었어요. 양쪽 다 같은 방이었죠. 기억하시죠? 처음에는 시간이 별로 없었어요. 그래서 서둘러야 했지만, 두 번째 때는 조금 더 여유가 있었죠."

나는 뭐라 대꾸할 말이 없었다.

"두 번째 때, 저는 부인의 원피스를 입고 있었어요. 파란색 원피스입니다. 그리고 왼쪽 손목에 이것과 똑같은 팔찌를 차고 있었죠. 그렇지 않나요?" 그녀는 두 줄짜리 팔찌를 찬 왼손을 내 앞으로 내밀었다.

나는 고개를 끄덕였다.

가노 크레타는 말했다. "물론 우리는 현실에서 몸을 섞은 게 아니에요. 오카다 씨는 사정할 때, 제 몸이 아니라 오카다 씨 자신의 의식 속에 사정을 하게 돼요. 아시겠어요? 그건 만들어진 의식입니다. 그러나 역시, 우리는 몸을 섞었다는 의식을 공유하고 있습니다."

"뭐 때문에 그런 걸 하는 거죠?"

"알기 위해서죠." 하고 그녀는 말했다. "더 많은 것을, 더 깊이 알기 위해서입니다."

나는 한숨을 쉬었다. 누가 뭐라고 하든 그건 정말 말도 안 되는 얘기였다. 그러나 그녀는 내 꿈속의 정경을 전부 정확하게 알아맞혔다. 나는 손가락으로 입가를 긁작거리면서 그녀가 왼 손목에 차고 있는 팔찌를 잠시 바라보았다.

"내 머리가 나쁜 탓이겠지만, 당신이 하는 말을 완벽하게 이해했다고는 할 수 없어요." 나는 칼칼한 목소리로 그렇게 말했다.

"오카다 씨 꿈에 두 번째로 나타났을 때, 저는 오카다 씨와 몸을 섞는 중에 모르는 여자와 교대했습니다. 그렇죠? 그 여자가 누군지 저는 몰라요. 하지만 그 일은 오카다 씨에게 뭔가를 시사했을 거예요. 저는 그 점을 오카다 씨에게 전하고 싶었어요."

나는 잠자코 있었다.

"저와 몸을 섞었다고 해서 죄책감을 느끼실 필요는 없습니다." 하고 가노 크레타가 말했다. "아시겠어요, 오카다 씨. 저는 창부예요. 과거에는 육체의 창부였고, 지금은 의식의 창부입니다. 저는 통과되는 존재입니다."

그리고 가노 크레타는 소파에서 일어나 내 옆에 무릎을 꿇었다. 그리고 두 손으로 내 손을 잡았다. 부드럽고, 따스하고, 조그만 손이었다. "오카다 씨, 지금 여기서 저를 안아 주세요." 하고 가노 크레타가 말했다.

나는 그녀를 안았다. 솔직히 나는 뭘 어쩌면 좋을지 전혀 오리무중이었다. 하지만 지금 여기에서 가노 크레타를 안는 게 절대 잘못된 행위는 아니라고 생각되었다. 설명은 할 수 없지만, 그런 기분이 들었다. 나는 춤이라도 추는 식으로, 가노 크레타의 가녀린 몸을 두 팔로 안았다. 그녀는 나보다 키가 한참 작아, 그녀 머리가 내 턱 조금 위에 있었다. 유방은 나의 윗배쯤에서 짓눌렸다. 그녀는 볼을 내 가슴에 꼭 대고 있었다. 가노 크레타는 소리 없이 울고 있었다. 나의 티셔츠는 그녀의 눈물에 따스하게 젖었다. 나는 단정하게 세팅된 그녀 머리칼이 희미하게 흔들리는 것을 보고 있었다. 마치 현실 같은 꿈을 꾸고 있는 듯한 기분이었다. 하지만 그것은 꿈이 아니었다.

아주 오래 그 자세로 가만히 있다가, 그녀가 불쑥 뭐가 떠올랐다는 듯이 몸을 떼었다. 그리고 뒤로 걸어가 조금 떨어진 곳에서 나를 보았다.

"고마웠어요, 오카다 씨. 오늘은 이만 돌아갈게요." 하고 가노 크레타가 말했다. 꽤 심하게 울었을 텐데, 화장은 거의 번지지 않았다. 기묘할 정도로 현실감이 없었다.

"저 말이죠, 당신, 언젠가 또 내 꿈에 나올 건가요?" 하고 나는 물었다.

"그건 모르겠어요." 그리고 그녀는 조용히 머리를 저었다. "저도 몰라요. 하지만 저를 믿으세요. 무슨 일이 있어도 저를 두려워하거나 경계하지 마세요. 아시겠죠, 오카다 씨?"

나는 고개를 끄덕였다.

그리고 가노 크레타는 돌아갔다.

밤의 어둠이 조금 더 짙어졌다. 티셔츠의 가슴팍이 푹 젖어 있었다. 나는 새벽이 될 때까지 잠을 이루지 못했다. 자고 싶지 않았고, 잠드는 것이 겁났다. 잠이 들면 나 자신이 움직이는 모래의 흐름에 휘말려, 어딘가 다른 세계로 끌려갈 듯한 기분이 들었다. 그러고는 두 번 다시 이 세계로 돌아오지 못한다. 나는 소파에 앉아 아침이 올 때까지 브랜디를 마시면서 가노 크레타가 한 얘기를 생각했다. 날이 밝은 다음에도 집 안에는 가노 크레타의 기척과 크리스티앙 디오르 향수의 냄새가 마치 포획된 그림자처럼 남아 있었다.

5

먼 동네의 풍경,

영원한 반달, 고정된 사다리

잠이 들자 거의 동시에 전화벨이 울리기 시작했다. 처음
에는 벨소리를 무시하고 그대로 자려 했지만, 전화는 그런
내 기분을 꿰뚫어 보고 있다는 듯이 열 번이고 스무 번이고
집요하게 울렸다. 나는 한쪽 눈을 살짝 뜨고 머리맡에 있는
시계를 보았다. 아침 6시가 조금 넘었다. 창밖은 이미 환했
다. 어쩌면 구미코가 건 전화일지도 모른다. 나는 침대에서
나와, 거실에 가서 수화기를 들었다.

"여보세요." 하고 나는 말했다. 그러나 상대는 아무 말이
없었다. 기척으로 누가 거기에 있다는 것은 알 수 있었다. 그
런데 상대는 제 쪽에서 먼저 말을 꺼내려 하지 않았다. 나도

아무 말 하지 않았다. 수화기를 귀에 대고 있자니, 상대의 숨소리가 희미하게 들렸다.

"누구시죠?"

그러나 상대는 여전히 반응이 없었다.

"이 번호로 번번이 전화를 거는 사람이라면, 나중에 다시 걸지." 하고 나는 말했다. "아침을 먹기도 전에 섹스 얘기는 하고 싶지 않거든."

"번번이 전화를 거는 사람이 누구예요?" 하고 상대가 불쑥 말했다. 가사하라 메이였다. "누구랑 섹스 얘기를 하는데요?"

"아무도 아니야." 하고 나는 말했다.

"어젯밤에 아저씨가 툇마루에서 안았던 여자? 그 여자랑 전화로 섹스 얘기를 해요?"

"아니, 그녀는 아니야."

"태엽 감는 새 아저씨, 아저씨 주변에는 왜 그렇게 여자가 많아요. 부인 말고도."

"설명하자면 얘기가 길어져." 하고 나는 말했다. "지금 아침 6시야, 어젯밤에 한숨도 못 잤어. 그런데 아무튼 어젯밤에 우리 집에 왔다는 말이지?"

"그리고 아저씨랑 그 여자가 부둥켜안고 있는 걸 봤어요."

"그건 정말 아무 일 아니야. 뭐라고 할까, 사소한 의식 같은 거였어."

"나한테 변명하지 않아도 돼요, 태엽 감는 새 아저씨."
가사하라 메이는 쌀쌀맞게 말했다. "난 아저씨 부인이 아니
니까. 내가 이렇게 말하기 뭣하지만, 아저씨는 문제가 좀 있
어요."

"그럴지도 모르지." 하고 나는 말했다.

"아저씨가 지금 어떤 곤경에 처해 있든지 — 보나마나 곤
경에 처해 있겠지만 — 그건 아저씨가 자초한 게 아닌가 싶
어요. 아저씨에게 근본적으로 어떤 문제가 있어서, 그게 자석
처럼 갖가지 골칫거리를 끌어들이는 거죠. 그러니까 조금이
라도 눈치가 있는 여자는 아저씨 곁을 재빨리 떠날 거예요."

"네 말이 맞을지도 모르겠군."

가사하라 메이는 전화기 저편에서 잠시 침묵했다. 그리고
헛기침을 한 번 했다. "아저씨, 어제 저녁때 골목에 왔었죠.
우리 집 뒤에 서 있었죠. 미련한 좀도둑처럼. 나, 다 보고 있
었어요."

"그런데도 안 나왔던 거구나?"

"여자는 나가고 싶지 않을 때가 있어요, 태엽 감는 새 아
저씨." 하고 가사하라 메이가 말했다. "그렇게 심통을 부릴
때가 있어요. 기다리고 싶으면 계속 기다리라지 뭐, 하고요."

"그렇군."

"그런데 아무래도 미안하다는 생각이 들어서, 나중에 아

저씨 집에 일부러 갔었어요. 나도 참 바보지."

"그랬더니 내가 여자와 안고 있었다?"

"저 있죠, 그 여자 좀 이상한 거 아니에요?" 하고 가사하라 메이가 말했다. "요즘 세상에 그런 옷 입고, 그렇게 화장하고 다니는 사람 없잖아요. 타임 슬립을 한 게 아니라면, 병원에 가서 정신 상태를 검사해 보는 게 좋지 않나요?"

"그런 건 신경 안 써도 돼. 머리가 이상한 사람 아니니까. 사람은 각자 취향이라는 게 있잖아."

"취향은 물론 자기 마음이죠. 하지만 보통 사람은, 아무리 그래도 그렇게까지 철저하지 않다고요. 그 사람 머리에서 발끝까지, 뭐랄까 —— 그 옛날 잡지 화보에서 튀어나온 사람 같잖아요."

나는 그 말에는 대꾸하지 않았다.

"저 태엽 감는 새 아저씨, 그 여자랑 잤어요?"

"아니." 하고 나는 잠시 망설인 후에 대답했다.

"정말요?"

"정말이야. 그런 육체적인 관계는 없어."

"그럼 왜 안고 있었어요?"

"그 여자는 그냥 안기고 싶을 때가 있어."

"그럴 수도 있겠지만, 그런 거 좀 위험한 발상 아닌가." 하고 가사하라 메이가 말했다.

"그래, 네 말도 맞다." 하고 나는 인정했다.

"그 사람 이름은 뭐예요?"

"가노 크레타."

가사하라 메이가 전화기 저편에서 또 잠시 침묵했다. "그 거, 농담이에요?"

"농담이 아니라." 하고 나는 말했다. "그녀 언니 이름은 가노 마르타야."

"설마 본명은 아니겠죠."

"본명은 아니고, 직업상의 이름이야."

"그 사람들, 개그 콤비예요? 아니면 지중해와 관계가 있 는 건가."

"지중해와는 조금 관계가 있어."

"언니는 제대로 하고 다녀요?"

"어느 정도는. 적어도 동생보다는 제대로 하고 다녀. 다만 늘 똑같은 빨간 비닐 모자를 쓰고 있지만."

"그쪽도 별로 정상은 아닌 것 같은데요. 아저씨는 왜 굳 이 그렇게 이상한 사람들하고만 어울리는 건데요?"

"그게 말하자면 아주 긴 사정이 있어." 하고 나는 말했다. "언젠가 모든 게 좀 정리되면, 너에게도 설명할 수 있겠지. 하지만 지금은 안 돼. 내 머리도 너무 혼란스럽고, 상황은 훨 씬 더 혼란스러워."

"흐음." 하고 가사하라 메이는 의심스럽다는 목소리로 말했다. "아무튼 부인은 아직 안 돌아왔어요?"

"응, 아직." 하고 나는 말했다.

"저 태엽 감는 새 아저씨, 아저씨도 이제 어른이니까 머리란 걸 좀 써서 생각해 봐요. 만약 아저씨 부인이 어젯밤에 마음을 바꿔서 집에 왔는데, 그때 아저씨랑 그 여자가 부둥켜안고 있는 걸 봤다면, 어쨌겠어요?"

"물론 그런 가능성도 없지는 않지."

"만약 지금 전화를 건 사람이 내가 아니라 부인이었는데, 아저씨가 폰 섹스 얘기를 했다면, 부인 심정이 어떻겠어요?"

"그래, 네 말이 옳아."

"역시 아저씨는 상당히 문제가 있어요." 가사하라 메이는 그렇게 말하고는 한숨을 쉬었다.

"나도 그렇게 생각해." 하고 나는 인정했다.

"그렇게 쉽게 모든 걸 인정하면 어떡해요. 자기 잘못을 순순히 인정하고 사과한다고 모든 게 깨끗하게 해결되는 건 아니라고요. 인정을 하든 안 하든, 잘못은 어디까지나 잘못이에요."

"그래, 맞는 말이야." 하고 나는 말했다. 정말 맞는 말이다.

"아이 참." 하고 가사하라 메이는 어이없다는 듯이 말했다. "그래서, 어젯밤에는 무슨 일로 나를 찾아온 거예요? 뭘 원했던 거예요?"

"그건 이제 됐어." 하고 나는 말했다.

"이제 됐다고요?"

"응. 그러니까 그 일은 ─ 이제 됐어."

"그 여자를 안았으니까, 이제 내게는 볼일이 없다는 뜻인가요?"

"그런 게 아니라. 난 그냥 그때 ─"

가사하라 메이는 아무 말 없이 전화를 끊었다. 허 참, 하고 나는 생각했다. 가사하라 메이, 가노 마르타, 가노 크레타, 전화 속 여자, 그리고 구미코. 가사하라 메이 말처럼, 최근 내 주변에는 여자가 지나치게 많은 느낌이다. 그리고 모두 각자 영문을 알 수 없는 문제를 껴안고 있다.

하지만 그 이상 생각하기에는 잠이 쏟아졌다. 지금은 일단 자야 한다. 그리고 잠에서 깨면, 나는 해야 할 일이 있다.

나는 침대로 돌아가 잤다.

잠이 깨자, 나는 벽장에서 배낭을 꺼냈다. 긴급 대피용 배낭으로, 안에는 물통과 크래커와 손전등과 라이터가 들어 있다. 이 집으로 이사 왔을 때, 지진을 우려한 구미코가 어디서 사 온 것이다. 하지만 물통은 비어 있었고, 크래커는

99

습기를 머금어 누글누글했고, 손전등의 건전지도 다 닳아 없었다. 나는 물통에 물을 담고, 크래커를 버리고, 손전등에는 새 건전지를 넣었다. 그리고 동네 잡화점에 가서 화재 대피용 줄사다리를 사왔다. 그 외에 더 필요한 것은 없을지 생각해 보았지만, 레몬 사탕 외에는 생각나지 않았다. 나는 집 안을 죽 둘러보면서 창문을 전부 닫고, 불을 껐다. 현관을 잠갔다가, 역시 마음을 바꿔 잠금을 풀었다. 누가 나를 찾아올 수도 있다. 구미코가 돌아올지도 모른다. 게다가 이 집에는 누가 훔쳐 간다고 곤란할 것도 없다. 그리고 나는 부엌 식탁에 메모를 남겼다.

'잠시 집을 비웁니다. 돌아옵니다. T.'라고 나는 썼다.

나는 집에 돌아온 구미코가 메모를 보는 장면을 상상했다. 그녀는 이걸 보고 과연 무슨 생각을 할까. 나는 메모지를 구겨 버리고 다시 썼다.

'중요한 일이 있어서 잠시 외출합니다. 조만간 돌아옵니다. 기다려 주세요. T.'

나는 면바지에 반소매 폴로셔츠 차림으로 배낭을 메고, 툇마루에서 마당으로 내려갔다. 사방을 돌아보자, 틀림없는 여름이 거기에 있었다. 유보도 조건도 아무것도 거느리지 않은 명실상부한 여름이었다. 태양 빛도, 바람 냄새도, 하늘 색도, 구름 모양도, 매미 울음소리도, 모든 것이 진짜 여름이 왔다고 말하고 있었다. 그리고 배낭을 멘 나는, 뒷마당에서 훌쩍 담으로 뛰어올라 골목으로 내려서려 했다.

어린 시절, 지금처럼 화창한 여름날 아침에 가출을 한 적이 있다. 왜 가출을 하려고 했는지, 그 경위는 기억나지 않는다. 아마 부모님 때문에 견딜 수 없이 화가 나는 일이 있었을 것이다. 하지만 아무튼 나는 이렇게 배낭을 메고, 저금통을 턴 돈을 주머니에 넣고 집을 나섰다. 엄마는 몇몇 친구와 함께 하이킹을 간다는 내 거짓말에 도시락까지 만들어주었다. 집 근처에 하이킹하기에 좋은 산이 몇 군데 있고, 아이들끼리 그 산에 오르는 것은 종종 있는 일이었다. 집을 나선 나는 미리 정해 둔 버스를 타고 종점까지 갔다. 내게 그곳은 '낯설고 먼 동네'였다. 그리고 또 다른 버스를 갈아타고 다른 '낯설고 먼(훨씬 더 먼) 동네'까지 갔다. 이름도 모르는 그 동네에 내리자, 나는 여기저기 정처 없이 돌아다녔다. 이렇다 할 특징이 없는 동네였다. 내가 살던 동네보다 조금 더 복잡하고, 조금 더 지저분했다. 상점가가 있고, 전철역이 있고, 조그만 공장이 있었다. 강이 흐르고, 그 강 앞에 영화관이 있었다. 영화관에 서부극 간판이 걸려 있었다. 점심때는 공원 벤치에 앉아서 도시락을 먹었다. 저녁이 될 때까지 나는 그 동네에 있었다. 해 질 녘이 다가오자 점점 불안해졌다. 지금이 돌아갈 마지막 기회다, 하고 나는 생각했다. 어두워지면 돌아갈 수 없을지도 몰라, 하고. 그래서 나는 올 때와 똑같은 버스를 타고 집으로 돌아갔다. 집에 도착한 시간은 7시 조금 전이었는데, 아무도 내가 가출했다는 사실을 눈치채지 못했다. 부모님은 내가 친구들과 산에 다녀왔다 여기고 있었다.

나는 그 사건을 까맣게 잊고 있었다. 그런데 배낭을 메고 담을 뛰어넘으려는 순간에, 그 당시 기분이 되살아났다. 낯선 거리와 낯선 사람들과 낯선 집들 사이에 홀로 서서, 점차 빛을 잃어 가는 오후의 태양을 보았던 그 뭐라 형용할 수 없는 적막함을. 그리고 나는 구미코를 떠올렸다. 숄더백과 세탁소에서 찾은 블라우스와 스커트만 들고 어딘가로 사라져 버린 구미코를. 그녀는 돌아올 수 있는 마지막 기회를 지나쳐 버린 것이다. 그리고 그녀는 아마 지금도, 어딘지 모를 동네에 홀로 서 있을 것이다. 그렇게 생각하자, 나는 왠지 모르게 참을 수 없는 기분이었다.

그러고는 다시, 그녀가 혼자 있을지는 알 수 없다, 하고 나는 생각했다. 아마 남자와 함께이지 않을까. 그렇게 생각하는 편이 훨씬 합리적이다.

그리고 나는 구미코에 대한 생각을 이제 그만하기로 했다.

나는 골목을 걸었다.

밟히는 잡풀은 장마철의 싱그럽던 초록 숨결을 잃고 지금은 여름풀 특유의 뻣뻣하리만큼의 둔중함을 걸치고 있었다. 걷다 보니 그런 잡풀 사이에서 간혹 연두색 메뚜기가 폴짝 튀어나왔다. 개구리가 튀어나오기도 했다. 지금 골목은 그렇게 작은 것들의 세계이며, 나는 그들의 질서를 해치는 침입자였다.

미야와키 씨네 빈집 앞까지 가서, 나는 나무문을 열고 마당으로 들어갔다. 마당의 잡풀을 헤치며 안쪽으로 들어가, 여전히 하늘을 쳐다보고 있는 더러운 새 석상 옆을 지나 집을 끼고 옆으로 돌았다. 가사하라 메이가 여기까지 온 나를 지켜보고 있지 않으면 다행이겠는데 하고 나는 생각했다.

우물 앞에 서서 뚜껑 위의 벽돌을 들어내고, 절반으로 나뉜 반달 모양 뚜껑 하나도 들어냈다. 우물에 물이 없는 것을 확인하기 위해 작은 돌멩이를 던져 보았다. 돌멩이는 지난번처럼 툭 하는 마른 소리를 냈다. 물은 없다. 나는 배낭을 내리고 안에서 줄사다리를 꺼낸 다음 한끝을 근처에 있는 나뭇가지에 묶었다. 그리고 몇 번이나 힘껏 당겨 풀어지지 않는지를 확인했다. 최대한 신중하게. 만약 어쩌다 풀어지거나 벗겨지면, 두 번 다시 지상으로 올라올 수 없다.

나는 줄사다리를 둘둘 말아 양팔에 들고, 천천히 우물 안으로 늘어뜨렸다. 긴 사다리를 완전히 우물 안으로 늘어뜨렸는데도 바닥에 닿았다는 감촉은 없었다. 상당히 기니까, 길이가 모자라지는 않을 것이다. 그러나 우물이 너무 깊어서, 손전등을 아래로 비쳐 봐도 사다리가 바닥에 닿았는지는 보이지 않았다. 빛은 숨이 꺼져 가듯 어둠 한가운데로 빨려 들어가 사라졌다.

나는 우물가에 걸터앉아 귀를 기울였다. 매미 몇 마리가 마치 목청과 폐활량을 겨루듯, 나뭇가지 사이에서 맴맴 요란하게 울어 댔다. 하지만 새소리는 들리지 않았다. 나는 태엽 감는 새가 그리웠다. 태엽 감는 새는 어쩌면 매미들과 겨루기가 짜증스러워 어디론가 가 버렸는지도 모른다.

그리고 양 손바닥을 위로 하고 태양빛을 받아 보았다. 손바닥이 이내 따스해졌다. 주름과 지문 하나하나에 빛이 스며드는 듯했다. 사방이 완전한 빛의 영역이었다. 주위에 있는 모든 것이 빛을 듬뿍 받아, 여름 색으로 빛나고 있었다. 시간과 기억처럼 형태가 없는 것조차, 여름빛의 은총을 받고 있었다. 나는 레몬 사탕을 입에 물고, 그것이 완전히 녹을 때까지 거기 앉아 있었다. 그리고 다시 한번 사다리를 힘껏 잡아당겨, 단단히 고정된 것을 확인했다.

흔들리는 줄사다리를 타고 우물로 내려가는 것은, 상상했던 것 이상으로 고된 작업이었다. 사다리는 면실과 나일론을 섞어 꼰 것으로 튼튼함에는 문제가 없었지만, 발 딛는 곳이 상당히 불안정해서 발에 조금만 힘을 줘도 테니스화의 고무바닥이 미끈거렸다. 그래서 나는 손바닥이 얼얼해질 만큼 사다리를 꽉 잡고 내려가야 했다. 한 칸 한 칸, 조심조심 차근차근 내려갔다. 하지만 아무리 내려가도 바닥이 없었다. 하강이 영원이 계속될 것 같았다. 나는 돌멩이가 우물 바닥에 떨어졌을 때의 소리를 떠올렸다. 괜찮아, 바닥은 틀림없이 있어. 이 허술한 사다리를 타고 내려가는 데 시간이 걸릴 뿐이야.

그런데 스물까지 세었을 때, 공포가 불쑥 나를 덮쳤다. 그 공포는 마치 전기 충격처럼 순간적으로 찾아와 몸을 그 자리에 얼어붙게 했다. 근육이 돌처럼 딱딱해졌다. 온몸에서 땀이 솟고, 다리가 부들부들 떨렸다. 아무리 그래도 이렇게 깊은 우물이 있을 수 있을까. 여긴 도쿄의 중심이다. 내가 사는 집 바로 뒤다. 나는 숨을 멈추고 귀를 기울였다. 하지만 아무 소리도 들리지 않았다. 매미 울음소리조차 들리지 않았다. 자신의 심장이 쿵쿵 뛰는 소리가 귓속에서 울릴 뿐이다. 나는 숨을 크게 쉬었다. 나는 스무 번째 칸에서 사다리에 매달린 채, 더 이상 내려가지도 올라가지도 못했다. 우물 속 공기는 싸늘하고 흙냄새가 났다. 그곳은 여름의 태양이 아낌없이 빛나는 지상과는 단절된 세계였다. 머리 위를 올려다보니, 우물 입구가 조그맣게 보였다. 우물의 원은 절반 남은 뚜껑 때문에 딱 한가운데에서 절반으로 나뉘어 있었다. 그것은 아래서 올려다보니, 마치 밤하늘에 뜬 반달처럼 보였다. 반달이 며칠 동안 떠 있을 거예요, 가노 마르타는 그렇게 말했다. 그녀는 전화에서 그렇게 예언했다.

어쩌나 하고 나는 생각했다. 그렇게 생각하자, 몸에서 힘이 조금 빠져나갔다. 근육이 풀어지고 몸 안에서 덩어리진 숨이 새어 나오는 게 느껴졌다.

다시 한번 힘을 모아 사다리를 내려가기 시작했다. 조금만 더 내려가 보자고 속으로 말했다. 조금만 더. 걱정할 것 없어, 바닥은 분명히 있으니까. 그리고 스물세 칸째에 드디어 우물 바닥이 나왔다. 내 발이 우물 바닥의 흙에 닿았다.

어둠 속에서 나는 우선, 불상사가 생기면 언제든 올라갈 수 있도록 사다리를 꽉 잡은 채 신발 끝으로 우물의 지면을 살금살금 더듬어 보았다. 그리고 거기에 물도, 정체 모를 물체도 없다는 것을 확인한 다음 바닥에 내려섰다. 배낭을 어깨에서 내리고 손으로 더듬더듬 지퍼를 열고, 안에서 손전등을 꺼냈다. 손전등이 비추는 빛에 우물 바닥의 정경이 환히 드러났다. 우물 바닥은 그렇게 딱딱하지도 부드럽지도 않았다. 다행히 흙은 말라 있었다. 사람들이 던진 듯한 돌멩이가 몇 개 떨어져 있었다. 돌멩이 외에는 오래된 감자칩 봉지 하나가 나뒹굴었다. 손전등 빛에 드러난 우물 바닥의 모습을 보며 나는 옛날에 텔레비전에서 봤던 달의 표면을 떠올렸다.

벽 자체는 그저 밋밋한 콘크리트이고, 군데군데 이끼 같은 것이 돋아 있었다. 그런 벽이 굴뚝처럼 똑바로 위까지 뻗어 있고, 저 위로는 반달 모양을 한 조그만 빛의 구멍이 보였다. 똑바로 올려다보자, 우물의 깊이가 새삼스럽게 실감되었다. 나는 사다리를 또 힘껏 잡아당겨 보았다. 단단히 묶여 있다는 확실한 느낌이 있었다. 괜찮다, 이 사다리가 있는 한 언제든 지상으로 돌아갈 수 있다. 그리고 숨을 크게 들이쉬어 보았다. 곰팡내가 약간 났지만, 공기에 문제는 없는 듯했다. 우물에 관해서 내가 가장 우려했던 것은 공기였다. 마른 우물의 경우, 땅속에서 유독가스가 나오는 일이 많다. 나는 옛날에 신문에서, 우물을 파다가 메탄가스 때문에 그 속에서 목숨을 잃은 사람 기사를 읽은 적이 있다.

한숨 돌리고 우물 바닥에 앉아 벽에 등을 기댔다. 그리고 눈을 감고, 몸이 그 장소에 익숙해지기를 기다렸다. 좋아 하고 나는 생각했다. 나는 지금 이렇게 우물 속에 있다.

6

유산 상속, 해파리에 대한 고찰,

괴리감 같은 것

나는 어둠 속에 앉아 있었다. 머리 위에는 여전히 뚜껑 때문에 예쁜 반달 모양으로 나뉜 빛이 무슨 표지처럼 둥실 떠 있었다. 그러나 지상의 빛은 우물 바닥까지 비치지 않았다.

시간이 지나면서 눈이 점차 어둠에 익어 갔다. 눈을 들이대자 내 손 모양을 부옇게나마 알아볼 수 있었다. 주변에 있는 많은 것들도 천천히, 희미하게 형태를 잡기 시작했다. 마치 겁 많은 작은 동물이 조금씩 상대에게 마음을 허락하는 것처럼. 하지만 아무리 눈이 어둠에 익어도, 어둠은 어디까지나 어둠이었다. 무언가를 정확하게 보려 하면, 그 사물들은 순식간에 형태를 잃고 무명(無明) 속으로 소리 없이 움츠

러들었다. 그 어둠을 '옅은 어둠'이라고 할 수 있을지도 모르겠다. 하지만 그렇다 해도, 그 옅은 어둠에는 옅은 어둠 나름의 농밀한 어둠이 있었다. 어떤 때는 완전한 어둠보다 오히려 의미 깊은 어둠을 포함하고 있었다. 무언가가 보인다. 그러나 동시에 아무것도 보이지 않는다.

그런 기묘하고 내밀한 뜻을 지닌 어둠 속에서 나의 기억은 더없이 강력한 힘을 지니기 시작했다. 때로 그 기억들이 내 안에서 환기하는 온갖 이미지의 단편은 신기할 정도로 구석구석 선명했고, 손으로 뜰 수 있을 것처럼 눈앞에 선했다. 나는 눈을 감고 구미코를 처음 만났던 팔 년 전쯤을 떠올려 보았다.

구미코를 만난 곳은 간다에 있는 대학병원의 입원 환자 가족용 대합실이었다. 그 무렵 나는 유산 상속 건으로 그 병원에 입원해 있는 의뢰인을 거의 매일 만나러 가야 했다. 의뢰인은 예순여덟 살의 남자로, 지바현을 중심으로 막대한 삼림과 토지를 소유한 자산가였다. 신문에서 발표하는 고액 납세자 명단에도 이름이 한 번 오른 적이 있었다. 그리고 골치 아프게 그의 취미는 유언장을 정기적으로 고쳐 쓰는 것이었다. 사무소 사람들은 이 인물의 인품과 성벽에 넌더리가 나 있었지만, 상대는 유수한 자산가인 데다 유언장을 고쳐 쓸 때마다 적지 않은 액수의 수수료가 들어왔고, 유언장을 고쳐 쓰는 절차 자체는 딱히 어려울 게 없어서 불평할 이유는 없었다. 그래서 아직 신입이었던 내가 담당하게 되었다.

물론 담당이라고 해야 변호사 자격증이 있는 것도 아니니, 그저 심부름꾼보다 조금 나은 정도였다. 전문 변호사가 의뢰인이 희망하는 유언장의 내용을 듣고, 그 내용에 따라 법률적 견지에서 현실적인 권고를 하고(정식 유언장에는 일정한 서식이 있고 규칙이 있기 때문에, 그에 맞지 않으면 유언장으로 인정되지 않는 경우도 있다.) 대략의 윤곽을 결정한 다음 양식에 맞춰 타이핑을 한다. 그걸 내가 의뢰인에게 들고 가 읽는다. 그리고 문제가 없으면, 의뢰인이 자필로 직접 유언장을 새로 쓰고 서명 날인을 한다. 그런 유언장을 법률적으로 '자필증서 유언서'라고 하는데, 이는 그 이름이 말해 주듯 전문을 본인이 자필로 써야 하기 때문이다.

자필 유언장 작성이 무사히 끝나면 봉투에 담아 봉인하고, 그걸 내가 다시 소중하게 사무소로 모셔 온다. 사무소는 그걸 금고에 보관한다. 원래 같으면 그렇게 한 건이 완료되는데, 이 인물의 경우에는 그렇게 간단치 않았다. 왜냐하면, 그가 병상에 있기 때문에 단번에 문장을 다 쓰지 못해서다. 유언장이 긴 탓에, 다 쓰는 데도 일주일이 걸린다. 그동안 나는 매일 병원에 가서, 그의 질문에 답하거나(나도 일단은 법률 공부를 한 인간이라서, 상식적인 범위의 대답은 할 수 있다.) 내가 답할 수 없는 사항이 있으면 매번 사무소에 전화를 걸어 지시를 받는다. 자잘한 것까지 까다롭게 구는 성격이라, 사용하는 단어 하나 하나에도 신경이 쓰여 견디기가 힘들다. 그래도 매일 조금씩은 진전이 있고, 아무튼 진전이 있으면 이 지겨운 작업도 언젠가는 끝난다고 기대할 수 있다. 그런데, 겨우 마지막이 보인다 싶은 시점에, 이 인물은 늘 까맣게 잊고 있다가 말하지 못한 것을 뜬금없이 기억해 내거나, 또는 이미 결정된 사항을 완전히 뒤집어 버리곤 한다. 사소한 변경 같으면 변경 사항을 첨부하는 것으로 처리할 수 있지만, 대대적인 변경 사항이 생기면 처음부터 새로 고쳐 써야 한다.

아무튼 그런 과정의 끝없는 반복이었다. 게다가 그동안에 수술을 받는가 하면 검사다 뭐다 해서, 지정된 시간에 찾아가도 그와 곧바로 대화할 수 있다는 보장이 없었다. 몇 시에 오라고 해 놓고, 기분이 좋지 않다면서 훗날 다시 오라고 한 적도 있었다. 면회가 가능할 때까지 2시간이고 3시간이고 기다린 적도 드물지 않았다. 상황이 그렇다 보니, 나는 이 주일에서 삼 주일 동안 거의 매일같이 그 병원의 입원 환자 가족용 대합실에서, 의자에 멀거니 앉아 영원처럼 여겨지는 시간을 헛되이 보내야 했다.

누구나 상상이 가겠지만, 병원 대합실은 절대 마음 편한 장소가 아니다. 소파의 비닐은 사후 경직된 시체처럼 딱딱했고, 공기는 숨을 쉬기만 해도 병에 걸릴 것처럼 탁했다. 텔레비전은 언제나 별 볼 일 없는 프로그램을 방영하고 있었고, 자동판매기의 커피는 신문지를 조린 듯한 맛이었다. 사람들은 저마다 음산하고 침울한 표정이었다. 뭉크가 카프카의 소설을 위해 삽화를 그린다면 이런 식의 그림이 되지 않을까 싶은 장소였다. 하지만 아무튼 나는 그곳에서 구미코를 만났다. 대학생이었던 구미코는 십이지장 궤양 때문에 입원한 어머니를 간병하기 위해 강의 틈틈이 병원을 찾아왔다. 그녀는 대개 청바지나 상큼한 짧은 치마에 스웨터를 입고, 머리는 하나로 묶은 스타일이었다. 시기는 11월 초순, 코트를 입고 있는 일도 있고 입고 있지 않은 때도 있었다. 그리고 숄더백을 들고, 전공 서적으로 보이는 책 몇 권과 스케치북 같은 것을 껴안고 있었다.

내가 처음 그 병원에 갔던 오후에 구미코는 이미 거기 있었다. 그녀는 굽 낮은 검은 구두를 신은 다리를 꼬고 소파에 앉아 열심히 책을 읽고 있었다. 나는 그 맞은편 의자에 앉아 5분 간격으로 시계를 보면서 의뢰인의 면회 시간이 오기를 기다리고 있었다. 구미코는 거의 책에서 눈을 들지 않았다. 다리가 참 예쁘다고 생각했던 기억이 난다. 그녀의 모습을 보고 있자, 아주 조금씩 기분이 밝아졌다. 젊고, 인상 좋은 얼굴에(그녀는 적어도 총명해 보였다.) 멋진 두 다리를 갖고 있으면 과연 어떤 기분이 들까 하고 나는 잠시 생각해 보았다.

대합실에서 몇 번 얼굴이 마주치다 보니, 가벼운 대화를 나누게 되었다. 다 읽은 잡지를 바꿔 보기도 하고, 면회 온 사람들이 들고 온 과일을 나눠 먹기도 했다. 결국 우리는 둘 다 끔찍하게 지루하고 지겨웠고, 얘기할 또래 상대가 필요했던 것이다.

나와 구미코 사이에는 처음부터 뭔지 모르게 마음이 맞는 부분이 있었다고 생각한다. 그것은 만날 때마다 찌릿찌릿한 뭔가를 느끼는 충동적이고 강렬한 게 아니라, 훨씬 더 평온하고 차분한 종류였다. 가령 두 개의 조그만 빛이 망막하고 어두운 공간을 나란히 나아가다가, 어느 쪽이 먼저인지 모르게 한쪽으로 다가가는 듯한 느낌이었다. 구미코와 마주치는 횟수가 늘어나면서, 알게 모르게 병원에 다니는 일도 그리 고통스럽지 않아졌다. 나는 그 사실을 깨닫고 조금 신기했다. 새로운 누군가를 만났다기보다 오히려 그리웠던 누군가와 우연히 재회한 기분에 가까웠기 때문이다.

나는 늘 병원 구석에서 뭘 하다가 잠깐잠깐 만나 짧은 얘기만 할 게 아니라, 다른 곳에서 둘이 오붓하게 만나 느긋하게 긴 얘기를 할 수 있다면 좋겠다고 생각했다. 그리고 어느 날, 용감하게 구미코에게 데이트 신청을 했다.

"우리에게도 기분전환 같은 게 필요하지 않을까 하는데." 하고 나는 말했다. "둘이서 여기를 벗어나, 어디라도 좋으니까 환자와 의뢰인이 없는 곳에 가자."

구미코는 잠시 생각한 후에 대답했다. "수족관은 어때?"

그렇게 나와 구미코는 첫 데이트를 했다. 일요일 아침, 구미코는 어머니의 옷을 병실에 갖다 주고 대합실에서 나와 만났다. 화창하고 따뜻한 날이었다. 구미코는 비교적 단순한 하얀 원피스 위에 엷은 파란색 카디건을 걸치고 있었다. 그때부터 벌써 구미코의 차림새에는, 뭔지 모르게 내 마음을 설레게 하는 것이 있었다. 가령 입은 옷은 수수해도, 사소한 액세서리나 또는 걷어 올린 소매, 세운 옷깃 하나로 그 소박함이 화사하게 변모했다. 게다가 구미코는 자신의 옷을 아주 소중하게, 애정을 갖고 다루는 듯했다. 나는 구미코를 만날 때마다, 나란히 걸으면서 그녀가 입은 옷을 감탄스럽게 바라보곤 했다. 블라우스는 한 군데도 구겨지지 않았고, 주름치마의 주름은 언제나 반듯했고, 하얀 것은 언제나 갓 지은 것처럼 새하얗고, 구두에는 얼룩 한 점 없었다. 그녀가 입고 있는 옷을 보면 나는 서랍장 속에 반듯하게 각을 맞춰 정리된 블라우스와 스웨터, 비닐 커버와 함께 벽장 속에 걸려 있는 스커트와 원피스의 모습을 떠올릴 수 있었다.(그리고 결혼 후에 나는 실제로 그런 광경을 보게 되었다.)

우리는 그날의 오후 시간을 우에노 동물원 수족관에서 함께 보냈다. 모처럼 날씨도 좋은데 동물원에서 여유롭게 산책하는 편이 즐거울 것 같아, 우에노로 가는 전철 안에서 구미코에게 넌지시 그 뜻을 비쳤지만, 그녀는 처음부터 수족관에 가기로 마음먹은 눈치였다. 물론 그녀가 수족관에 가고 싶다면 내게는 이의가 없었다. 마침 수족관에서는 해파리 특별 전시를 하고 있어, 우리는 전 세계에서 수집된 신기한 해파리를 순서대로 구경하게 되었다. 손톱만 한 크기에 솜털처럼 둥실둥실 떠다니는 해파리에서 갓의 지름이 1미터 이상 되는 괴물 같은 것까지, 정말 다양한 해파리가 수조 안에서 흔들흔들 떠다녔다. 일요일인데도 수족관은 그렇게 복잡하지 않았다. 텅 비었다고 해도 좋을 정도였다. 누구든 이렇게 날씨가 좋은 날에는 수족관에서 해파리를 구경하기보다 동물원에서 코끼리나 기린을 바라보는 쪽을 선택하리라.

구미코에게는 말하지 않았지만, 사실 나는 해파리를 진짜 싫어한다. 어렸을 때, 근처 바다에서 헤엄을 치다가 해파리에게 몇 번 몸을 쏘인 적이 있다. 혼자서 조금 먼 바다를 향해 헤엄쳐 가는 중에 해파리 떼 속으로 들어간 적도 있다. 돌아보니 사방에 온통 해파리였다. 나는 그때 해파리의 미끄덩하고 차가운 감촉을 지금도 또렷하게 떠올릴 수 있다. 나는 해파리 떼의 회오리 한가운데에서, 마치 깊은 어둠 속으로 끌려들어간 듯한 절박한 공포를 느꼈다. 그때는 다행히 쏘이지 않았지만, 당황한 탓에 물을 엄청 들이켰다. 그래서 나는 가능하면 해파리 특별 전시는 건너뛰고 참치나 넙치 같은 평범한 물고기를 보고 싶었다.

그런데 구미코는 해파리에게 푹 빠진 듯 보였다. 수조 하나하나 앞에 서서 몸을 쑥 내밀고, 시간이 흐르는 것도 잊은 채 꼼짝하지 않았다. "이거 좀 봐." 하고 그녀는 내게 말했다. "세상에 이렇게 선명한 분홍색 해파리도 있네. 게다가 얼마나 예쁘게 헤엄치는지 몰라. 얘네들은 이렇게 평생 온 세계의 바다를 둥실둥실 떠다니겠지. 정말 멋지지 않니?"

"그렇군." 하고 나는 말했다. 그러나 그녀를 따라 해파리 하나하나를 가만히 들여다보는 사이에 나는 점차 숨이 막혀왔다. 나도 모르게 말이 적어졌고, 왠지 불안해서 주머니 속의 동전을 몇 번이나 세었고, 손수건으로 몇 번이나 입을 닦기도 했다. 어서 해파리 수조가 끝나 주기를 바랐다. 그러나 해파리는 다음에서 다음으로 계속 끝없이 등장했다. 세계의 바다에는 정말 많은 종류의 해파리가 있는 듯했다. 30분 정도 참고 있었지만, 긴장한 탓에 머리가 점점 띵해졌다. 그리고 끝내는 난간에 기대어 서 있는 것조차 힘들어, 부근에 있는 벤치에 혼자 주저앉고 말았다. 구미코가 내 옆에 와서, 속이 안 좋은 거냐고 걱정스럽게 물었다. 미안한데, 해파리를 보다가 머리가 띵해졌어 하고 나는 솔직하게 말했다.

구미코는 잠시 심각한 표정으로 내 눈을 가만히 들여다보았다. "정말이네. 눈이 퀭해졌어. 신기하다. 그냥 해파리를 봤을 뿐인데 사람이 이렇게 되다니." 하고 구미코는 어이없다는 듯이 말했다. 하지만 아무튼 그녀는 내 팔을 잡고서, 눅눅하고 어두침침한 수족관에서 나와 햇볕 속으로 데려가 주었다.

근처 공원에 앉아 10분 정도 천천히 심호흡을 하다 보니 조금씩 의식이 정상으로 돌아왔다. 가을 햇살은 기분 좋게 눈부시고, 때로 불어오는 바람에 바짝 마른 은행잎이 바스락거리며 굴러갔다. 잠시 후에 구미코가 "이제 괜찮아?" 하고 내게 물었다.

"이상한 사람이네. 해파리가 그렇게 싫으면 머리가 띵해질 때까지 참지 말고, 처음부터 말을 했으면 좋잖아." 하면서 구미코는 웃었다.

하늘은 높고, 바람은 상쾌하고, 주위를 오가는 일요일의 사람들은 모두 즐거운 표정이었다. 날씬하고 예쁜 여자가 털이 긴 대형견과 함께 산책하고, 중절모를 쓴 노인은 그네 타는 손녀를 지켜보고 있었다. 연인들 몇 쌍이 우리처럼 벤치에 앉아 있었다. 멀리서는 누군가가 색소폰으로 음계 연습을 하고 있었다.

"왜 그렇게 해파리를 좋아하는데?" 하고 나는 그녀에게 물어보았다.

"그러게, 그냥 귀여워서가 아닐까." 하고 그녀는 말했다. "그런데 아까 해파리를 구경하다가, 문득 이런 생각이 들었어. 우리가 이렇게 보고 있는 광경은 세계의 아주 작은 부분에 지나지 않는다고 말이야. 우리는 습관적으로 이것이 세계라고 생각하지만, 사실은 그렇지 않아. 사실 세계는 훨씬 더 어둡고, 깊은 곳도 있고, 그리고 해파리 같은 것들이 그 대부분을 차지하고 있어. 우리가 그걸 잊고 있을 뿐이지. 그렇지 않니? 지구 표면의 삼분의 이는 바다고, 우리가 눈으로 볼 수 있는 해면은 그저 피부에 지나지 않잖아. 그 피부 밑에 정말 뭐가 있는지, 우리는 거의 아무것도 몰라."

그리고 우리는 오래 산책을 했다. 5시가 되자 구미코가 병원에 다시 가 봐야 한다고 해서, 나는 그녀를 병원까지 데려다 주었다. "오늘은 고마웠어." 하고 헤어질 때 그녀가 말했다. 그녀의 미소 속에서 나는 지금까지 없던 평온한 빛 같은 것을 볼 수 있었다. 그 빛을 보고서, 나는 오늘 그녀에게 조금은 다가갔다는 것을 알았다. 아마 해파리 덕분이겠지 하고 생각했다.

　나와 구미코는 그 후에도 몇 번 데이트를 했다. 그녀의 어머니가 무사히 퇴원하고, 내 의뢰인의 유언장 소동이 마무리되어 병원에 다시 갈 필요가 없어진 후에도, 우리는 일주일에 한 번 만나 영화를 보거나 음악을 들으러 가고, 그냥 산책을 하기도 했다. 얼굴을 마주할 때마다 우리는 서로의 존재에 익숙해져 갔다. 그녀와 같이 있으면 즐겁고, 어쩌다 몸이 닿으면 가슴이 떨렸다. 주말이 다가오면 일이 손에 잡히지 않는 때도 있었다. 그녀가 내게 호감을 품고 있는 것은 확실했다. 만약 그렇지 않다면 매주 나를 만나지는 않을 테니까.

　하지만 나는 구미코와의 관계를 서두르려는 생각은 없었다. 그녀에게 어딘가 모르게 무언가를 망설이는 듯한 눈치가 보였기 때문이다. 구체적으로 뭘 어떻게 망설인다는 게 아니라, 구미코의 언행에서 망설임 같은 것이 언뜻언뜻 엿보이곤 했다. 내가 뭔가를 물으면, 그녀는 잠시 머뭇거리다 대답한다. 그러면 거기에 약간의 틈이 생긴다. 그 순간적으로 생기는 틈 속에서 나는 언제나 어떤 '그림자' 같은 것을 느끼지 않을 수 없었다.

겨울이 오고 해가 바뀌었다. 우리는 그동안에도 거의 매주 만났다. 나는 그 '어떤' 것에 대해서 한 번도 묻지 않았고, 구미코도 아무 말 하지 않았다. 우리는 만나서 어딘가에 가고, 식사를 하고, 두서없는 대화를 나눴다.

"있지 너, 혹시 연인이나 남자 친구 있는 거 아니야?" 하고 어느 날 용기를 내어 물어보았다.

구미코는 잠시 내 얼굴을 보았다. "왜 그렇게 생각하는데?"

"아니, 그냥 그런 느낌이 들어서." 하고 나는 말했다. 우리는 그때, 사람 없는 겨울의 신주쿠교엔을 산책하고 있었다.

"어떤 식으로?"

"너는 뭔가 하고 싶은 말이 있는 것 같아. 만약 그게 얘기할 수 있는 거라면, 내게 얘기해도 돼."

구미코의 얼굴에서 표정이 희미하게 흔들렸다. 하지만 그 흔들림은 거의 눈에 보이지 않을 만큼 희미한 것이었다. 그녀는 잠시 망설였는지 모른다. 하지만 결론은 처음부터 분명했다. "고마워. 하지만 새삼스럽게 할 얘기는 없어." 하고 구미코는 말했다.

"아직 나의 첫 질문에는 대답하지 않았는데."

"남자 친구나 연인이 있지 않나 하는 질문?"

"응."

구미코는 걸음을 멈추고 장갑을 벗어 코트 주머니에 집어넣었다. 그리고 장갑을 끼지 않은 내 손을 잡았다. 그녀의 손은 따스하고 부드러웠다. 내가 그 손을 살짝 쥐자, 그녀가 내쉬는 숨이 더 작고 더 하얘진 것처럼 보였다.

"지금 네 아파트에 가도 괜찮아?"

"물론 괜찮지." 나는 조금 놀랐다. "가는 건 상관없어. 자랑할 만한 곳은 못 되지만."

나는 그 무렵 아사가야에 살고 있었다. 조그만 부엌과 화장실과 공중전화 부스 크기의 샤워실이 달린 원룸이었다. 남향인 방은 2층에 있고, 창문 밖에는 건축 회사의 자재 적치장이 있었다. 그래서 햇볕만은 잘 들었다. 그다지 내세울 게 없는 방이었지만, 그나마 햇볕이 잘 든다는 게 유일한 장점이었다. 나와 구미코는 나란히 앉아 벽에 기댄 채, 오래도록 그 햇볕 속에 있었다.

나는 그날 처음으로 그녀를 안게 되었는데, 지금도 나는 이렇게 생각한다. 그날 그녀는 내게 안기기를 원하고 있었다고. 어떤 의미에서는 그녀가 먼저 나를 유혹했다고. 구체적으로 무슨 말을 하며 나를 유혹한 것은 아니다. 하지만 구미코의 몸을 품에 안았을 때, 나는 그녀가 처음부터 안길 생각이었다는 것을 알았다. 그 몸은 부드럽고, 저항감은 조금도 느낄 수 없었다.

구미코에게는 첫 경험이었다. 끝나고 나서 구미코는 한참이나 아무 말이 없었다. 내가 몇 번이나 말을 걸어도 그녀는 대답하지 않았다. 그녀는 샤워를 하고, 옷을 다시 입고, 또 햇볕 속에 앉았다. 무슨 말을 하면 좋을지 몰라 나도 그녀 옆에 앉아 계속 침묵하고 있었다. 태양이 움직이면, 우리도 거기에 맞춰 조금씩 자리를 옮겼다. 저녁때가 되자 구미코가 집에 가 보겠다고 해서, 나는 그녀를 집까지 데려다 주었다.

"정말 하고 싶은 말이 있는 거 아니야?" 하고 나는 전철 안에서 다시 한번 물었다.

구미코는 고개를 저었다. "이제 됐어. 그건." 하고 그녀는 조그맣게 말했다.

그 후로는 나도 그 얘기를 꺼내지 않았다. 구미코는 결국 내게 안기는 것을 선택했고, 그녀 안에 내게는 꺼내기 쉽지 않은 말이 있더라도, 그건 시간과 함께 자연스럽게 해결될 것이라고 생각했다.

우리는 여전히 일주일에 한 번 만나 데이트를 했다. 그녀는 늘 나의 아파트에 들렀고, 우리는 내 방에서 섹스를 했다. 서로를 안고 살을 맞대면서 그녀가 조금씩 자신에 대해 얘기하기 시작했다. 자기 자신에 대해서, 자신이 지금까지 경험한 많은 일들에 대해서, 그리고 그 일들을 경험하면서 자신이 어떻게 느끼고 어떻게 생각했는지에 대해서. 그리고 나는 그녀의 눈이 포착한 세계의 모습을 조금씩 이해할 수 있게 되었다. 그리고 나 또한 그녀에게, 내 눈이 포착한 세계의 모습을 조금씩 얘기할 수 있게 되었다. 나는 구미코를 깊이 사랑했고, 그녀도 나를 떠나고 싶지 않다고 했다. 그녀가 대학을 졸업하기를 기다려, 우리는 결혼했다.

결혼한 다음, 우리는 행복하게 살았고 문제라 할 만한 것은 전혀 없었다. 하지만 그럼에도 나는 간간이, 구미코 안에는 내가 들어갈 수 없는 그녀만의 영역이 존재한다는 것을 느끼지 않을 수 없었다. 가령 아주 평상적으로, 또는 열심히 얘기하다가 무슨 일인지 구미코가 갑자기 침묵에 빠져드는 일이 있었다. 별다른 이유도 없는데(적어도 나는 그럴 이유가 짐작되지 않았다.) 얘기를 하는 도중에 불현듯 입을 다물어 버리는 것이다. 마치 길을 걷다가 함정에 쏙 빠지듯이. 침묵 자체는 그렇게 오래가지 않았지만, 그 후에 그녀는 '마음이 여기 있지 않은' 상태가 되곤 했다. 그리고 어느 정도 시간이 흐르기 전까지는 원래대로 돌아오지 않았다. 얘기를 듣고 있는 동안, "응, 그러네." "그렇지." "음." 하는 식으로 그녀는 별 성의 없는 대답만 했다. 하지만 머리로는 언제나 다른 생각을 하고 있는 듯했다. 결혼한 지 오래지 않았을 무렵, 그녀가 그럴 때마다 나는 "왜, 무슨 일 있어?" 하고 물었다. 나는 몹시 당황했고, 내가 한 말이 그녀에게 무슨 상처를 주지는 않았는지 걱정스러웠기 때문이다. 하지만 구미코는 늘 싱긋 웃고는 "아니야, 아무것도 아니야." 하고 말할 뿐이었다. 그리고 시간이 얼마간 지나면 그녀는 원래대로 돌아왔다.

처음 구미코 몸 안에 들어갔을 때, 그와 유사한 묘한 당혹감을 느꼈던 기억이 있다. 구미코는 처음에는 고통밖에 느끼지 못했을 것이다. 그녀는 아파했고, 몸은 행위 내내 굳어 있었다. 하지만 내가 당혹스러움 같은 것을 느낀 이유는 그게 전부가 아니었다. 거기에는 이상하게 뭔지 모를 각성된 부분이 있었다. 뭐라 표현하기 어렵지만, 일종의 괴리감이 있었다. 내가 안고 있는 이 몸이 조금 전까지 나란히 앉아 다정하게 얘기하던 여자의 몸과는 다른 것이 아닐까, 내가 모르는 사이에 어딘가에서 다른 누군가의 몸과 뒤바뀐 것은 아닐까 하는 기묘한 생각에 사로잡혔다. 나는 그녀를 안으면서 손바닥으로 그녀의 등을 계속 어루만지고 있었다. 조그맣고 매끄러운 등이었다. 그 감촉은 나를 더욱더 그녀에게 빠져들게 했다. 하지만 동시에 그 등은 나로부터 아주 멀리 떨어진 장소에 있는 것처럼 여겨졌다. 구미코가 지금 내게 안겨 있으면서, 아주 멀리 떨어진 장소에서 뭔가 다른 생각을 하고 있는 것 같았다. 그리고 지금 내가 안고 있는 육체는 일시적으로 여기 있는 가짜 육체인 것처럼 여겨졌다.

그 탓인지도 모르겠는데, 성적으로 흥분해 있음에도 사정을 하기까지 시간이 무척 오래 걸렸다.

그러나 그런 감각을 느낀 것도 첫 성교 때뿐이었다. 두 번째부터는 그녀가 훨씬 가깝게 느껴졌다. 그녀도 육체적으로 한결 민감하게 반응했다. 그때 내가 그런 괴리감을 느낀 이유는, 그녀에게는 그것이 첫 성경험이었기 때문이리라.

기억을 더듬으면서 나는 간혹 벽으로 손을 뻗어 사다리를 잡고 힘껏 잡아당겨, 그것이 풀리지 않은 것을 확인했다. 사다리가 어쩌다 잘못되어 풀릴지도 모른다는 공포는 줄곧 내 안에 있었다. 풀렸을 때를 생각하면, 어둠 속에서 몹시 불안해졌다. 쿵쿵 뛰는 심장 소리가 내 귀에 들릴 정도로 높아지기도 했다. 하지만 몇 번인가 — 아마 스무 번이나 서른 번쯤 — 잡아당겨 확인하는 사이에, 나는 점차 안정을 되찾았다. 사다리는 나뭇가지에 단단히 묶여 있다. 쉽게 풀리지 않는다.

나는 시계를 보았다. 야광 바늘이 3시 조금 전을 가리키고 있었다. 오후 3시다. 머리 위에는 아직 반달 모양 빛의 널판이 떠 있었다. 지상에는 눈부신 여름 햇살이 넘실거리고 있으리라. 나는 반짝반짝 빛나는 개울의 흐름과 바람에 흔들리는 파란 이파리를 떠올릴 수 있었다. 그렇게 압도적인 빛 바로 아래에, 이런 유의 어둠이 존재한다. 사다리를 타고 조금 지하로 내려왔을 뿐인데, 이렇게 깊은 어둠이 있다.

나는 다시 한번 사다리를 당겨 그것이 고정되어 있음을 확인했다. 그리고 머리를 벽에 기댄 채 눈을 감았다. 마침내 밀물이 천천히 밀려오듯 잠이 찾아왔다.

7

임신에 대한 회상과 대화,

고통에 관한 실험적 고찰

잠에서 깨어났을 때, 반달 모양의 우물 입구는 저녁 어둠에 싸여 짙은 파란색으로 변해 있었다. 시곗바늘은 7시 반을 가리키고 있었다. 밤 7시 반이다. 그렇다면 나는 4시간 반이나 여기서 잤다는 얘기다.

우물 속 공기는 싸늘했다. 여기로 내려왔을 때는 흥분한 탓에 온도까지는 미처 생각지 못했다. 하지만 지금은 사방의 냉기를 온몸으로 느낄 수 있었다. 나는 드러난 양팔을 손바닥으로 비비면서, 셔츠 위에 입을 것을 챙겨 왔어야 했다고 생각했다. 우물 속 온도가 지상과 다르다는 것을 까맣게 잊고 있었다.

깊은 어둠이 내 주위를 감싸고 있었다. 아무리 눈을 비벼도, 이제 아무것도 보이지 않았다. 자신의 손이 어디 있는지도 알 수 없었다. 나는 손으로 벽을 더듬어 사다리를 찾아 당겨 보았다. 사다리는 아직 지상에 단단히 고정돼 있었다. 어둠 속에서 손을 움직이자니 어둠이 약간 흔들린 듯한 기분이 들었지만, 어쩌면 눈의 착각이었는지 모른다.

거기에 있을 자신의 몸을 내 눈으로 볼 수 없다는 것은 뭐라 형용하기 어려운 감각이었다. 어둠 속에서 그저 가만히 있으니, 내가 존재하고 있다는 사실을 점차 실감할 수 없게 되었다. 그래서 나는 때로 흠흠 헛기침을 하거나, 손바닥으로 자신의 얼굴을 쓰다듬곤 했다. 그렇게 해서 내 귀는 내 목소리의 존재를 확인하고, 내 손은 내 얼굴의 존재를 확인하고, 내 얼굴은 내 손의 존재를 확인할 수 있었다.

그러나 아무리 노력해도 내 육체는 물의 흐름에 떠내려가는 모래처럼, 그 밀도와 무게를 잃어 갔다. 마치 내 안에서 소리는 없으나 치열한 줄다리기가 진행되고 있고, 내 의식이 조금씩 나의 육체를 자기 영역으로 끌어들이는 것 같았다. 이 어둠이 원래의 균형을 무너뜨리고 있는 것이다. 육체 따위는 결국, 의식을 그 안에 담기 위해 준비된 한때의 껍데기에 지나지 않는 게 아닐까 하고 나는 문득 생각했다. 육체를 합성하고 있는 염색체의 기호 순열이 바뀌면, 나는 이전과는 전혀 다른 육체에 들어가게 될 것이다. '의식의 창부'라고 가노 크레타는 말했다. 나는 이제는 그 말을 순순히 수용할 수 있었다. 우리는 의식으로 몸을 섞으면서 현실 속에 사정할 수도 있다. 정말 깊은 어둠 속에서는 갖가지 기묘한 일이 가능해진다.

나는 고개를 저었다. 그리고 노력해서, 자신의 의식을 다시 한번 자신의 육체 속에 되돌려 놓았다.

나는 어둠 속에서 두 손의 열 손가락을 정확하게 마주 댔다. 엄지손가락은 엄지손가락에, 집게손가락은 집게손가락에. 내 오른손의 손가락은 왼손 손가락을 확인하고, 내 왼손의 손가락은 오른손 손가락을 확인했다. 그리고 천천히 심호흡을 했다. 의식에 관해서는 이제 생각하지 않기로 하자. 더 현실적인 것을 생각하자. 육체가 속한 현실 세계를 생각하자. 그러기 위해서 나는 여기에 왔다. 현실에 대해 생각하기 위해서. 현실에 대해 생각하려면, 현실에서 최대한 멀리 떨어지는 편이 좋겠다고 나는 생각했다. 예를 들면 깊은 우물 속 같은 장소로. 혼다 씨는 '아래로 가야 할 때는 가장 깊은 우물을 찾아 그 바닥으로 내려가면 돼.' 하고 말했다. 벽에 기댄 채, 나는 곰팡내 나는 공기를 천천히 들이쉬었다.

우리는 결혼식을 올리지 않았다. 식을 올릴 만한 경제적 여유도 없었지만, 그렇다고 부모님에게 신세 지고 싶지는 않았다. 형식적인 것보다는 우리에게 가능한 범위 안에서 둘만의 생활을 시작하는 것이 우선이었다. 일요일 아침에 구청의 일요 서비스 창구에 가서, 벨을 눌러 아직도 자고 있는 당직 직원을 깨운 다음 혼인신고 서류를 제출했을 뿐이다. 그리고 우리는 평소에는 들어갈 엄두가 안 나는 우아한 프렌치 레스토랑에 가서, 와인을 한 병 주문하고 둘이 풀코스로 디너를 먹었다. 결혼식을 대신한 식사였다.

결혼했을 때, 우리에게는 가진 돈도(내게는 돌아가신 어머니가 남겨 주신 돈이 조금 있었지만, 무슨 일이 생겼을 때를 위해 그 돈에는 손을 대지 않기로 했다.) 가구다운 가구도 없었다. 앞날의 전망도 그리 밝다고 할 수 없었다. 변호사 자격증이 없는 사람이 법률사무소에서 일해 봐야 밝은 앞날은 기대할 수 없다. 그녀가 다니는 회사도 이름 없는 조그만 출판사였다. 대학을 졸업했을 때, 구미코는 그럴 마음만 있으면 아버지의 연줄을 통해 내로라하는 직장에 취직할 수도 있었다. 그러나 그녀는 그러고 싶지 않아, 제 힘으로 그 일자리를 구했다. 그래도 우리에게 불만은 없었다. 둘이 함께 살아갈 수 있다는 것으로 충분했다.

하지만 타인과 둘이 아무것도 없는 0에서 뭔가를 만들어 낸다는 것은 쉬운 작업이 아니었다. 외동인 사람이 왕왕 그렇듯, 나 역시 고독을 즐기는 성격이었다. 열중해서 뭔가를 할 때는 나 혼자 그 일을 하고 싶어 했다. 누군가에게 일일이 설명하고 이해를 구하느니, 시간과 품이 들어도 나 혼자 묵묵히 하는 게 편했다. 구미코도 언니를 저세상으로 보낸 후에는 가족에게 마음을 닫고, 거의 외톨이로 살아온 것이나 다름없는 여자였다. 그녀는 무슨 일이든 가족 누구와도 의논하지 않았다. 그런 의미에서 우리는 엇비슷한 동지였다.

그런데도 나와 구미코는 조금씩, 몸과 마음을 '우리 가정'이라는 새로운 단위를 위해 서로에게 동화시켜 갔다. 둘이서 같이 생각하고 느끼는 훈련을 거듭했다. 우리 몸에 생기는 다양한 일들을 '우리 것'으로 받아들이고 공유하려고 애썼다. 물론 잘되는 경우도 있었지만, 그렇지 않은 경우도 있었다. 그러나 우리는 그런 시행착오를 오히려 신선한 것으로 즐겼다고 생각한다. 그리고 격한 충돌이 있을 때에도, 우리는 서로를 부둥켜안고 잊을 수 있었다.

결혼한 지 삼 년째 되는 해에 구미코가 임신을 했다. 줄곧 주의 깊게 피임을 해 왔기 때문에 우리에게는 — 적어도 내게는 — 말 그대로 아닌 밤중에 홍두깨 같은 일이었다. 아마 실수가 있었던 것이리라. 그때 그랬겠다고 짐작되는 일은 없었지만, 달리 생각할 수 있는 가능성이 없었다. 그러나 뭐가 어찌되었든, 우리에게는 아이를 낳아 키울 경제적 여유가 없었다. 구미코는 출판사 일에 겨우 적응한 때였고, 가능하면 그 일을 오래 계속하고 싶어 했다. 그러나 작은 회사다 보니 출산휴가 같은 복지 시스템은 없었다. 만약 누군가가 아이를 낳으려 한다면 퇴사하는 수밖에 없는 회사였다. 그렇게 되면 당분간은 내 월급으로 생활해야 하고, 그건 현실적으로 거의 불가능했다.

"이번에는 그냥 패스하는 길밖에 없겠지." 병원에 가서 검사 결과를 듣고 온 구미코는 표정 없는 목소리로 그렇게 말했다.

나 역시 달리 방법이 없다고 생각했다. 어느 관점에서 보나, 그게 가장 합리적인 결론이었다. 우리는 아직 젊었고, 아이를 낳아 키울 준비가 전혀 되어 있지 않았다. 나나 구미코나 아직은 자신을 위한 시간이 필요했다. 우선 우리 생활을 안정적으로 유지하는 것, 그게 선결문제였다. 그런 다음에도 아이를 만들 기회는 얼마든지 있다.

솔직히 말하면, 나는 구미코에게 낙태 수술을 시키고 싶지 않았다. 나는 대학교 2학년 때, 어느 여자를 임신케 한 적이 있었다. 상대는 아르바이트 하는 곳에서 알게 된 한 살

아래의 여자였다. 성격도 좋고, 얘기도 잘 맞았다. 우리는 물론 서로에게 호감을 품고 있었지만, 연인 사이는 아니었고 앞으로 그렇게 될 가능성도 없었다. 둘 다 외로웠고, 보듬어 줄 상대가 필요했다.

그 여자가 임신한 이유는 확실했다. 그녀와 잘 때 나는 언제나 콘돔을 사용했는데, 그날은 어쩌다 준비하는 걸 깜박하고 말았다. 다 떨어진 것이다. 내가 그렇다고 말하자, 그녀는 2, 3초 우물쭈물하더니, "음, 그러네, 하지만 오늘은 괜찮을 거야." 하고 말했다. 하지만 그녀는 떡하니 임신하고 말았다.

자신이 누군가를 '임신케 했다.'라는 실감이 잘 느껴지지 않았지만, 그러나 아무리 생각해도 수술 외에는 방법이 없었다. 수술 비용은 내가 마련했고, 병원에도 같이 갔다. 우리는 전철을 타고 그녀의 지인이 소개해 준 지바현의 조그만 동네에 있는 병원을 찾아갔다. 이름도 들어 본 적 없는 역에서 내리자, 비스듬한 언덕을 따라 조그만 분양주택이 끝없이 펼쳐졌다. 그곳은 지난 몇 년 동안에 걸쳐, 도쿄 도내에서 집을 살 수 없는 비교적 젊은 회사원을 위해 새롭게 개발된 대규모 주택 단지였다. 역 자체도 새로 지은 것이었다. 역 앞에는 아직 논이 남아 있었다. 개찰구에서 나오니 눈앞에 본 적도 없을 만큼 커다란 물구덩이가 있고, 거리에는 부동산 광고만 눈에 띄었다.

병원 대합실에는 배가 불룩한 젊은 임산부들이 말 그대로 넘쳐 났다. 대부분이 결혼 사오 년차, 대출을 받아 겨우 교외에 조그만 집을 마련하고, 거기에서 자리 잡은 다음에 아이를 만들기로 한 사람들로 보였다. 평일 낮에 그런 곳에서 어정거리는 젊은 남자는 나 정도였다. 하물며 그곳은 산부인과의 대합실, 임산부들은 하나같이 정말 흥미롭다는 듯이 나를 힐금거렸다. 호의적이라 할 수 없는 시선이었다. 나는 누가 어느 모로 보나 대학교 2학년 이상 같지 않았고, 실수로 여자 친구를 임신시키고는 수술하는 곳에 따라왔을 게 뻔한 남자였기 때문이다.

수술이 끝나자 나는 그녀와 함께 전철을 타고 도쿄로 돌아왔다. 저녁 전의 도쿄행 전철은 텅 비어 있었다. 전철 안에서 나는 그녀에게 사과했다. 내가 부주의한 탓에 이런 일을 당하게 해서 미안하다고 말했다.

"괜찮아, 그렇게 신경 쓸 거 없어." 하고 그녀는 말했다. "적어도 넌 이렇게 병원까지 같이 와 줬고, 수술비도 내줬잖아."

나와 그녀는 어느 쪽이 먼저 그러자고 한 것도 아닌데 더는 만나지 않게 되었다. 그래서 그 후에 그녀가 어떻게 되었는지, 어디서 뭘 하는지 나는 모른다. 그런데도 그 수술을 받은 후 꽤 오래도록, 그녀를 만나지 않으면서도 계속, 나는 찜찜한 기분을 안고 살았다. 그때 일을 떠올릴 때마다 내 머리에는 늘 병원 대합실에 넘쳐 났던 그 확신에 찬 젊은 임산부들의 모습이 되살아났다. 그리고 그럴 때마다 나는 그녀를 임신하게 해서는 안 되는 거였다고 생각했다.

전철 안에서 그녀는 나를 위로하기 위해 — 나를 위로하기 위해서다 — 별 수술 아니었다는 것을 일일이 설명해 주었다. "오카다 씨가 생각하는 만큼 대수로운 수술은 아니야. 시간도 안 걸렸고, 별로 아프지도 않았어. 그냥 옷 벗고 가만히 있으니까 끝나던데 뭐. 그야, 부끄럽다고 하면 부끄러운 일이지만, 그래도 의사가 좋은 사람이었어. 간호사도 다들 친절했고. 앞으로는 피임을 제대로 잘하라는 주의는 들었지만. 그렇게 마음 쓰지 않아도 돼. 내게도 책임은 있으니까. 괜찮다고 한 사람은 나잖아. 안 그래? 그러니까, 이제 기운 좀 내."

하지만 전철을 타고 지바현의 조그만 동네에 갔다가 다시 전철을 타고 돌아오는 동안에, 나는 어떤 의미에서 다른 인간으로 변해버리고 말았다. 그녀를 집까지 데려다주고 내 방으로 돌아와 혼자 바닥에 드러누워 천장을 바라보고 있자니, 그 변화를 확실하게 알 수 있었다. 여기 있는 나는 '새로운 나'이며, 이제 두 번 다시 원래 장소로 돌아가지 못한다. 그것은 이제 더는 자신이 무구하지 않다는 인식이었다.

구미코가 임신했다는 걸 알았을 때, 내 머리에 가장 먼저 떠오른 것은 산부인과 대합실에 넘쳐 나던 젊은 임산부들의 모습과 거기에 떠다녔던 특유의 냄새였다. 그게 어떤 냄새인지는 나도 몰랐다. 어쩌면 그것은 구체적인 무언가의 냄새가 아니라, 그저 냄새 같은 것이었는지도 모른다. 그녀는 간호사가 이름을 부르자 딱딱한 비닐 의자에서 천천히 일어나, 똑바로 문 쪽으로 갔다. 그녀는 일어서기 전에 내 얼굴을 얼핏 보았다. 그 입가에는 지으려다 도중에 그만둔 것 같은 엷은 미소가 어려 있었다.

　아이를 낳는 것이 비현실적인 길이라는 것은 물론 잘 알고 있지만, 그래도 수술을 피할 방법이 없겠느냐 하고 나는 구미코에게 말했다.

　"이미 충분히 얘기를 나눴잖아. 지금 아이를 낳게 되면 나도 일을 할 수 없게 되고, 당신은 처자식을 부양하기 위해 다른 직장을, 월급을 훨씬 많이 주는 좋은 일을 찾아야 한다고. 생활의 여유 같은 건 아예 없을 테고, 하고 싶은 일이 있어도 아무것도 할 수 없어. 우리가 앞으로 뭘 하려 하든, 그 가능성은 현실적으로 아주 낮아져. 당신은 그래도 좋아?"

　"나는 그래도 좋을 것 같은데." 하고 나는 말했다.

　"정말?"

　"마음만 먹으면 일은 찾을 수 있을 거야. 삼촌도 일손을 원하고 있고. 새 가게를 내고 싶은데, 믿고 맡길 사람을 찾지 못해서 아직 못 내고 있어. 삼촌 가게 정도면 지금 월급보다는 훨씬 많이 받을 수 있을 거야. 법률 일과는 관계가 없지만, 솔직히 말해서 지금 하는 일도 하고 싶어서 하는 건 아니니까."

"당신이 레스토랑을 경영한다는 거야?"

"못할 건 없잖아. 게다가 정 쪼들리면, 어머니가 남겨 준 돈도 조금은 있고. 굶어 죽지는 않을 거야."

구미코는 오래 침묵하고는, 눈꼬리를 살짝 찡그리고 그 말에 대해 생각했다. 나는 그런 때 그녀의 사소한 표정을 좋아했다. "당신은 아이를 원해?"

"모르겠어." 하고 나는 말했다. "지금처럼 단둘이 지내는 생활이 좀 더 필요하다는 생각도 들고, 동시에 아이를 낳으면 우리 세계가 훨씬 크고 다양하게 확대되지 않을까 하는 생각도 있어. 뭐가 옳은지는 나도 잘 몰라. 나는 단순히, 당신이 낙태 수술을 하지 않았으면 좋겠다는 마음일 뿐이야. 그러니까 아무것도 보장할 수는 없어. 확신 같은 것도 없고, 깜짝 놀랄 만한 해결책도 없어. 다만, 그런 마음이 있을 뿐이야."

구미코는 잠시 생각에 잠겼다. 그리고 간간이 손바닥으로 자신의 배를 어루만졌다. "여보, 내가 왜 임신을 했을 거라고 생각해? 당신은 짚이는 게 있어?"

나는 고개를 저었다. "피임에 관해서는 늘 주의했어. 실수했다가 전전긍긍하고 싶지 않아서. 그러니까 왜 그렇게 되었는지, 전혀 모르겠어."

"내가 다른 사람과 바람을 피웠다고는 생각 안 해? 그럴 가능성은 생각해 보지 않았어?"

"생각해 보지 않았어."

"왜?"

"나는 그렇게 감이 뛰어난 인간은 아니지만, 그 정도는 알아."

그때 구미코와 나는 식탁에 앉아 와인을 마시고 있었다. 이미 밤은 깊었고, 사위는 소리 하나 없이 조용했다. 구미코는 눈을 가늘게 뜨고 잔에 남은 한 모금 정도의 붉은 와인을 바라보고 있었다. 구미코는 평소에는 술을 마시지 않지만, 잠이 잘 안 올 때는 늘 와인을 한 잔 마셨다. 딱 한 잔 마시면 확실하게 잠들 수 있기 때문이다. 나도 그런 그녀와 함께 와인을 마시고 있었다. 와인 잔 같은 세련된 것은 없으니, 근처 술 가게에서 받은 조그만 맥주잔으로 대신했다.

"누구랑 바람 피웠어?" 하고 문득 신경이 쓰인 나는 물어보았다.

구미코는 웃으면서 고개를 몇 번 옆으로 저었다. "설마.

내가 왜 그런 짓을 해. 그냥 순수하게 가능성의 문제로 말해 봤을 뿐이야." 그녀는 정색한 표정을 하고 식탁에 팔꿈치를 대었다. "그런데 나, 솔직하게 말하면 때로 뭐가 뭔지를 잘 모르겠어. 뭐가 진짜고, 뭐가 진짜가 아닌지. 뭐가 실제로 일어난 일이고, 뭐는 실제로 일어나지 않은 일인지. ……때로."

"그래서, 지금이 그 때로인 때야?"

"음, 그럴지도. ……당신은 그런 일 없어?"

나는 잠시 생각해 보았다. "구체적으로는 생각이 잘 나지 않는데." 하고 나는 말했다.

"어떻게 표현하면 좋을지, 내가 현실이라고 생각하는 것과 진짜 현실 사이에 틈이 좀 있어. 내 안의 어딘가에, 뭔지 모를 게 숨어 있는 것처럼 느껴질 때가 있어. 마치 빈집털이가 집 안에 들어와 벽장에 숨어 있는 것처럼. 그리고 때로 밖으로 나와서, 내가 유지하고 있던 이런저런 순서와 논리 같은 걸 망가뜨리는 거야. 자기(磁氣)가 기계를 헛돌게 하는 것처럼."

나는 구미코의 얼굴을 쳐다보았다. "그래서 당신은, 이번 임신과 그 뭔지 모를 것 사이에 상관관계가 있다고 생각하는 거야?"

구미코는 고개를 저었다. "관계가 있다 없다의 문제가 아

니라, 때로 어떤 일의 순서를 잘 모르겠다는 뜻이야. 내가
하고 싶은 말은 그게 다야."

구미코의 말 속에 조금씩 답답함이 섞이기 시작했다. 시
계는 벌써 1시를 지났다. 얘기를 끝내야 할 때라고 나는 생
각했다. 나는 손을 내밀어 좁은 식탁 너머로 그녀의 손을 잡
았다.

"여보, 이 일은 내가 결정하게 해 주면 안 될까?" 하고 구
미코가 내게 말했다. "물론 우리 둘의 중요한 문제라는 건
잘 알아. 하지만 지금까지 둘이서 얘기도 많이 나눴고, 당신
심정도 대체로 알았으니까, 그다음은 내가 생각할게. 아마
한 한 달 정도. 그러니까 당분간은 우리 이 얘기하지 말자."

구미코가 낙태 수술을 받았을 때 나는 홋카이도에 있었
다. 나 같은 말단 직원에게 출장 지시가 떨어지는 일은 거의
없는데, 그때는 도저히 사람이 없어 내가 갈 수밖에 없었다.
서류가 든 가방을 들고 홋카이도에 가서 상대에게 간단한
설명을 하고, 다시 서류를 받아 오면 되는 일이었다. 아주
중요한 서류였기 때문에 우편으로 보내거나 타인에게 맡길
수는 없었다. 삿포로·도쿄 간 비행기에 빈자리가 없어 나
는 삿포로의 비즈니스호텔에서 하루를 묵게 되었다. 그사이
에 구미코는 혼자 병원에 가서 낙태 수술을 받았다. 그리고

밤 10시가 넘은 시간에 내가 묵고 있는 호텔로 전화를 걸어, "오늘 오후에 수술 받았어." 하고 말했다.

"이렇게 다 끝난 후에 알리게 돼서 미안해. 하지만 급하게 진행되었고, 당신이 없는 동안 나 혼자 결정하고 끝내는 게 서로 편하지 않을까 했어."

"그건 걱정 마." 하고 나는 말했다. "당신이 그렇게 하는 게 좋겠다고 생각했으면, 그렇게 하는 게 좋은 거겠지."

"하고 싶은 얘기가 더 있는데, 지금은 못 하겠어. 당신에게 꼭 해야 할 얘기겠지만."

"내가 도쿄로 돌아가면 천천히 얘기하자."

전화를 끊은 나는 코트를 입고 호텔에서 나와, 삿포로 거리를 정처 없이 걸어 다녔다. 3월 초순이라 도로 양옆에는 눈이 높게 쌓여 있었다. 공기는 따가울 정도로 차갑고, 오가는 사람들의 입김이 하얗게 떠올랐다가 사라졌다. 사람들은 두꺼운 코트를 껴입고, 장갑을 끼고, 목도리를 입까지 둘둘 감고, 얼어붙은 길을 조심조심 걸어다녔다. 택시는 뿌드득뿌드득 스파이크타이어* 소리를 내면서 도로를 오갔다. 더는 참을 수 없을 만큼 추워지자, 나는 눈에 띄는 바에 들어가 위스키를 스트레이트로 몇 잔 마셨다. 그리고 또 거리로 나

---

* 얼음 위나 눈길 위에서 미끄러짐을 방지하기 위한 특수 타이어.

와 걸었다.

꽤 오랜 시간 나는 거리를 돌아다녔다. 때로 눈발이 날렸지만, 마치 잊혀 가는 먼 기억처럼 가냘프고 허망한 눈이었다. 두 번째로 들어간 술집은 지하에 있었다. 입구에서 받은 인상보다 실내가 훨씬 넓었다. 바 옆에는 조그만 무대가 있고, 안경을 낀 깡마른 남자가 기타를 치면서 노래를 부르고 있었다. 가수는 철제 의자에 다리를 꼬고 앉아 있고, 그 발치에는 기타 케이스가 놓여 있었다.

나는 바에 앉아 술을 마시면서 무심히 노래를 들었다. 곡과 곡 사이에 그는, 이 곡들은 전부 자신이 작곡하고 작사한 것이라고 설명했다. 나이는 이십 대 후반쯤, 이렇다 할 특징 없는 얼굴에 갈색 뿔테 안경을 끼고 있었다. 청바지에 워커 부츠를 신고, 체크무늬 플란넬 남방셔츠 자락을 밖으로 늘어뜨리고 있었다. 어떤 노래인지는 뭐라 설명하기 어렵다. 단조로운 코드, 단순한 멜로디, 무난한 가사.

평소 같으면 나는 그런 노래에 귀를 기울이느니 술을 한 잔만 마시고 계산을 치른 다음 얼른 가게에서 나왔을 것이다. 그러나 그 밤 내 몸은 뼛속까지 얼어붙어 있었고, 완전히 녹기 전까지는 무슨 일이 있어도 밖에 나가고 싶지 않았다. 나는 위스키를 스트레이트로 한 잔 마시고, 이내 한 잔을 또 주문했다. 나는 한참이나 코트를 벗지 않았고, 목도리도 풀지 않았다. 바텐더가 안주는 필요 없느냐고 물어서, 치즈를 주문하고 한 조각을 먹었다. 나는 뭔가를 생각하려 했지만, 머리가 잘 움직여 주지 않았다. 무슨 생각을 하면 좋을지 몰랐다. 나는 자신이 텅 빈 방이 된 듯한 기분이 들었다. 그 안에 음악이, 말라비틀어진 메아리처럼 허망하게 울렸다.

남자가 몇 곡을 부르고 나자, 손님들이 박수를 쳤다. 딱히 성의 있는 박수는 아니었지만, 예의로 치는 박수도 아니었다. 손님은 그렇게 많지 않았다. 전부 열 명에서 열다섯 명 정도였다고 생각한다. 그는 의자에서 일어나 인사했다. 농담 같은 말을 몇 마디 던지자, 손님 몇몇이 웃었다. 나는 바텐더를 불러 세 잔째 위스키를 주문했다. 그러고서야 겨우 목도리를 풀고 코트를 벗었다.

"오늘 밤 저의 노래가 끝났습니다." 하고 가수가 말했다. 그리고 천천히 가게 안을 빙 둘러보았다. "하지만, 자네 노래는 별로 좋지 않았다고 하실 분도 있을 테니, 그런 손님을 위해서 지금부터 약간의 서비스를 해 드리겠습니다. 평소에는 하지 않는데, 오늘은 특별히 선보이죠. 그러니까 오늘 여기 오신 여러분은 정말 행운인 셈입니다."

가수는 기타를 옆에 살며시 내려놓고, 기타 케이스 안에서 양초 한 개를 꺼냈다. 하얗고 굵은 양초였다. 그는 성냥을 그어 거기에 불을 붙이더니 접시에 촛농을 떨어뜨리고 그 위에 양초를 세웠다. 그리고 마치 그리스의 철학자 같은 포즈로 접시를 들었다. "조명을 좀 낮춰 주시겠습니까." 하고 남자가 말했다. 종업원 하나가 실내조명을 약간 낮췄다. "조금 더 어두우면 좋겠는데요." 하고 그가 말했다. 실내가 좀 더 어두워지자 그가 들고 있는 접시의 촛불이 또렷하게 보였다. 나는 손바닥으로 위스키 잔을 데우면서 남자의 모습과, 그가 들고 있는 촛불을 바라보았다.

"잘 아시다시피, 사는 과정에서 우리는 다양한 고통을 체험하죠." 하고 남자는 차분하고 낭랑한 목소리로 말했다. "육체의 고통도 있으며 마음의 고통도 있습니다. 저 역시 지금까지 온갖 고통을 경험해 왔습니다. 여러분 또한 그러시겠죠. 그러나 그 고통의 실태를 타인에게 말로 설명하는 것은, 대부분의 경우 아주 어렵습니다. 사람들은, 자신의 고통은 자신밖에 모른다고들 말합니다. 그러나 정말 그럴까요? 저는 그렇게 생각지 않습니다. 예를 들어서, 누군가가 정말 고통스러워하는 광경을 보면, 우리는 그 고통과 아픔을 우리 자신의 것처럼 느끼곤 합니다. 그것이 바로 공감하는 힘입니다. 아시겠나요?"

그가 말을 끊고, 다시 한번 실내를 빙 돌아보았다.

"사람이 노래를 부르는 것도 공감하는 힘을 갖고 싶기 때문이죠. 자신이라는 좁은 껍데기를 벗어나, 많은 사람들과 아픔과 기쁨을 공유하고 싶기 때문입니다. 하지만 그것은 물론 간단한 일이 아니죠. 그래서 이 자리에서 여러분에게, 한 가지 실험을 보여 드려서 더 간단하고 물리적인 공감을 체험해 보도록 하겠습니다."

대체 무슨 일을 하려는 걸까 하고 모두 숨죽이고 무대를 지켜보았다. 침묵 속에서 남자는 잠시 틈을 두듯, 또는 정신을 통일하듯 가만히 허공을 쳐다보았다. 그러고는 촛불 위에 자신의 왼 손바닥을 올렸다. 그리고 조금씩, 조금씩 손바닥을 촛불에 가까이 가져갔다. 한 손님의 입에서 신음도 한숨도 아닌 소리가 흘러나왔다. 마침내 촛불이 그의 손바닥을 태우는 게 보였다. 자글자글하는 소리마저 들려올 듯했다. 여자 손님이 조그맣게 경직된 비명을 질렀다. 다른 손님들은 얼어붙은 것처럼 꼼짝 않고 그 광경을 쳐다보고 있었다. 남자는 얼굴을 심하게 찡그리면서 그 고통을 견디고 있었다. 처게 대체 뭐지 하고 나는 생각했다. 왜 저렇게 멍청하고 의미 없는 짓을 해야 하는 거지. 입속이 바짝바짝 마르는 게 느껴졌다. 5초에서 6초 정도, 그는 그 행위를 계속하고는 천천히 촛불에서 손을 떼고 접시를 바닥에 내려놓았다. 그리고 오른 손바닥과 왼 손바닥을 딱 마주 대고 깍지를 꼈다.

"보시다시피, 고통은 말 그대로 사람의 몸을 태웁니다."

하고 남자는 말했다. 그의 목소리는 조금 전과 똑같았다. 차분하고 탄력 있는 쿨한 목소리였다. 얼굴에 고뇌의 흔적은 조금도 남아 있지 않았다. 거기에는 엷은 미소마저 어려 있었다.

"그리고 여러분은 여기 있을 고통을 마치 자신의 고통처럼 느낄 수 있었죠. 그것이 공감하는 힘입니다."

그가 깍지 끼고 있던 두 손을 천천히 풀었다. 그리고 그 안에서 빨갛고 얇은 스카프를 한 장 꺼내 펼쳐 보인 후, 두 손을 활짝 벌리고 손님들 쪽으로 향했다. 손바닥에 화상의 흔적은 없었다. 그 순간 침묵이 흘렀다. 그리고 사람들은 안도한 듯 열심히 박수를 쳤다. 조명이 밝아지자 사람들은 긴장에서 해방되어 와글와글 떠들기 시작했다. 남자는 아무 일도 없었던 것처럼 기타를 기타 케이스에 집어넣고 무대에서 내려오자 그대로 어딘가로 사라졌다.

계산을 치를 때, 나는 가게 여자에게 물어보았다. 그 가수가 늘 여기서 노래를 부르느냐, 노래 말고 마술도 하느냐 하고.

"잘 몰라요." 하고 그녀는 대답했다. "내가 알기로 그 사람이 이 가게에서 노래한 건 오늘이 처음이고, 이름을 들은 것도 처음이에요. 노래 외에 마술을 하는지도 전혀 들은 바가 없어요. 그래도 정말 굉장하네요. 대체 어떤 트릭이 있는 걸까요. 그 정도면 텔레비전에 나와도 먹히지 않을까 싶은데."

"그러게 말입니다, 정말 타들어 가는 것 같던데." 하고
나는 말했다.

호텔까지 걸어서 돌아가 침대에 눕자, 마치 그러기를 기
다렸다는 듯이 바로 잠이 왔다. 잠들려는 순간에 구미코를
생각했다. 하지만 구미코는 아주 멀리 있는 듯 느껴졌고, 나
는 더는 생각할 수 없었다. 나는 문득 손바닥을 태우는 남
자의 얼굴을 떠올렸다. 정말 타는 것 같았는데 하고 생각했
다. 그리고 잠 속으로 떨어졌다.

8

욕망의 뿌리,

208호실 안, 벽을 통과하다

　동이 트기 전에 우물 속에서 꿈을 꾸었다. 하지만 그것은 꿈이 아니었다. 어쩌다 꿈이라는 형태를 취한 무엇이었다.

　나는 혼자 그곳을 걷고 있었다. 넓은 로비 한가운데 설치된 대형 텔레비전 화면에 와타야 노보루의 얼굴이 등장했다. 그의 연설이 지금 막 시작된 참이었다. 트위드 양복과 줄무늬 와이셔츠에 감색 넥타이를 맨 차림에, 마주 잡은 손을 테이블에 올려놓은 와타야 노보루가 카메라 렌즈를 향해 뭐라 말하고 있었다. 그의 등 뒤 벽에는 커다란 세계지도가 걸려 있었다. 로비에는 백 명이 넘어 보이는 사람들이 모여 있고, 그들은 모두 동작을 멈추고 심각한 표정으로 그의 말에 귀 기울이고 있었다. 마치 앞으로 무슨 일이, 사람의 운명을 좌우하는 중대한 발표라도 있을 것처럼.

나도 걸음을 멈추고 텔레비전을 보았다. 와타야 노보루는 그의 눈에 보이지 않는 몇백만 사람들을 향해 능숙하게, 아주 진지한 투로 말하고 있었다. 그와 직접 얼굴을 마주할 때 느껴지는 견딜 수 없는 불쾌한 그 무엇은 저 뒤로 밀려나 눈에 띄지 않는 곳에 숨겨져 있었다. 그의 말투에는 특유의 설득력이 있었다. 잠깐잠깐 말을 끊는 타이밍과 목소리의 울림, 그리고 표정의 변화로 신기하게 리얼리티 같은 것이 생겨났다. 보아 하니 와타야 노보루는 언변이 좋은 사람으로 날로 성장하고 있는 듯했다. 나는 그 사실을 인정하고 싶지 않았지만, 인정하지 않을 수 없었다.

"아시겠는지요, 만사는 복잡한 동시에 아주 간단합니다. 그것이 이 세계를 지배하는 기본적인 룰입니다." 하고 그는 말했다. "그 점을 잊지 마십시오. 복잡하게 보이는 일도 ― 물론 실제로 복잡하기는 합니다 ― 그 동기는 아주 단순합니다. 그것이 뭘 원하는가, 그게 전부입니다. 동기라는 것은 말하자면 욕망의 뿌리입니다. 중요한 것은, 그 뿌리를 더듬는 것이죠. 현실이라는 복잡함의 땅을 파는 것입니다. 한없이 파내려 갑니다. 그 뿌리의 끝이 있는 곳까지 한없이 한없이 파내려 갑니다. 그러면." 하고서 그는 등 뒤에 있는 지도를 손가락으로 가리켰다. "마침내는 모든 것이 밝혀 집니다. 그것이 세계의 존재 양상입니다. 어리석은 사람들은 겉으로 보이는 그 복잡함에서 영원히 벗어나지 못합니다. 그리고 이 세계의 존재 양상을 무엇 하나 이해하지 못한 채, 어둠 속에서 출구를 찾으며 어정거리다 죽어 갑니다. 그들은 깊은 숲속이나 깊은 우물 속에서 어찌할 바를 모르는 것이나 다름없습니다. 그들이 어찌할 바를 모르는 것은, 만사의 원칙을 이해하지 못하기 때문입니다. 그들 머릿속에 있는 것은 그저 쓰레기와 돌멩이 같은 것입니다. 그들은 아무것도 모릅니다. 어느 쪽이 앞이고 어느 쪽이 뒤인지, 어디가 위고 어디가 아래인지, 어느 쪽이 북쪽이고 어느 쪽이 남쪽인지 그것조차 모릅니다. 그래서 그들은 그 어둠 속에서 벗어나지 못하는 것입니다."

와타야 노보루는 잠시 말을 끊어 자신의 말이 청중의 의식에 천천히 스며들게 한 후, 다시 입을 열었다.

"그 같은 사람들은 잊읍시다. 어쩔 줄 모르는 사람들은 그냥 어쩔 줄 모르게 내버려 두면 됩니다. 우리에게는 우선적으로 해야 할 일이 있습니다."

그가 하는 말을 듣는 중에 내 안에서 점차 분노가 치밀어 올랐다. 그것은 숨이 막힐 정도의 분노였다. 그는 세계를 향해 말하는 것처럼 가장하고 있지만 실은 나를 향해 말하고 있었다. 거기에는 몹시 비틀리고 왜곡된 동기 같은 것이 확실하게 있었다. 하지만 다른 어느 누구도 그걸 모른다. 그래서 더욱이 와타야 노보루는 텔레비전이라는 거대한 시스템을 사용해 나 한 사람에게 암호 같은 메시지를 보낼 수 있는 것이다. 나는 주머니 안에서 주먹을 불끈 쥐었다. 하지만 나는 그 분노를 어떻게 할 방법이 없었다. 또 내가 느끼는 이 분노를 여기 있는 누구와도 공유할 수 없다는 사실에 깊은 고립감을 느꼈다.

와타야 노보루의 말을 한마디도 놓치지 않으려 귀 기울이고 있는 사람들로 넘쳐나는 로비를 똑바로 가로질러 객실과 통하는 복도로 나갔다. 거기에는 예의 얼굴 없는 남자가 서 있었다. 내가 다가가자 그는 그 얼굴 없는 얼굴로 나를 보았다. 그리고 소리 없이 내 앞을 가로막았다.

"지금은 옳지 않은 시간입니다. 당신은 지금 여기 있어서는 안 됩니다."

그러나 와타야 노보루로 인해 생긴 깊이 찔린 상처 같은 아픔이 내 등을 떠밀었다. 나는 손을 뻗어 그를 밀쳐 냈다. 남자는 그림자처럼 흐느적거리며 옆으로 비켰다.

"당신을 위해서입니다." 하고 얼굴 없는 남자가 내 등 뒤에서 말했다. 그가 하는 말 하나하나가 뾰족한 파편처럼 내 등에 꽂혔다. "더 이상 앞으로 나아가면 당신은 되돌아올 수 없어요. 그래도 좋습니까?"

나는 그 말을 무시하고 성큼성큼 앞으로 나아갔다. 나는 알아야 한다. 언제까지 어쩔 줄 모르고 있을 수만은 없다.

언젠가 본 기억이 있는 복도를 걷고 있었다. 얼굴 없는 남자가 나를 막기 위해 쫓아오지 않을까 했는데, 잠시 걷다가 돌아보았지만 아무도 없었다. 군데군데 휘어지는 긴 복도에는 엇비슷한 문이 줄지어 있었다. 문 하나하나에는 방 번호가 찍혀 있었지만, 나는 요전에 내가 안내받은 방 번호가 기억나지 않았다. 그때는 분명히 기억하고 있었는데, 도무지 기억나지 않는다. 그렇다고 문을 일일이 열어 볼 수는 없다.

나는 한참이나 그 복도를 이리저리 오갔다. 그러다 쟁반을 든 객실 담당 보이와 마주쳤다. 쟁반에는 새 커티삭 병과 아이스버킷과 잔 두 개가 담겨 있었다. 그가 스쳐 지나간 후에 나는 슬쩍 그 뒤를 쫓아갔다. 얼룩 한 점 없는 은색 쟁반이 간혹 천장의 불빛을 받아 반짝거렸다. 보이는 한 번도 뒤돌아보지 않았다. 턱을 아래로 바짝 당기고 규칙적인 걸음으로 어딘가를 향해 똑바로 걸어갔다. 간혹 그가 휘파람을 불었다. 「도둑 까치」 서곡이었다. 큰북을 연타하는 도입부 부분이다. 그는 휘파람을 꽤 잘 불었다.

긴 복도였지만 그의 뒤를 쫓아가는 동안 아무와도 마주치지 않았다. 마침내 보이가 어느 방 앞에서 걸음을 멈추고,

문을 조용히 세 번 노크했다. 몇 초 후에 누군가가 안에서 문을 열자 보이는 쟁반을 든 채 안으로 들어갔다. 나는 복도에 놓인 커다란 중국 화병 뒤에 몸을 숨기고, 벽에 기대어 보이가 그 방에서 나오기를 기다렸다. 방 번호는 208이었다. 그래 208이었지 하고 나는 생각했다. 왜 지금까지 기억나지 않았을까.

보이는 오래도록 그 방에서 나오지 않았다. 나는 손목시계의 숫자판을 보았다. 그런데 나도 모르는 사이에 시곗바늘이 멈춰 있었다. 나는 화병에 꽂힌 꽃 하나하나를 바라보고, 그 냄새를 맡아 보았다. 꽃은 조금 전에 어느 정원에서 꺾어다 꽂은 것처럼 하나같이 신선한 색감과 향을 뿜내고 있었다. 이들은, 자신들이 뿌리에서 잘려 나왔다는 사실을 아직 인식하지 못하는 것이리라. 꽃잎이 도톰한 붉은 장미 속에서 조그만 날벌레가 꼬물거리고 있었다.

5분쯤 지나서야 겨우 보이가 방에서 나왔다. 그는 빈손으로 방에서 나오자 역시 턱을 바짝 아래로 당기고 왔던 길을 다시 돌아갔다. 그가 복도 모퉁이를 돌아 사라지자, 나는 그 문 앞에 섰다. 안에서 무슨 소리가 나지 않을까 싶어 숨죽이고 가만히 귀를 기울였다. 하지만 아무 소리도 나지 않았고, 아무런 기척도 없었다. 나는 과감하게 노크를 했다. 보이가 했을 때처럼, 조용하게 세 번. 대답은 없었다. 잠시 시간을 두고, 이번에는 조금 더 세게 세 번을 두드려 보았다. 역시 아무 반응이 없었다.

나는 살며시 손잡이를 돌려 보았다. 손잡이가 돌아가고, 문이 소리 없이 안쪽으로 열렸다. 안은 캄캄했지만 두꺼운 커튼 사이로 희미하게 빛이 스며, 눈을 찡그리자 창문과 테이블과 소파의 형태를 부옇게나마 알아볼 수 있었다. 그 방은 내가 전에 가노 크레타와 몸을 섞은 바로 그 방이었다. 스위트룸이고, 공간은 바로 앞의 거실과 안쪽 침실로 나뉘어 있다. 거실 테이블에 놓인 커티삭 병과 아이스버킷과 잔이 희미하게 보였다. 문을 열었을 때, 은색 스테인리스 아이스버킷이 복도의 불빛을 받아 날카로운 칼날처럼 번쩍 빛났다. 나는 그 어둠 속에 발을 들여놓고, 손을 뒤로 돌려 문을 살며시 닫았다. 실내 공기는 따뜻하고, 짙은 꽃향기가 났다. 나는 숨도 쉬지 않은 채 사방의 기척을 살폈다. 내 왼손은 언제든 문을 열 수 있도록 계속 손잡이를 잡고 있었다. 이 방 어딘가에 누군가가 있을 것이다. 그 누군가가 룸서비스로 위스키와 잔과 얼음을 주문했고, 문을 열어 보이를 안으로 들였다.

"불은 켜지 마." 여자 목소리가 내게 말했다. 목소리는 침대가 있는 안쪽 방에서 들려왔다. 누구 목소리인지 바로 알 수 있었다. 내게 몇 번 이상한 전화를 걸었던 수수께끼의 여자 목소리였다. 나는 손잡이에서 손을 떼고, 목소리가 나는 쪽을 향해 어둠 속을 더듬더듬 나아갔다. 안쪽 방의 어둠은 거실보다 훨씬 짙었다. 나는 방과 방이 나뉘는 곳에 서서 눈을 찡그리고 그 어둠 속을 가만히 들여다보았다.

사락사락 시트 스치는 소리가 들리고, 어둠 속에서 흔들리는 검은 그림자가 어슴푸레 보였다. "어둡게 그냥 놔둬." 하고 그 여자의 목소리는 말했다.

"걱정 마. 불은 켜지 않을 거야." 하고 나는 말했다.

나는 문틀을 잡고 가만히 서 있었다.

"당신 혼자 여기 온 거야?" 하고 그녀가 어딘지 모르게 피곤한 목소리로 말했다.

"그런데." 하고 나는 말했다. "여기 오면 당신을 만날 수 있을 거 같았어. 아니, 당신 아니면 가노 크레타. 나는 구미코의 행방을 알아야겠어. 알겠어? 모든 건 당신의 전화에서 시작되었다고. 당신이 내게 이상한 전화를 걸었고, 그다음부터 마치 깜짝 상자를 연 것처럼 이상한 일이 줄줄이 생기기 시작했어. 그리고 끝내는 구미코가 사라졌지. 그러니 혼자 여기 올 수밖에. 당신이 누구인지는 모르겠지만, 당신은 열쇠를 쥐고 있어. 그렇지?"

"가노 크레타?" 하고 그녀는 경계하는 목소리로 말했다.

"그 이름은 들어 본 적이 없는데. 그 사람도 여기 있는 거야?"

"그녀가 어디 있는지는 나도 몰라. 하지만 여기서 몇 번 만난 적은 있지."

숨을 들이쉬자, 여전히 강렬한 꽃향기가 났다. 공기는 무겁고 탁하게 고여 있었다. 아마 이 방 어딘가에 꽃병이 있는 것이리라. 그 꽃들도 어둠 속 어딘가에서 호흡하며 몸을 비틀고 있는 것이다. 그 강렬한 냄새가 나는 어둠 속에서 나는 나의 육체를 잃어 갔다. 내가 조그만 벌레가 된 듯한 기분이 들었다. 나는 벌레이고, 지금 거대한 꽃잎 속에 들어가려 하고 있다. 거기에는 끈끈한 꿀과 꽃가루와 부드러운 털이 나를 기다리고 있다. 그들은 나의 침입과 개재를 필요로 하고 있다.

나는 말했다. "나는 우선 당신이 누구인지를 알고 싶어. 당신은 내가 당신을 알고 있다고 했지. 그러나 아무리 생각해도 난 당신이 누구인지 기억나지 않아. 대체 당신은 누구지?"

"나는 대체 누구일까?" 하고 여자가 내 말을 되풀이했다. 하지만 그 말투에 야유의 뉘앙스는 없었다. "술이 마시고 싶네. 온 더 록을 두 잔 만들어 줄 수 있을까. 당신도 마실 거지?"

나는 거실로 돌아가 새 위스키 병을 따고, 잔에 얼음을 넣고 온 더 록을 두 잔 만들었다. 어두운 탓에 그 정도 일을 하는 데도 시간이 상당히 걸렸다. 나는 잔을 들고 침실로 돌아갔다. 머리맡에 있는 테이블에 놔둬, 하고 여자가 말했다. 그리고 당신은 침대 옆에 있는 의자에 앉고.

하라는 대로 했다. 잔 하나를 침대 옆 테이블에 내려놓고, 나는 잔을 들고 조금 떨어진 곳에 있는 팔걸이 패브릭의자에 앉았다. 눈이 조금은 어둠에 익은 느낌이었다. 어둠속에서 그림자가 소리 없이 움직이는 게 보였다. 그녀가 침대에서 몸을 일으킨 듯했다. 카랑카랑 얼음이 부딪치는 소리가 나서, 그녀가 위스키를 마시고 있다는 걸 알았다. 나도 위스키를 한 모금 마셨다.

여자는 아주 오래 아무 말도 하지 않았다. 침묵이 계속되자 꽃향기가 한층 강렬해진 듯 느껴졌다.

여자가 말했다. "내가 누구인지, 당신 정말 그걸 알고 싶어?"

"그래서 여기 온 거야." 그러나 내 목소리는 어둠 속에서 왠지 불편하게 울렸다.

"내 이름을 알려고 여길 왔다는 거네?"

대답하는 대신 나는 마른기침을 했다. 그 기침 소리도 기묘하게 울렸다.

여자는 잔 속의 얼음을 몇 번 흔들었다. "당신은 내 이름을 알고 싶어 해. 하지만 아쉽게도 난 그걸 가르쳐 줄 수 없어. 나는 당신을 상당히 잘 알아. 당신도 나를 잘 알고 있고. 그런데 나는 나를 몰라."

나는 어둠 속에서 고개를 저었다. "난 당신 말을 이해하지 못하겠어. 수수께끼 놀음은 이제 넌더리가 나는군. 내가 필요한 것은 구체적인 실마리야. 확실한 사실, 그걸 지렛대 삼아 문을 비틀어 열 수 있는 사실, 나는 그게 필요해."

여자는 몸속을 쥐어짜는 것처럼 깊은 한숨을 쉬었다. "오카다 도오루 씨, 내 이름을 찾아 줘. 아니, 굳이 찾을 것도 없지. 당신은 내 이름을 이미 알고 있으니까. 당신은 그냥 기억해 내면 돼. 당신이 내 이름을 찾기만 하면 나는 여기서 나갈 수 있어. 그러면 나는 당신 부인을 찾는 것도 도울 수 있을 거야. 오카다 구미코 씨 말이야. 부인을 찾고 싶으면 어떻게든 내 이름을 찾아야겠지. 그게 당신의 지렛대야. 당신은 어쩔할 바를 몰라서는 안 돼. 당신이 그걸 찾는 시간이 하루하루 늦어질 때마다, 오카다 구미코 씨는 당신에게서 조금씩 멀어질 거야."

나는 위스키 잔을 바닥에 내려놓았다. "그런데, 대체 여긴 어디지. 당신은 언제부터 여기 있는 거야. 그리고 여기서 뭘 하고 있는데?"

"당신, 이제 여기서 나가는 게 좋겠어." 하고 여자가 갑자기 정색하고 말했다. "혹시라도 그 남자가 당신을 보면 일이 골치 아파질 거야. 그 남자는 당신이 생각하는 것보다 훨씬 위험하거든. 당신을 정말 죽여 버릴지도 몰라. 그러고도 남을 남자야."

"그 남자라니, 대체 누구를 말하는 거지?"

여자는 대답하지 않았다. 나도 그 이상 무슨 말을 하면 좋을지 몰랐다. 방향을 완전히 잃어버린 듯한 기분이 들었다. 방에서는 무슨 소리 하나 나지 않고, 침묵은 한없이 깊고, 그리고 끈끈해서 숨이 막혔다. 내 머리에는 열이 고여 있었다. 어쩌면 꽃가루 탓인지도 모른다. 공기에 섞여 있는 미세한 꽃가루가 머릿속에 들어와, 내 신경을 휘젓고 있는 것이다.

"오카다 도오루 씨." 하고 여자가 말했다. 그녀의 목소리가 조금 전과는 전혀 다른 울림을 지니고 있었다. 갑자기 그녀 목소리의 질이 바뀐 것이다. 지금 그 목소리는 끈끈한 방 공기와 하나가 되어 있었다. "언젠가 또 나를 안고 싶어 할 거야? 내 안에 들어오고 싶어 할 거야? 내 온몸을 핥고 싶어 할 거야? 내게 뭐든 해도 괜찮아. 뭐든 해 줄게. 당신의 부인이, 오카다 구미코 씨가 해 주지 않은 것도, 뭐든 해 줄 수 있어. 잊지 못할 만큼 기분 좋게 해 줄게. 만약 당신이······."

아무런 사전 암시 없이 불쑥, 문을 두드리는 소리가 들렸다. 뭔가 딱딱한 것으로 못을 쾅쾅 박는 듯한, 확실한 울림이었다. 어둠 속에서 그 소리가 불길하게 울렸다.

어둠 속에서 여자가 팔을 뻗어 내 팔을 잡았다. "이리 와,

빨리." 하고 여자가 조그만 소리로 말했다. 지금의 그녀 목소리는 아까와는 또 달리 원래대로 돌아와 있었다. 다시 한번 노크 소리가 들렸다. 정확하게 똑같은 세기로 두 번. 그러고 보니까 문을 잠그지 않았는데 하고 기억이 났다.

"자, 빨리. 당신은 여기서 나가야 하고, 당신이 여기서 나갈 방법은 이것밖에 없어." 하고 그녀가 말했다.

나는 그녀가 이끄는 대로 어둠 속을 걸었다. 손잡이가 천천히 돌아가는 소리가 들렸다. 그 소리에 나는 이유 없이 등골이 오싹해졌다. 방의 어둠 속에 복도의 불빛이 쓱 비치자 거의 동시에 우리는 벽 속으로 쓱 들어갔다. 벽은 마치 거대한 젤리처럼 차갑고 물렁거렸다. 나는 그 젤리가 입에 들어오지 않도록 입을 꾹 다물고 있어야 했다. 나는 벽을 통과하고 있다. 나는 어디에서 어딘가로 이동하기 위해 벽을 통과하고 있다. 그런데 벽을 통과하고 있는 내게 벽을 통과하는 것은 아주 자연스러운 행위로 여겨졌다.

여자의 혀가 내 입안으로 들어오는 느낌이 있었다. 따스하고 부드러운 혀였다. 그것은 내 입안을 핥고 혀를 휘감았다. 숨 막히는 꽃향기가 내 폐를 쓰다듬었다. 허리 안쪽에서 사정하고 싶은 나른한 욕망을 느꼈다. 하지만 나는 눈을 꾹 감고 참아 냈다. 잠시 후, 오른쪽 볼에 뜨거운 열기 같은 게 느껴졌다. 그것은 기묘한 감촉이었다. 고통은 없었다. 그저 열이 거기 있다는 감각이 있을 뿐이었다. 그 열이 외부에서 온 것인지, 또는 나 자신의 내부에서 분출한 것인지, 그것조차 알 수 없었다. 하지만 마침내 모든 것이 사라졌다. 혀도, 꽃잎 냄새도, 사정하고 싶은 욕망도, 볼 위의 열기도. 그리고 나는 벽을 통과했다. 눈을 떴을 때, 나는 벽의 이쪽에 있었다 ── 깊은 우물 속에.

9

우물과 별,

___

사다리는 어떻게 소멸되었나

새벽 5시가 넘자 하늘이 밝아 왔지만, 머리 위로는 아직 사라지지 않은 별이 무수히 보였다. 마미야 중위가 말했던 대로다. 우물 속에서는 낮에도 별이 보인다. 아련하게 빛나는 별이, 정확하게 반달 모양으로 나뉜 하늘 한쪽에 마치 진귀한 광물 표본처럼 예쁘게 박혀 있었다.

초등학교 5학년 때나 6학년 무렵, 친구 몇 명과 산에 올라 캠프를 하면서 하늘을 뒤덮을 만큼 무수한 별을 본 적이 있다. 마치 하늘이 그 무게를 견디지 못해, 금방이라도 무너져 내리는 게 아닐까 싶을 정도였다. 그 전후를 막론하고 그렇게 많은 별이 총총한 밤하늘을 본 적이 없다. 모두 잠든

후, 잠이 잘 오지 않아 텐트 밖으로 나와서 벌렁 누워 그 아름다운 별 하늘을 가만히 바라보았다. 때로 밝은 선을 그리면서 떨어지는 유성이 보였다. 그러다 나는 점차 겁이 났다. 별은 너무 많고, 밤하늘은 너무 넓고 깊었다. 그것은 압도적인 이물(異物)로 나를 에워싸고 감싸고, 불안정한 기분으로 내몰았다. 나는 그때껏 자신이 서 있는 지면이 영원히 언제까지나 지속되는 견고한 것이라고 생각했다. 아니, 그런 생각조차 굳이 하지 않았다. 생각할 것도 없는 일이었다. 하지만 실제로 지구 따위는 이 우주의 한 귀퉁이에 떠 있는 그저 돌조각에 지나지 않는다. 우주 전체에서 보면 한순간의 허망한 발판에 지나지 않는다. 사소한 힘의 변화에도, 순간적인 빛의 번쩍임에도, 내일이라도 덧없이 우리와 함께 흩어져 없어질 수 있다. 숨이 막힐 만큼 황홀한 그 별 하늘 아래에서, 나는 자신이라는 존재의 하찮음과 애매함에 금방이라도 정신이 아득해질 것 같았다.

우물 속에서 새벽녘의 별을 올려다보는 것은, 산꼭대기에서 온 하늘에 가득한 별을 보는 것과는 또 다른 종류의 체험이었다. 나는 그 한정된 창을 통해서, 자신이라는 의식의 존재가 마치 별과 특별한 인연으로 단단히 엮여 있는 것처럼 느꼈다. 나는 그 별들에게 강한 친밀감 같은 것을 느꼈다. 저 별들은 캄캄한 우물 속에 있는 내 눈에만 보이는 것이다.

나는 그들을 특별한 것으로 받아들이고, 그들은 그 대신 내게 힘과 온기 같은 것을 부여해 준다.

　시간이 흘러 하늘이 좀 더 밝은 여름의 아침 햇살에 지배되기 시작하자 별들은 하나둘 내 시야에서 모습을 감췄다. 아주 고요하게 사라졌다. 나는 그 소멸의 과정을 지켜보았다. 그러나 여름의 빛이 모든 별을 하늘에서 지워 버린 것은 아니었다. 빛이 강한 몇몇 별이 아직 거기에 남아 있었다. 그 별들은 태양이 높이 올라온 후에도 끈질기게 거기에 머물러 있었다. 나는 기뻤다. 간간이 지나가는 구름을 제외하면, 여기에서 내가 볼 수 있는 유일한 것은 그 별들뿐이었다.

　잠을 자는 동안 흘린 땀이 조금씩 차갑게 식어 갔다. 나는 몇 번이나 몸을 떨었다. 땀은 그 캄캄한 호텔 방과 거기 있던 전화 속 여자를 떠오르게 했다. 그녀가 했던 말 한마디 한마디가, 그리고 노크 소리가, 아직도 귓가에 맴돌았다. 알 수 없는 꽃향기도 콧구멍에 무겁게 남아 있었다. 와타야 노보루는 텔레비전 화면 속에서 얘기하고 있었다. 그 감각들의 기억은 시간이 지나도 조금도 흐려지지 않았다. 왜냐하면 그것은 꿈이 아니었기 때문이다, 하고 그 기억은 내게 말하고 있었다.

　나는 잠이 깬 후에도 오른쪽 볼이 화끈거리는 것을 느꼈다. 지금 그 열기 속에는 가벼운 통증도 섞여 있었다. 거친

사포로 비벼 댄 듯한 통증이었다. 나는 손바닥으로 수염이 자란 그 부분을 누르고 있었지만, 열과 아픔은 좀처럼 가라앉지 않았다. 하지만 거울도 아무것도 없는 우물 속에서 내 볼에 무슨 일이 생겼는지 확인할 방법은 없었다.

나는 손을 뻗어 우물 벽을 만져 보았다. 손가락으로 벽의 표면을 더듬고, 그다음에는 손바닥으로 꾹 눌러 보았다. 그러나 그건 그저 콘크리트 벽이었다. 나는 주먹으로 그 벽을 툭툭 두드려 보았다. 벽은 표정 없이 딱딱하고, 그리고 약간 젖어 있었다. 나는 그곳을 통과했을 때의 그 미끄덩거리던 감촉을 또렷하게 기억하고 있었다. 정말 젤리 속을 빠져나가는 듯한 느낌이었다.

더듬더듬 배낭에서 물통을 꺼내 물을 한 모금 마셨다. 거의 꼬박 하루를 아무것도 먹지 않았다. 그런 생각을 하자 갑자기 배가 고파졌다. 그러나 또 조금 시간이 흐르자 공복감은 점차 줄어들고 중간 지대 같은 무감각 속으로 빠져들었다. 다시 한번 얼굴에 손을 대고 수염이 얼마나 자랐는지 가늠해 보았다. 턱에 하루치 수염이 자라 있었다. 하루가 틀림없이 지났다. 하지만 내 하루의 부재는 아무에게도 영향을 미치지 않을 것이다. 내가 없어졌다는 것을 알아차린 인간은 아마 한 명도 없을 것이다. 내가 사라졌다 한들, 세계는 아무 지장 없이 계속 돌아갈 것이다. 상황은 몹시 복잡하게 얽혀 있다. 하지만 한 가지 분명한 것도 있다. 그것은 '이 제 아무도 나를 원하지 않는다.'라는 것이었다.

다시 한번 고개를 들고 별을 바라보았다. 별을 보고 있으면 심장의 고동이 조금씩 평온해졌다. 그리고 나는 언뜻 생각이 나, 어둠 속으로 손을 내밀어 우물 벽에 걸려 있을 사다리를 찾았다. 그러나 사다리는 손에 잡히지 않았다. 조심조심 빈틈없이, 벽 위의 넓은 범위를 더듬어 보았다. 그러나 역시 사다리는 없었다. 그것이 있어야 할 장소에 사다리는 존재하지 않았다. 나는 한껏 심호흡을 하고, 잠시 시간을 둔 후에 배낭에서 손전등을 꺼내 켰다. 사다리의 모습은 없었다. 일어나 손전등으로 지면을 비추고, 머리 위의 벽을 비춰보았다. 비춰 볼 수 있는 모든 장소를 비춰 보았다. 그러나 사다리는 어디에도 없었다. 식은땀이 마치 산 생물처럼 겨드랑이에서 옆구리를 타고 천천히 흘러내렸다. 손전등이 손에서 쑥 빠져나가 지면에 떨어져, 그 충격으로 불이 꺼졌다. 그것은 무언가 신호였다. 의식이 순식간에 자잘한 모래처럼 흩어져, 사방의 암흑에 동화되고 흡수되었다. 몸의 기능도 전원이 꺼진 것처럼 완전히 정지되었다. 완벽한 무(無)가 나를 뒤덮었다.

하지만 그건 불과 몇 초 동안의 일이었다. 나는 마침내 자신을 회복했다. 육체의 기능이 조금씩 돌아왔다. 몸을 굽혀

발 근처에 떨어진 손전등을 주워 몇 번을 탁탁 쳐서 스위치를 켰다. 빛도 무사히 돌아왔다. 차분하게 머릿속을 정리하자고 생각했다. 당황하고 두려워한다고 뭐가 해결되는 것은 아니다. 마지막으로 사다리를 확인한 게 언제였지? 어제 한밤중이 지나 잠들기 조금 전이었다. 사다리의 존재를 확인한 후에 잠들었다. 틀림없다. 사다리는 내가 잠자는 동안 사라졌다. 누군가가 끌어올려 가져간 것이다.

손전등의 스위치를 끄고 벽에 기댔다. 그리고 눈을 감았다. 우선 느낀 것은 공복감이었다. 공복감은 파도처럼 멀리서 밀려와 내 몸을 소리도 없이 훑고는 조용히 사라졌다. 그 파도가 사라진 후, 내 몸은 마치 박제된 동물처럼 텅 빈 껍데기가 되었다. 하지만 처음의 압도적인 공황상태가 물러가자, 그 이상 공포는 없었고 절망도 없었다. 정말 신기한 일이지만, 내가 느낀 것은 체념 같은 것이었다.

삿포로에서 돌아온 나는 구미코를 꼭 안고 위로했다. 그녀는 혼란에 빠져 어쩔 줄을 몰랐다. 회사도 쉬고 있었다. 어제는 한숨도 눈을 못 붙였어, 하고 구미코는 말했다. "마침 그날, 병원 사정과 내 일정이 어쩌다 딱 맞아떨어져서, 혼자 결정하고 끝내 버렸어." 하고 그녀는 말했다. 그리고 조금

167

울었다.

"이제 끝난 일이야." 나는 말했다. "그 일에 대해서는 우리 둘이 얘기를 많이 나눴고, 그 결과가 이거야. 그러니까 더 이상 뭐라 뭐라 얘기해 봐야 소용없잖아. 내게 하고 싶은 말이 있으면, 지금 해. 그리고 그 일은 우리 깨끗이 잊자. 내게 하고 싶은 말이 있다면서, 전화에서 그랬잖아."

구미코는 고개를 저었다. "이제 됐어, 그건. 당신 말이 옳아. 잊어야지."

그리고 우리는 한동안, 구미코의 낙태 수술에 관련된 모든 화제를 피하며 지냈다. 하지만 그것은 간단한 일이 아니었다. 다른 얘기를 하다가도 불현듯 둘 다 입을 꾹 다물어 버리곤 했다. 쉬는 날이 되면 우리는 영화를 보러 갔다. 우리는 어둠 속에서 영화에 의식을 집중하거나 또는 영화와 전혀 무관한 생각을 하거나 아예 아무 생각 없이 머리를 식혔다. 때로 옆자리에서 구미코가 다른 생각에 빠져 있다는 것을 알 수 있었다. 그런 기척이 전해졌던 것이다.

영화가 끝나면 우리는 어딘가에 가서 맥주를 한잔 하면서 가볍게 식사를 했다. 하지만 간혹, 무슨 얘기를 하면 좋을지 모르는 때가 있었다. 그런 생활이 육 주 정도 계속되었다. 정말 긴 육 주였다. 육 주째에 구미코가 내게 말했다.

"여보, 우리 내일부터 휴가 내고 여행 떠나지 않을래. 오늘이 목요일이니까, 일요일까지 한꺼번에 쉬면 되잖아. 가끔은 그런 휴식도 필요하지 않을까."

"필요하다는 건 알지만, 우리 사무소에 휴가라는 멋진 말이 과연 있을지, 난 자신이 없는데." 하고 나는 웃으면서 말했다.

"그럼 병가를 내면 되잖아. 독감에 걸렸다고 하든지 해서. 나도 똑같이 할게."

우리는 열차를 타고 가루이자와에 갔다. 구미코가 마음껏 산책할 수 있는 한적한 산속이 좋겠다고 해서였다. 그래서 가루이자와에 가기로 했다. 물론 4월의 가루이자와는 비수기라서 호텔도 한산하고 가게는 거의 문이 닫혀 있었지만, 우리에게는 그 정도의 조용함이 반가웠다. 매일 그저 산책을 했다. 아침부터 저녁때까지 거의 산책만 한 것이나 다름없었다.

구미코가 자신의 기분을 해방시키는 데 꼬박 하루하고 반나절이 걸렸다. 그리고 그녀는 호텔 방의 의자에 앉아 2시간 가까이 울었다. 나는 그동안, 아무 말 않고 그녀 몸을 꼭 안고 있었다.

그리고 구미코는 조금씩, 기억을 불러내듯 얘기를 시작했다. 수술에 대해서. 그때 자신이 느꼈던 감정에 대해서, 절박한 상실감 같은 것에 대해서. 내가 홋카이도에 있는 동안 자신이 얼마나 고독했는지에 대해서. 하지만 그런 고독 속에서가 아니면 실행할 수 없는 일이었다는 점에 대해서.

마지막으로 구미코는 "후회하는 건 아니야." 하고 말했다. "달리 방법이 없었으니까. 그건 분명해. 하지만 내 기분을, 내가 느꼈던 것을, 당신에게 하나에서 열까지 정확하게 얘기할 수 없다는 게 가장 힘들어."

구미코가 머리를 끌어올려, 조그만 귀가 보였다. 그리고 살랑살랑 고개를 저었다.

"일부러 숨기는 건 아니야. 언젠가는 제대로 다 얘기할 거야. 아마 당신이 아니면 할 수 없는 얘기일 테니까. 하지만 지금은 아직 말할 수 없어. 아직 말로 표현이 안 돼."

"그게, 어느 과거 일이야?"

"그런 얘기가 아니야."

"내게 말할 생각이 들 때까지 시간이 걸리는 거라면, 시간을 충분히 들이면 되지. 시간은 얼마든지 있어. 그리고 난 언제나 당신 옆에 있을 거니까, 서두를 것 없어." 하고 나는 말했다. "다만 이거 하나는 기억해 줬으면 좋겠는데, 난 당신 일이면 그게 뭐가 되었든 나의 일로 받아들이려고 해. 그러니까 괜한 걱정은 안 했으면 좋겠어."

"고마워." 하고 구미코는 말했다. "당신이랑 결혼하길 잘

했어."

하지만 그때 내가 생각했던 만큼 시간이 넉넉한 것은 아니었다. 구미코가 정확하게 얘기할 수 없었던 것은 과연 무엇이었을까. 그녀의 이번 실종과 어떤 관계가 있는 일이었을까. 혹은 그때 억지로라도 캐물어 구미코에게 그 얘기를 들었다면, 나는 이렇게 구미코를 잃지 않았을지도 모른다. 하지만 한참이나 이런저런 생각을 하다가, 그랬어도 결국은 아무것도 달라지지 않았으리라고 생각을 바꿨다. 구미코는 그걸 말로 표현할 수 없다고 했다. 그게 뭐가 되었든 그녀의 힘을 넘어서는 것이었으리라.

"태엽 감는 새 아저씨." 가사하라 메이의 커다란 목소리가 나를 불렀다. 나는 그때 선잠이 들어, 그 목소리를 듣고서도 자신이 꿈을 꾸고 있는 줄 알았다. 하지만 꿈이 아니었다. 머리 위를 올려다보니, 가사하라 메이의 얼굴이 조그맣게 보였다. "아저씨, 거기서 뭐해요? 거기 있다는 거 알아요. 그러니까 대답해요."

"있어." 하고 나는 말했다.

"그런 데서 대체 뭐 하는 거예요?"

"생각을 하고 있어." 하고 나는 말했다.

"이해가 안 되네. 왜 굳이 우물 속에 내려가서 생각을 해야 하는 거지. 거기까지 내려가려면 고생스럽기도 하고, 귀찮기도 할 텐데."

"생각에 집중할 수 있어서 그래. 어둡고, 시원하고, 조용하고."

"아저씨, 그런 거 자주 해요?"

"아니, 자주 하는 건 아니야. 태어나서 처음이야. 우물 속에 들어온 건." 하고 나는 말했다.

"생각은 잘돼요? 거기 있으니까 생각이 잘돼요?"

"아직 잘 모르겠어. 지금 시도하고 있는 중이라서."

그녀가 헛기침을 했다. 그 소리가 우물 속까지 크게 울렸다.

"태엽 감는 새 아저씨, 사다리 없어진 거 알았어요?"

"응, 조금 전에."

"내가 사다리를 끌어올렸다는 것도 알았어요?"

"아니, 몰랐어."

"그럼 누가 그랬다고 생각했어요?"

"모르겠어." 하고 나는 솔직하게 말했다. "뭐라 말을 잘 못하겠는데, 그런 식으로는 생각지 않았어. 누가 가져갔다고는 말이야. 그냥 사라졌다고 생각했어."

가사하라 메이는 잠시 말이 없었다. "그냥 사라졌다." 하고 그녀가 조심스러운 목소리로 말했다. 내가 한 말에 무슨 복잡한 덫이라도 놓여 있는 것은 아닐까 하는 식으로. "그게 무슨 말이에요. 그냥 사라졌다는 게. 그냥 저절로 없어졌다는 뜻인가요?"

"그럴 수도 있지."

"태엽 감는 새 아저씨. 새삼스럽게 이런 말을 하기도 뭐하지만, 아저씨 진짜 이상해요. 아저씨만큼 이상한 사람 그렇게 많지 않아요. 그건 알아요?"

"나 자신은 별로 이상하다고 생각지 않는데."

"사다리가 어떻게 제멋대로 없어져요?"

나는 두 손으로 얼굴을 비볐다. 그리고 신경을 가사하라 메이와의 대화에 집중하려고 했다. "네가 끌어올린 거지?"

"당연하죠." 하고 가사하라 메이가 말했다. "머리를 쓰면 그 정도는 알 수 있잖아요. 내가 그랬어요. 밤중에 몰래 끌어올렸다고요."

"왜 그런 거지?"

"어제 몇 번이나 아저씨 집에 갔어요. 아르바이트하러 또 같이 가자고 하려고요. 그런데 아저씨가 없었어요. 부엌에 메모만 있고. 그래서 한참을 기다렸어요. 그런데도 아저씨는 돌아오지 않았어요. 그래서 혹시나 싶어 그 빈집에 가 봤어요. 그랬더니 우물 뚜껑이 절반 열려 있고, 줄사다리가 걸려 있잖아요. 그래도 그때는 설마 아저씨가 우물 속에 있을 줄은 몰랐어요. 그냥 공사하는 사람이나 누가 와서 사다리를 걸어 놓고 갔나 보다고 생각했지. 그렇잖아요, 세상에 우물 속에 내려가서 웅크리고 생각하는 사람이 어디 있어요."

"그건 그렇지." 하고 나는 인정했다.

"한밤중에 또 몰래 집을 빠져나와서 아저씨 집에 가 봤어요. 그래도 아저씨는 없더라고요. 그래서 혹시나 하고 생각했어요. 혹시 아저씨가 우물 속에 있는 게 아닐까 하고요. 우물 속에서 뭘 하는지는 몰라도, 아무튼 아저씨는 좀 별나니까. 다시 우물가에 와서 줄사다리를 끌어올렸어요. 깜짝 놀랐죠."

"그래." 하고 나는 말했다.

"물이나 먹을 건 가져갔어요?"

"물만 조금. 먹을 건 없어. 레몬 사탕 세 개뿐이야."

"언제부터 거기 있었어요?"

"어제 낮부터."

"배고프죠?"

"뭐, 그렇지."

"오줌 같은 건 어떻게 해요?"

"적당히 해결하고 있어. 먹고 마신 게 별로 없어서 큰 문제는 아니야."

"저요, 태엽 감는 새 아저씨, 알아요? 아저씨는 내 기분

여하에 따라 거기서 죽을 수도 있어요. 아저씨가 거기 있다는 건 나밖에 모르고, 내가 사다리도 숨겼어요. 그거 알아요? 내가 이대로 가 버리면, 아저씨는 거기서 죽어요. 고함을 질러 봐야 아무도 못 들어요. 아저씨가 우물 속에 있다는 생각은 아무도 못 할 거예요. 아저씨가 없어졌다는 것조차 아무도 모르지 않을까요. 회사도 안 다니지, 부인은 가출해 버렸지. 그러다 누가 아저씨가 없어졌다는 걸 알고 경찰에 신고야 하겠지만, 그때쯤에 아저씨는 죽어 있을 테고, 아마 시신도 발견되지 않을 걸요."

"그래, 네 말이 맞아. 네 기분에 따라 나는 여기서 죽을 수도 있어."

"그래서, 어떤 기분 들어요?"

"두려워." 하고 나는 말했다.

"두려운 것처럼 들리지 않는데요."

나는 여전히 두 손으로 얼굴을 비비고 있었다. 이것이 내 손이고, 이게 내 볼이다, 하고 나는 생각했다. 캄캄해서 보이지 않지만, 내 몸은 아직 여기에 존재한다. "아직 나 자신도 실감이 안 나서 그렇겠지."

"나는 실감이 팍팍 나는데요." 하고 가사하라 메이가 말했다. "사람을 죽이는 거, 생각보다 간단할지도 모르겠어요."

"죽이는 방법에 따라서는 그렇겠지."

"간단하죠. 그냥 이대로 내버려 두기만 하면 되잖아요. 아무것도 안 해도 된다고요. 상상해 봐요, 태엽 감는 새 아저씨. 어둠 속에서 굶주리고 목이 말라 조금씩 죽어 가는 거, 굉장히 괴로울 거예요. 쉽게 죽어지지 않는다고요."

"그렇겠지." 하고 나는 말했다.

"아저씨, 사실은 믿지 않는 거죠. 내가 그렇게 잔인한 짓을 실제로 할 리는 없다고 생각하는 거죠?"

"난 잘 모르겠어. 네가 그럴 수 있다고 믿는 것도 아니고, 그럴 수 없다고 믿는 것도 아니야. 어떤 일이든 생길 가능성은 있지. 그렇게 생각해."

"나는 가능성 얘기를 하는 게 아니에요." 하고 그녀는 아주 냉담한 목소리로 말했다. "저 있죠, 지금 막 생각났는데, 좋은 수가 있어요. 생각하려고 애써 거기까지 내려갔으니까, 아저씨가 생각에 더 집중할 수 있게 해 줄까요?"

"어떻게?" 하고 나는 물어보았다.

"이렇게요." 하고 그녀는 말했다. 그리고 절반 열려 있는 우물 뚜껑을 완전히 덮어 버렸다. 그렇게 해서 완전하고, 완벽한 어둠이 찾아왔다.

10

인간의 죽음과 진화에 대한

가사하라 메이의 고찰,
외부에서 만들어진 것

나는 그 완벽한 어둠 속에 쭈그리고 앉아 있었다. 눈에 보이는 것은 무뿐이었다. 나는 그 무의 일부가 되어 있었다. 나는 눈을 감고 자신의 심장 소리를 듣고, 피가 몸 안에서 순환하는 소리를 듣고, 폐가 풀무처럼 수축하는 소리를 듣고, 미끈미끈한 내장이 먹을 것을 요구하며 사지를 뒤트는 소리를 들었다. 깊은 어둠 속에서는 모든 움직임이, 모든 진동이 부자연스럽게 확장되었다. 이것이 나의 육체다. 어둠 속에서 그것은 너무도 생생하게, 너무도 육체 그 자체였다.

그리고 또 조금씩, 나의 의식은 그 육체에서 빠져나갔다.

나는 자신이 태엽 감는 새가 되어 여름 하늘을 날고, 아

177

름드리나무의 가지에 앉아 세계의 태엽을 감는 광경을 상상했다. 만약 태엽 감는 새가 정말 없어진 것이라면, 누군가는 태엽 감는 새의 역할을 계승해야 할 것이다. 누군가가 대신 세계의 태엽을 감아야 한다. 그러지 않으면 세계의 태엽이 점점 풀려, 그 정교한 시스템도 끝내는 움직임을 완전히 멈추게 된다. 그러나 태엽 감는 새가 사라졌다는 것을 알아차린 인간은 나 말고는 아무도 없는 듯했다.

나는 목구멍 속에서 어떻게든 태엽 감는 새의 울음소리와 비슷한 소리를 내어 보려고 시도했다. 그러나 잘 되지 않았다. 내가 낼 수 있는 소리는 무의미하고 볼품없는 물체를 서로 비벼 대는 듯한, 무의미하고 볼품없는 소리뿐이었다. 태엽 감는 새의 울음소리는 아마 진짜 태엽 감는 새만이 낼 수 있는 것이리라. 세계의 태엽을 제대로 정확하게 감을 수 있는 것은 태엽 감는 새뿐이다.

하지만 나는 태엽을 감지 못하는 무음의 태엽 감는 새로서, 한동안 여름 하늘을 날아 보기로 했다. 실제로 하늘을 나는 것은 그렇게 어려운 일이 아니었다. 한번 오르고 나면 그다음은 날개를 적당한 각도로 펄럭펄럭 움직이고, 방향이나 고도를 조정하면 그만이었다. 내 몸은 어느 틈에 나는 기술을 터득해 별 어려움 없이 자유자재로 하늘을 날고 있었다. 나는 태엽 감는 새의 시점에서 세계를 바라보았다. 날다가 때로 싫증이 나면 어느 나뭇가지에 앉아 푸르른 잎사귀들 사이로 집들의 지붕과 골목을 바라보았다. 사람들이 지표에서 돌아다니고, 생활을 영위하는 모습을 바라보았다. 하지만 아쉽게도 나는 내 몸을 내 눈으로 볼 수는 없었다. 태엽 감는 새라는 생물을 한 번도 본 적이 없어, 그게 어떻게 생겼는지 모르기 때문이었다.

오래도록 — 얼마나 긴 시간이었을까 — 나는 태엽 감는 새로 존재했다. 하지만 나 자신이 태엽 감는 새여도, 나는 어디로도 갈 수 없었다. 물론 태엽 감는 새로 하늘을 나는 것은 즐거웠다. 그러나 언제까지 그 즐거움을 누릴 수는 없다. 나는 이 캄캄한 우물 속에서 해야 할 일이 있다. 나는 태엽 감는 새이기를 그만두고 나 자신으로 돌아왔다.

가사하라 메이가 두 번째로 찾아온 것은 3시가 지나서였다. 오후 3시 넘어서다. 그녀가 우물 뚜껑을 절반 열자, 머리 위로 빛이 쏙 비쳤다. 여름날 오후의 눈부신 햇살이었다. 나는 어둠에 익은 눈이 다치지 않게, 한참이나 눈을 꼭 감고 고개를 숙이고 있었다. 거기에 빛이 존재한다는 생각만 해도 눈물이 글썽여지는 것을 느낄 수 있었다.

"저기요, 태엽 감는 새 아저씨." 하고 가사하라 메이가 말했다. "아저씨 아직 살아 있어요? 살아 있으면 대답해 줘요."

"살아 있어." 하고 나는 말했다.

"이제 배고프죠?"

"고픈 것 같아."

"아직 고픈 것 같은 정도네요. 굶어 죽으려면 아직 한참 걸리겠어요. 배는 아무리 고파도, 물만 있으면 사람은 잘 죽지 않거든요."

"아마 그렇겠지." 하고 나는 말했다. 우물 안에 울리는 목소리가 몹시 애매하게 들렸다. 아마 목소리 안에 포함된 것이 메아리 때문에 더 크게 증폭된 것이리라.

"오늘 아침에 도서관에 가서 조사해 봤는데요." 하고 가사하라 메이가 말했다. "공복과 갈증에 대해 쓴 책을 여러 가지 읽어 봤어요. 아나 모르겠네, 태엽 감는 새 아저씨, 물 외에 아무것도 먹지 않고 21일을 산 사람도 있대요. 러시아 혁명 때 얘기지만."

"호오." 하고 나는 말했다.

"그런 거, 정말 고통스럽겠죠."

"고통스럽겠지."

"그 사람 구조되기는 했는데, 이와 머리카락이 하나도 남아 있지 않았대요. 다 빠져 버린 거죠. 목숨은 건졌지만, 꽤 괴롭지 않을까요."

"그야 당연히 괴롭겠지." 하고 나는 말했다.

"이나 머리카락이 없어도 가발을 쓰고 틀니를 하면, 뭐, 별 이상 없이 살아갈 수는 있겠지만."

"그렇지, 가발과 틀니 제작 기술이 러시아 혁명 시절에 비하면 월등하게 진보했을 테니까. 그만큼 덜 불편할 수도 있겠지."

"태엽 감는 새 아저씨." 하고는 가사하라 메이가 또 헛기침을 했다.

"뭐지?"

"만약 인간이 영원히 죽지 않는 존재라면, 시간이 아무리 흘러도 소멸되지 않고 나이를 먹지도 않고, 이 세상에서 계속 건강하게 영원히 살 수 있다면, 그래도 인간은 여전히, 우리가 지금 이러고 있는 것처럼 열심히 이것저것 생각할까요? 우리는 많든 적든, 여러 가지를 계속 생각하잖아요. 철학이나 심리학이나 논리학이나. 그리고 종교도 있고, 문학도 있고. 그런 유의 복잡한 사고와 관념은, 만약 죽음이 존재하지 않았다면 어쩌면 이 지구상에 안 생기지 않았을까요? 그러니까 — "

가사하라 메이는 거기서 불쑥 말을 끊고, 잠시 침묵했다. 그동안 '그러니까'라는 말만이 있는 힘껏 찢겨 나간 사고의 단편처럼 우물 속 어둠에 가만히 매달려 있었다. 그녀는 더이상 말을 계속할 마음이 없어졌는지도 모른다. 또는 그다음 말을 생각할 시간이 필요했는지도 모른다. 아무튼 나는 잠자코 그녀가 말을 다시 시작하기를 기다렸다. 나는 여전히 고개를 푹 숙이고 있었다. 만약 가사하라 메이가 지금 당장 나를 죽이려 한다면, 그건 아주 간단한 일이라는 생각이 불쑥 머리에 떠올랐다. 그녀는 어디서든 큼지막한 돌멩이를 들고 와 그저 위에서 떨어뜨리기만 하면 된다. 몇 개를 떨어뜨리면 그중 하나는 내 머리에 맞을 것이다.

"그러니까 ─ 이건 내 생각인데, 사람은 자신이 언젠가는 죽는다는 걸 알기 때문에, 그래서 더욱 지금 여기에 이렇게 살아 있는 의미에 대해서 심각하게 생각하는 게 아닐까요. 그렇잖아요. 언제까지나, 언제까지나 계속 똑같이 살 수 있다면, 누가 사는 의미를 심각하게 생각하겠어요. 그럴 필요가 어디 있겠어요. 예를 들어서, 가령 심각하게 생각할 필요가 있다 쳐도, '시간은 아직 충분히 있다. 언젠가 그때 가서 생각하면 된다.' 그렇게 생각하지 않을까요. 그런데 실제로는 그렇지 않죠. 우리는 지금, 여기에서 이 순간에 생각지 않으면 안 돼요. 내일 오후에 내가 트럭에 치여 죽을지도 모르니까. 사흘 후 아침에 태엽 감는 새 아저씨가 우물 속에서 굶어 죽을지도 모르니까. 그렇지 않나요? 무슨 일이 생길지는 아무도 몰라요. 그러니까 우리가 진화하기 위해서는 죽음이란 게 반드시 필요한 거죠. 나는 그렇게 생각하는데. 죽

음이란 존재가 선명하고 거대하면 할수록 더욱이 우리는
죽을힘을 다해 생각을 하는 거죠."

가사하라 메이가 잠시 말을 끊었다.

"태엽 감는 새 아저씨?"

"왜?"

"아저씨는 거기서, 그 캄캄한 어둠 속에서, 자신의 죽음
에 대해서 이래저래 생각해 봤어요? 자신이 거기서 어떻게
죽어 갈까에 대해서 말이에요."

나는 잠시 생각해 보았다. "아니." 하고 나는 말했다. "죽
음에 대해서는 딱히 생각하지 않았는데."

"왜요?" 하고 가사하라 메이가 어이없다는 듯이 말했다.
마치 덜떨어진 동물에게 말하듯이. "있죠, 왜 생각하지 않
았어요? 아저씨는 지금 거기서, 말 그대로 죽음과 마주하고
있다고요. 농담이 아니라, 이거 심각하게 말하는 거예요. 아
까 말했잖아요. 아저씨가 죽고 사는 건 내 마음 하나에 달
렸다고."

"돌멩이를 떨어뜨릴 수도 있고." 하고 나는 말했다.

"돌멩이? 돌멩이는 왜요?"

"어디서 커다란 돌멩이를 들고 와, 위에서 떨어뜨리면 되
지."

"그런 방법도 있네요." 하고 가사하라 메이가 말했다. 그

러나 그녀는 그 아이디어가 그다지 마음에 들지 않는 눈치였다. "그건 그렇고, 태엽 감는 새 아저씨, 지금도 배가 고프죠. 앞으로 점점 더 고파질 거예요. 물도 떨어지고. 그런데 왜 아저씨는 죽음에 대해서 생각지 않을 수 있는 거죠? 아무리 생각해도 이상해요."

"그래, 이상할지도 모르지." 하고 나는 말했다. "하지만 나는 계속 다른 생각을 하고 있었어. 아마 좀 더 배가 고파지면, 자신의 죽음에 대해서도 생각하게 되겠지. 죽을 때까지 아직 삼 주일이나 남아 있잖아."

"물이 있어야 그런 거죠." 하고 가사하라 메이는 말했다. "그 러시아 사람은 물은 마실 수 있었어요. 그 사람은 대지주였나 뭐였는데, 혁명 당시에 혁명군이 어느 폐광의 깊은 구멍 속에 던져 버렸어요. 그런데 벽에서 물이 스며 나와 그 물을 핥아 먹은 덕에 목숨을 부지할 수 있었다고요. 그 사람도 아저씨처럼 캄캄한 어둠 속에 있었어요. 그런데 아저씨는 물이 그렇게 많지 않잖아요."

"조금밖에 남지 않았지." 하고 나는 있는 그대로 말했다.

"그럼 아껴서 조금씩 마시는 편이 좋을 거예요." 하고 가사하라 메이는 말했다. "핥아 먹는 것처럼 찔끔찔끔. 그리고 천천히 생각해 보세요. 죽음에 대해서, 자신이 죽는다는 것에 대해서. 시간은 아직 넉넉하게 있으니까."

"나더러 왜 그렇게 죽음에 대해 생각하라는 거지? 잘 모르겠는데, 내가 죽음에 대해서 심각하게 생각하는 게 너에게 무슨 보탬이 되나."

"설마요." 하고 가사하라 메이는 정말 기가 찬다는 듯이 말했다. "그런 게 나한테 무슨 보탬이 되겠어요. 왜 아저씨가 자기 죽음에 대해서 생각하는 게 내게 보탬이 된다고 생각하는 거예요. 그건 아저씨 목숨이잖아요. 나와는 아무 관계없다고요. 나는 단지 관심이 있을 뿐이에요."

"호기심?" 하고 나는 물었다.

"그래요. 호기심이요. 사람이 어떻게 죽어 가는지, 죽어 갈 때 사람 기분은 어떤지. 호기심."

가사하라 메이가 침묵했다. 얘기가 끊기자, 기다렸다는 듯이 깊은 정적이 내 주위를 메웠다. 나는 고개를 들어 머리 위를 보고 싶었다. 가사하라 메이의 모습이 거기 있는지 확인하고 싶었다. 그러나 빛이 너무도 강했다. 그 빛은 보나마나 내 눈을 태워 버릴 것이다.

"있지, 네게 하고 싶은 말이 있는데." 하고 나는 말했다.

"말해 봐요."

"내 아내에게는 나 말고 연인이 있었어." 하고 나는 말했다. "아마 그럴 거라고 생각해. 나는 조금도 눈치채지 못했는데, 지난 몇 달 동안 그녀는 나와 함께 살면서 계속 다른 남자를 만나 잠자리를 같이했어. 처음에는 그 상황이 잘 이해가 되지 않았는데, 생각하면 생각할수록 틀림없다고 생각하게 되었어. 지금 돌이켜 보니까, 여러 가지 자잘한 일들이 그렇게 보면 이해가 돼. 집에 들어오는 시간이 조금씩 불규칙해진 것도 그렇고, 내가 손을 만지면 움찔거렸던 것도. 그런데 나는 그런 신호를 감지하지 못했어. 왜냐하면 나는 구미코를 믿고 있었거든. 구미코는 바람을 피울 리 없다고 생각했어. 바람을 피울 거라는 생각은 아예 못 했어."

"흐음." 하고 가사하라 메이는 말했다.

"그런데 그녀가 어느 날 갑자기 집을 나가 버린 거야. 그날 아침에 우리는 같이 아침을 먹었어. 그리고 그녀는 늘 회사에 출근하는 차림에, 핸드백 하나와 세탁소에서 찾은 블라우스와 스커트만 들고 어딘가로 가 버렸어. 잘 있으라는 말도 없었고, 메모도 남기지 않은 채 없어져 버렸어. 옷도 뭐도 다 그대로 남겨 두고. 구미코는 아마 두 번 다시 여기로, 내게로 돌아오지 않겠지. 적어도 자기 스스로는. 나는 그렇다는 걸 알 수 있어."

"구미코 씨가 그 남자랑 같이 있을까요?"

"그건 몰라." 하고 나는 말했다. 그리고 천천히 고개를 저었다. 고개를 젓자, 사방의 공기가 마치 감촉 없는 무거운 물처럼 느껴졌다. "아마 그렇지 않을까."

"그래서 실망한 태엽 감는 새 아저씨가 우물 속에 들어간 거군요?"

"실망이야 했지, 물론. 하지만 그래서 여기 들어온 건 아니야. 딱히 현실에서 도망쳐 여기 숨어 있는 것도 아니고. 아까도 말했지만, 혼자 조용히 집중해서 생각할 수 있는 장소가 필요했어. 나와 구미코의 관계가 대체 어디에서 훼손되었는지, 어떻게 잘못된 길로 접어들었는지, 그걸 모르겠어. 물론 그때까지 모든 일이 순조로웠던 것은 아니야. 서로 다른 인격을 지닌 남자와 여자가 스무 살이 넘어 우연히 알게 되었고, 그러다 같이 살게 되었어. 문제가 전혀 없는 부부는 어디에도 없어. 하지만 우리는 기본적으로 잘 살아가고 있다고, 나는 줄곧 그렇게 생각했어. 여러 가지 자잘한 문제는 있지만, 그런 건 시간이 흐르면 저절로 해결될 거라고 생각했어. 그런데 실제로는 그렇지 않았던 거지. 나는 뭔가 커다란 걸 놓친 것 같아. 거기에 뭔지 몰라도 근본적인 오류가 있었겠지. 나는 그 오류에 대해서 생각하고 싶었어."

가사하라 메이는 아무 말도 하지 않았다. 나는 침을 꿀꺽 삼켰다.

"넌 모르겠지만, 육 년 전에 결혼했을 때 우리는 둘이 아주 새로운 세계를 만들려고 했어. 아무것도 없는 땅에 새 집을 짓는 것처럼 말이야. 우리는 우리가 뭘 원하는지 확실한 이미지가 있었어. 그렇게 멋진 집이 아니어도 괜찮았어. 비바람을 막아 주고, 단둘이 지낼 수 있으면 그걸로 족했지. 불필요한 것은 없는 게 오히려 좋았어. 그래서 우리는 모든 걸 아주 간단하고 단순하게 여겼어. 너, 그런 생각 해 본 적 없니? 전혀 다른 장소에 가서, 지금의 자신과는 아주 다른 자신이 되고 싶다는?"

"물론 있죠." 하고 가사하라 메이는 말했다. "늘 생각하는데요, 뭐."

"결혼했을 때, 우리가 하려던 게 바로 그거였어. 나는 그때까지 존재했던 나 자신에서 벗어나고 싶었어. 구미코도 그건 마찬가지였고. 우리는 그 새로운 세계에서 본래의 자신에게 맞는 우리 자신을 획득하려고 했어. 우리는 그 새로운 세계에서 훨씬 더 자연스럽게, 훨씬 더 우리 자신에게 딱 맞게 살아갈 수 있을 거라고 생각했어."

가사하라 메이가 빛 속에서 몸의 중심을 약간 이동한 듯했다. 기척으로 알 수 있었다. 그녀는 내 얘기가 이어지기를 기다리는 것 같았다. 그러나 내게는 그 이상 할 얘기가 없었다. 나는 이제 아무 생각도 들지 않았다. 콘크리트 우물 통속에 울리는 내 목소리에도 지쳤다.

"내가 한 말 이해하겠니?" 하고 나는 물어보았다.

"이해해요."

"거기에 대한 네 생각은?"

"나는 아직 어려서, 결혼이 어떤 건지 몰라요." 하고 가사하라 메이가 말했다. "그러니까 아저씨 부인이 어떤 심정으로 다른 남자와 사귀었고, 또 아저씨를 버리고 집을 나갔는지도 알 수 없죠. 그런데 지금 얘기를 듣고 보니까, 아저씨가 애당초 처음부터 잘못된 생각을 하지 않았나 싶네요. 태엽 감는 새 아저씨, 아무도 지금 아저씨가 한 말처럼은 할 수 없지 않을까요. '자, 지금부터 새로운 세계를 만들자.'느니 '자, 지금부터 새로운 자신을 만들자.' 하는 거 말이에요. 내 생각은 그런데. 스스로는 뜻대로 잘됐다, 다른 자신이 되었다고 생각해도, 그 표면 밑에는 원래의 아저씨가 분명하게 있고, 그러다 무슨 일이 생기면 '안녕.' 하면서 얼굴을 내민다고요. 아저씨는 그걸 몰랐던 거 아닌가요. 아저씨는 외부에서 만들어진 거예요. 그리고 자신을 새롭게 만들려는 아저씨의 계획 역시 어딘가 외부에서 만들어진 거라고요. 태엽 감는 새 아저씨, 그런 건 나도 아는데, 왜 어른인 아저씨가 모르는데요? 그걸 모른다는 건 정말 큰 문제예요. 그래서 아저씨가 지금 거기서, 보복을 당하는 거라고요. 여러 가지 것들로부터. 예를 들면 아저씨가 버리려고 했던 아저씨 자신으로부터. 내가 하는 말 이해하겠어요?"

나는 묵묵히, 내 발 주위를 감싸고 있는 어둠을 보고 있었다. 나는 무슨 말을 하면 좋을지 몰랐다.

"저, 태엽 감는 새 아저씨." 하고 그녀가 조용한 목소리로 말했다. "생각해 봐요. 생각해 봐요. 생각해 봐요." 그러고는 다시 우물 입구를 뚜껑으로 딱 덮었다.

배낭에서 물통을 꺼내 흔들어 보았다. 찰랑찰랑하는 가벼운 소리가 어둠 속에 울렸다. 아마 사분의 일 정도 남았을 것이다. 나는 머리를 벽에 기대고 눈을 감았다. 가사하라 메이의 말이 옳은 거겠지 하고 생각했다. 나라는 인간은 결국, 어딘가 외부에서 만들어진 것에 불과하다. 그리고 모든 것은 외부에서 왔다가 다시 외부로 사라진다. 나는 그저 나라는 인간이 지나가는 길에 지나지 않는다.

태엽 감는 새 아저씨, 그런 건 나도 아는데, 왜 어른인 아저씨가 모르는데요?

11

통증으로서의 공복감,

구미코의 긴 편지, 예언하는 새

몇 번이나 잠에 들었다가, 같은 수만큼 눈을 떴다. 비행기 좌석에서 자는 잠처럼 불안정하고 편안하지 않은 짧은 잠이었다. 깊은 잠에 빠져들어야 할 즈음에 움찔하면서 눈을 뜨거나, 눈을 번쩍 뜨고 있어야 할 때에 알게 모르게 잠에 빠졌다. 그 끝없는 반복이었다. 빛의 변화가 없는 탓에, 시간은 축이 느슨해진 자동차처럼 불안정해지고, 갑갑하고 부자연스러운 자세는 내 몸에서 조금씩 편안함을 빼앗아 갔다. 눈을 뜰 때마다 나는 손목시계를 보면서 시간을 확인했다. 시간의 걸음은 무겁고 균일하지 않았다.

할 일이 없어지면 손전등을 들고 여기저기 빛을 비추어

보았다. 지면을 비추고, 벽을 비추고, 우물 뚜껑을 비췄다. 하지만 거기에는 늘 똑같은 지면과 벽이 있고, 뚜껑이 있을 뿐이었다. 손전등의 빛을 움직이면, 그것들이 그리는 음영이 몸을 뒤틀듯이 늘어났다가 줄어들고, 부풀었다가 오므라들었다. 그러다 지치면, 오래오래 자신의 얼굴을 구석구석 꼼꼼하게 쓰다듬었다. 그리고 나 자신의 얼굴이 과연 어떻게 생겼는지, 새삼스레 조사해 보았다. 그때껏 나는 자신의 귀가 어떻게 생겼는지 단 한 번도 진지하게 살펴본 적이 없었다. 자신의 귀 모양을 대충이라도 좋으니 그려 보라고 하면, 아마 당황하고 말 것이다. 하지만 지금은 자신의 귀를 이루는, 들쭉날쭉한 모든 굴곡과 선을 세밀하고 정확하게 재현할 수 있다. 그리고 참 묘하게, 세부 하나하나를 더듬어 보니 오른쪽 귀와 왼쪽 귀가 상당히 다른 모양이었다. 어쩌다 그렇게 생겼는지, 그리고 그 비대칭성이 어떤 결과를 초래했는지(아마 어떤 결과를 초래했을 것이다.) 나는 알 수 없었다.

시곗바늘은 7시 28분을 가리키고 있다. 여기로 내려온 다음부터 이천 번은 시계를 봤을 테지 하고 나는 생각했다. 아무튼 밤 7시 28분이다. 야간 경기에서 3회 말이나 4회 초가 진행될 시간이다. 어렸을 때, 야구장의 외야석 윗자리에 앉아 저물어 가는 여름날의 해를 바라보는 걸 좋아했다. 태양은 이미 서쪽 지평으로 모습을 감췄지만, 그래도 아직 선명하고 아름다운 잔조가 남아 있었다. 조명등의 그림자가 무언가를 암시하듯 그라운드 뒤에 길게 늘어져 있다. 경기가 시작되고 얼마 지나면, 아주 조심스럽게 조명등이 하나 둘 켜졌다. 그러나 사방은 신문을 읽을 수 있을 정도로 여전히 밝다. 길었던 화끈거림의 기억이 여름밤의 도래를 문턱에서 가로막고 있다.

인공의 빛은 끈질기고 조용하게, 그러나 확실하게 태양의 빛을 능가해 간다. 더불어 사방은 축제의 색채로 넘쳐흐른다. 잔디의 선명한 초록, 거뭇거뭇 멋진 흙, 거기에 그어진 새하얗고 곧바른 선, 타순을 기다리는 타자가 들고 있는 배트에서 빛나는 니스, 광선 속을 떠다니는 담배 연기(바람 잔 날에 그것은 깃들 곳을 찾아 헤매는 영혼들의 무리처럼 보인다.) ── 그런 것들이 알알이 모습을 드러내기 시작한다. 맥주 파는 소년들은 손가락 사이에 끼운 지폐를 펄럭이고, 사람들은 높이 솟아오른 타구의 행방을 좇기 위해 엉덩이를 들고, 그 공의 궤적에 맞춰 함성을 지르거나 한숨을 쉰다. 둥지로 돌아가는 새들이 조그맣게 떼 지어 바다 쪽으로 날아가는 게 보인다. 오후 7시 반의 야구장 풍경은 그렇다.

지금까지 본 다양한 야구 경기를 떠올려 보았다. 아주 어렸을 때, 세인트루이스 카디널스 팀이 친선경기를 위해 일본을 방문했다. 나는 아버지와 둘이 내야석에서 그 경기를 관람했다. 경기에 앞서 카디널스 선수들이 그라운드를 한 바퀴 돌면서 바구니에 든 사인한 테니스볼을 운동회 때 공 넣기 경기처럼 스탠드로 휙휙 던졌다. 사람들은 그 공을 잡으려고 필사적이었다. 나는 그냥 가만히 앉아 있었지만, 나도 모르게 공 하나가 내 무릎에 안겨 있었다. 그것은 마법처럼 갑작스럽고 기묘한 사건이었다.

나는 또 시계를 보았다. 7시 36분. 앞서 시계를 봤을 때에서 8분이 지났다. 8분밖에 지나지 않았다. 시계를 풀어 귀에 대어 보았지만, 시계는 움직이고 있었다. 어둠 속에서 나는 목을 움츠렸다. 시간 감각이 점점 이상해지고 있다. 앞으로 한동안은 시계를 보지 말자고 결심했다. 아무리 할 일이 없어도 이렇게 자주 시계를 보는 것은 건전하지 않다. 그러나 시계를 보지 않기 위해서는 상당한 노력을 기울여야 했다. 담배를 끊었을 때 느꼈던 고통과 비슷했다. 시간에 대한 생각을 쫓아내자고 결심한 때부터 내 머리는 줄곧 시간만 생각하고 있었다. 그것은 일종의 모순이며 분열이었다. 시간을 잊으려고 할수록, 시간에 대해 생각하지 않을 수 없다. 무의식중에 내 눈은 왼 손목에 찬 시계로 이끌렸다. 그럴 때마다 얼굴을 돌리고, 눈을 감고, 보지 않으려 애썼다. 그리고 끝내는 손목에서 시계를 풀어 배낭에 넣어 버렸다. 그런데도 나의 의식은 배낭 속에서 시간을 새기는 손목시계의 존재를 더듬고 있었다.

어둠 속에서 그렇게 시곗바늘의 움직임이 제거된 시간이 흘렀다. 그것은 분할되지 않은, 측정되지 않는 시간이었다. 눈금이 사라지면 시간은 이어지는 하나의 선이기보다 오히려 제멋대로 부풀었다 오므라드는 정형성이 없는 유체가 되었다. 그런 시간 속에서 나는 잠들고, 눈을 뜨고, 또 잠들고, 또 눈을 떴다. 그리고 조금씩 시계를 보지 않는 상황에 익숙해져 갔다. 나는 자신이 시간을 더는 필요로 하지 않는다는 사실을 내 몸에 각인시켰다. 하지만 그러다 견딜 수 없이 불안해졌다. 5분 간격으로 시계를 보는 과민한 행위에서는 분명 해방되었다. 그러나 시간이라는 좌표축이 완전히 사라지자, 어째 앞으로 나아가는 배의 뱃머리에서 밤바다로 떠밀린 듯한 기분이 들었다. 고함을 질러도 누구 하나 그 사실을 알아차리지 못하고, 배는 나를 남겨 둔 채 전진을 계속하고, 점점 멀어지다 마침내 시야에서 사라져 간다.

포기하고 배낭에서 시계를 꺼내 다시 왼 손목에 찼다. 바늘은 6시 15분을 가리키고 있었다. 아마 아침 6시 15분일 것이다. 마지막으로 시계를 봤을 때, 7시가 넘은 시간을 가리키고 있었다. 밤 7시 반이다. 그때부터 11시간가량 지났다고 보는 게 타당했다. 23시간이나 지났을 리는 없다. 그러나 확신은 없었다. 11시간과 23시간 사이에 어떤 본질적인 차이가 있을까. 어차피 —— 11시간이든 23시간이든 —— 공복감은 점차 격해지고 있었다. 그리고 그것은, 내가 격한 공복감이란 이런 거겠지 하고 막연하게 상상했던 것과는 아주 달랐다. 나는 공복이란 본질적으로 결락감의 일종이라고 생각했다. 그러나 실제로는 순수한 육체의 통증에 가까웠다. 몸을 송곳으로 찌르거나 새끼줄로 꽁꽁 묶는 것과 유사한, 아주 물리적이고 직설적인 통증이었다. 그것은 일관성도 없고 균일하지도 않은 통증이었다. 그 통증은 때로 파도가 밀려오듯 높아져 정신이 아득해질 만큼 절정에 올랐다가, 다시 서서히 물러갔다.

그런 공복의 고통을 무마하기 위해 집중해서 무언가를 생각하려고 했다. 하지만 뭔가를 진지하게 생각한다는 것은 이미 불가능했다. 때로 생각의 단편 같은 것이 머리에 떠올랐지만, 이내 어딘가로 사라지고 말았다. 그 사고의 단편을 잡으려고 하면, 그것은 미끄덩거려 잡을 수 없는 동물처럼 손가락 사이로 빠져나가 어딘가로 사라졌다.

일어나 몸을 쭉 펴고 심호흡을 했다. 몸의 마디마디가 아팠다. 오랜 시간 부자연스러운 자세로 있었던 탓에, 온갖 근육과 관절이 불만을 터뜨리고 있었다. 몸을 천천히 위로 펴고 굴신운동을 해 보았다. 그러나 열 번 정도 계속하자, 갑자기 현기증이 일었다. 바닥에 털퍼덕 앉아, 나는 눈을 감았다. 이명이 울리고, 얼굴 위로 땀이 흘렀다. 뭔가를 잡고 싶었지만, 거기에 잡을 수 있는 것은 무엇 하나 없었다. 구역질도 났지만, 몸속에는 토해 낼 것이 남아 있지 않았다. 나는 몇 번이나 심호흡을 했다. 몸속의 공기를 환기해, 혈액을 왕성하게 순환시키고, 의식을 신선하게 유지하려 했다. 그러나 의식은 언제까지나 부옇게 구름 져 있었다. 몸이 상당히 쇠약해진 것 같군 하고 나는 생각했다. 생각만 한 게 아니라 그렇게 말해 보았다. "몸이 상당히 쇠약해진 것 같군." 하고. 하지만 입이 잘 돌아가지 않았다. 최소한 별이라도 보이면 좋겠는데 하고 생각했다. 그러나 별도 보이지 않았다. 가사하라 메이가 우물 뚜껑을 딱 덮어 버렸기 때문이다.

낮이 되면 가사하라 메이가 다시 올 거라고 생각했지만, 그녀는 모습을 보이지 않았다. 나는 우물 벽에 기대어, 그저 가사하라 메이가 오기를 꼼짝 않고 기다렸다. 아침에 느꼈던 울렁거림이 계속 몸 안에 남아 있었고, 일시적이나마 집중해서 생각하려던 힘도 사라지고 말았다. 공복감은 여전히 밀려 왔다가 물러갔다. 나를 에워싸고 있는 어둠 또한 짙어졌다가 옅어졌다. 그리고 어둠은 빈집에서 가구를 훔쳐 내는 도둑처럼 내 집중력을 한 조각 또 한 조각 빼앗아 갔다.

낮이 지나도 가사하라 메이는 나타나지 않았다. 나는 눈을 감고 잠들려 했다. 꿈속에 가노 크레타가 나타날지도 모른다고 생각했기 때문이다. 하지만 잠은 너무도 얕아, 꿈의 조각조차 없었다. 집중해서 뭔가를 생각하려는 노력을 포기하고 한참 지나자, 온갖 종류의 단편적인 기억이 나를 찾아왔다. 그 기억들은 물이 고요히 빈 동굴을 채우듯 소리 없이 찾아왔다. 지금까지 갔던 장소와 만났던 사람들과 입었던 육체적인 상처와 나눴던 대화와 샀던 것과 잃어버린 것을 알알이 기억해 낼 수 있었다. 왜 이런 것까지 시시콜콜 기억하고 있지 하고 스스로 놀랄 만큼 자세한 부분까지 또렷하게 기억났다. 지금까지 살았던 몇몇 집과 몇몇 방이 떠올랐다. 거기에 있던 창문과 벽장과 가구와 전등이 떠올랐다. 초등학교에서 대학교까지, 내가 배운 선생과 교수들 중 몇 명이 떠올랐다. 그 기억들은 대부분 맥락이 없었다. 시간적인 배열도 뒤죽박죽인 데다 거의 사소하고 의미 없는 것들이었다. 그리고 때로 밀려오는 격한 공복감이 회상을 방해했다. 그러나 기억 하나하나는 기묘할 정도로 선명하고, 어디선가 불어오는 세찬 회오리바람처럼 내 몸을 뒤흔들었다.

기억들을 무심히 더듬는 중에, 삼 년인가 사 년 전에 직장에서 생겼던 사건이 되살아났다. 의미 없는 단순한 사건이었다. 그러나 시간을 보내려 그 전말을 머릿속에 재현하는 사이에, 점차 불쾌한 기분이 밀려왔다. 그리고 마침내, 그 불쾌함은 명백한 분노로 변했다. 피로와 공복감과 불안과 모든 것이 희미해질 정도의 분노가 나를 사로잡았다. 나는 몸을 부들부들 떨고 숨을 몰아쉬었다. 심장이 툭툭 뛰고, 분노가 혈액에 아드레날린을 공급했다. 그것은 사소한 오해에서 비롯된 말다툼이었다. 상대는 내게 몇 가지 불쾌한 말을 던졌고, 나 또한 확실하게 내 할 말을 했다. 그러나 결국은 사소한 오해에서 생긴 일이라 뒷날 피차가 사과했고, 뒤끝에 뭐가 남는 일도 없었다. 불쾌한 감정도 남지 않았다. 바쁘고 피곤하면 그만 말이 거칠어지는 경우가 있는 법이다. 그래서 더욱이 그 일을 까맣게 잊어버렸다. 그러나 현실과 격리된 캄캄한 우물 속에서, 그 기억은 너무도 선명하게 되살아나 의식을 자글자글 태웠다. 나는 피부로 그 열을 느끼고, 그것이 피부를 태우는 소리를 들을 수 있었다. 입술을 꽉 깨물고, 왜 그렇게 멋대로 지껄이는 소리를 듣고서도 그 정도 말로밖에 되받지 못했을까 하고 생각했다. 나는 그때 내가 상대에게 했어야 하는 말을 머릿속에 하나하나 떠올리고는, 그것을 갈고 닦아 더욱 날카롭게 만들었다. 그리고 그것이 더 날카로워지면 날카로워질수록 나의 분노 역시 보다 격앙되었다.

그러다 마치 귀신이 불현듯 떨어져 나간 것처럼, 갑자기 모든 것이 아무 상관 없어졌다. 왜 지금 와서 굳이 그 일을 들쑤셔야 하나. 상대도 그 옛날의 말다툼 따위는 까맣게 잊어버렸을 텐데. 나도 지금 이 순간까지, 줄곧 기억하지 않고 지냈는데. 심호흡을 하고, 어깨를 축 늘어뜨리고 어둠에 몸을 맡겼다. 그리고 다른 기억을 더듬어 보려 했다. 하지만 그 불합리할 정도로 격한 분노가 지나가고 나자 기억이 바닥나고 말았다. 내 머리는 위만큼이나 텅 비어 있었다.

나도 모르게 혼자 중얼거리고 있었다. 나도 모르는 채, 토막 난 사고의 단편을 소리 내어 중얼거리고 있었다. 나는 그 행동을 억제할 수 없었다. 자신이 뭐라 중얼거리는 소리를 들었다. 하지만 자신이 대체 무슨 말을 하고 있는지는 거의 이해할 수 없었다. 내 입은 나의 사고와는 무관하게 제멋대로, 자동적으로 움직여 종잡을 수 없는 말을 어둠 속에 줄줄 빚어 냈다. 말은 어둠 속에서 나타나, 순식간에 다른 어둠 속으로 빨려 들어갔다. 나의 몸이 마치 텅 빈 터널이 된 것 같았다. 나는 그저 그 말들을 이쪽에서 저쪽으로 통과시키고 있을 뿐이었다. 그것은 분명한 사고의 단편이었다. 그러나 그 사고는 나의 의식 밖에서 이루어진 것이었다.

대체 무슨 일이 생기려는 것일까. 신경의 고삐 같은 것이 조금씩 풀리기 시작하는 것일까. 시계를 보았다. 시곗바늘은 3시 42분을 가리키고 있었다. 아마 오후 3시 42분일 것이다. 나는 여름날 오후 3시 42분의 빛을 머리에 떠올렸다. 자신이 그 빛 속에 있는 장면을 상상했다. 귀도 기울였다. 그러나 소리 같은 소리는 하나도 들리지 않았다. 매미 울음소리도 새소리도 아이들 소리도 들리지 않았다. 어쩌면 태엽 감는 새가 태엽을 감지 않은 탓에, 내가 이 우물에 갇혀 있는 동안 세계가 그 움직임을 멈췄는지도 모른다. 점점 태엽이 느슨해지다가 어느 시점에서 모든 움직임이 ─ 강물의 흐름과, 잎사귀의 흔들림과, 하늘을 나는 새들의 날갯짓과, 그런 것들이 모두 ─ 딱 정지해 버린 것이다.

가사하라 메이는 어떻게 된 것일까. 왜 오지 않는 것일까. 아주 오래, 모습을 보이지 않았다. 그녀의 신변에 갑작스러운 일이 생겼는지도 모른다는 생각이 불쑥 머리에 떠올랐다. 가령 어디서 교통사고를 당했는지도 모른다. 만약 그렇다면, 내가 여기 있다는 것을 아는 인간은 이제 이 세상 어디에도 없다는 말이 된다. 그리고 나는 이 우물 속에서 정말 천천히 죽어 간다.

그러다 나는 생각을 바꿨다. 가사하라 메이는 그렇게 부주의하고 경솔한 인간이 아니다. 그렇게 어이없이 차에 치이지 않는다. 지금쯤 자기 방에서, 간혹 망원경으로 이 마당을 관찰하면서, 우물 속에 있는 내 모습을 그리고 있을 것이다. 틀림없다. 그녀는 의도적으로 시간을 끌면서 나를 불안에 떨게 하려는 것이다. 일부러 버려진 기분에 젖게 하려는 것이다. 그것이 나의 추측이었다. 그리고 만약 정말 가사하라 메이가 그런 의도로 시간을 끌고 있는 것이라면, 그 속셈은 보란 듯이 성공했다. 실제로 나는 몹시 불안했고, 버려진 것처럼 느끼고 있었기 때문이다. 그 깊은 어둠 속에서 시간을 두고 썩어 가고 있는지도 모른다고 생각하자, 때로 숨을 쉴 수 없을 만큼 두려웠다. 시간이 좀 더 지나면 몸도 지치고, 지금 느끼는 공복감은 훨씬 더 가혹하고 치명적으로 변할 것이다. 그러다 몸을 움직이는 것조차 마음 같지 않아질지도 모른다. 사다리가 늘어져 있어도, 그것을 타고 올라갈 수 없을지도 모른다. 머리카락과 이가 하나도 남지 않고 다 빠질지도 모른다.

문득, 공기는 어떨까 하는 생각이 들었다. 이렇게 깊고 좁은 구멍의 콘크리트 바닥에, 게다가 뚜껑까지 꽉 닫힌 곳에서 며칠이나 지내고 있다. 공기는 거의 흐르지 않는다. 그런 생각이 들자 갑자기 숨이 답답해지는 것처럼 느껴졌다. 그냥 기분 탓인지, 아니면 정말 산소가 부족해서 공기가 무겁게 느껴지는지 판단할 수 없었다. 그것을 확인하기 위해 몇 번 크게 숨을 들이쉬고 내쉬었다. 하지만 호흡을 하면 할수록, 답답함이 심해졌다. 나는 불안과 공포 때문에 땀을 흘리기 시작했다. 공기를 생각하자, 죽음이 절실하고 절박한 것으로 내 머리에 똬리를 틀었다. 그것은 까만 물처럼 소리도 없이 다가와, 내 의식을 푹 적셨다. 그때까지도 아사의 가능

202

성은 생각해 봤지만, 거기에 이르려면 아직 시간 여유가 있었다. 그러나 산소가 부족해지면, 상황은 금방 진전된다.

호흡곤란으로 사망하는 건 어떤 느낌일까 하고 나는 생각했다. 죽을 때까지 시간이 얼마나 걸릴까. 오래 고통을 겪으며 죽어 갈까, 아니면 의식이 서서히 사라지면서 잠들듯이 죽을까. 가사하라 메이가 찾아와, 죽은 내 모습을 발견하는 광경을 상상해 보았다. 그녀는 몇 번이나 나를 부르지만 대답이 없어, 조그만 돌멩이를 몇 개 떨어뜨린다. 잠을 자나하고서. 그러나 나는 눈을 뜨지 않는다. 그래서 죽었다는 것을 안다.

소리를 꽥꽥 지르며 누군가를 부르고 싶었다. 여기 갇혀 있다고 외치고 싶었다. 배도 고프고, 공기도 점점 나빠지고 있다고. 자신이 무력한 어린아이로 돌아간 듯한 기분이었다. 나는 어쩌다 가출을 한 채 두 번 다시 집에 돌아가지 못하고 있다. 집으로 돌아가는 길을 잊고 만 것이다. 나는 몇 번이나 몇 번이나 그런 꿈을 꾼 적이 있었다. 소년 시절의 악몽이었다. 어디로 가야 할지 모르는 것, 돌아갈 길을 잃어버리는 것. 오래도록 그 꿈을 잊고 있었다. 하지만 지금 이 깊은 우물 속에서, 그 악몽이 알알이 되살아나는 것을 느꼈다. 어둠 속에서 시간이 거꾸로 흘러, 지금 있는 것과는 다른 시간성으로 흡수되어 갔다.

배낭에서 물통을 꺼내 뚜껑을 열고, 한 방울도 흘리지 않게 조심조심 물을 입에 머금고, 시간을 들여가며 물기를 입 안에서 충분히 음미한 후에 삼켰다. 삼킬 때, 목구멍 속에서 커다란 소리가 났다. 뭔가 딱딱하고 무거운 물체가 바닥에 떨어지는 듯한 소리였다. 하지만 그것은 아무튼 내가 그 조금 남은 물을 삼키는 소리였다.

"오카다 씨." 하고 누가 나를 불렀다. 나는 잠 속에서 그 소리를 들었다. "오카다 씨, 오카다 씨. 일어나세요."

그것은 가노 크레타의 목소리였다. 간신히 눈을 떴지만, 눈을 떠봐야 사방은 여전히 캄캄해 아무것도 보이지 않았다. 잠과 각성의 경계가 불분명했다. 몸을 일으키려 했지만, 손에 충분한 힘이 들어가지 않았다. 몸이 냉장고 안에서 오래도록 잊힌 오이처럼 차갑게 쪼그라들고 둔했다. 피폐와 무력감이 의식을 완전히 감싸고 있었다. 상관없어, 당신 좋을 대로 하라고, 나는 또 의식 속에서 발기하고, 현실에다 사정할 테니까. 그게 당신이 원하는 거라면, 그렇게 하라고. 명료하지 않은 의식 속에서, 나는 그녀의 손이 바지 벨트를 풀기를 기다렸다. 하지만 가노 크레타의 목소리는, 어딘가 저 위에서 들려왔다. "오카다 씨, 오카다 씨." 하고 그 목소리는 나를 불렀다. 얼굴을 들자, 우물 뚜껑이 절반 열려 있고, 그 위로 별이 총총한 예쁜 하늘이 보였다. 반달 모양으로 나뉜 하늘이었다.

"여기 있어요." 나는 겨우겨우 몸을 일으켜 세우고, 위를 향해 다시 한번 "여기 있어." 하고 외쳤다.

"오카다 씨." 하고 현실의 가노 크레타가 말했다. "거기 계세요?"

"여기 있습니다."

"왜 그런 곳에 들어갔어요?"

"얘기하자면 길어요."

"미안해요. 잘 안 들려요. 조금 더 큰 소리로 말해 주세요."

"얘기가 길다고." 하고 나는 고함을 질렀다. "그 얘기는 올라가서 천천히 할게요. 지금은 큰 소리가 안 나와."

"여기 있는 줄사다리가 오카다 씨 건가요?"

"그래요."

"어떻게 거기서 감아올렸죠? 위를 향해 던진 건가요?"

"아니." 하고 나는 말했다. 내가 왜 그런 짓을 해야 한다는 말인가. 어떻게 그런 용한 재주를 부릴 수 있다는 말인가. "아니라고. 내가 던진 게 아니야. 누가 나도 모르게 끌어올렸어."

"그러면 오카다 씨가 올라올 수 없잖아요."

"그렇지." 하고 나는 꾹 참고 대답했다. "맞아요. 여기서 나갈 수 없어. 그러니까 그 줄사다리를 우물 안으로 떨어뜨려 줘요. 그럼 위로 올라갈 수 있는데."

"네, 물론 그래야죠. 지금 내려 보낼게요."

"아, 그러기 전에 사다리 끝이 나뭇가지에 꽉 묶여 있는지, 확인해 봐요. 안 그랬다가 —"

대답이 없었다. 거기에는 이제 아무도 없는 듯했다. 눈을 잔뜩 찡그리고 올려 봐도, 우물가에는 누구의 모습도 없었다. 배낭에서 손전등을 꺼내 빛을 위로 비춰 봤지만, 그 빛은 아무도 포착하지 않았다. 그러나 줄사다리는 거기에 틀림없이 늘어져 있었다. 마치 처음부터 지금까지 계속 거기 있었다는 듯이. 나는 깊은 한숨을 쉬었다. 한숨을 쉬자, 지금까지 몸의 중심에 있던 딱딱한 덩어리가 풀리고 녹는 것이 느껴졌다.

"저, 가노 크레타 씨." 하고 나는 말했다.

역시 대답이 없었다. 시곗바늘은 1시 7분을 가리키고 있었다. 물론 한밤중의 1시 7분이다. 머리 위에서 별이 반짝이고 있으니까. 배낭을 어깨에 메고 심호흡을 다시 한번 하고는 사다리를 오르기 시작했다. 흔들리는 사다리를 오르는 것은 쉬운 작업이 아니었다. 힘을 주면 온몸의 근육과 뼈와 관절이 삐거덕거리며 비명을 질렀다. 하지만 한 칸, 한 칸, 조

206

심조심 오르다 보니 주변 공기가 조금씩 따스해지고, 풀 냄새가 확실하게 섞여 들었다. 풀벌레 우는 소리도 들려왔다. 나는 우물가를 잡고 마지막 힘을 쥐어짜 그것을 넘어, 나뒹굴듯 지면으로 내려갔다. 지상이다. 한동안, 나는 아무 생각도 않은 채 거기에 벌렁 누워 있었다. 하늘을 보고, 공기를 폐 속 깊이 몇 번이나 들이마셨다. 끈끈하고 후덥지근한 여름밤의 공기였지만, 신선한 생명의 냄새로 가득했다. 흙냄새를 맡을 수 있었다. 풀 냄새도 났다. 그 냄새만 맡아도 흙과 풀의 부드러운 감촉을 손바닥에 느낄 수 있었다. 그 흙과 풀을 손으로 집어 전부 먹어 버리고 싶다는 생각마저 들었다.

하늘에는 별이 하나도 보이지 않았다. 그 별들은 우물 속이 아니면 볼 수 없는 것이었다. 하늘에는 보름달에 가까운 풍성한 달이 떠 있을 뿐이다. 얼마나 오래 거기 누워 있었는지 모른다. 나는 아주 오래 그저 심장의 고동 소리에만 귀 기울이고 있었다. 자신의 심장 소리만 들어도 언제까지나 살아갈 수 있을 듯한 기분이었다. 그러나 마침내 나는 몸을 일으키고, 천천히 사방을 돌아보았다. 아무도 없었다. 그저 밤의 정원이 펼쳐져 있고, 새 석상이 여전히 하늘을 올려다보고 있을 뿐이다. 가사하라 메이의 집은 깜깜하고 마당의 수은등 하나만 켜져 있었다. 수은등은 사람 없는 골목에 무표정하고 파르스름한 빛을 뿌리고 있었다. 가노 크레타는 대체 어디로 사라져 버린 것일까.

그러나 뭐가 어떻든 우선은 집으로 돌아가야 했다. 우선은 집에 돌아가 뭔가를 마시고, 뭔가를 먹고, 느긋하게 샤워를 하면서 몸을 씻어야 한다. 몸에서 곰팡내가 날 것이다. 가장 먼저 그 냄새를 떨어내야 한다. 그리고 공복이라는 결락을 메워야 한다. 모든 것은 그다음이다.

늘 다니던 길을 더듬어 나는 집으로 향했다. 하지만 내 눈에 골목이 왠지 모르게 이질적으로, 낯설게 비쳤다. 유난히 생생한 달빛 때문인지도 모르지만, 평소 이상의 심각한 정체와 부패의 징후가 보였다. 죽은 동물이 썩어 가는 냄새와 분뇨가 틀림없는 냄새를 맡을 수 있었다. 한밤중인데도 여러 집의 사람들이 아직도 잠을 안 자고 텔레비전을 보면서 얘기를 나누거나 뭘 먹고 있었다. 단독주택의 어느 창문에서는 기름진 음식 냄새가 풍겼고, 그 냄새는 내 머리와 위를 심하게 자극했다. 에어컨 실외기가 웅웅거리며, 그 옆을 지날 때 뜨뜻미지근한 공기를 뿜어냈다. 어느 집 욕실에서 샤워하는 소리가 들리고, 욕실 유리창에는 사람 몸의 그림자가 부옇게 어려 있었다.

집 담을 간신히 넘어 마당에 내려섰다. 마당에서 보는 집은 깜깜하고, 숨이 멎은 듯 고요했다. 거기에는 어떤 따스함도, 어떤 친밀감도 남아 있지 않았다. 내가 매일 생활했던 집인데, 지금 그것은 인기척 하나 없는 텅 빈 건물이었다. 하지만 내가 돌아가야 할 장소는 그 집밖에 없었다.

툇마루에 올라가 살며시 유리문을 열었다. 오래 꽉 닫혀 있었던 탓에 공기가 무겁게 고여 있었다. 공기에는 짓무른 과일과 방충제 냄새가 섞여 있었다. 부엌 식탁에는 내가 쓴 짧은 메모가 남아 있었다. 싱크대 바구니에는 씻어 놓은 그릇이 차곡차곡 그대로 쌓여 있었다. 거기에서 잔을 하나 꺼내 수돗물을 몇 잔이나 거푸 마셨다. 냉장고 안에는 이렇다 할 게 없었다. 먹다 남은 반찬, 쓰고 남은 재료가 뒤죽박죽 들어 있을 뿐이다. 달걀, 햄, 감자 샐러드, 가지, 양상추, 토마토, 두부, 크림치즈. 야채수프 캔을 따서 냄비에 데우고, 콘플레이크에 우유를 부어 먹었다. 배가 지독하게 고플 텐데, 냉장고 문을 열고 실제로 먹거리를 보자 입맛이 거의 돋지 않았다. 반대로 가벼운 구역질을 느꼈을 정도다. 그런데도 공복에 따른 위의 고통을 줄이려고 크래커 몇 개를 먹었다.

욕실에 가서 몸에 걸친 옷을 벗어 세탁기에 던져 넣었다. 그리고 뜨거운 물 아래 서서, 새 비누로 몸을 구석구석 씻고 머리를 감았다. 욕실에는 아직도 구미코가 쓰던 나일론 샤워 캡이 걸려 있었다. 그녀 혼자 사용하던 샴푸와 린스가 있고, 샴푸용 헤어브러시가 있었다. 그녀의 칫솔이 있고, 치실이 있었다. 구미코가 집을 나간 후에도 집 안 모습에서는 아무런 변화를 찾을 수 없었다. 구미코의 부재로 달라진 것은, 그저 구미코의 모습이 없다는 단순한 사실 하나뿐이었다.

거울 앞에 서서 자신의 얼굴을 보았다. 얼굴은 수염으로 시커멓게 뒤덮여 있었다. 그런데도 한참을 망설이다가 수염을 깎지 않기로 했다. 지금 수염을 깎다가는 얼굴을 베고 말리라. 내일 아침에 깎자. 누구를 만나야 하는 것도 아니다. 이를 닦고, 몇 번이나 입안을 헹군 다음에 욕실에서 나왔다. 그리고 캔 맥주를 따고, 냉장고 안에서 토마토와 양상추를 꺼내 간단한 샐러드를 만들었다. 샐러드를 먹고 나자 조금은 식욕이 생겨, 냉장고에서 감자 샐러드를 꺼내 식빵에 발라 먹었다. 딱 한 번 시계를 보았다. 그리고 그 우물 안에서 과연 몇 시간이나 있었을까 하고 생각했다. 그러나 시간에 대해 생각하자 머리가 떵하고 지끈거렸다. 이제 시간은 생각하고 싶지 않다. 그것은 내가 지금 생각하고 싶지 않은 것 중 하나였다.

화장실에 가서 눈을 감은 채 소변을 보았다. 스스로도 믿을 수 없을 만큼 긴 소변이었다. 소변을 보면서 정신이 아득해질 것만 같았다. 그리고 거실 소파에 누워 천장을 바라보았다. 기분이 야릇했다. 몸은 지쳐 있다. 그러나 의식은 또렷하게 깨어 있다. 조금도 졸리지 않다.

그러다 불현듯 신경이 쓰여, 나는 소파에서 일어나 현관으로 나가서 우편함을 들여다보았다. 우물 속에 있는 동안, 누군가가 보낸 편지가 왔을지도 모른다. 우편함에는 봉투가 한 통 들어 있었다. 봉투에는 보내는 사람의 이름이 적혀 있지 않았지만, 받는 사람의 주소를 쓴 필체가 구미코의 것임은 한눈에 알 수 있었다. 특징 있는 조그만 글자다. 한 글자 한 글자가 디자인을 한 것처럼 반듯반듯하게 쓰여 있다. 이렇게 쓰려면 시간이 걸린다. 하지만 이렇게밖에는 쓰지 못한다. 나는 반사적으로 소인을 확인했다. 희미해서 분명하게 읽히지 않았지만, '다카'라는 글자는 알아볼 수 있었다. '다카마쓰'라고 읽을 수도 있었다. 가가와현의 다카마쓰? 내가 아는 한 구미코는 다카마쓰에 아는 사람이 한 명도 없다. 결혼하고 우리가 다카마쓰에 간 적도 없고, 구미코가 그 고장에 간 적이 있다고 하는 얘기도 들어 본 적이 없었다. 다카마쓰라는 지명이 우리의 대화에 등장한 적도 없었다. 어쩌면 다카마쓰가 아닌지도 모른다.

아무튼 나는 편지를 들고 부엌에 가서 식탁에 앉아 가위로 조심스럽게 잘랐다. 잘못해서 편지지를 자르지 않게, 천천히 조심조심 잘랐다. 손가락이 떨리고 있었다. 나는 마음을 진정시키기 위해 남은 맥주를 한 모금 마셨다.

'내가 갑자기 아무 말도 없이 사라져서, 아마 상당히 놀라고 걱정하고 있겠죠.' 구미코는 그렇게 썼다. 그녀가 늘 사용하는 몽블랑의 파란 잉크였다. 편지지는 어디에나 흔히 있는 얇고 하얀 것이었다.

'더 빨리 당신에게 편지를 써서 모든 것을 분명하게 설명하고 싶었지만, 어떻게 써야 내 기분을 정확하게 표현할 수 있을지, 어떻게 설명하면 내가 처한 상황을 당신이 이해할 수 있을지 생각에 생각을 거듭하느라, 시간만 흐르고 말았어요. 그 점에 대해서는 정말 미안하게 생각합니다.

지금쯤은 당신도 어슴푸레 눈치챘을지도 모르겠지만, 나는 사귀는 남자가 있었어요. 지난 석 달 가까이, 그 남자와 성적 관계를 가졌습니다. 상대는 일과 관련해서 알게 된 사람으로, 당신은 전혀 모르는 사람이에요. 게다가 상대가 누구인지는 그렇게 중요한 일이 아닙니다. 결론부터 말하자면, 내가 그 사람과 얼굴을 마주하는 일은 두 번 다시 없을 거예요. 적어도 내게는, 이미 완전히 끝난 일입니다. 그게 당신에게 어떤 위로가 될지는 모르겠지만요.

그 사람을 사랑했냐고 물어도, 대답할 말이 없습니다. 그런 질문 자체가 아주 부적절하게 생각되기 때문이에요. 그럼 당신을 사랑했느냐, 그 질문에는 바로 대답할 수 있습니다. 나는 당신을 사랑했어요. 줄곧 당신과 결혼하기를 정말 잘했다고 생각했어요. 지금도 그렇게 생각합니다. 당신은 이

렇게 묻겠죠. 그럼 왜 바람을 피운 것도 모자라 집까지 나가
야 했느냐고요. 나도 나 자신에게 몇 번이나 그렇게 물었어
요. 왜 이런 짓을 해야 했나 하고요.

나는 그것에 대해 설명할 수 없습니다. 나는 당신이 아닌
연인을 만들고 싶다거나, 바람을 피우고 싶은 욕망을 품은
적이 없어요. 그러니 그 사람과도 처음에는 별다른 뜻 없이
만났습니다. 일 때문에 몇 번 만났고, 얘기가 잘 맞는다 싶
어 그 후에도 간간이 통화를 하면서 일과 관련되지 않은 얘
기도 나누는 선이었습니다. 그는 나보다 나이도 훨씬 많고,
부인도 자식도 있고, 남자로서 매력적인 것도 아니었어요.
때문에 그 사람과 깊은 관계가 될 수도 있다는 생각은 머릿
속에 아예 떠오르지 않았습니다.

당신에게 되갚아야 한다는 생각이 내 안에 전혀 없었던
것은 아닙니다. 당신이 전에 어느 여자의 집에 묵었던 일은
아직도 내게 응어리로 남아 있었어요. 나는 당신과 그 여자
사이에 아무 일도 없었다는 것을 믿기는 했지만, 아무 일도
없었다고 해서 그것으로 끝날 일이 아니죠. 그건 어디까지
나 기분의 문제입니다. 하지만 그 앙갚음으로 바람을 피운
것은 아닙니다. 전에 그런 말을 한 적이 있다는 건 기억하고
있지만, 그건 그저 위협이었어요. 내가 그 사람과 자게 된 것
은, 그저 내가 그와 자고 싶었기 때문입니다. 그때 난 참을

수가 없었어요. 나 자신의 성욕을 억제할 수 없었습니다.

우리는 무슨 일로 오랜만에 만나, 식사를 하러 갔습니다. 식사가 끝나고는 가볍게 한잔하러 갔어요. 물론 나는 술을 거의 못 마시니까, 술이 한 방울도 들어 있지 않은 오렌지 주스를 마셨습니다. 그러니 그것은 술기운 탓도 아닙니다. 우리는 아주 자연스럽게 만나서 아주 자연스럽게 얘기를 나눴어요. 그런데 어느 순간에 어쩌다 서로 몸이 살짝 닿았을 때, 나는 갑자기 그 사람에게 안기고 싶어졌습니다. 서로 몸이 닿았을 때, 나는 그가 내 육체를 원한다는 것을 직관적으로 느꼈어요. 그리고 그 역시 내가 그의 육체를 원한다는 것을 안 것 같았어요. 그것은 뭐라 설명할 수 없는, 절박하고, 압도적인 전류의 교감 같은 것이었어요. 마치 하늘이 머리 위로 쿵 떨어진 듯한 느낌이었습니다. 볼은 갑자기 화끈거리고, 가슴은 두근거리고, 아랫배가 뭉근하게 무거워졌습니다. 스툴에 바로 앉아 있기가 어려울 정도였어요. 처음에는 내 몸에서 무슨 일이 생긴 건지 몰랐습니다. 그러다, 그것이 성욕이라는 것을 깨달았어요. 숨이 막혀 고통스러울 정도로 격렬하게, 나는 그의 몸을 원했던 거예요. 우리는 어느 쪽이 먼저 어떻게 하자고 한 것도 아닌데 근처에 있는 호텔로 달려가, 서로 탐닉하듯이 섹스를 했습니다.

이렇게 자세하게 쓰면 당신이 상처를 입을 수도 있겠군요.

하지만 길게 보면, 역시 솔직하게 자세한 부분까지 쓰는 편이 좋지 않을까 합니다. 그러니 괴롭더라도 참고 읽어 줘요.

그것은 사랑과는 거의 무관한 행위였습니다. 나는 그저 그에게 안겨, 그의 성기를 내 안에 넣고 싶었을 뿐이에요. 그렇게 숨이 막힐 정도로 남자의 몸을 원했던 것은 태어나서 처음입니다. 나는 그때껏 '참을 수 없을 정도로 성욕이 고조되었다.'라는 표현을 책에서 봐도, 그게 구체적으로 어떤 일인지 상상이 잘 안 되었어요.

그런데 왜 그때 내 몸에 그런 일이 갑자기 생겼는지, 왜 당신이 아니라 다른 남자를 상대로 그런 일이 생겼는지는 나도 모릅니다. 그러나 아무튼 그때 나는 도저히 참을 수 없었고, 또 참자는 생각도 없었어요. 부디 그 점을 이해해 주길 바랍니다. 내가 당신을 배신했다는 생각은 아예 떠오르지 않았어요. 그리고 그 호텔 침대에서, 나는 미친 듯이 그 사람과 몸을 섞었습니다. 정말 솔직하게 말할게요. 태어나서 지금까지, 그렇게 기분 좋은 경험은 없었습니다. 아니, 그것은 기분이 좋다는 말로 다 표현될 만큼 간단한 것이 아니었어요. 내 육체는 뜨거운 진흙탕에서 나뒹굴었습니다. 내 의식은 그 쾌감을 한껏 빨아들여 터질 듯이 부풀었고, 끝내는 터져 버렸습니다. 그것은 정말 기적 같은 일이었어요. 태어나서 지금껏, 내 몸에 생긴 가장 멋진 일 중 하나였어요.

그리고 당신도 알다시피, 나는 그 일을 줄곧 숨겨 왔습니다. 당신은 내가 바람을 피우고 있다는 걸 눈치채지 못했고, 내가 늦게 귀가하는 일이 잦아져도 의심하지 않았어요. 아마 나를 정말 신뢰했던 것이겠죠. 내가 당신을 배신하는 일은 있을 수 없다고 말이에요. 하지만 그런 당신을 배신하고 있다는 것에, 나는 죄의식을 느끼지 못했습니다. 나는 호텔 방에서 당신에게 전화를 걸어, 회의 때문에 늦는다는 말까지 한 적이 있어요. 그렇게 거짓말을 거듭하면서도 고통 하나 느끼지 않았습니다. 당연하게 여겨졌어요. 내 마음은 당신과의 생활을 원했습니다. 당신과 꾸린 가정이 내가 돌아가야 할 장소였어요. 그곳이 내가 속해야 할 세계였습니다. 그런데 내 몸은 그 사람과의 성적 관계를 격렬하게 원했습니다. 나의 절반은 이쪽에 있고, 나머지 절반은 저쪽에 있었어요. 언젠가 파국이 오리란 것은 뻔히 알고 있었습니다. 하지만 그때에는 그런 생활이 영원히 계속될 수 있을 것처럼 느껴졌어요. 이쪽의 나는 당신과 평온하게 생활하고, 저쪽의 나는 그와 격렬하게 섹스를 하는 이중생활입니다.

이거 하나는 알아줬으면 좋겠는데, 당신이 성적으로 그 사람보다 못하다거나 또는 성적 매력이 없다거나, 내가 당신과의 섹스에 싫증이 났다거나, 그런 것은 아닙니다. 내 육체는 그때, 도저히 어떻게 할 수 없을 만큼 극도로 주려 있었어요. 나는 그걸 거역할 수 없었습니다. 어떤 이유로 그런 일이 생겼는지는 모릅니다. 아무튼 그랬다고밖에 말할 수가 없군요. 나는 그와 육체관계를 갖고 있는 동안, 당신과도 섹스를 하려고 몇 번 생각했어요. 그와 잠자리를 같이 하면서 당신과 자지 않는다는 것은 당신에게 아주 불공평한 일이라고 생각되었기 때문입니다. 그러나 나는 당신에게 안겨도, 전혀 아무것도 느낄 수 없었어요. 당신도 그건 알아차리지 않았을까 합니다. 그래서 지난 두 달 가까이, 나는 갖가지 이유를 대고 당신과의 관계를 피하려 했던 거예요.

그런데 그가 어느 날, 당신과 헤어져 자기와 함께하자고 하더군요. 이렇게 궁합이 잘 맞는데 함께하지 않을 이유가 없다고 하면서요. 자신도 가족과 헤어지겠다고 했습니다. 나는 시간을 좀 달라고, 생각해 보겠다고 했어요. 하지만 그와 헤어져 집으로 돌아오는 전철 안에서, 나는 문득 깨달았습니다. 내가 이제 그에게 아무것도 느끼지 못한다는 것을 말이에요. 이유는 모르지만, 그가 함께하자는 얘기를 꺼낸 순간, 내 안에 있던 특수한 무언가가 마치 강풍에 흩날려 간 것처럼 싹 사라져 버렸습니다. 그에 대한 욕망은 한 톨도 남아 있지 않았어요.

내가 당신에게 죄의식을 느끼게 된 것은 그 후의 일입니다. 앞에서도 썼지만, 그에게 격렬한 성욕을 느끼는 동안은,

나는 손톱만큼도 죄의식을 느끼지 않았어요. 오히려 나는 당신이 눈치채지 못하는 것을 그저 잘됐다고밖에 생각지 않았습니다. 당신이 모르면 무슨 짓을 해도 상관없다고까지 생각했어요. 그와 나의 관계는, 당신과 나의 관계와는 다른 세계에 속한 것이라고 생각하면서요. 그런데 그에 대한 성욕이 깨끗하게 사라진 다음에, 나는 내가 지금 어디에 있는지 알 수가 없고 전혀 앞이 보이지 않았어요.

나는 지금껏 자신이 정직한 인간이라고 생각해 왔습니다. 물론 내게도 여러 가지 결점은 있어요. 하지만 나는 무슨 중대한 일로 누군가에게 거짓말을 하거나, 자신을 속이는 일은 없었습니다. 당신 몰래 어떤 일을 한 적도 없고요. 그건 내게는 작으나마 자부심 같은 것이었습니다. 그런데 몇 달에 걸쳐 당신에게 치명적인 거짓말을 하면서도 나는 조금도 고뇌하지 않았어요.

그 사실에 나는 괴로웠습니다. 나는 나라는 인간이 아무런 가치도 아무런 의미도 없는, 허울만 남은 인간으로 여겨졌습니다. 아마 실제로도 그렇겠지요. 그러나 그 일과는 별개로 나는 한 가지 몹시 두려운 일이 있었습니다. 그것은 '왜 내가 그렇게 비정상적일 정도의 성욕을, 그것도 사랑하지도 않는 사람을 상대로 갑자기 품게 되었는가?' 하는 것입니다. 도무지 납득이 가지 않습니다. 만약 그런 성욕만 없었더라면, 나는 지금도 당신과 행복하고 즐겁게 생활하고 있겠죠. 또 지금도 그 사람과 편히 얘기할 수 있는 친구로 지내고 있겠죠. 그런데 그 알 수 없는 성욕이 우리가 지금까지 쌓아 온 것을 송두리째 무너뜨렸고, 물거품으로 만들어 버렸습니다. 그리고 내게서 모든 것을 앗아 가고 말았습니다. 당신도, 당신과 일군 가정도, 그리고 일도 그렇습니다. 도대체 왜 그런 일이 생겨야만 했을까요.

삼 년 전 낙태 수술을 받았을 때, 내가 훗날 당신에게 해야 할 말이 있다고 한 적이 있을 거예요. 기억하나요? 그 말을 털어놨어야 했는지도 모르겠군요. 그랬다면 이런 일도 생기지 않았을지 모르죠. 하지만 이미 이렇게 된 지금도, 나는 아직 당신에게 그 얘기를 할 수 있을 것 같지 않습니다. 한번 말을 꺼내면, 온갖 것들이 훨씬 더 결정적으로 뒤틀릴 것만 같은 기분이 들어서예요. 그러니까 나는 그 얘기를 내 가슴에 묻은 채 사라지는 편이 좋지 않을까 하고 생각했습니다.

나는 결혼 전이나 결혼한 후나, 미안하게는 생각하지만 당신과의 섹스에서 성적 쾌감을 느낀 적은 없었습니다. 당신에게 안기는 것은 멋진 일이었지만, 그때 내가 느끼는 것은 아주 막연하고 마치 남의 일처럼 여겨지는 먼 감각뿐이었습니다. 절대 당신 탓은 아닙니다. 내가 느끼지 못했던 것은 순전히 내 쪽의 책임입니다. 내 안에 응어리 같은 것이 있어서, 그것이 나의 성감을 언제나 입구에서 차단하고 있었습니다. 그런데 그 남자와의 섹스를 통해, 어떤 이유 때문인지는 몰라도, 그 응어리가 갑자기 제거되자 나는 앞으로 어떻게 하면 좋을지 갈피를 못 잡게 되고 말았습니다.

나와 당신 사이에는, 애당초 처음부터 뭔가 모르게 아주 친밀하고 미묘한 것이 있었습니다. 하지만 그것은 지금 사라지고 말았습니다. 그 신화 같은 기계의 결합은 이미 훼손되고 말았습니다. 내가 그걸 훼손하고 말았어요. 정확하게 말하면, 내게 그것을 훼손하게 한 무언가가 있었던 거예요. 나는 그 점을 정말 안타깝게 생각합니다. 누구에게나 똑같은 기회가 주어지는 것은 아니니까요. 그리고 이 같은 결과를 초래한 그 무언가를, 나는 격하게 증오합니다. 내가 얼마나 그걸 증오하는지, 당신은 모를 거예요. 나는 그것이 무엇인지를 정확하게 알고 싶습니다. 꼭 알아야만 하겠어요. 그리고 그 뿌리 같은 것을 찾아, 그것을 처단하고 징벌해야 한다고 생각합니다. 하지만 내게 과연 그럴 만한 힘이 있는지, 자신이 없군요. 그러나 어찌되었든, 그것은 어디까지나 나의 문제이지 당신과는 관계없는 일입니다.

부탁합니다. 이제 더는 나를 염려하지 마세요. 내 행방을 찾지도 마세요. 나를 잊고, 자신의 새로운 생활을 생각하세요. 우리 친정에는 내가 편지를 써서, 모든 잘못은 내게 있으며 당신은 아무 책임이 없다고 설명하겠습니다. 당신에게 폐를 끼치는 일은 없을 거예요. 아마 조만간 이혼 절차를 밟게 될 겁니다. 이혼이 피차에게 가장 좋은 방법이라고 생각해요. 그러니 아무쪼록 두말없이 동의해 주세요. 내가 남기고 떠난 옷이며 잡다한 것은, 미안하지만 버리든지 적당히 처분해 주기 바랍니다. 이제는 모두 과거에 속한 것입니다. 당신과 생활하면서 조금이라도 사용했던 것을, 이제 나는 다시 사용할 수 없습니다.

안녕.'

나는 그 편지를 시간을 들여 천천히 다시 한번 읽은 후에 봉투에 넣었다. 그리고 냉장고에서 캔 맥주를 하나 꺼내 마셨다.

이혼 절차를 밟는다는 말은, 구미코가 당장 자살하는 일은 없다는 뜻이었다. 나는 다소 안도했다. 그리고 자신이 지난 두 달 가까이 누구와도 섹스를 하지 않았다는 사실을 새삼 인식했다. 구미코는 스스로 편지에 썼듯이 나와의 잠자리를 줄곧 거부했다. 구미코는 의사에게 가벼운 방광염의 징후가 있으니 당분간 섹스를 피하는 게 좋다는 말을 들었다고 설명했다. 물론 나는 그 말을 믿었다. 그녀의 말을 믿지 않을 이유가 전혀 없다고 생각되었기 때문이다.

그 두 달 사이에 나는 꿈속에서 — 또는 내가 아는 어휘의 범위 안에서는 꿈이라고 표현할 수밖에 없는 세계에서 — 몇 번 여자와 몸을 섞었다. 가노 크레타와 전화 속 여자와 섹스를 했다. 그러나 현실 세계에서 현실의 여자를 안은 것은, 생각해 보니 벌써 두 달 전의 일이었다. 소파에 누워 가슴에 얹은 자신의 두 손을 바라보면서, 마지막 봤던 구미코의 몸을 떠올렸다. 원피스 지퍼를 올릴 때 본 그녀 등의 부드러운 곡선과, 귀 뒤에서 맡았던 향수 냄새를 떠올렸다. 그러나 구미코가 편지에 쓴 내용이 최종적인 사실이라면, 내가 구미코와 자는 일은 두 번 다시 없을지도 모른다. 그리고 구미코가 그렇게 확실하게 쓴 이상, 아마 그것은 최종적인 사실일 것이다.

그러나 구미코와의 관계가 이미 과거가 되었을 가능성에 대해 생각하면 생각할수록, 과거 나의 것이었던 구미코 몸의 따스한 온기가 그리워졌다. 나는 그녀와 자는 것을 좋아했다. 결혼 전에도 물론 좋아했지만, 결혼하고 몇 년이 지난 후에도, 처음의 스릴 같은 것이 어느 정도 사라진 후에도, 나는 그녀와의 섹스를 좋아했다. 나는 구미코의 가녀린 등과 목덜미와 다리와 유방의 감촉을, 지금 여기에 있는 것처럼 알알이 떠올릴 수 있었다. 나는 섹스 도중에 내가 구미코에게 한 행위와 그녀가 내게 해 준 행위 하나하나를 떠올렸다.

그런데 구미코는 내가 모르는 누군가와 상상도 할 수 없을 만큼 격렬하게 섹스했다. 그리고 나와의 섹스에서는 얻을 수 없었던 쾌감을 거기에서 발견했다고 한다. 그녀는 아마 그 남자와 성교를 하면서 옆방까지 들릴 만큼 커다랗게 소리를 지르고, 침대가 흔들릴 만큼 몸부림쳤을 것이다. 아마 내게는 하지 않았던 행위를 그 남자에게는 먼저 했을 것이다. 나는 소파에서 일어나 냉장고 문을 열고, 맥주를 꺼내 마셨다. 그리고 감자 샐러드를 먹었다. 음악이 듣고 싶어, FM라디오의 클래식 프로그램을 작게 틀어 놓았다. "여보, 오늘은 좀 피곤해서 내키지가 않아. 미안해." 하고 구미코는 말했다. "괜찮아, 뭐." 하고 나는 말했다. 차이콥스키의 현악 세레나데가 끝난 후에 슈만의 곡인 듯한 소곡이 흘러나왔다. 귀에 익은 곡인데 도무지 제목이 기억나지 않았다. 연주가 끝나자 여자 아나운서가 「숲의 정경」의 제7곡인 「예언하는 새」라고 말했다. 나는 구미코가 그 남자의 몸 아래에서 허리를 비틀고, 다리를 치켜들고, 거의 할퀴다시피 상대의 등을 꽉 끌어안고, 시트에 침을 흘리는 상상을 했다. 여자 아나운서는, 슈만이 숲속에 사는 예언하는 신비한 새의 정경을 환상적으로 그렸다고 설명했다.

나는 구미코에 대해 과연 뭘 알고 있었을까 하고 생각했

다. 나는 빈 맥주 캔을 손에 쥐고 조용히 우그러뜨려 쓰레기
통에 던졌다. 내가 이해한다고 생각했던 구미코는, 그리고
몇 년 동안 내가 아내로서 안고 섹스했던 구미코는, 결국 구
미코라는 인간의 아주 얄팍한 표층에 지나지 않았던 것일
까. 이 세계의 대부분이 해파리의 영역에 속해 있는 것과 마
찬가지로. 그렇다면 나와 구미코가 둘이 함께 지낸 육 년이
라는 세월은 과연 무엇이었을까. 거기에는 어떤 의미가 있
는 것일까.

편지를 다시 읽고 있을 때, 갑작스럽게 전화벨이 울리기
시작했다. 그 소리는 말 그대로 나를 소파에서 벌떡 일어나
게 했다. 대체 누가 밤 2시가 넘은 시간에 전화를 건 것일
까. 구미코일까? 아니, 그렇지 않다. 무슨 일이 있어도 그녀
는 집으로 전화 따위는 걸지 않는다. 가사하라 메이겠지 하
고 나는 생각했다. 그녀는 내가 그 빈집에서 나오는 것을 보
았고, 그래서 전화를 걸었을 것이다. 또는 가노 크레타일까.
가노 크레타가 자신이 사라진 이유를 내게 설명하려는 것
일까. 또는 전화 속 여자일지도 모른다. 그녀가 내게 어떤 메
시지를 전하려는 것인지도 모른다. 그런데 가사하라 메이가
했던 말이 옳기는 하다. 내 주위에는 요즘 여자가 너무 많
다. 나는 옆에 있는 수건으로 얼굴에 돋은 땀을 닦고, 천천

히 수화기를 들었다. "여보세요." 하고 나는 말했다. "여보세요." 하고 상대도 말했다. 가사하라 메이의 목소리는 아니었다. 가노 크레타의 목소리도 아니었다. 수수께끼의 여자 목소리도 아니었다. 그것은 가노 마르타였다.

"여보세요." 하고 그녀가 말했다. "오카다 씨죠? 저는 가노 마르타라고 합니다. 저를 기억하시겠어요?"

"물론 잘 기억합니다." 하고 나는 두근거리는 가슴을 진정시키면서 말했다. 허 참, 기억하지 못할 리가 없지 않은가.

"밤늦게 이렇게 전화를 드려서 죄송합니다. 그러나 긴급을 요하는 일이라서 실례를 무릅쓰고, 오카다 씨에게 누가 되고 화를 살 수도 있다는 것을 충분히 알면서도, 이렇게 전화를 드렸습니다. 정말 죄송합니다."

그렇게 염려하지 않아도 된다고 나는 말했다. 어차피 자고 있지 않았으니, 조금도 상관없다고.

12

수염을 깎다가 발견한 것,

잠에서 깨었을 때 발견한 것

"이렇게 늦은 밤에 전화를 드린 이유는, 최대한 빨리 오카다 씨에게 연락드리는 편이 좋겠다고 생각했기 때문입니다." 하고 가노 마르타는 말했다. 늘 그렇지만, 그녀의 말을 듣고 있자니, 언어 하나하나가 아주 논리적으로 선택되고 정연하게 배열되어 있는 것처럼 느껴졌다. "괜찮으시다면, 오카다 씨에게 몇 가지 질문을 드리고 싶은데요, 어떠신지요?"

나는 수화기를 들고 다시 소파에 앉았다. "그러시죠. 괜찮으니 뭐든 물어보세요."

"오카다 씨, 지난 이틀간, 혹시 어디에 다녀오셨는지요? 몇 번이나 전화를 드렸는데, 계속 댁에 안 계시는 것 같더군요."

"네, 뭐, 그렇습니다." 하고 나는 말했다. "한동안 집을 떠나 있었습니다. 혼자서 차분히 생각을 좀 하고 싶었습니다. 생각해야 할 일이 아주 많아서."

"물론 그건 잘 알고 있습니다. 그 기분, 이해합니다. 뭔가를 진득하게 생각하고 싶을 때 장소를 달리하는 것은 무척 좋은 일이죠. 그런데, 이건 혹시 필요치 않은 질문일지도 모르겠지만 오카다 씨, 어디 아주 먼 곳에 다녀오셨는지요?"

"아주 먼 곳이라고 할 정도는 아니지만……." 하고 나는 말을 흐렸다. 그리고 수화기를 왼손에서 오른손으로 바꿔 쥐었다. "뭐라 말하면 좋을지, 아무튼 약간 격리된 장소였습니다. 하지만 그 장소에 대해서 자세하게 설명하기는 좀 어렵군요. 내게도 여러 가지 사정이 있고, 조금 전에 막 돌아온 터라 길게 얘기하기는 좀 피곤합니다."

"물론 그러시겠지요. 누구에게나 각자 사정이 있으니까요. 지금 굳이 설명을 듣지 않아도 괜찮습니다. 오카다 씨가 몹시 피곤하시다는 것은 목소리만 들어도 알 수 있겠군요. 신경 쓰지 마세요. 저야말로 하필 이런 때 이런저런 질문을 드려 면구스럽습니다. 그 얘기는 다음에 다시 하기로 하지요. 저는 다만, 요 며칠 동안, 오카다 씨의 신변에 나쁜 일이 생긴 것은 아닐까 싶어 걱정이 된 터라, 실례를 무릅쓰고 그만 개인적인 일까지 묻게 되었습니다."

나는 조그만 소리로 맞장구를 쳤지만, 그 소리는 맞장구처럼 울리지 않았다. 그것은 내 귀에, 호흡을 잘못한 수생생물의 신음처럼 들렸다. 나쁜 일, 하고 나는 생각했다. 내 신변에 생긴 일 중에서 과연 뭐가 나쁜 일이고, 뭐가 나쁘지 않은 일일까? 무엇은 옳고 무엇은 옳지 않은 일일까.

"걱정해 주셔서 감사합니다만, 지금은 괜찮습니다." 하고 나는 목소리를 가다듬어 말했다. "좋은 일이 생겼다고는 생각지 않지만, 그렇다고 나쁜 일이 생기지도 않았어요."

"다행이군요."

"다만 피곤할 뿐입니다." 하고 나는 덧붙였다.

가노 마르타가 마른기침을 하는 소리가 조그맣게 들렸다. "그런데 오카다 씨, 지난 며칠 동안에 혹시 신체적으로 커다란 변화가 있다는 걸 알게 되지는 않으셨는지요?"

"신체적 변화라면, 내 몸에 말인가요?"

"그렇습니다. 오카다 씨 자신의 몸에요."

나는 얼굴을 들고, 마당 쪽 유리창에 비친 자신의 모습을 보았다. 신체적 변화라 할 만한 것은 전혀 보이지 않았다. 샤워를 하고 구석구석 몸을 씻을 때도 아무런 변화를 발견하지 못했다. "예를 들어, 어떤 변화를 말하는 거죠?"

"어떤 변화인지는 저도 모릅니다. 아무튼 그건 누가 봐도 알 수 있는 명확한 신체적 변화입니다."

나는 테이블 위에 왼 손바닥을 펼쳐놓고, 잠시 바라보았다. 그건 평소와 다르지 않은 내 손바닥이었다. 거기에 별다른 변화는 없었다. 금박으로 덮여 있지도 않고, 물갈퀴가 돋아 있지도 않았다. 아름답지도 않고 추하지도 않다. "누가 봐도 알 수 있는 명확한 신체적 변화라 하면, 예를 들어서 등에 날개가 생겼다거나, 그런 걸 말하는 겁니까?"

"어쩌면 그런 것일 수도 있지요." 하고 가노 마르타는 정연한 목소리로 말했다. "물론 하나의 가능성으로 그렇다는 말씀입니다만."

"물론, 그렇죠." 하고 나는 말했다 .

"어떠세요, 눈에 띄는 게 있으신지요?"

"그런 변화는 아직 없는 것 같은데요, 지금은. 만약 등에 날개가 돋았다면, 원치 않아도 알게 될 테니 말이죠."

"그건 그렇겠지요." 하고 가노 마르타는 동의했다. "그러나 오카다 씨, 아무쪼록 조심하세요. 스스로의 상태를 안다는 것은 그렇게 손쉬운 일이 아닙니다. 예를 들어 사람은 자기 얼굴을 자기 눈으로 확인할 수 없어요. 거울에 비춰서, 그 반영을 보는 수밖에 없습니다. 그리고 우리는 그 거울에 비친 상이 옳다고 경험적으로 믿고 있을 뿐입니다."

"조심하죠." 하고 나는 말했다.

"오카다 씨에게 한 가지 더 물어보고 싶은 게 있어요. 실은, 얼마 전부터 크레타와 연락이 되지 않습니다. 오카다 씨의 경우와 똑같이 말이죠. 우연의 일치일지도 모르겠으나, 이상한 일입니다. 그래서 혹시나 오카다 씨가 그 사정의 일말이라도 아시지 않을까 하고 생각했는데, 어떠세요."

"가노 크레타 씨가?" 하고 나는 깜짝 놀라서 말했다.

"그렇습니다." 하고 가노 마르타는 말했다. "혹시 짚이는 일은 없으신지요?"

그런 일은 없다고 나는 대답했다. 딱히 명확한 근거 같은 것은 없었지만, 내가 바로 얼마 전에 가노 크레타를 만나 얘기한 일은, 그리고 그 후에 그녀 모습이 갑자기 사라졌다는 것은, 한동안 가노 마르타에게는 말하지 않는 편이 좋겠다는 생각이 들었다. 왠지 모르게.

"크레타는 오카다 씨와 연락이 되지 않아 걱정하면서, 오카다 씨 댁에 가서 상황을 살펴보겠다고 하고서 저녁때 여기서 나갔는데, 이 시간이 되도록 아직 돌아오지 않았습니다. 그리고 어떻게 된 일인지 크레타의 기척도 전혀 느낄 수가 없군요."

"알겠습니다. 만약 그녀가 여기에 오면, 바로 당신에게 연락을 하라고 전하죠." 하고 나는 말했다.

가노 마르타는 전화 저편에서 잠시 침묵했다. "솔직히 말씀드려서, 저는 크레타가 걱정됩니다. 오카다 씨도 아시다시

피 크레타와 제가 종사하는 일은, 세상의 일반적인 일이 아닙니다. 그러나 동생은 아직 저만큼 이 세계를 잘 알지 못합니다. 크레타에게 그런 자질이 없다는 말은 아니에요. 크레타에게는 자질이 있습니다. 그러나 동생은 아직 자신의 자질에 익숙하지 않아요."

"알겠습니다."

가노 마르타는 다시 침묵했다. 이번 침묵은 이 앞의 침묵보다 길었다. 뭔가 주저하는 기척이 느껴졌다.

"여보세요." 하고 나는 말해보았다.

"여기 있어요, 오카다 씨." 하고 가노 마르타가 대답했다.

"만약 크레타 씨를 만나면, 당신에게 연락하라고 틀림없이 전하겠습니다." 하고 나는 다시 한번 같은 말을 했다.

"감사합니다." 하고 가노 마르타는 말했다. 그리고 밤늦게 전화를 걸어 미안하다고 하고는 전화를 끊었다. 수화기를 내려놓은 후, 나는 또 유리에 비친 내 모습을 바라보았다. 그리고 그때 문득 생각했다. 혹시 내가 가노 마르타와 얘기를 나누는 일은 두 번 다시 없지 않을까, 이걸 마지막으로 그녀는 내 앞에서 완전히 모습을 감춰 버리는 게 아닐까 하고. 어떤 이유가 있어 그렇게 생각한 것은 아니다. 그저 문득, 그렇게 느꼈다.

그러고는 우물에 줄사다리를 그대로 늘어뜨린 채 왔다는 게 불현듯 기억났다. 최대한 빨리 회수하는 게 좋을 것이다. 혹시나 누가 그걸 봤다가 귀찮은 일이 생길 수도 있다. 게다가 갑자기 없어진 가노 크레타 문제도 있다. 마지막으로 그녀의 모습을 본 것은 그 우물에서다.

나는 손전등을 주머니에 쑤셔 넣고 신발을 신고 마당에 내려가 다시 담을 뛰어넘었다. 그리고 골목을 지나 빈집 앞까지 갔다. 가사하라 메이의 집은 여전히 캄캄했다. 시곗바늘은 3시 조금 전을 가리키고 있었다. 나는 빈집 마당으로 들어가, 똑바로 우물로 걸어갔다. 줄사다리는 한끝이 나뭇가지에 꽉 묶인 채 우물 안으로 이어져 있었다. 뚜껑은 절반 열려 있었다.

나는 왠지 마음에 걸려 우물 안을 들여다보면서 "저, 가노 크레타 씨." 하고 속삭이듯 불러 보았다. 대답은 없었다. 나는 주머니에서 손전등을 꺼내, 우물 속을 비췄다. 빛은 우물 바닥까지는 닿지 않았지만, 누군가가 신음하는 듯한 희미한 소리가 들렸다. 나는 다시 한번 이름을 불렀다.

"괜찮아요, 여기 있어요." 하고 가노 크레타가 말했다.

"거기서 대체 뭘 하는 거죠?" 하고 나는 작은 목소리로 물어보았다.

"뭘 하다니…… 오카다 씨와 같은 걸 하고 있죠." 하고 그녀는 이상하다는 목소리로 말했다. "생각을 하고 있어요. 여기, 생각하기에 정말 좋은 장소네요."

"그건 뭐 그렇지만." 하고 나는 말했다. "조금 전에 당신 언니에게 전화가 왔어요. 당신이 없어졌다고 걱정하던데. 지금까지 돌아오지 않았고, 기척도 느껴지지 않는다고. 당신을 만나면 바로 연락하라고 전해 달라고 했어요."

"알았어요. 고마워요."

"저, 가노 크레타 씨, 아무튼 거기에서 나와 줬으면 좋겠는데. 당신과 찬찬히 얘기를 나누고 싶어."

가노 크레타는 아무 대답도 하지 않았다.

나는 손전등을 끄고 다시 주머니에 집어넣었다.

"오카다 씨가 여기로 내려오는 건 어때요? 여기 앉아서 둘이 얘기해요." 하고 가노 크레타가 말했다.

또다시 우물 속에 내려가 가노 크레타와 둘이 얘기하는 것도 나쁘지 않겠다고 생각했다. 그러나 우물 속의 곰팡내 나는 어둠을 떠올리자, 위 언저리가 묵직해졌다.

"미안하지만, 다시는 거기 내려가고 싶지 않아요. 당신도 그만 적당히 끝내고 올라오는 게 좋겠어. 또 누가 사다리를 끌어올릴지도 모르고, 공기의 흐름도 그렇게 좋지는 않고."

"알아요. 하지만 조금 더 여기 있고 싶어요. 내 걱정은 마요."

가노 크레타에게 올라올 의사가 없는 이상, 내가 할 수 있

233

는 것은 없었다.

"전화로 언니와 얘기할 때, 당신을 아까 만났다는 말은
하지 않았는데, 잘한 건지 모르겠군. 왠지 말하지 않는 편이
좋겠다는 생각이 들어서."

"네, 잘했어요. 내가 여기 있다는 걸 언니에게는 말하지
마요." 하고 가노 크레타는 말했다. 그러고는 잠시 후에 다
시 덧붙였다. "언니에게 걱정을 끼치고 싶지는 않지만, 나도
생각하고 싶을 때가 있어요. 충분히 생각하고 나면 바로 올
라갈게요. 그러니까 당분간 혼자 있게 해 줘요. 오카다 씨에
게 누를 끼치지는 않을게요."

나는 가노 크레타를 거기 남겨 두고 일단 집에 돌아가기
로 했다. 내일 아침에 다시 와서 상황을 살펴보면 될 일이다.
만약 밤사이에 가사하라 메이가 나타나 사다리를 끌어올린
다면, 그때 일은 그때 생각해서 어떻게든 가노 크레타를 우
물 속에서 꺼낼 수 있을 것이다. 나는 집으로 돌아가 옷을
벗고 침대에 누웠다. 그리고 머리맡에 있던 책을 들고 읽다
만 페이지를 열었다. 다소 흥분한 상태라서 그대로는 도무
지 잠이 올 것 같지 않아서였다. 그런데 한두 페이지를 읽자,
거의 잠들어 가고 있다는 걸 깨달았다. 나는 책을 덮고 스탠
드를 껐다. 그리고 다음 순간에는 이미 잠에 빠져 있었다.

눈을 떠 보니 다음 날 아침 9시 반이었다. 가노 크레타가 어떻게 되었는지 궁금해서, 세수도 하지 않은 채 서둘러 옷을 입고 골목을 지나 빈집으로 갔다. 구름이 낮게 끼어 있고, 공기는 습기로 눅눅하고, 언제 비가 쏟아져도 이상하지 않을 아침이었다. 우물에 사다리는 걸려 있지 않았다. 누군가가 나뭇가지에서 사다리를 풀어 어딘가로 가져가 버린 듯했다. 우물 뚜껑도 두 장이 반듯하게 덮여 있었다. 뚜껑 위에는 벽돌이 얹혀 있었다. 나는 뚜껑 한쪽을 열고 우물 안을 들여다보면서 가노 크레타를 불렀다. 그러나 대답은 없었다. 그런데도 몇 번인가, 간격을 두고 그녀의 이름을 불렀다. 자고 있을지도 모른다는 생각에 조그만 돌멩이를 몇 개 던지기까지 했다. 그러나 이제 우물 속에는 아무도 없는 것 같았다. 아마 가노 크레타가 오늘 아침에 우물에서 나와 줄사다리를 풀어 들고 간 것이리라. 나는 우물 뚜껑을 다시 덮고 그곳을 떠났다.

빈집에서 나와, 그 울타리에 기대어 가사하라 메이의 집 쪽을 잠시 바라보았다. 늘 그랬듯이 가사하라 메이가 여기 있는 나를 발견하고 나올지도 모른다. 그러나 한참을 기다려도 그녀는 모습을 보이지 않았다. 사방은 소리 하나 없이 잠잠했다. 사람은 그림자도 없고, 무슨 소리도 들리지 않았다. 매미조차 울지 않았다. 나는 신발 코로 천천히 지면을 콕콕 파고 있었다. 우물 속에 있는 며칠 동안에, 다른 현실이 그때까지 있던 현실을 밀어내고 그대로 눌러앉은 듯한 위화감이 있었다. 그것은 우물에서 나와 집에 돌아간 후부터 마음속으로 계속 느끼던 것이었다.

골목을 걸어 집으로 돌아와, 욕실에서 이를 닦은 다음 수염을 깎으려고 했다. 며칠 치 수염이 얼굴을 까맣게 뒤덮고 있었다. 마치 표류하다 지금 막 구조된 사람 같다. 이렇게 수염이 길기는 태어나고 처음이었다. 차라리 이대로 기를까 싶은 생각도 들었지만, 잠시 생각한 후에 역시 깎기로 했다. 왠지 구미코가 집을 나갔을 때의 얼굴 그대로 있는 편이 좋을 것 같다는 느낌이 들었다.

얼굴을 뜨거운 수건으로 데운 후, 셰이빙 크림을 듬뿍 묻혔다. 그리고 얼굴에 생채기가 나지 않도록 천천히 조심조심 수염을 깎았다. 턱을 밀고, 왼쪽 볼을 밀고, 그리고 오른쪽 볼을 밀었다. 그런데 오른쪽 볼을 다 밀고 우연히 거울 속을 봤을 때, 나도 모르게 헉 숨을 삼켰다. 오른쪽 볼에 뭔지 모를 검푸른 얼룩이 묻어 있었다. 처음에는 얼굴에 뭐가 묻은 것이라고 생각했다. 남아 있는 크림을 닦아 내고 비누로 꼼꼼하게 세수를 한 다음, 수건으로 그 얼룩 부분을 박박 문질러 보았다. 그러나 얼룩은 지워지지 않았다. 지워질 기미조차 없었다. 피부 깊숙이 스며든 것 같았다. 나는 그

위를 손가락으로 쓸어 보았다. 피부의 그 부분만 얼굴의 다른 부분에 비해 미미한 열기를 띠고 있는 것 같았지만 다른 특별한 감촉은 없었다. 그것은 멍이었다. 우물 속에서 열기를 느꼈던 바로 그 부분에 멍이 생겼던 것이다.

얼굴을 거울에 바짝 들이밀고 그 멍을 좀 더 자세히 관찰해 보았다. 그것은 오른쪽 광대뼈에서 약간 바깥 언저리에 있었고, 크기는 어린애 손바닥만 한 정도였다. 색은 검정에 가까운 파랑으로, 구미코가 늘 사용하는 몽블랑의 블루 블랙 잉크 색과 비슷했다.

우선 생각할 수 있는 가능성은 피부 알레르기였다. 우물 속에서 무언가에 쏘였는지도 모른다. 예를 들어 옻이 오른 것처럼. 그러나 그 우물 속에 쏘일 만한 것이 뭐가 있다는 말인가? 나는 그 좁은 우물 바닥을 손전등으로 빈틈없이 비춰 보았다. 거기에는 흙과 콘크리트 벽밖에 없었다. 게다가 알레르기나 무언가에 쏘였다고 이렇게 또렷한 멍이 생길 수 있을까.

그리고 한참이나 나는 가벼운 패닉에 빠졌다. 마치 큰 파도에 휩쓸린 것처럼 혼란스러웠고 방향을 잃었다. 수건을 바닥에 떨어뜨리기도 하고, 쓰레기통을 엎어뜨리기도 하고, 뭔가에 발을 부딪치기도 하고, 의미 없는 말을 주절거리기도 했다. 그다음 나는 정신을 가다듬고 세면대에 기대어, 이 사실에 어떻게 대처하면 좋을지 냉정하게 생각해 보았다.

이대로 조금 더 상태를 지켜보자고 생각했다. 병원에는 나중에 가도 된다. 이것은 일시적인 증상이고, 잘하면 옻이 올랐을 때처럼 이러다 자연스럽게 없어질지도 모른다. 불과 며칠 사이에 생긴 멍이니, 없어질 때도 언제 그랬는지 모르게 싹 없어질 것이다. 나는 부엌에 가서 커피를 끓였다. 배가 고팠지만 정작 뭘 먹으려고 하자 식욕이 신기루처럼 어딘가로 쓰윽 사라져 버렸다.

나는 소파에 누워 조금 전부터 내리기 시작한 비를 가만히 바라보았다. 그러다 간혹 욕실에 가서 거울을 들여다보았다. 그러나 멍에는 아무런 변화도 찾을 수 없었다. 그것은 내 볼 위에서 멋들어질 만큼 짙은 파란색으로 물들어 있었다.

멍의 원인으로 유일하게 짐작 가는 게 있다면, 우물 속에서 새벽에 보았던 꿈같은 환상 중에 전화 속 여자의 손에 이끌려 벽을 통과했다는 것뿐이었다. 그때 문을 열고 방에 들어온 위험한 누군가로부터 도망치기 위해, 그녀는 내 손을 잡고 벽 속으로 이끌었다. 그리고 벽을 통과하던 중 나는 볼에서 열기 같은 것을 분명하게 느꼈다. 바로 이 멍이 생긴 언저리다. 하지만 벽을 통과한 것과 얼굴에 난 멍 사이에 어떤 인과 관계가 있는지는 물론 설명이 되지 않는다.

그 얼굴 없는 남자는 호텔 로비에서 내게 말했다. "지금은 옳지 않은 시간입니다. 당신은 지금 여기 있어서는 안 됩니다." 그는 경고했던 것이다. 하지만 나는 그 경고를 무시하고 그대로 앞으로 나아갔다. 나는 와타야 노보루에게 화가 나 있었고, 자신이 어찌할 바를 모른다는 사실에 화가 나 있었다. 그리고 그 결과, 나는 이 멍을 얻게 되었는지도 모른다.

어쩌면 이 멍은, 그 기묘한 꿈이거나 환상이 내게 찍은 낙인인지도 모르겠다. 그들은 내게 이 멍을 통해서, 그것은 보통 꿈이 아니다, 하고 말하고 있는 것이다. 그것은 실제로 있었던 일이다, 그리고 거울을 볼 때마다 당신은 언제나 그 사실을 되새겨야 할 것이다, 하고.

나는 고개를 저었다. 설명이 안 되는 일이 너무 많다. 한 가지 분명하게 아는 것은, 내가 무엇 하나 정확하게 이해하지 못하고 있다는 사실뿐이었다. 머리가 또 지끈지끈 아프기 시작했다. 그 이상 뭘 생각할 수 없었다. 뭘 할 의욕도 없었다. 식은 커피를 한 모금 마신 다음 다시 밖에 내리는 비를 바라보았다.

한낮이 지나 삼촌에게 전화를 걸어 보았다. 잠시 잡담을 했다. 누구라도 좋으니, 아무튼 무슨 얘기를 하지 않고는 자신이 점점 현실 세계에서 유리되어 멀어져 갈 것만 같은 기분이 들었다.

구미코는 잘 있느냐고 삼촌이 물어, 잘 있다고 대답해 두었다. 지금은 일 때문에 여행을 떠났다고. 솔직히 털어놓아도 별 상관 없었지만, 이 일련의 사건을 처음부터 조리 있게 제삼자에게 얘기하는 것은 거의 불가능했다. 나 자신도 아직 뭐가 뭔지 영문을 모르고 있는데, 타인에게 제대로 설명할 수 있을 리가 없다. 삼촌에게는 당분간 진실을 덮어 두기로 했다.

"삼촌, 이 집에 얼마 동안 살았죠?" 하고 나는 질문해 보았다.

"그게, 합해서 한 육 년이나 칠 년쯤 살았을 거야." 하고 그는 말했다. "아니지, 잠깐. 그 집을 산 게 서른다섯 살 때였고, 마흔두 살이 될 때까지 살았으니까 칠 년이군. 그리고 결혼해서 지금 맨션으로 이사 왔지. 그때까지 거기서 줄곧 혼자 살았어."

"몇 가지 궁금한 게 있는데요, 여기 사는 동안 혹시 나쁜 일 없었나요?"

"나쁜 일?" 하고 삼촌은 이상하다는 듯한 목소리로 되물었다.

"그러니까, 병을 앓았다든지, 여자와 헤어졌다든지…… 그런 일 말이에요."

삼촌은 전화 저편에서 흥미롭다는 듯 웃었다. "거기 사는 동안 여자와 헤어진 일이야 있었지. 그러나 그런 건 다른 집에 살 때도 없지 않았으니까, 딱히 나쁜 일이라고는 할 수 없지 않나. 게다가 솔직히 말해서, 헤어진다고 아쉬울 만큼의 상대도 아니었어. 병이라……. 병을 앓은 기억은 없는데. 목덜미에 작은 종기가 생겨서 그걸 짼 정도야. 이발소에 갔을 때, 혹시 모르니까 째는 게 좋겠다고 해서 병원에 갔는데, 별다른 문제가 있는 건 아니었어. 거기 사는 동안 병원에 간 건 그때가 처음이자 마지막이었어. 의료 보험료를 되돌려 받고 싶을 정도였지."

"나쁜 기억 같은 건 없나요?"

"없는데." 하고 삼촌은 잠깐 생각하고서 대답했다. "그런데, 왜 갑자기 그런 걸 묻지?"

"별것 아닙니다. 실은 요전에 구미코가 점쟁이를 찾아갔는데, 이 집 풍수가 이렇다느니 저렇다느니 하는 소리를 듣고 와서 말이죠." 하고 나는 거짓말을 했다. "난 별로 신경 안 쓰는데, 삼촌에게 물어봐 달라고 해서요."

"음, 나도 풍수 같은 것과는 거리가 멀어서, 그런 말 들어봐야 좋고 나쁘고를 모르는데. 하지만 내가 살았던 느낌으로 그 집에는 문제랄 만한 문제가 전혀 없었어. 너도 알다시피 미야와키 씨 집은 그렇지만, 거기서도 꽤 멀리 떨어져 있고 말이지."

"삼촌이 이사 간 다음에는 이 집에 어떤 사람이 살았어요?"

"내가 나간 다음에는 도립 고등학교 선생 가족이 삼 년 정도 살았고, 그다음에는 젊은 부부가 오 년 정도 살았어. 젊은 쪽은 무슨 장사를 했을 거야. 어떤 장사였는지는 기억 나지 않아. 하지만 그 사람들이 거기서 즐겁고 행복하게 살 았는지, 그것까지는 모르겠어. 관리는 부동산에 전부 맡겼 으니까 말이야. 살았던 사람의 얼굴도 모르고, 왜 이사 갔는 지도 몰라. 하지만 나쁜 얘기는 딱히 들은 게 없는데. 집이 좁아졌다고 자기 집을 지어서 나갔다나, 뭐 그렇게 알고 있 는데."

"이곳이 흐름이 막힌 장소라고 하는 소리를 누구에게 들은 적이 있는데. 그 말에 대해서는 혹시 짐작 가는 게 없나요?"

"흐름이 막혔다고?" 하고 삼촌이 말했다.

"나도 무슨 소린지 잘 모릅니다. 그냥 그렇게 들었을 뿐이 에요."

삼촌은 잠시 생각에 잠겼다. "글쎄, 그런 건 없는데. 하지 만 그 골목 양쪽을 울타리로 막아 버린 건 그다지 좋은 일 이 아니었는지도 모르지. 생각해 보면 입구와 출구가 없는 길이란 게 이상하잖아. 길이든 강이든 근본 원리는 흐름이 니까. 막으면 고이지."

"그렇군요." 하고 나는 말했다. "한 가지 더 묻고 싶은데 요. 삼촌은 여기서 태엽 감는 새 소리를 들은 적이 있나요?"

"태엽 감는 새." 하고 삼촌은 말했다. "뭐지, 그게?"

나는 간단하게 태엽 감는 새를 설명했다. 마당의 나뭇가지에 앉아 매일 한 번씩 태엽을 감는 듯한 소리로 운다고.

"모르겠는데. 그런 새를 본 적도, 울음소리를 들은 적도 없어. 내가 새를 좋아해서 옛날부터 주의를 기울여 새소리를 듣고 있는데, 그런 새가 있다는 말은 처음 듣는군. 그 새가 집과 무슨 관계가 있는 건가?"

"아닙니다. 딱히 관계는 없어요. 그저 삼촌이 아나 해서, 물어본 것뿐입니다."

"혹시 우물이나 내가 나간 다음에 살았던 사람에 대해서 더 자세하게 알고 싶으면, 역 앞에 있는 세타가야 제일 부동산이라는 곳에 가서, 내 이름을 대고 이치카와라는 노인에게 물어봐. 거기에서 그 집을 계속 관리하고 있어. 아주 오래전부터 그 동네에 사는 사람이니까, 주변 사정에 대해서 여러 가지로 가르쳐 줄 수 있을 거야. 실은 미야와키 씨네 집 얘기도 그 노인에게 들었어. 얘기하기 좋아하는 사람이니까 만나 보면 좋을 거야."

"고맙습니다. 그렇게 하죠." 하고 나는 말했다.

"그런데 일자리 찾는 건 어떻게 돼 가고 있지?" 하고 삼촌이 물었다.

"아직입니다. 사실은 그렇게 열심히 찾고 있지도 않아요.

지금은 구미코가 일하고, 내가 집안일을 하면서 그럭저럭 꾸려 가고 있으니까."

삼촌이 잠시 생각하는 눈치였다. "그래, 정 궁해지면 그때 말해. 내가 도울 수 있는 일이 있을지도 모르니까."

"감사합니다. 궁해지면 의논하러 찾아갈게요." 하고 나는 말했다. 그리고 전화를 끊었다.

나는 삼촌이 가르쳐 준 부동산에 전화를 걸어, 이 집의 유래와 내가 살기 전에 살았던 사람들에 대해 물어볼까 하다가, 결국 그런 생각을 하는 자체가 멍청하게 느껴져 그만 두었다.

오후가 되어도 비는 계속해서 소리 없이 내렸다. 비는 집들의 지붕을 적시고, 마당의 나무를 적시고, 흙을 적셨다. 나는 점심으로 토스트와 캔 수프를 먹었다. 그리고 오후 내내 소파에서 지냈다. 장을 보러 나가고 싶었지만, 얼굴의 멍을 생각하자 왠지 귀찮아졌다. 수염을 그대로 놔두면 좋았을걸 하고 후회했다. 하지만 냉장고에는 아직 채소가 조금 남아 있고, 식자재 선반에는 캔 식품도 몇 개 들어 있다. 쌀도 달걀도 있다. 호사만 부리지 않으면 앞으로 이삼 일은 먹고 살 수 있을 것 같았다.

소파에서 거의 아무 생각도 하지 않았다. 나는 그곳에서 책을 읽고, 카세트테이프로 클래식 음악을 들었다. 간간이 마당에 내리는 비를 멍하니 바라보기도 했다. 캄캄한 우물 속에서 너무 오래 집중해서 생각을 한 탓인지, 사고력이 바닥나 있었다. 뭔가를 생각하려 하면 부드러운 바이스로 조이는 것처럼 머리가 뻐근하게 아팠다. 뭔가를 기억해 내려 하면, 온몸의 근육인지 신경이 삐거덕거리는 소리를 냈다. 『오즈의 마법사』에 등장하는 녹슬고 기름이 떨어진 양철 인간이 된 기분이 들었다.

간혹 세면실에 가 거울 앞에 서서 멍의 상태를 살폈다. 그러나 아무런 변화도 없었다. 멍은 그 이상 퍼지지도 줄지도 않았다. 색감도 짙어지거나 옅어지지 않았다. 그러다 나는 코밑수염을 미처 깎지 않았다는 것을 알았다. 아까 오른쪽 볼을 깎다가 멍을 발견하고 혼란스러웠던 나머지, 나머지 부분을 깎는 걸 잊고 만 것이다. 나는 뜨거운 물로 다시 세수를 하고 셰이빙 크림을 바르고 남은 수염을 깎았다.

몇 번이나 세면실 거울에 얼굴을 비춰 보다가, 가노 마르타가 전화에서 했던 말이 기억났다. 아무쪼록 조심하세요. 우리는 그 거울에 비친 상이 옳다고 경험적으로 믿고 있을 뿐입니다. 나는 혹시나 싶어 침실에 가서, 구미코가 옷을 입을 때 사용하는 전신 거울을 들여다보았다. 그러나 멍은 여전히 거기에 있었다. 거울 탓이 아니다.

얼굴에 난 멍 외에 몸에 별다른 이상은 없었다. 체온도

245

재어 보았지만 평소와 다르지 않았다. 사흘 정도 아무것도 먹지 못한 사람치고는 입맛이 별로 없다는 것과 간혹 속이 울렁거린다는 것 — 우물 속에서 느꼈던 구역질의 연장이었다 — 말고는, 내 몸은 지극히 정상이었다.

고요한 오후였다. 전화는 한 번도 울리지 않았고, 편지도 한 통 오지 않았다. 골목을 지나는 사람도 없었고, 이웃들이 얘기하는 소리도 들리지 않았다. 고양이가 마당을 가로질러 가는 일도 없었고, 새들이 날아와 지저귀는 일도 없었다. 때로 매미가 울었지만, 여느 때만큼 요란스럽지는 않았다.

7시가 되기 조금 전에 배가 고파져, 통조림과 채소로 간단히 저녁을 만들었다. 오랜만에 라디오의 저녁 뉴스를 들었지만, 세상에도 특이한 사건은 무엇 하나 일어나지 않았다. 고속도로에서 앞차를 추월하려던 차가 벽에 부딪혀 타고 있던 젊은이가 몇 명 죽었다. 대형 은행의 지점장과 행원이 부정 대출 관련해서 경찰 조사를 받았다. 마치다시에 사는 서른여섯 살 주부가 지나가는 젊은 남자에게 망치로 얻어맞아 사망했다. 그러나 그런 사건들은 모두 저 먼 다른 세계에서 생긴 일이었다. 내가 있는 세계에서는 그저 마당에 비가 내릴 뿐이었다. 소리도 없이, 은밀하게.

시계가 9시를 가리키자 나는 소파에서 침대로 옮겨 가, 책을 한 챕터 정도 읽은 후에 스탠드를 끄고 잤다.

무슨 꿈을 꾸다가 번뜩 눈을 떴다. 꿈의 내용은 기억나지 않았지만, 아무튼 긴장을 유발하는 꿈이었는지, 눈을 떴을 때 가슴이 두근거렸다. 방 안은 캄캄했다. 눈을 뜨고도 한참이나, 나는 내가 어디 있는지 기억하지 못했다. 내 집의 내 침대라는 걸 알기까지 꽤 시간이 걸렸다. 자명종 바늘은 새벽 2시를 가리키고 있었다. 우물에서 불규칙하게 잔 탓에, 이렇게 엉뚱한 사이클로 잠들고 깨어나게 된 것이리라. 혼란이 수습되자 나는 오줌이 마려웠다. 잠들기 전에 맥주를 마신 탓이다. 가능하면 그대로 다시 눈을 감고 잠들고 싶었지만, 뭐 어쩔 수 없다. 간신히 침대에서 몸을 일으켰을 때, 옆에 있는 누군가의 피부에 손이 닿았다. 하지만 나는 그다지 놀라지 않았다. 왜냐하면 거기는 구미코가 늘 잠자는 장소였고, 나는 내 옆에서 누군가가 잔다는 상황에 길들어 있었기 때문이다. 그러다 불현듯 떠올랐다. 구미코는 이제 없다 ― 그녀는 집을 나갔다. 누군가 다른 인간이 내 옆에서 자고 있다.

나는 용기를 내어 머리맡의 스탠드를 켰다. 그것은 가노 크레타였다.

13

가노 크레타의

다음 이야기

가노 크레타는 실오라기 하나 걸치지 않은 알몸이었다. 그녀는 몸을 내 쪽으로 향하고 이불도 덮지 않은 채 알몸으로 자고 있었다. 곱게 생긴 유방 두 개가 보이고, 조그만 분홍색 젖꼭지가 보이고, 평평한 배 아래쪽으로 데생의 음영처럼 검은 음모가 보였다. 그녀의 피부는 하얗고, 지금 막 생겨난 것처럼 매끄러웠다. 나는 영문을 모른 채, 그 몸을 빤히 쳐다보았다. 가노 크레타는 무릎을 가지런히 모으고 다리를 ㄱ자로 굽히고 자고 있었다. 아래로 쏟아진 머리가 절반을 가리고 있어 눈은 볼 수 없었다. 정말 곤히 잠이 들었는지, 머리맡에 불을 켰는데도 미동조차 하지 않은 채 조용하고 규칙적인 숨소리를 내고 있었다. 아무튼 나는 잠이 싹 달아나고 말았다. 일단 벽장에서 여름 이불을 꺼내 그녀의 몸에 덮어 주었다. 그리고 머리맡의 스탠드를 끄고, 잠옷 차림 그대로 부엌에 가서 한동안 식탁 앞에 앉아 있었다.

그러고서 나는 얼굴에 난 멍을 생각했다. 만져 보니, 볼에서 아직도 따끈한 열이 느껴졌다. 굳이 거울을 볼 것도 없었다. 아직 거기 있는 것이다. 하룻밤 새 마치 거기에 없었던 것처럼 싹 사라져 버릴 간단한 문제는 아닐 듯했다. 날이 밝으면 전화번호부를 뒤져 근처에 피부과가 있는지 알아보는 게 좋을지도 모르겠다. 그러나 의사가 원인이 될 만한 무슨 일이 없었느냐고 물으면, 대체 뭐라 대답하면 좋을까? 사흘 가까이 우물 속에 있었습니다. 아니요, 일 때문은 아닙니다. 생각을 좀 하고 싶었을 뿐입니다. 우물 속이 생각하는 데 좋은 장소일 것 같아서요. 네, 식량은 가져가지 않았습니다. 아니요, 우리 우물이 아닙니다. 다른 집 우물이에요. 근처에 있는 빈집 우물입니다. 멋대로 들어간 것이죠.

나는 한숨을 쉬었다. 허 참, 그런 말을 어떻게 한단 말인가.

식탁에 팔꿈치를 대고 무슨 생각을 하는 것도 아니면서 멍하게 있는데, 가노 크레타의 알몸이 유난히 선명하게 떠올랐다. 그녀는 내 침대에서 곤하게 자고 있다. 나는 꿈속에서 구미코의 원피스를 입은 그녀와 섹스를 했을 때의 일을 떠올렸다. 나는 그때 그녀의 피부 감촉과 육체의 무게를 아직도 또렷하게 기억하고 있었다. 대체 어디까지가 현실이고, 어디서부터가 현실이 아닌지, 순서를 따라 확인하지 않고는 구별할 수 없게 되고 말았다. 두 영역을 가르는 벽이 점차 녹아들기 시작한다. 적어도 내 기억 속에서는, 현실과 비현실이 거의 같은 무게와 선명함을 지니고 동거하고 있는 듯했다. 나는 가노 크레타와 몸을 섞은 동시에 가노 크레타와 몸을 섞지 않았다.

나는 그렇게 혼란스러운 성적 이미지를 머리에서 털어 내기 위해, 세면실에 가서 차가운 물로 세수를 했다. 잠시 후에 가노 크레타를 보러 갔다. 그녀는 내가 덮어 준 이불을 허리께까지 내리고 여전히 곤하게 자고 있었다. 내 쪽에서는 그녀의 등밖에 보이지 않았다. 그 등을 보면서 마지막 보았던 구미코의 등을 떠올렸다. 생각해 보니, 가노 크레타의 몸매는 놀라울 정도로 구미코와 비슷했다. 머리 스타일과 옷을 입는 취향과 화장법이 전혀 다른 탓에 지금까지 알아차리지 못했는데, 둘은 등도 비슷했고 몸무게도 대충 비슷할 것 같았다. 아마 옷 사이즈도 같을 것이다.

나는 이불을 들고 거실에 가서 소파에 누워 책을 펼쳤다. 나는 얼마 전부터 도서관에서 빌려 온 역사책을 읽고 있었다. 태평양 전쟁이 발발하기 전 일본의 만주 지배와 노몬한에서 소련을 상대로 치른 전쟁에 관한 책이다. 마미야 중위에게 전쟁 당시 얘기를 들은 후, 그 시대 중국 대륙의 정세에 관심을 갖게 되어 도서관에 가서 책을 몇 권 빌려 온 것이다. 하지만 10분 정도 시시콜콜한 역사적 기술을 좇다 보니, 갑자기 잠이 쏟아졌다. 그래서 잠시 눈을 붙일 생각으로 책을 바닥에 내려놓고 눈을 감았다. 그러나 결국은 불도 끄지 않은 채 그대로 잠에 빠져들고 말았다.

퍼뜩 눈을 떴을 때, 부엌에서 무슨 소리가 들렸다. 가 보니, 가노 크레타가 아침 준비를 하고 있었다. 그녀는 하얀 티셔츠에 파란색 반바지를 입고 있었다. 둘 다 구미코 옷이었다.

"저, 당신 옷은 어디 있는 거지?" 하고 나는 부엌 문 앞에 서서 가노 크레타에게 물었다.

"아, 미안해요. 자고 있어서, 내 멋대로 부인 옷을 빌려 입었어요. 무례한 일이라고는 생각했지만, 입을 것이 전혀 없어서요." 하고 가노 크레타는 고개만 이쪽으로 돌리고 말했다. 그녀는 어느 틈엔지, 전과 똑같은 1960년대식 화장과 머리 스타일로 돌아와 있었다. 인조 속눈썹이 없을 뿐이었다.

"그건 신경 쓰지 않아도 되지만, 당신 옷은 어떻게 된 거지?"

"잃어버렸어요." 하고 가노 크레타는 바로 대답했다.

"잃어버렸다?"

"네, 그래요. 어디에선가 잃어버렸어요."

나는 부엌 안으로 들어가, 식탁에 기대어 그녀가 오믈렛을 만드는 광경을 바라보았다. 가노 크레타는 달걀을 깔끔하게 깨서 양념을 뿌리고 재빨리 휘저었다.

"그 말은, 알몸으로 여기 왔다는 뜻인가?"

"네, 그래요." 하고 가노 크레타는 당연한 일이듯 말했다. "완벽한 알몸이었어요. 오카다 씨도 그건 아시잖아요. 이불을 덮어 주셨으니까."

"그건 그렇지만." 하고 나는 우물쭈물 말했다. "그러니까 내가 알고 싶은 것은, 당신이 어디에서 어떻게 옷을 잃어버렸고, 거기에서 알몸으로 어떻게 여기까지 왔냐 하는 건데."

"그건 저도 몰라요." 가노 크레타는 프라이팬을 흔들면서 달걀을 돌돌 말았다.

"그건 당신도 모른다." 하고 나는 말했다.

가노 크레타는 오믈렛을 접시에 담고, 거기에 삶은 브로콜리를 곁들였다. 그리고 식빵을 구워 커피와 함께 식탁을 차렸다. 나는 버터와 소금과 후추를 꺼내 왔다. 그리고 우리는 신혼부부처럼 마주앉아 아침을 먹었다.

나는 불쑥 얼굴에 생긴 멍이 떠올랐다. 가노 크레타는 그걸 보고도 전혀 놀라지 않았고, 질문 하나 하지 않았다. 나는 또 확인해 보려고 얼굴에 손을 대었다. 멍의 온기는 아직 거기 있었다.

"오카다 씨, 거기가 아픈가요?"

"아니, 아픈 건 아니야." 하고 나는 말했다.

가노 크레타는 잠시 내 얼굴을 보았다. "멍처럼 보이는데요."

"내 눈에도 멍처럼 보여." 하고 나는 말했다. "병원에 가보는 게 좋을지, 생각하고 있는 중이야."

"그냥 인상에 지나지 않지만, 의사는 감당할 수 없지 않을까요."

"그럴지도 모르지. 하지만 이대로 그냥 놔둘 수도 없잖아."

가노 크레타는 포크를 손에 쥔 채 잠시 무언가를 생각했다. "장보기나 볼일이 있으면 제가 대신 할게요. 밖에 나가기가 싫으시면, 계속 집 안에 있어도 돼요."

"그렇게 말해 줘서 고맙지만, 당신에게는 당신 볼일이 있을 테고, 나도 집 안에만 눌러 있을 수는 없겠지."

가노 크레타는 또 잠시 생각했다. "혹시 가노 마르타는, 그런 일에 대해서 뭘 알고 있을지도 몰라요. 어떻게 대처하면 좋을지, 그런 걸."

"그럼 가노 마르타에게 연락해 줄 수 있을까."

"가노 마르타는 자기 쪽에서 연락하지, 연락을 받지는 않아요." 가노 크레타는 그렇게 말하고 브로콜리를 오물거렸다.

"하지만 당신은 연락할 수 있잖아?"

"물론 할 수 있어요. 우리는 자매니까."

"그럼 연락할 때 그녀에게 내 이 멍에 대해서 물어봐 줄 수 있을까. 아니면 내게 연락하라고 부탁해 주면 좋겠는데."

"죄송하지만, 그렇게는 할 수 없어요. 누군가를 위해서 언니에게 부탁하는 건 할 수 없어요. 그게 원칙 같은 거라서."

나는 토스트에 버터를 바르면서 한숨을 쉬었다. "그 말은, 내가 가노 마르타에게 볼일이 있을 때라도 가노 마르타에게 연락이 오기를 마냥 기다려야 한다는 거군?"

"그렇죠." 하고 가노 크레타는 말했다. 그리고 고개를 끄덕였다. "하지만 아프거나 가렵지 않다면 그 멍에 대해서는 잠시 잊는 게 좋지 않을까 해요. 저는 괜찮아요. 그러니까 오카다 씨도 신경 쓰지 않으면 돼요. 인간에게는 그런 게 생기는 일도 있어요."

"그런 건가."

그리고 나는 묵묵히 아침을 먹었다. 누구와 함께 식사를 하기는 오랜만이었고, 가노 크레타가 만든 아침은 꽤 맛있었다. 내가 그런 뜻을 전하자 가노 크레타는 싫지 않은 표정이었다.

"당신 옷 말인데," 하고 나는 말했다.

"부인의 옷을 멋대로 입어서 불쾌하신가요?" 하고 가노 크레타가 걱정스럽게 물었다.

"아니, 그런 게 아니야. 구미코의 옷을 당신이 입는 건 아무 문제없어. 어차피 두고 간 옷들이니까 뭘 입든 상관없어. 내가 궁금한 건, 당신이 어디서 어떻게 옷을 잃어버렸나 하는 거야."

"옷은 물론이고 신발도 잃어버렸어요."

"어떻게 그런 걸 전부 잃어버렸지?"

"기억나지 않아요." 하고 가노 크레타는 말했다. "제가 기억하는 건, 눈을 떴을 때 오카다 씨 댁의 침대에서 알몸으로 자고 있었다는 것뿐이에요. 그 전 일은 아무것도 기억나지 않아요."

"당신은 우물에 내려갔었지? 내가 거기서 나온 다음에."

"그건 기억해요. 그리고 저는 거기서 잠이 들었어요. 그런데 그다음이 기억나지 않아요."

"그럼, 당신이 어떻게 그 우물에서 나왔는지도 전혀 기억에 없다는 말인가?"

"아무것도 기억나지 않아요. 기억이 중간에서 뚝 끊겼어요." 가노 크레타는 양손의 집게손가락을 세워 20센티미터 정도의 거리를 표시했다. 그게 어느 정도의 시간을 의미하는지, 나는 알 수 없었다.

"그 우물에 걸려 있던 사다리를 어떻게 했는지도 모르겠군? 사다리가 없던데."

"사다리에 대해서는 아무것도 몰라요. 거기서 사다리를 타고 나왔는지 어땠는지도 기억나지 않아요."

나는 잠시 손에 쥔 커피 잔을 쏘아보고 있었다. "저, 당신 발바닥을 보여 줄 수 있을까?" 하고 나는 말했다.

"그럼요." 하고 가노 크레타는 말했다. 그리고 내 옆의 의자에 앉아 다리를 쭉 뻗어, 내게 두 발바닥을 보였다. 나는 발목을 잡고 발바닥을 관찰했다. 아주 예쁜 발바닥이었다. 완벽하게 조형된 그곳에는 생채기 하나 없고, 흙 한 톨 묻어 있지 않았다.

"생채기도 없고 흙도 묻어 있지 않군." 하고 나는 말했다.

"네."

"어제는 줄곧 비가 내렸으니까, 만약 당신이 어디선가 신발을 잃어버리고 거기에서 걸어 여기까지 왔다면 당신 발바닥에는 흙탕이 묻어 있어야겠지. 그리고 당신은 뒷마당으로 들어왔을 테니까, 툇마루에도 흙탕 자국이 있어야 해. 그렇지? 하지만 발은 깨끗하고, 툇마루 어디에도 흙탕 자국은 없어."

"네."

"그렇다면 당신이 어디에서 왔든 맨발로 걸어오지 않았다는 얘기인데."

가노 크레타는 감탄스럽다는 듯이 고개를 약간 갸웃했

다. "하시는 말씀이 논리적으로 옳다고 생각해요."

"논리적으로 옳을지도 모르지만, 우리는 아직 어디에도 도달하지 않았어." 하고 나는 말했다. "당신은 어디에서 신발과 옷을 잃어버렸고, 거기에서 여기까지는 어떻게 걸어왔지?"

가노 크레타는 고개를 저었다. "글쎄요, 전 잘 모르겠어요."

그녀가 싱크대 앞에 서서 열심히 설거지를 하는 동안, 나는 식탁 앞에서 그 일에 대해 생각했다. 물론 나 또한 조금도 알 수 없었다.

"그런 일이 종종 있어? 자신이 어디에 갔는지 기억나지 않는 일이." 하고 나는 질문했다.

"이런 경험이 처음은 아니에요. 자신이 어디에 가서 뭘 했는지 기억나지 않는 일이 종종 있는 정도는 아니지만 때로 있어요. 전에도 옷을 잃어버린 적이 있었어요. 하지만 옷이며 신발까지 전부 잃어버린 건 이번이 처음이에요."

가노 크레타는 수돗물을 잠그고, 행주로 식탁을 닦았다.

"저, 가노 크레타 씨." 하고 나는 말했다. "얼마 전에 당신이 하던 얘기를 아직 끝까지 듣지 못했는데. 그때 얘기를 하는 도중에 당신이 갑자기 사라져 버렸어. 기억해? 가능하면 그 얘기를 끝까지 들려주었으면 하는데. 당신이 폭력단에 잡히는 바람에 그 조직에서 매춘을 하게 되었고, 와타야 노보루를 만나 그와 자고 난 다음에 어떻게 되었는지."

가노 크레타는 싱크대에 기대듯 서서 나를 보았다. 손에 묻은 물방울이 그녀의 손가락을 타고 천천히 바닥에 떨어졌다. 하얀 티셔츠를 입은 가슴에는 젖꼭지 모양이 두 개 볼록 도드라져 있었다. 그걸 보자 어젯밤에 본 그녀의 알몸이 또 알알이 떠올랐다.

"알겠어요. 그다음에 생긴 일을 여기서 다 말씀드리죠."

그리고 가노 크레타는 다시 나와 마주하고 앉았다.

"제가 그날 얘기하는 도중에 갑자기 일어나 돌아간 이유는, 그 얘기를 할 만한 준비가 되어 있지 않았기 때문이었어요. 그런데도 오카다 씨에게는 최대한 사실을 있는 그대로 솔직하게 말씀드리는 편이 좋겠다고 생각해서 얘기를 시작했던 것이죠. 그러나 결국, 끝까지 다 얘기할 수 없었어요. 갑자기 없어져서, 오카다 씨가 매우 놀라셨겠죠."

가노 크레타는 식탁 위에 두 손을 올려놓고 내 얼굴을 보면서 말했다.

"놀랐다고는 할 수 있지만, 최근에 일어난 일 중에서 가장 놀란 정도는 아니었어." 하고 나는 말했다.

"전에도 말씀드렸다시피, 제가 창부로, 육체의 창부로 마지막 받은 손님은 와타야 노보루 씨였어요. 가노 마르타의 일을 통해 와타야 노보루 씨를 두 번째로 뵈었을 때, 저는 그 얼굴이 금방 떠올랐어요. 잊으려 해도 잊을 수 없었죠. 하지만 와타야 씨가 저를 기억하고 있는지 어떤지, 그건 알 수 없었어요. 와타야 씨는 얼굴에 감정을 쉽게 드러내는 분이 아니니까요.

일단 순서에 따라 얘기하는 편이 좋겠네요. 우선 제가 와타야 씨를 처음 손님으로 받았을 때 얘기를 할게요. 지금으로부터 육 년 전 얘기가 되겠네요.

전에도 말씀드렸지만, 그 무렵 제 몸은 고통이라는 것을 전혀 느끼지 않았어요. 고통뿐 아니라 모든 감각이 기능하지 않았어요. 저는 바닥이 보이지 않을 만큼 깊은 무감각 속에서 살았습니다. 물론 뜨겁다, 차갑다, 아프다, 괴롭다 하는 감각이 없는 것은 아닙니다. 하지만 그 감각들은 자신과는 무관한 어딘가 먼 세계에 있는 것처럼 느껴졌어요. 그래서 저는 돈을 벌기 위해 남자들과 성적 관계를 갖는 일에 아무런 거부감도 느끼지 않았습니다. 누가 뭘 어떻게 하든, 제가 느끼는 것은 제 감각이 아니었기 때문이죠. 저의 감각 없는 육체는 제 육체조차 아니었어요. 저는 그때 이미 폭력단의 매춘 조직에 묶여 있었어요. 그들이 남자와 자라고 하니 그렇게 하고, 돈을 주니 그걸 받았습니다. 거기까지는 얘기 드렸죠?"

나는 고개를 끄덕였다.

"제가 그날 지시받은 장소는 도심에 있는 호텔의 16층이었어요. 방은 와타야라는 성으로 예약되어 있었죠. 와타야는 어디에나 흔히 있는 성은 아니에요. 제가 문을 노크했을 때, 그 남자는 소파에 앉아 룸서비스로 주문한 커피를 마시면서 책을 읽고 있었던 것 같았어요. 초록색 폴로셔츠에 갈색 면바지 차림이었고, 머리는 짧고, 갈색 안경을 끼고 있었어요. 소파 앞에 놓인 낮은 테이블 위에 커피포트와 잔과 그 책이 놓여 있었습니다. 상당히 집중해서 책을 읽었나 봐요, 눈에 아직도 열기 같은 것이 남아 있었어요. 얼굴은 이렇다 할 특징이 없게 생겼는데, 눈만은 이상할 정도로 활동적으로 보였죠. 저는 그 눈을 보고서, 순간적으로 방을 잘못 찾아왔다고 생각했어요. 하지만 그렇지는 않았습니다. 그 남자는 저에게 안으로 들어와 문을 잠그라고 했어요.

그리고 그는 소파에 앉은 채, 아무 말도 하지 않고 내 몸만 지그시 쳐다보았어요. 머리에서 발끝까지요. 방에 들어가면 남자들은 대부분 제 몸과 얼굴을 이리저리 바라봅니다. 실례되는 질문인데, 오카다 씨는 지금까지 창부를 사 본 적이 있으신가요?"

없는데 하고 나는 말했다.

"상품을 보는 것과 똑같아요. 그런 시선에는 바로 익숙해집니다. 돈을 지불하고 육체를 사는 것이니, 물건을 점검하는 것은 당연한 일이죠. 그런데 그 남자의 시선은 그런 것과는 달랐어요. 그는 제 육체를 지나, 제 몸 너머에 있는 것을 바라보는 것 같았어요. 그 시선을 받으면서, 저는 제가 반투명한 인간이 된 듯한 불편함을 느꼈습니다.

아마 다소 혼란스러웠던 것이겠죠, 저는 손에 들고 있던 핸드백을 바닥에 떨어뜨리고 말았어요. 조그만 소리가 났는데, 자신이 백을 떨어뜨렸다는 것도 한동안 알아차리지 못할 정도로 멍하게 있었어요. 저는 몸을 굽혀 바닥에서 백을 주웠어요. 떨어뜨렸을 때 똑딱이가 벗겨졌는지, 화장품 몇 가지가 바닥에 튀어나와 있었어요. 저는 아이브로 펜슬과 립크림과 조그만 향수병을 주워 하나하나 백에 넣었습니다. 그러는 동안 그는 같은 시선으로 나를 바라보고 있었어요.

제가 바닥에 떨어진 것을 다 주워 백에 넣고 나자, 그가 옷을 벗으라고 하더군요. '괜찮으면 그 전에 샤워를 해도 될까요. 땀을 흘려서.' 하고 제가 말했어요. 몹시 더운 날이어서, 전철을 타고 호텔까지 오는 중에 땀을 많이 흘렸거든요. 그런데 그는 땀은 상관없다고 했어요. 시간이 없으니까 바로 옷을 벗으라고요.

옷을 다 벗자, 침대에 엎드려 누우라고 했어요. 저는 그렇게 했어요. 그대로 꼼짝하지 말 것, 눈을 감을 것, 묻기 전에는 아무 말도 하지 말 것, 그는 그렇게 명령했습니다.

그는 옷을 입은 채 제 옆에 앉았어요. 그런데 앉기만 했을 뿐, 제 몸에 손가락 하나 대지 않았습니다. 옆에 앉아, 엎드려 있는 제 알몸을 그저 지그시 내려다볼 뿐이었어요. 아마 한 10분 가까이 제 몸을 봤을 거예요. 저는 자신의 목덜미와 등과 엉덩이와 다리에 그의 그 날카로운 시선을 따가울 정도로 느낄 수 있었어요. 이 사람, 혹시 성 불능자가 아닐까 하는 생각이 들었어요. 손님 중에는 간혹 그런 사람이 있어요. 창부를 사서 옷을 벗겨 놓고는, 그저 가만히 바라볼 뿐이죠. 또는 알몸 앞에서 혼자 해결하는 사람도 있어요. 참 다양한 사람이 다양한 이유로 창부를 사죠. 그래서이 사람도 그런 사람이 아닐까 생각했던 거예요.

그런데 한참이 지나 그가 손을 뻗어 제 몸을 만지기 시작했습니다. 열 개의 손가락이 제 어깨에서 등으로, 등에서 엉덩이로 천천히 무언가를 더듬어 갔어요. 그건 소위 말하는 전희도 아니고, 물론 마사지도 아니었습니다. 그의 손가락은 마치 지도에서 길을 찾듯 조심스럽게 제 몸 위를 이동했습니다. 제 육체를 만지면서 그는 줄곧 무슨 생각을 하는 것같았어요. 그것도 그냥 생각하는 게 아니라, 집중해서 무언가를 진지하게 생각하는 거예요.

그 열 개의 손가락은 어슬렁어슬렁 온갖 장소를 헤매는가 싶더니 갑자기 움직임을 멈추고, 거기에 오래도록 가만히 서 있었어요. 손가락이 말 그대로 정말 길을 헤매고, 확신하고, 그러는 것 같았어요. 아시겠나요? 손가락 열 개가 각기 살아 있고, 의사도 있고, 생각도 하는 것 같았어요. 그건 아주 기묘한 감각이었습니다. 불온한 느낌마저 들었어요.

하지만 그런데도 그 손가락의 감촉은 저를 성적으로 흥분케 했습니다. 저로서는 처음 체험하는 것이었어요. 창부가 되기 전에는 성행위가 그저 고통을 주는 것에 불과했습니다. 섹스를 생각만 해도, 제 머리는 아픔에 대한 공포로 가득해졌어요. 그리고 창부가 된 후에는, 아주 반대로 아무것도 느끼지 않았습니다. 아픔이 없는 대신 그 어떤 감각도 없었죠. 저는 상대를 기분 좋게 하려고 한숨을 쉬고, 흥분한 척했어요. 그런 게 모두 거짓이었어요. 직업적인 연기였습니다. 그런데 그때, 저는 그 남자의 손가락 아래에서 정말 깊은 한숨을 쉬었어요. 그것은 몸속 깊은 곳에서 저절로 흘러 나왔습니다. 자신의 몸속에서 무언가가 움직이기 시작했다는 걸 알았어요. 마치 몸속에서 중심이 이리저리 이동하는 듯한 느낌이었죠.

그러다 남자가 손가락의 움직임을 멈췄어요. 그러고는 내 허리 양쪽에 손을 댄 채 뭔가를 생각하는 것 같았어요. 그 손가락에서, 그가 조용히 숨을 고르고 있는 모습이 전해졌습니다. 그리고 그는 천천히 옷을 벗기 시작했어요. 나는 눈을 감은 채 베개에 얼굴을 묻고, 이 다음에 올 것을 기다리고 있었죠. 옷을 다 벗자, 그는 엎드려 있는 저의 두 팔과 두 다리를 벌렸습니다.

방 안은 정말 조용했어요. 에어컨에서 나오는 조그만 바람 소리가 들릴 뿐이었죠. 남자는 아무 소리도 내지 않았습니다. 숨소리도 들리지 않았어요. 남자가 손바닥을 제 등에 올려놓았어요. 저는 몸에서 힘을 쭉 뺐습니다. 그의 페니스가 제 허리에 닿았어요. 하지만 그건 아직 물컹한 그대로였어요.

그때 머리맡에 있는 전화가 울리기 시작했습니다. 저는 눈을 뜨고 남자의 얼굴을 보았어요. 그러나 그는 전화벨이 울리고 있다는 것조차 모르는 듯했어요. 벨은 여덟 번인가 아홉 번 울리고는 그쳤습니다. 다시 방 안에 정적이 돌아왔죠."

가노 크레타는 천천히 숨을 내쉬었다. 그리고 잠시 말없이 자신의 손을 바라보았다. "죄송하지만, 잠시 쉴게요. 괜찮을까요?"

"물론." 하고 나는 말했다. 나는 커피를 잔에 더 따라 마셨다. 그녀는 차가운 물을 마셨다. 그리고 우리는 10분 정도 침묵하고 앉아 있었다.

"그는 또 열 손가락으로 제 몸을, 그야말로 이 구석에서 저 구석까지 쓰다듬었어요." 하고 가노 크레타가 다시 얘기를 시작했다. "제 몸에서 그의 손가락이 스치지 않은 부분은 없었습니다. 저는 이제 아무 생각도 할 수 없었어요. 심장이 제 귓가에서 유난히 느릿느릿, 커다란 소리를 내고 있었어요. 저는 더는 자신을 억누를 수가 없었습니다. 그의 손에 몸을 내맡긴 채 저는 몇 번이나 소리를 질렀어요. 소리를 지르지 않으려고 해도, 저와는 다른 누군가가 제 목소리를 사용해 멋대로 신음하고, 소리를 지르는 거예요. 온몸의 태엽이 느슨하게 풀려 가는 것 같은 기분이 들었어요. 그리고 꽤 오랜 시간이 지난 후에 뒤에서 그가 엎드려 있는 내 몸 안에 뭔가를 밀어 넣었어요. 그게 뭐였는지는 지금도 몰라요. 아주 딱딱하고 아주 큰 것이었지만, 아무튼 그건 그의 페니스는 아니었습니다. 그건 분명해요. 그때 저는, 이 사람은 역시 성기능 장애구나 하고 생각했어요.

뭐였는지는 몰라도 그가 그걸 삽입했을 때, 저는 자살 미수 후로 처음 아픔이라는 것을, 제 몸의 감각으로 명징하게 느낄 수 있었습니다. 뭐라 표현하면 좋을까요, 저라는 몸이 한가운데에서 둘로 좍 갈라지는 듯한, 거의 말이 되지 않는 아픔이었어요. 하지만 저는 그렇게 심하게 아프면서도 성적 쾌감에 몸을 떨었습니다. 그 쾌감은 아픔과 하나가 된 것이었어요. 이해가 가세요? 그것은 쾌감이 뒷받침하는 아픔이며, 아픔이 뒷받침하는 쾌감이었어요. 저는 그것을 하나로 받아들여야 했어요. 그 같은 쾌감과 아픔 속에서 제 몸은 점점 더 크게 찢겨 나갔습니다. 저는 그걸 막을 수가 없었어요. 그리고 정말 묘한 일이 벌어졌어요. 양쪽으로 쫙 갈라진 제 몸 안에서, 지금까지 본 적도 만진 적도 없는 무언가가 헤치고 나오듯 빠져나오는 것을 느낀 거예요. 그 크기는 잘 모르겠습니다. 하지만 그것은 막 태어난 갓난아기처럼 미끄덩거렸어요. 그게 뭔지, 저는 도무지 감이 잡히지 않았습니다. 그것은 원래부터 제 안에 있는 것이면서 제가 모르는 것이었어요. 그런데 그 남자가 아무튼, 제 몸 안에서 그걸 끄집어낸 거예요.

저는 그게 뭔지 알고 싶었습니다. 정말 알고 싶었어요. 그걸 제 두 눈으로 보고 싶었어요. 그럴 수밖에요, 그건 저의 일부였으니까요. 제겐 그걸 볼 권리가 있어요. 하지만 끝내 보지 못했습니다. 저는 아픔과 쾌감의 격류에 휩쓸려 있었어요. 저의 육체는 소리를 지르고, 침을 흘리고, 허리를 격렬하게 움직이고 있었습니다. 저는 눈을 뜰 수조차 없었어요.

그리고 저는 성적인 절정에 도달했습니다. 하지만 그건 절정이라기보다, 높은 벼랑 위에서 떠밀려 떨어지는 듯한 감각이었어요. 제가 비명을 지르자 방의 유리란 유리가 전부

깨지는 것처럼 생각되었습니다. 생각되었을 뿐만 아니라, 저는 실제로 창문과 유리가 소리를 내며 산산이 깨져 나가는 것을 봤어요. 그것이 작은 파편이 되어 제 위로 떨어지는 것을 느꼈어요. 저는 그 후에 몹시 속이 불편해졌어요. 의식이 멀어지고, 몸이 싸늘해졌어요. 비유가 좀 이상하지만, 마치 자신이 식은 죽이 된 듯한 느낌이 들었습니다. 흐물흐물하고, 군데군데 정체를 알 수 없는 덩어리가 있는 죽이요. 그리고 그 덩어리가 심장의 움직임에 맞춰 천천히, 그리고 점차 심하게 욱신거렸습니다. 그 욱신거림은 틀림없이 제 기억 속에 있는 것이었어요. 그게 무엇인지 기억해 내는 데 많은 시간이 걸리진 않았습니다. 그 옛날, 제가 자살을 시도하기 전에 늘 느꼈던 바로 그 무지근한 숙명적인 통증이었죠. 그리고 그 통증은 마치 지렛대처럼 제 의식의 뚜껑을 강한 힘으로 비틀어 열었습니다. 통증은 의식의 뚜껑을 비틀어 열고는 제 뜻과는 무관하게 그 안에 있는 한천 같은 형태의 제 기억을 줄줄 끌어냈습니다. 비유가 이상하지만, 마치 이미 죽은 인간이 자신이 해부되는 광경을 보고 있는 듯한 느낌이었어요. 이해하시겠나요? 쫙 갈린 자신의 몸에서 내장을 비롯해 이런저런 것들이 줄줄이 꺼내지는 광경을, 어디선가 자신의 눈으로 보고 있는 기분입니다.

저는 몸을 푸들푸들 떨면서 베개에 침을 질질 흘렸습니

다. 오줌도 지렸지요. 어떻게든 막아야 한다고 생각했어요. 하지만 제 몸의 움직임을 막을 수가 없었습니다. 제 몸의 태엽이 모두 풀려 떨어져 나가고 말았어요. 몽롱한 의식 속에서 저는 자신이라는 인간이 얼마나 고독하고, 얼마나 무력한 존재인지를 절실하게 느꼈습니다. 제 몸에서 온갖 것들이 점점 넘쳐흘러 빠져나갔습니다. 형태가 있는 것도, 형태가 없는 것도, 모두 침이나 오줌 같은 액체가 되어 제 밖으로 줄줄 흘러나갔습니다. 저는 이대로 모든 것을 흘려 버릴 수는 없다고 생각했어요. 저건 나 자신이다, 저렇게 무의미하게 흘려 버릴 수는 없다. 하지만 그 흐름을 막을 수는 없었습니다. 저는 그 유출을 그저 멍하니 아무것도 하지 못한 채 보고 있을 수밖에 없었어요. 그게 얼마나 오랜 시간 지속되었는지는 모릅니다. 모든 기억과 모든 의식이 완전히 빠져나간 것 같았어요. 모든 것이 자신 밖으로 나가고 만 것처럼 생각되었어요. 마침내 무거운 커튼이 위에서 툭 떨어지듯, 갑자기 어둠이 저를 에워쌌습니다.

그리고 의식이 돌아왔을 때, 저는 또 다른 인간이 되어 있었어요."

가노 크레타는 거기서 얘기를 끊고 내 얼굴을 보았다.

"이것이 그때 일어난 일입니다." 하고 그녀는 조용히 말했다.

나는 잠자코 다음 얘기가 이어지기를 기다렸다.

14

가노 크레타의

새 출발

가노 크레타는 다시 얘기를 이어갔다.

"그러고서 며칠 동안, 저는 몸이 갈래갈래 흩어진 듯한 감각 속에서 살았어요. 걷고 있어도, 발이 지면을 밟고 있다는 감각이 없었습니다. 뭘 먹고 있어도, 자신이 그걸 씹고 있다는 감촉이 없었어요. 가만히 있다가도 몸이 바닥도 없거니와 천장도 없는 공간을 한없이 떨어지고 있는 듯한, 또는 풍선 같은 것에 끌려 끝없이 끝없이 올라가고 있는 듯한, 그런 공포를 종종 느꼈습니다. 저는 제 육체의 움직임이나 감각을 더는 저 자신에게 붙잡아 둘 수가 없었어요. 그것들은 제 뜻과는 무관하게, 그저 내키는 대로 이리저리 움직이

269

는 듯했습니다. 그 움직임에는 질서도 없고, 방향도 없었어요. 하지만 저는 그 극도의 혼돈을 잠재울 방법을 몰랐습니다. 제가 할 수 있는 것이라고는 시간이 흘러 그것이 잠잠해지기를 그저 얌전히 기다리는 것뿐이었어요. 가족들에게는 몸이 좀 안 좋다고 하고서, 아침부터 밤까지 제 방에 틀어박혀 거의 아무것도 먹지 않은 채 지냈습니다.

그런 혼란 속에서 며칠이 지났죠. 사나흘 정도였을 거예요. 그리고 그 후에, 마치 폭풍이 지나간 것처럼 모든 것이 잠잠해지고 딱 정지되었어요. 저는 사방을 돌아보고, 거기 있는 저 자신의 모습을 바라보았습니다. 그리고 자신이 그전과 다른 새로운 인간이 된 것을 알았어요. 즉 세 번째 저 자신이었죠. 첫 번째는 끊임없는 격통 속에서 번뇌하며 살았던 저였죠. 두 번째는 고통 없는 무감각 속에서 산 저였고요. 첫 번째 저는 원초적 상태의 저입니다. 저는 고통이라는 무거운 멍에를 제 목에서 도저히 풀어낼 수 없었어요. 그러다 억지로 그것을 풀어내려 했을 때 — 그러니까 자살을 시도했다가 실패로 끝난 그 사건 때 말이에요 — 저는 두 번째 제가 되었어요. 그건 말하자면 중간 지점의 저였습니다. 그때까지 저를 괴롭히고 고문했던 육체의 고통은 완전히 사라졌죠. 그러나 다른 감각 또한 동시에 퇴보하고 희미해져 버렸습니다. 살겠다는 의지, 육체적인 활력, 정신의 집중력, 그런 것까지 고통과 함께 모두 사라진 것이었죠. 그리고 그 같은 기묘한 과도기를 통과해 그때 저는 새로운 제가 되었어요. 그게 본디 그랬어야 하는 제 모습인지 어떤지, 그건 저도 알 수 없었습니다. 하지만 저는, 정말 막연하게 그렇다는 거지만, 자신이 옳은 방향으로 가고 있다는 감촉을 느낄 수 있었어요."

가노 크레타는 얼굴을 들고 내 눈을 가만히 보았다. 마치 자신의 얘기에 대해 감상을 청하듯이. 그녀의 두 손은 여전히 식탁에 놓여 있었다.

"그러니까, 그 남자가 당신에게 새로운 자신을 주었다는 말이군?" 나는 그렇게 물어보았다.

"아마 그런 셈이 되지 않을까 해요." 하고 가노 크레타는 말했다. 그리고 몇 번인가 고개를 끄덕였다. 그녀의 얼굴은 바짝 말라 버린 연못 바닥처럼 표정이라는 것이 없었다. "그 남자에게 애무를 받고, 안기고, 태어나서 처음으로 말이 안 될 정도의 성적 쾌감을 얻은 결과, 내 육체에 어떤 커다란 변화가 생긴 것이죠. 그런 일이 어떻게 생겼는지, 그리고 왜 하필 그 남자의 손에 그것이 이루어져야 했는지, 저는 모릅니다. 그러나 경위가 어찌되었든, 제가 인식했을 때 저는 이미 새로운 그릇 안에 들어 있었어요. 그리고 아까도 말씀드린 깊은 혼란을 일단 통과한 후에 저는 그 새로운 자기를 '더 옳은 것'으로 받아들이려 했습니다. 뭐가 어찌되었든 그 깊은 무감각에서 탈출했고, 제게 그것은 그야말로 숨 막히는 감옥 같은 것이었으니까요.

하지만 그 씁쓸한 뒤끝은 그 후에도 아주 오래 암울한 그림자로 제 주변을 맴돌았습니다. 그의 열 손가락을 떠올릴 때마다, 그가 내 몸 안에 넣은 무언가를 떠올릴 때마다, 제 안에서 나온(또는 나왔다고 느낀) 미끄덩거리는 덩어리 같은 것을 떠올릴 때마다, 저는 기분이 불안정해졌습니다. 어떻게 해소할 수 없는 분노를 느꼈고, 절망을 느꼈습니다. 저는 그 날의 일은 하나도 남기지 않고 기억에서 지워 버리고 싶었습니다. 그러나 그럴 수가 없었어요. 왜냐하면 그 남자가 제 몸 안의 무언가를 비틀어 열었기 때문입니다. 비틀어 열린 그 감촉은, 남자에 대한 기억과 하나가 되어 언제까지나 남아 있었어요. 그리고 제 안에는 분명 부정한 것이 있었어요. 그것은 모순되는 감정이었어요. 아시겠는지요? 제가 통과한 변모 자체는 아마 옳았을 거예요. 잘못되지 않았어요. 그런데 그 한편에서, 그 변모를 초래한 것은 더러운 것입니다. 잘못된 것입니다. 그 같은 모순 또는 분열이 오래도록 저를 괴롭혔어요."

가노 크레타는 또 잠시 식탁 위의 자신의 손을 바라보았다.

"그 후에 저는 몸 파는 일을 그만두었어요. 이제 그런 일을 할 의미가 없어졌기 때문이었죠." 하고 그녀는 말했다. 가노 크레타의 얼굴에는 여전히 표정이랄 만한 표정이 어려 있지 않았다.

"그만두는 게 어렵지는 않았고?" 하고 나는 물어보았다.

가노 크레타는 고개를 끄덕였다. "저는 아무 말 않고 그냥 딱 그만두었어요. 그러나 문제는 전혀 없었어요. 어이가 없을 정도였죠. 보나마나 전화 정도는 걸려올 거라고 예상하고 각오하고 있었는데, 그들은 아무 반응이 없었어요. 그들은 제 주소도 전화번호도 알고 있었습니다. 그러니까 협박도 할 수 있었어요. 하지만 결국 아무 일도 없었습니다.

그렇게 해서 저는 표면적으로는 평범한 여자로 돌아왔어요. 그 무렵에는 부모님에게 빌린 돈도 다 갚았고, 저금한 돈도 꽤 있었어요. 오빠는 제가 갚은 돈으로 또 시시껄렁한 새 차를 사서 타고 돌아다녔습니다. 제가 그 돈을 갚기 위해 무슨 일을 했는지, 그는 상상도 못했겠죠.

저는 새로운 자신에 익숙해질 시간이 필요했어요. 자신은 어떤 존재인지, 그것은 어떤 식으로 기능하는지, 그것은 뭘 어떤 식으로 느끼는지, 그런 것을 일일이 경험적으로 파악하고 기억해서 쌓아 가야만 했습니다. 이해하시겠나요? 제 안에 있던 것은 거의 전부 흘러 나가 상실되고 말았습니다. 저는 새로운 것인 동시에 거의 빈껍데기에 가까웠어요.

저는 그 공백을 조금씩 메워 나가야 했습니다. 저라는 것을, 또는 저라는 것을 형성하고 있는 것을, 제 손으로 하나하나 만들어 가야 했습니다.

저는 아직 학생 신분이었지만, 대학으로 돌아갈 마음은 없었어요. 저는 아침에 집을 나서면 공원에 가서, 아무것도 하지 않고 그저 혼자 벤치에 앉아 있었습니다. 또는 공원 안의 길을 그저 걸어 다니고, 비가 내리면 도서관에 가서 책상에 책을 펼쳐 놓고 그걸 읽는 척했어요. 종일 영화관에 있었던 적도 있고, 야마노테선을 타고 종일 빙빙 돈 적도 있었어요. 홀로 캄캄한 우주에 떠 있는 듯한 기분이 들었습니다. 제게는 의논할 상대도 없었어요. 언니 가노 마르타에게는 무슨 말이든 솔직하게 다 털어놓을 수 있었지만, 앞에서도 말씀드렸다시피, 언니는 그 당시 저 멀리 떨어진 몰타섬에서 수행을 쌓고 있었어요. 주소를 몰라 연락할 수조차 없었어요. 그런 상황이라 저는 모든 것을 저 혼자의 힘으로 해결해야만 했습니다. 제가 경험한 것을 해명해 주는 책은 한 권도 없었어요. 저는 고독했지만, 그래도 불행하지는 않았습니다. 저는 저 자신을 단단히 붙잡고 있을 수 있었어요. 적어도 자기 자신이라는 붙잡고 있어야 할 것이 있었던 것이죠.

그 새로운 저는 예전처럼 심하게는 아니지만, 어느 정도 고통을 느낄 수 있었습니다. 그러나 동시에 저도 모르게 그 고통을 피하는 방법도 체득한 상태였어요. 다시 말해서 저는 고통을 느끼는 육체로서의 제게서 벗어날 수 있었던 거예요. 이해하시겠어요? 자신을 육체인 자신과 육체가 아닌 자신으로 분할할 수 있었다는 말이에요. 말로 설명하면 어렵게 여겨질 수도 있겠지만, 한번 그 방법을 터득하면 실제로는 그렇게 어려운 일이 아니에요. 고통이 밀려오면 저는 육체인 자신을 떠납니다. 만나고 싶지 않은 누군가가 찾아오면, 옆방으로 몰래 피하는 것처럼 말이죠. 아주 자연스럽게 그럴 수 있었어요. 저는 자신의 육체에 고통이 미치고 있다는 걸 인식합니다. 고통의 존재를 느낍니다. 그러나 저는 거기에 있지 않아요. 제가 있는 곳은 그 옆방입니다. 그러니 그 고통의 멍에는 저를 얽맬 수 없는 것이죠."

"그렇다면 언제든 그러고 싶을 때 자신을 그런 식으로 분할할 수 있는 건가?"

"아니요." 하고 가노 크레타는 잠시 생각하고서 대답했다. "처음에는 제 육체에 물리적인 고통이 미칠 때만 그렇게 할 수 있었어요. 그러니까 고통이 제 의식을 분리하는 열쇠인 것이죠. 나중에 저는 가노 마르타의 도움으로 어느 정도 의식적으로 그 분리를 행하게 되었어요. 그러나 그것은 아주 훗날의 일입니다.

아무튼 그러고 있는 동안에 가노 마르타에게서 편지가

왔어요. 그녀는 삼 년에 걸친 몰타섬에서의 수행이 겨우 종료되어, 일주일 안에 일본으로 돌아온다고 했습니다. 그다음에는 아무 데도 가지 않고 계속 일본에 살 것이라고 했어요. 저는 마르타를 다시 만나게 되어 정말 기뻤어요. 우리는 벌써 칠 년이나 팔 년 동안 얼굴 한번 보지 못했으니까요. 그리고 마르타는 아까도 말씀드렸다시피, 이 세상에서 제가 마음 놓고 뭐든 얘기할 수 있는 유일한 사람이었어요.

마르타가 귀국한 다음 날, 저는 그때까지 생긴 모든 일을 그녀에게 다 얘기했습니다. 마르타는 저의 길고 기묘한 얘기를 그저 묵묵히 끝까지 듣고만 있었어요. 질문 하나 하지 않았습니다. 그리고 제가 얘기를 끝내자, 깊은 한숨을 내쉬고는 이렇게 말했어요.

'사실은 내가 네 옆에 있으면서 지켜 줬어야 했겠지. 네가 그렇게 깊은 문제를 안고 있다는 걸, 왜 그랬는지 난 전혀 몰랐어. 네가 내게 너무 가까운 존재여서였는지도 모르지. 그러나 어차피 나는 반드시 해야만 하는 일이 있었어. 나는 혼자 다양한 곳에 가야만 했어. 그리고 그건 선택의 여지가 없는 일이었어.'

그런 일은 굳이 염두에 두지 않아도 된다고 저는 말했어요. 이건 나의 문제라고, 결국 그런 일을 통해서 내가 조금씩 나아졌으니까 하고 말이에요. 가노 마르타는 한참이나 말없이 생각에 골몰했어요. 그리고 이렇게 말하더군요.

'내가 일본을 떠나 있는 동안 네가 겪고 감내해 온 수많은 사건은, 네게는 힘들고 잔혹한 일이었을 거야. 그러나 너도 말했듯이, 뭐가 어찌되었든 너는 자신의 본디 모습에 조금씩 단계적으로 다가가고 있어. 가장 힘겨운 시기는 이미 지나왔고, 이제 다시는 돌아오지 않아. 그런 일은 두 번 다시 네 몸에 생기지 않을 거야. 쉬운 일은 아니겠지만, 어느 정도 시간이 지나면 많은 것들을 잊을 수 있을 거야. 하지만 사람은 진정한 자신 없이는 애당초 살아갈 수 없어. 그건 땅과 마찬가지야. 땅이 없으면 거기에 뭘 만들 수도 없으니까.

다만 한 가지, 꼭 기억해야 할 것은, 네 몸이 그 남자에게 더럽혀졌다는 거야. 그런 일은 있어서는 안 되는 거였어. 자칫하면 너는 영원히 훼손되어서, 완전한 무(無) 속을 언제까지나 헤매고 돌아다녀야 했을지도 몰라. 하지만 다행히 그때의 네가 어쩌다 본디의 네가 아니었기 때문에, 오히려 좋게 작용했어. 그래서 너는 그 '임시의 너'에서 용케 해방될 수 있었던 거야. 그건 정말 행운이었어. 그러나 그 부정하고 더러운 것은 여전히 네 안에 남아 있으니, 언젠가는 씻어 내야만 해. 하지만 나는 너를 위해 그걸 씻겨 주지는 못해. 그 구체적인 방법도 모르고. 그건 네가 스스로 찾아서, 스스로 하는 수밖에 없는 일이겠지.'

그리고 언니는 제게 가노 크레타라는 새 이름을 지어 주었어요. 새롭게 다시 태어났으니 새 이름도 필요했던 것이죠. 저는 그 이름이 이내 좋아졌습니다. 그리고 가노 마르타는 저를 영매로 사용하게 되었어요. 그녀의 지도하에, 저는 새로운 자기를 통제하고, 육체와 정신을 분할하는 방법을 조금씩 배워 갔습니다. 저는 그때야 겨우, 태어나서 처음 평온한 기분으로 생활할 수 있게 되었어요. 물론 저는 아직 진정한 나라는 것을 얻지 못했습니다. 아직 모자란 것이 아주 많아요. 하지만 지금 제 옆에는 가노 마르타라는 의지할 수 있는 상대가 있어요. 그녀는 저를 이해하고, 받아들여 주었어요. 그녀는 저를 이끌어 주고, 안전하게 지켜 주었습니다."

"그러다 와타야 노보루를 다시 만나게 된 거지?"

가노 크레타는 고개를 끄덕였다. "그래요. 저는 와타야 노보루 씨를 다시 만나게 되었어요. 올 3월 초의 일입니다. 제가 처음 와타야 씨에게 안겨 변모를 이루고, 가노 마르타와 함께 일하게 된 지 오 년 이상이 지났습니다. 와타야 씨는 마르타를 만나기 위해 저희 집을 찾았고, 우리는 거기에서 얼굴을 마주했습니다. 무슨 말을 나눈 건 아니에요. 현관에서 아주 잠깐 언뜻 보았을 뿐이에요. 하지만 저는 그 얼굴을 보고는, 감전이라도 된 것처럼 그 자리에서 꼼짝하지 못했어요. 마지막으로 저를 산 그 남자였기 때문입니다.

저는 가노 마르타를 불러서, 저 사람이 나를 더럽힌 남자라고 가르쳐 주었어요. '알겠어. 이다음 일은 전부 내가 알아서 할 테니까, 너는 아무 걱정 말고 있어.' 하고 언니는 말했어요. '너는 안에 들어가 조용히 있어. 절대 그 남자 앞에 얼굴을 보여서는 안 돼.' 저는 언니가 하라는 대로 했습니다. 그러니까 저는 그와 가노 마르타가 무슨 얘기를 나눴는지 몰라요."

"와타야 노보루는 대체 뭘 원해서 가노 마르타를 찾아간 거지?"

가노 크레타는 고개를 저었다. "저는 아무것도 모릅니다, 오카다 씨."

"하지만 사람은 보통, 뭔가를 원하기 때문에 당신들을 찾아가잖아."

"그래요. 그 말은 맞습니다."

"예를 들어서, 그들은 보통 어떤 것을 원하지?"

"온갖 것이에요."

"온갖 것이라면?"

가노 크레타는 입술을 살짝 깨물었다. "잃어버린 물건, 운명, 미래…… 뭐든요."

"그리고 당신들은 그걸 안다는 건가?"

"압니다." 하고 가노 크레타는 말했다. 그리고 자신의 관자놀이를 가리켰다. "물론 뭐든 다 아는 것은 아니에요. 하지만 대답의 대부분은 여기에 들어 있어요. 안에 들어가면 돼요."

"우물 속으로 내려간 것처럼?"

"그렇죠."

나는 식탁에 팔꿈치를 대고 천천히 심호흡을 했다.

"혹시 가르쳐 줄 수 있으면, 한 가지 가르쳐 줬으면 하는 게 있는데. 내 꿈속에 당신이 몇 번 나왔어. 그리고 그건 당신의 의사에 따라 의도적으로 그렇게 된 거야. 그렇지?"

"네, 맞아요." 하고 가노 크레타는 말했다. "그건 의도적으로 이뤄진 일입니다. 저는 오카다 씨의 의식 속에 들어가, 거기에서 오카다 씨와 몸을 섞었습니다."

"당신은 그럴 수 있다는 거군?"

"가능합니다. 그건 제 역할의 하나예요."

"나와 당신은 의식 속에서 몸을 섞었다." 하고 나는 말했다. 실제로 말로 하고 나자, 왠지 새하얀 벽에다 대담한 초현실주의 그림을 하나 걸어 놓은 듯한 기분이 들었다. 나는 그 그림이 삐딱하게 걸려 있지는 않은지 멀리서 바라보듯이, 다시 한번 말해 보았다. "나와 당신은 의식 속에서 몸을 섞었다. 하지만 나는 당신에 대해 뭔가를 부탁하지는 않았어. 내가 뭔가를 알고 싶어 한 것은 아니야. 그렇지? 그런데 왜 당신은 군이 나와 그런 행위를 했어야 했지?"

"그렇게 하라고 가노 마르타가 명했기 때문이에요."

"그렇다면, 가노 마르타는 당신을 영매로 사용해 내 의식을 알아보고, 그 안에서 어떤 답을 찾아내려고 했던 거군. 그건 왜지? 와타야 노보루가 의뢰한 일에 관한 답인가, 아니면 구미코가 의뢰한 일에 관한 답인가?"

가노 크레타는 잠시 아무 말도 하지 않았다. 그녀는 망설이는 듯이 보였다. "저는 모릅니다. 자세한 정보는 주어지지 않았어요. 정보를 주지 않는 편이, 영매로서 더 자발적일 수 있기 때문입니다. 저는 그저 통과시킬 뿐이에요. 거기에서 찾아낸 것에 의미를 부여하는 것은 가노 마르타의 역할입니다. 하지만 오카다 씨가 알아주셨으면 하는 건, 가노 마르타는 기본적으로 오카다 씨 편이라는 거예요. 왜냐하면 저는 와타야 노보루 씨를 증오하고 있고, 가노 마르타는 그 무엇보다 저를 위하는 길을 생각하는 인간이기 때문입니다. 가노 마르타는 아마 오카다 씨를 위해 그렇게 하라고 했을 거예요."

"그런데 말이지, 가노 크레타 씨, 난 잘 모르겠지만, 당신들이 등장한 후로 내 주위에서 갖가지 일이 생기기 시작했어. 그런 일들이 모두 당신들 탓이라는 건 아니야. 어쩌면 당신들은 나를 위해 뭔가를 했는지도 모르지. 하지만 분명하게 말해서, 내가 그 일을 통해 행복해졌다고는 도무지 생각되지 않아. 오히려 반대로 많은 것을 잃었어. 많은 것이 나를 떠나가고 말았어. 처음에는 고양이가 없어졌지. 그다음에는 아내가 없어졌고. 구미코는 나중에 편지를 보내서, 다른 남자와 오래도록 잠자리를 같이했다고 털어놓았지. 나는 친구도 없어. 일도 없고, 수입도 없지. 앞날에 대한 가능성도 없거니와 살아가기 위한 목적도 없어. 그게 나를 위한 일일까? 당신들은 나와 구미코에게 대체 무슨 짓을 한 거지?"

"무슨 말씀을 하시는 건지, 물론 잘 알아요. 화가 나시는 것도 당연합니다. 모든 것을 명확하게 설명할 수 있다면 좋겠지만."

나는 한숨을 쉬고, 오른쪽 볼에 생긴 멍을 손으로 만졌다. "뭐, 그건 됐어. 그냥 혼자 중얼거린 말이니까 딱히 신경 쓰지 않아도 돼."

그녀는 내 얼굴을 지그시 보면서 말했다. "지난 몇 달 사이에 오카다 씨 주변에서 많은 일이 생겼죠. 그 점에 대해서는 우리에게 얼마간 책임이 있을지도 모르겠어요. 하지만 그 일들은 빠르든 늦든 언젠가는 일어나야 하는 일이지 않았나 하고 저는 생각합니다. 그리고 언젠가 일어나야 하는 일이라면, 빨리 일어나는 편이 좋지 않았을까요? 저는 정말 그렇게 느끼고 있어요. 아시겠어요, 오카다 씨, 훨씬 더 심한 일이 일어날 수도 있었어요."

가노 크레타는 식료품을 사러 동네 슈퍼마켓에 간다고 하고서 집을 나섰다. 나는 장 볼 돈을 건네고, 밖에 나갈 거면 좀 더 반듯하게 입고 나가는 것이 좋지 않겠느냐고 말했다. 그녀는 고개를 끄덕이고, 구미코 방에 가서 하얀 면 블라우스와 초록색 꽃무늬 치마를 입고 나왔다.

"제가 부인의 옷을 마음대로 입어도, 오카다 씨는 거슬리지 않나요?"

나는 고개를 저었다. "편지에 전부 버리라고 쓰여 있었어. 당신이 입는다고 거슬려 할 사람은 이제 아무도 없어."

옷은 생각했던 대로 가노 크레타의 몸에 아주 딱 맞았다. 신기할 정도로 딱 맞았다. 신발 사이즈까지 똑같았다. 가노 크레타는 구미코의 샌들을 신고 집을 나갔다. 구미코의 옷으로 몸을 감싼 가노 크레타의 모습을 보고 있자니, 또 현실이 조금 방향을 트는 것처럼 느껴졌다. 거대한 여객선이 천천히 방향타를 꺾는 것처럼.

가노 크레타가 나간 후, 나는 소파에 누워 멍하니 마당을 바라보았다. 30분 정도 지나자 가노 크레타는 식료품을 담은 커다란 종이봉투 세 개를 껴안고 택시를 타고 돌아왔다. 그리고 그녀는 나를 위해 햄에그와 정어리 샐러드를 만들어

주었다.

"오카다 씨는 크레타섬에 관심 있으신가요?" 식사를 끝낸 후에 가노 크레타가 불쑥 내게 물었다.

"크레타섬?" 하고 나는 말했다. "지중해에 있는 크레타섬 말이야?"

"네."

나는 고개를 저었다. "모르겠는데, 관심이 있는지 없는지. 크레타섬에 대해서는 생각해 본 적도 없어."

"저와 둘이 크레타섬에 갈 생각은 없으세요?"

"당신과 함께 크레타섬에 간다고?" 하고 나는 되풀이했다.

"사실은 저, 한동안 일본을 떠나 있을 생각이에요. 오카다 씨와 헤어진 다음 혼자 우물 속에 있는 동안, 내내 그 생각을 했어요. 저는 크레타라는 이름을 갖게 되었을 때부터 언젠가는 그 섬에 가려고 생각했어요. 그래서 크레타섬에 관한 책도 여러 가지 읽었고요. 언젠가 그곳에서 생활할 수 있도록 혼자 그리스어 공부도 했어요. 제게는 당분간 생활에 지장이 없을 만큼 저금도 꽤 있어요. 돈에 대해서는 걱정하지 않으셔도 됩니다."

"당신이 크레타섬에 간다는 걸 가노 마르타도 알고 있나 모르겠군."

"아니요, 가노 마르타에게는 아직 아무말도 하지 않았어요. 하지만 제가 가고 싶다고 하면, 언니는 반대하지 않을 거예요. 아마 그녀는 제게 좋은 일이라고 생각하겠죠. 언니는 지난 오 년 동안 저를 영매로 사용했지만, 그건 언니가 저를 그저 도구로 이용했다는 뜻은 아니에요. 그녀는 그렇게 해서, 어떤 의미에서는 저의 회복을 도왔어요. 많은 사람들의 의식과 자아를 저에게 통과시키면 제가 자신을 획득할 수 있을 거라고, 언니는 그렇게 생각한 것 같아요. 이해하시겠어요? 그건 말하자면 자아의 유사 체험 같은 거예요.

생각해 보면 저는 지금까지 아무에게도 '나는 이걸 꼭 하고 싶다.' 하고 똑똑히 말해 본 적이 단 한 번도 없었어요. 사실대로 말하면, '나는 이걸 꼭 하고 싶다.' 하고 생각한 적조차 없습니다. 저는 태어나서부터 줄곧 고통이 중심에 놓인 인생을 보냈어요. 혹독한 고통과 어떻게든 공존하는 것을 유일한 목적으로 살아왔던 것이죠. 그리고 스무 살이 되던 해에 자살에 실패해 그 고통이 사라진 후에는, 대신 깊고 깊은 무감각이 찾아왔습니다. 저는 마치 걸어 다니는 주검 같은 것이었어요. 두꺼운 무감각의 베일이 제 온몸을 뒤덮고 있었어요. 제 생각이라고 할 수 있는 것은 한 톨도 없었습니다. 그리고 저는 와타야 노보루 씨에게 육체를 겁탈당했고, 의식의 뚜껑이 열려 제삼의 저를 획득하게 되었어요. 그런데도 저는 저 자신이 아니었습니다. 저는 꼭 필요한 최소한의 그릇을 갖게 되었을 뿐이었어요. 그저 그릇입니다. 그리고 그릇으로서의 저는, 가노 마르타의 지도하에 여러 자아를 통과시키게 되었어요. 그것이 이십육 년간에 걸친 제 인생입니다. 상상해 보세요. 이십육 년 동안 저는 아무것도 아니었어요. 저는 우물 속에서 혼자 생각하다가, 그 사실을 퍼뜩 깨달았습니다. 저라는 인간은, 이렇게나 오래도록 아무것도 아니었다는 걸 말이죠. 저는 그저 창부에 지나지 않았어요. 저는 육체의 창부이며 의식의 창부였습니다.

하지만 지금 저는, 새로운 저 자신을 획득해 가고 있습니다. 저는 그릇도 통과물도 아니에요. 저는 이 지상에 저 자신을 구축하려 하고 있어요."

"당신이 하는 말은 잘 알겠어. 하지만 왜 나와 같이 크레타섬에 가고 싶은 거지?"

"제게나 오카다 씨에게나 좋은 일이기 때문이에요." 하고 가노 크레타는 말했다. "당분간, 우리 둘 다 여기 있을 필요가 없고, 그렇다면 오히려 없는 편이 좋다는 기분이 들어요. 오카다 씨는 앞으로 무슨 계획 같은 게 있으신가요? 앞으로 어떻게 하실지에 대한 방침 같은 게?"

나는 말없이 고개만 저었다.

"우리는 둘 다, 어디서부터든 새롭게 무언가를 시작해야 해요." 가노 크레타는 내 눈을 보면서 말했다. "그리고 크레타섬에 가는 것은 나쁘지 않은 시작이라고 생각합니다."

"나쁘지 않을지도 모르지." 하고 나는 인정했다. "상당히 갑작스러운 얘기이기는 하지만, 시작으로는 나쁘지 않을 수도 있지."

가노 크레타는 나를 향해 방긋 미소 지었다. 생각해 보니, 가노 크레타가 내게 미소를 지어 보이기는 처음이었다. 그녀가 웃자, 역사가 조금은 옳은 방향을 향해 나아가기 시작한 듯한 기분이 들었다. "아직 시간은 있어요. 지금부터 서둘러 준비를 해도 아마 출발하기까지 이 주일은 걸릴 거예요. 그동안 천천히 생각해 보세요. 제가 오카다 씨에게 뭔가를 해 줄 수 있는지 없는지, 그건 모르겠어요. 지금은 해 줄 수 있는 게 아무것도 없는 것 같아요. 저는 정말 말 그대로 텅 비었기 때문이에요. 그 텅 빈 그릇에, 저는 이제부터 조금씩 내용물을 담아 가려고 해요. 이런 저라도 괜찮다고 하시면, 저는 저 자신을 오카다 씨에게 드릴 수 있어요. 우리는 서로 도울 수 있을 거예요."

나는 고개를 끄덕였다.

"하지만 나는 그 전에 생각해야 할 것도 있고, 정리해야 할 것도 있어."

"만에 하나, 오카다 씨가 크레타섬에 가지 않겠다고 하셔도 저는 마음 상하지 않을 거예요. 아쉽기는 하지만, 그러니까 사양 말고 얘기해 주세요."

가노 크레타는 그 밤도 우리 집에서 지냈다. 그녀는 저녁 때 동네 공원으로 산책을 가지 않겠느냐고 했다. 그래서 얼굴에 난 멍은 잊고 집 밖에 나가 보기로 했다. 나는 그런 것까지 일일이 신경 써 봐야 무슨 소용이 있겠나 하고 생각했다. 우리는 상쾌한 여름날의 저녁에 1시간 정도 산책을 하고 집에 돌아와, 간단하게 저녁을 먹었다.

산책을 하면서 나는 구미코에게 받은 편지의 내용을 가노 크레타에게 자세히 얘기했다. 그녀는 아마 두 번 다시 여기로 돌아오지 않을 것이라고 말했다. 그녀에게 내가 아닌 연인이 있고, 두 달 이상이나 그 남자와 잠자리를 가졌다고. 그 남자와는 이미 헤어진 것 같지만, 그렇다고 내게 돌아올 마음도 없다고. 가노 크레타는 묵묵히 내 얘기를 듣고 있었다. 감상 같은 것도 한마디 하지 않았다. 어쩌면 그녀는 그 일의 경위를 이미 다 알고 있는 듯했다. 아마 내가 가장 아무것도 모르는 인간이리라.

저녁을 먹은 후에 가노 크레타가 나와 자고 싶다고 했다. 나와 육체적인 섹스를 하고 싶다고 했다. 난데없이 그런 말을 해서 나는 어쩔 줄을 몰랐다. "갑자기 그런 말을 하니까 어째야 좋을지 모르겠군." 나는 가노 크레타에게 솔직하게 말했다.

　가노 크레타는 내 얼굴을 물끄러미 보면서 말했다. "오카다 씨가 저와 함께 크레타섬에 가시든 안 가시든, 그와는 무관하게 저는 오카다 씨가 저를 딱 한 번이라도 좋으니까 창부로서 안아 주셨으면 해요. 오늘 밤 여기에서, 오카다 씨가 저의 육체를 사 주셨으면 합니다. 그리고 저는 이를 마지막으로, 의식적으로나 육체적으로나 창부이기를 완전히 그만둘 생각이에요. 저는 가노 크레타라는 이름도 버리려고 합니다. 하지만 그러기 위해서는, 이걸로 끝이라는 눈에 보이는 매듭을 갖고 싶어요."

　"매듭이 필요하다는 건 알겠는데, 왜 나와 자야만 하는 거지?"

　"저는 현실의 오카다 씨와 현실에서 섹스를 함으로써, 오카다 씨라는 인간 속을 통과하고 싶어요. 그곳을 통과해서, 저는 제 안의 부정함에서 해방되고 싶어요. 그게 매듭입니다."

　"저, 미안하지만 나는 타인의 육체를 사지 않아."

　가노 크레타는 입술을 깨물었다. "그럼 이렇게 해요. 돈 대신에 부인의 옷을 몇 벌 주세요. 그리고 구두도. 그게 형식적인 제 육체의 대가입니다. 그럼 되시겠어요? 그렇게 해서 저는 구원될 거예요."

　"당신이 구원된다는 말은, 그러니까 와타야 노보루가 마지막에 당신의 몸에 남긴 부정함으로부터 해방된다는 뜻인가?"

"그래요."

나는 가노 크레타의 얼굴을 잠시 쳐다보았다. 인조 속눈썹을 붙이지 않은 가노 크레타의 얼굴은 평소보다 한결 어린애 같아 보였다. "저, 와타야 노보루는 대체 어떤 사람이지? 그 남자는 사실 내 아내의 오빠야. 그러나 생각해 보면 나는 그 남자에 대해서 거의 아는 게 없어. 그가 무슨 생각을 하는지, 뭘 원하는지…… 나는 전혀 몰라. 내가 아는 것은, 우리가 서로 싫어한다는 것뿐이야."

"와타야 노보루 씨는 오카다 씨와는 전혀 반대되는 세계에 속한 사람입니다." 하고 가노 크레타는 말했다. 그리고 입을 꼭 다문 채 한참이나 말을 찾았다. "오카다 씨가 잃어 가는 세계에서 와타야 씨는 획득해 갑니다. 오카다 씨가 부정되는 세계에서 와타야 씨는 수용되고요. 또 그 반대 경우도 성립합니다. 그래서 더욱이 그 사람은 오카다 씨를 극도로 증오하는 것이죠."

"나는 잘 모르겠군. 그 남자에게 나는 눈에 띄지도 않을 정도로 하찮은 존재일 텐데. 와타야 노보루는 유명하고, 힘도 있어. 그에 비하면 나는 아무것도 없어. 제로야. 그런 인간을 왜 시간 들여 품 들여 증오해야 하는 걸까."

가노 크레타는 고개를 저었다. "증오는 길게 늘어진 어두운 그림자 같은 것이죠. 그 그림자가 어디에서 시작되는지, 대부분의 경우 본인도 모르는 법이에요. 그것은 양날의 칼입니다. 상대를 찌르는 동시에 자신도 찌르죠. 상대를 깊이 찌르는 사람은 자신도 깊이 찌릅니다. 목숨을 잃는 경우도 있어요. 그러나 버리려고 한다고 쉽게 버려지는 것도 아니죠. 오카다 씨도 조심하세요. 정말 위험한 거예요. 한번 마음에 뿌리 내린 증오를 떨쳐 내는 것은 아주 어려운 일입니다."

"당신은 그걸 느낄 수 있는 거군, 와타야 노보루 안에 있던 그 증오의 근원을?"

"느낄 수 있어요." 하고 가노 크레타는 말했다. "그것이 제 몸을 둘로 가르고 더럽혔습니다, 오카다 씨. 그래서 더욱이 저는 그 사람을, 창부였던 저의 마지막 손님으로 삼고 싶지 않은 거예요. 아시겠어요?"

그날 밤에 나는 침대에 들어가 그녀를 안았다. 나는 가노 크레타가 입은 구미코의 옷을 벗기고, 그녀와 섹스를 했다. 차분하고 고요한 섹스였다. 가노 크레타와 몸을 섞고 있자니, 왠지 꿈의 연장 같은 느낌이 들었다. 꿈속에서 가노 크레타와 나눈 행위를 그대로 현실에서 재현하고 있는 듯이 생각되었다. 그러나 그것은 살아 있는 진짜 육체였다. 하지만

무언가가 빠져 있었다. 그것은 이 여자와 확실하게 섹스를
하고 있다는 실감이었다. 나는 가노 크레타와 섹스를 하면
서, 때로 구미코와 섹스를 하고 있는 듯한 착각마저 느꼈다.
나는 사정할 때, 이제 틀림없이 잠에서 깨어나게 될 것이라
고 생각했다. 하지만 잠에서 깨는 일은 없었다. 나는 그녀 안
에 사정했다. 그것은 진짜 현실이었다. 하지만 내가 이것은
현실이라고 인식할 때마다, 현실이 조금씩 현실에서 멀어지
는 듯한 기분이 들었다. 현실이 조금씩 현실에서 비켜나 멀
어져 가는 것이다. 하지만 그럼에도 그건 역시 현실이었다.

"오카다 씨." 하고 가노 크레타가 내 등을 두 팔로 안으면
서 말했다. "둘이 크레타섬에 가요. 제게나 오카다 씨에게
나, 여기는 이제 있을 곳이 아니에요. 우리는 크레타섬에 가
야 해요. 여기 남아 있으면, 오카다 씨에게 언젠가는 반드시
나쁜 일이 일어날 거예요. 난 알아요."

"나쁜 일?"

"아주 나쁜 일이에요." 하고 가노 크레타는 예언했다. 숲
속에 사는 예언하는 새처럼, 조그맣고 청아한 목소리로.

15

올바른 이름,

여름날 아침에 식용유를 뿌려 태운 것,
부정확한 메타포

아침이 오자, 가노 크레타는 이름을 잃은 상태였다.

날이 밝기 조금 전에, 가노 크레타가 나를 살며시 깨웠다.
나는 잠에서 깨어나 눈을 뜨고, 커튼 사이로 비치는 아침
햇살을 보았다. 그리고 침대의 옆자리에서 몸을 일으키고
나를 바라보는 그녀의 모습을 보았다. 그녀가 몸에 걸치고
있는 것은 잠옷 대신 내 낡은 티셔츠가 전부였다. 아침 햇살
속에서, 그 음모가 엷은 색으로 빛나고 있었다.

"저, 오카다 씨. 저는 이제 이름이 없어요." 하고 그녀는
말했다. 그녀는 창부이기를 그만두고, 영매이기를 그만두고,
가노 크레타이기를 그만둔 것이었다.

"알았어, 이제 당신은 가노 크레타가 아니야." 하고 나는 말했다. 그리고 손가락 등으로 눈을 비볐다. "축하해. 당신은 이제 새로운 인간이야. 하지만 이름이 없으니, 앞으로 당신을 뭐라 부르면 좋지? 가령 뒤에서 부를 때 이름이 없으면 곤란하잖아."

그녀는 ─ 어젯밤까지 가노 크레타였던 그 여자는 ─ 고개를 저었다. "모르겠어요. 아마 새로운 이름을 찾아야겠죠. 저는 옛날에는 본명이 있었어요. 그리고 창부로 일할 때는, 이제 두 번 다시 입에 담고 싶지 않지만, 그 일을 위한 가명이 있었어요. 창부를 그만두었을 때는 가노 마르타가 영매로서의 저를 위해 '가노 크레타'라는 이름을 지어 주었어요. 하지만 저는 이제 그 어느 사람도 아니니까, 저를 위한 새로운 이름이 필요해요. 오카다 씨는 생각나는 게 없으세요? 새로운 저에게 어울릴 만한 이름 같은 게."

한참을 생각해 보았지만, 적절한 이름은 생각나지 않았다. "당신이 스스로 찾아야 하지 않겠어. 당신은 이제 새롭고 자립한 인간이니까 말이야. 가령 시간이 오래 걸리더라도, 그렇게 하는 편이 좋을 거야."

"하지만 자신을 위해 올바른 이름을 찾는 것은 쉽지 않은 일이죠."

"물론 간단한 일은 아니지. 이름이란 것은 어떤 경우에는

전부를 나타내니까." 하고 나는 말했다. "어쩌면 나 역시, 당
신과 마찬가지로 이쯤에서 한번 이름을 완전히 잃는 편이
좋을지도 모르겠군. 그런 기분이 들어."

가노 마르타의 동생은 침대에서 몸을 일으키고, 손을 뻗
어 내 오른쪽 볼을 손가락으로 더듬었다. 거기에는 아직 갓
난아기 손바닥만 한 크기의 멍이 있을 것이다.

"만약 오카다 씨가 지금 이름을 잃으면 저는 오카다 씨
를 뭐라고 부르면 좋을까요."

"태엽 감는 새." 하고 나는 말했다. 적어도 내게는 새로운
이름 하나는 있다.

"태엽 감는 새 씨." 하고 그녀가 말했다. 그리고 그 이름
을 공중에 띄우고 잠시 바라보았다. "멋진 이름이네요. 그런
데 어떤 새죠?"

"태엽 감는 새는 실제로 있는 새야. 어떻게 생겼는지는 나
도 모르지만. 실제로 그 모습을 본 적이 없어서. 소리밖에
못 들었어. 태엽 감는 새는 이 근처 나뭇가지에 앉아서 세계
의 태엽을 조금씩 감아. 끼익끼익 하는 소리를 내면서 태엽
을 감지. 태엽 감는 새가 태엽을 감지 않으면, 세계가 움직이
지 않아. 그런데 아무도 그걸 몰라. 세상 사람들은 모두 훨
씬 더 복잡하고 멋들어지고 거대한 장치가 세계를 빈틈없이
움직이고 있다고 생각하지. 하지만 그렇지 않아. 사실은 태

엽 감는 새가 온갖 장소에 가서, 가는 곳곳마다 조금씩 태엽을 감기 때문에 세계가 움직이는 거야. 태엽으로 움직이는 장난감에 달린 것처럼, 간단한 태엽이야. 그 태엽을 감기만 하면 되지. 하지만 그 태엽은 태엽 감는 새 눈에만 보여."

"태엽 감는 새." 하고 그녀가 다시 한번 말했다. "세계의 태엽을 감는 태엽 감는 새 씨."

나는 고개를 들어 사방을 돌아보았다. 낯익은 평소의 방이었다. 지난 사 년에서 오 년 동안, 나는 줄곧 이 방에서 자왔다. 그런데 방이 이상할 정도로 휑하고 넓어 보였다. "아쉽지만, 난 어디로 가야 태엽이 있는지 몰라. 그 태엽이 어떻게 생겼는지도 모르고."

그녀는 내 어깨에 손가락을 올려놓았다. 그리고 그 끝으로 조그만 원을 그렸다.

나는 천장을 향하고 누워, 거기에 난 위 같은 모양의 조그만 얼룩을 오래도록 물끄러미 바라보았다. 그 얼룩은 내 베개 위치의 바로 위에 있었다. 그런 얼룩이 있는 걸 처음 알았다. 대체 언제부터 저기에 얼룩이 있었을까 하고 나는 생각했다. 아마 우리가 살기 전부터 저기 있었으리라. 나와 구미코가 이 침대에서 같이 자는 내내, 조용히 숨죽인 채 우리 바로 위에 들러붙어 있었던 것이다. 그러다 어느 아침에, 나는 불현듯 그 존재를 알아차린 것이다.

나는 바로 옆에서 과거에 가노 크레타였던 여자의 따스한 숨결을 느꼈다. 그 육체의 부드러운 냄새를 맡을 수 있었다. 그녀는 아직도 내 어깨에 조그만 원을 그리고 있었다. 가능하면 손을 내밀어 그녀의 몸을 또 안고 싶었지만, 그게 옳은 일인지 아닌지 판단이 서지 않았다. 상하좌우 관계가 너무도 복잡하게 얽혀 있다. 나는 생각을 포기하고, 그대로 말없이 천장만 바라보았다. 가노 마르타의 동생이 내 몸 위로 몸을 굽히고, 오른쪽 볼에 살짝 키스를 했다. 그녀의 부드러운 입술이 뺨에 닿자, 나는 깊은 전율 같은 것을 느꼈다.

나는 눈을 감고, 세계의 소리에 귀를 기울였다. 어디선가 비둘기 우는 소리가 들렸다. 꾸룩, 꾸룩, 꾸룩 하고 비둘기는 끈질기게 울었다. 그 소리는 세계에 대한 선의로 가득했다. 그것은 여름날의 아침을 축복하고, 사람들에게 하루의 시작을 고하고 있었다. 하지만 그것만으로는 부족하다고 나는 생각했다. 누군가가 태엽을 감지 않으면 안 된다.

"태엽 감는 새 씨." 하고 과거에 가노 크레타였던 여자는 말했다. "당신은 언젠가, 그 태엽을 꼭 찾게 될 거예요."

나는 눈을 감은 채로 물었다. "만약 그렇게 되면, 내가 만약 언젠가 태엽을 찾아서 그걸 감게 되면, 내 주위에 정상적인 생활이 다시 돌아올까?"

그녀는 가만히 고개를 저었다. 그녀 눈에는 희미한 슬픔 같은 것이 소리 없이 어른거렸다. 그것은 하늘 저 위에 떠 있는 한 점 구름처럼 보였다. "저는 몰라요." 하고 그녀는 말했다.

"아무도 모르지." 하고 나는 말했다.

세상에는 모르는 편이 좋은 일도 있는 법입니다, 하고 마미야 중위는 말했다.

가노 마르타의 동생이 미용실에 가고 싶다고 했다. 그녀가 돈을 한 푼도 갖고 있지 않아(말 그대로 알몸으로 우리 집에 왔다.) 내가 돈을 빌려주었다. 그녀는 구미코의 블라우스와 치마를 입고, 구미코의 샌들을 신고 역 근처에 있는 미용실에 갔다. 구미코가 늘 다니는 미용실이었다.

가노 마르타의 동생이 나간 후, 나는 오랜만에 청소기로 바닥 청소를 하고, 밀린 빨래를 세탁기에 돌렸다. 그리고 책상 서랍을 일일이 끄집어내서 안에 든 것을 전부 종이 상자에 털었다. 거기에서 필요한 것만 골라내고 나머지는 다 태울 생각이었지만, 필요한 것은 실제로 거의 없었다. 거기에 있던 거의 대부분이 불필요한 물건이었다. 옛 일기, 답장을 쓰려고 하고서 오래도록 끝내지 못한 편지, 일정이 자잘하게 적혀 있는 옛날 수첩, 내 인생을 스쳐 지나간 사람들의 이름이 죽 적혀 있는 주소록, 신문과 잡지에서 오려 낸 색

바랜 종이 쪼가리, 사용 기간이 끝난 수영장 회원증, 카세트의 사용 설명서와 보증서, 반 다스 정도 되는 쓰다 만 볼펜과 연필, 메모지에 적은 누군가의 전화번호.(지금은 누구의 전화번호인지도 모르는) 그런 다음 나는 상자에 담아 벽장에 보관하던 옛날 편지를 전부 태웠다. 편지의 절반 가까이는 구미코에게 받은 것이었다. 우리는 결혼 전에 자주 편지를 주고받았다. 봉투에 구미코의 예의 자잘하고 꼼꼼한 글자가 나란했다. 그녀의 필체는 칠 년 전부터 거의 변하지 않았다. 잉크 색까지 똑같았다.

나는 종이 상자를 들고 마당에 나가, 그 위에 식용유를 뿌리고 성냥으로 불을 붙였다. 상자는 훨훨 타오르기는 했지만, 그렇게 많은 것들이 재로 변하기까지는 생각보다 긴 시간이 걸렸다. 바람 잔 날이어서, 하얀 연기는 지면에서 곧장 여름 하늘로 피어올랐다. 연기가 『잭과 콩나무』에 나오는, 구름 위까지 뻗은 거대한 나무처럼 보였다. 그 연기를 따라 죽죽 올라가면, 저 위쪽에 나의 과거가 다같이 모여 즐겁게 사는 조그만 세계가 있을지도 모른다. 나는 마당의 돌 위에 걸터앉아 땀을 닦으면서 연기가 피어오르는 곳을 지그시 바라보았다. 오후가 한층 더울 거라고 예고하는 무더운 여름의 아침이었다. 티셔츠는 땀에 젖어 몸에 들러붙었다. 옛 러시아 소설에서는 편지를 대개 겨울밤에 벽난로에다 태운

다. 여름날 아침에 마당에서 식용유를 뿌려 태우지 않는다. 하지만 우리의 이 멋없고 리얼리스틱한 세계에서는, 여름 아침에 땀을 뻘뻘 흘리며 편지를 태우는 일도 있다. 세상에는 좋아하고 하고 싶은 일만 할 수 없는 경우도 있다. 겨울이 올 때까지 기다릴 수 없는 경우도 있다.

거의 타서 불길이 잦아들자, 나는 양동이에 퍼 온 물을 끼얹어 불을 껐다. 그리고 남은 재는 신발 바닥으로 짓뭉갰다.

내 물건을 처리한 다음, 이번에는 구미코 방에 가서 그녀의 책상 속을 뒤져 보았다. 구미코가 집을 나간 후에도 나는 거기에 뭐가 들었는지 살펴보지 않았다. 예의에 어긋나는 일이 아닐까 하는 생각이 들어서였다. 하지만 두 번 다시 돌아오는 일은 없다고 본인이 말했으니, 내가 서랍을 비운다 한들 구미코는 신경 쓰지 않을 것이다.

집을 나가기 전에 책상 속을 완전히 정리했는지, 서랍은 거의 텅 비어 있었다. 남아 있는 것이라고는 새 편지지와 봉투, 상자에 든 페이퍼클립, 자와 가위, 볼펜과 연필이 합해서 반 다스, 그 정도였다. 언제든 나갈 수 있도록, 미리 정리했는지도 모른다. 구미코의 존재가 느껴지는 것은 무엇 하나 남아 있지 않았다.

구미코는 내가 보낸 편지를 어떻게 했을까? 내가 보관하고 있던 것과 엇비슷한 수의 편지를 그녀도 갖고 있었을 것이다. 그리고 그 편지는 어딘가에 보관되어 있었을 것이다. 하지만 어디에도 보이지 않았다.

그다음 욕실에 가서 화장품을 전부 과자 상자에 담았다. 립스틱, 클렌징크림, 향수, 머리핀, 아이브로 펜슬, 화장솜, 로션, 그 외에 뭐가 뭔지 모를 것들을 죄다 모아 과자 상자에 던졌다. 그렇게 많은 양은 아니었다. 구미코는 화장에 열심인 편은 아니었다. 그리고 구미코가 사용했던 칫솔과 치실을 버렸다. 샤워 캡도 버렸다.

그 정도 작업을 하고 나자 완전히 지쳐 버렸다. 나는 부엌 의자에 앉아 물을 벌컥벌컥 마셨다. 그 외에 구미코가 남기고 간 것은, 그렇게 크지 않은 책꽂이 하나분의 책과 옷이었다. 책은 정리해서 헌책방에 팔면 된다. 문제는 옷이었다. 구미코는 편지에 적당히 처분하라고 썼다. 두 번 다시 입을 생각이 없으니까 하고. 하지만 구체적으로 어떻게 '적당히' 처분하면 좋은지는 가르쳐 주지 않았다. 헌옷 가게에 팔면 되는 것인지, 비닐봉투에 담아 쓰레기와 함께 버리면 되는지, 원하는 사람에게 주면 되는지, 구세군에게 기부하면 되는지. 하지만 그 어느 것도 나는 '적당한' 방법이라고 생각되지 않았다. 뭐, 됐어, 서두를 건 없지 하고 나는 생각했다. 당분간 이대로 놔두어도 된다. 가노 크레타(과거에 가노 크레타였던 여자)가 입을지도 모르고, 또는 구미코가 마음을 바꿔 가지러 올지도 모른다. 있을 수 없는 일이지만, 누가 그런 걸 단언할 수 있을까? 내일 무슨 일이 생길지는 아무도 모른다. 모레 일은 더더욱 모른다. 아니, 그런 말을 하자면 오늘 오후에 무슨 일이 생길지조차 알 수 없다.

과거 가노 크레타였던 여자가 미용실에서 돌아온 것은 점심때가 되기 조금 전이었다. 새 머리는 놀랄 만큼 짧아 가장 긴 머리가 기껏해야 3, 4센티미터밖에 되지 않았다. 그 짧은 머리는 헤어크림으로 반듯하게 정리되어 있었다. 화장도 완전히 지운 탓에, 처음에는 누군지 알아보지 못했을 정도였다. 아무튼 그녀는 이제 재클린 케네디처럼 보이지 않았다.

나는 그녀의 새로운 헤어스타일을 칭찬했다. "훨씬 더 자연스럽고, 젊어 보여. 그런데 어째 다른 사람이 된 것 같은 기분인데."

"사실 다른 사람이 된 걸요." 하고 그녀는 말하고 웃었다.

점심을 같이 먹자고 했지만, 그녀는 고개를 옆으로 저었다. 이제부터 혼자 해야 할 일이 여러 가지로 많다고 했다.

"저, 오카다 씨. 태엽 감는 새 씨." 하고 그녀가 내게 말했다. "이렇게 해서 그럭저럭, 새로운 인간으로서의 첫발은 내디뎠다고 생각해요. 우선 집에 돌아가 언니와 충분히 얘기를 나누고, 그다음에는 크레타섬에 갈 준비를 할 거예요. 여권을 만들고, 비행기 표도 알아보고, 짐도 정리하고. 저는 그런 일에는 전혀 익숙하지 않아서 뭘 하면 좋을지 잘 몰라요. 지금까지 저는 여행을 단 한 번도 해 본 적이 없거든요. 도쿄를 벗어난 적조차 없어요."

"당신은 아직도 나와 함께 크레타섬에 가도 좋다고 생각해?" 하고 나는 물어보았다.

"물론이죠." 하고 그녀는 말했다. "제게나 오카다 씨에게나, 그게 최선이라고 생각해요. 그러니까 오카다 씨도 그 여행에 대해서 잘 생각해 보세요. 이건 아주 중요한 일이에요."

"잘 생각해 볼게." 하고 나는 말했다.

과거 가노 크레타였던 여자가 돌아간 다음, 나는 새 폴로 셔츠를 입고 긴 바지를 입었다. 멍이 눈에 띄지 않도록 선글라스도 끼었다. 그리고 강한 햇살 속을 걸어 역에 가서, 오후의 텅 빈 전철을 타고 신주쿠로 갔다. 기노쿠니야 서점에서 그리스 여행 안내서를 두 권 사고, 이세탄 백화점의 가방 매장에 가서 중형 여행 가방을 하나 샀다. 쇼핑은 그렇게만 하고 눈에 띄는 레스토랑에 들어가 점심을 먹기로 했다. 웨이트리스는 몹시 퉁명스럽고 불친절했다. 나는 퉁명스럽고 불친절한 웨이트리스에 대해서는 꽤 잘 안다고 생각했는데, 그렇게까지 퉁명스럽고 불친절한 웨이트리스는 처음 보았다. 그녀는 나라는 인간도, 내가 주문한 것도 철두철미하게 마음에 들지 않는 듯했다. 내가 메뉴를 보면서 뭘 먹을지 생각하는 동안, 그녀는 마치 불길한 제비라도 뽑은 눈초리로 내 얼굴의 멍을 빤히 쳐다보았다. 나는 그녀의 시선을 계속 볼 위에 느끼고 있었다. 맥주를 작은 병으로 주문했는데, 잠시 후에 나온 것은 큰 병이었다. 하지만 별말 하지 않았다. 거품이 나는 시원한 맥주를 가져다 준 것만 해도 감사해야 할 것이다. 많다 싶으면 절반만 마시고 남기면 될 일이다.

식사가 나올 때까지 맥주를 마시면서 여행 안내서를 읽었다. 크레타섬은 그리스 중에서도 가장 아프리카에 가깝고 길쭉하게 생긴 섬이었다. 섬에 철도는 없고, 여행자들은 대개 버스로 이동한다. 가장 큰 도시는 이라클리온, 그 근처에는 미로로 유명한 크노소스 궁전의 유적이 있다. 주요 산업은 올리브 재배이고, 와인도 유명하다. 바람이 센 지역이라 풍차가 많다. 터키로부터의 독립은 다양한 정치적 이유로 그리스에서 가장 늦었고, 그 때문에 풍토와 습관이 그리스의 다른 지역과 다소 결이 다르다. 상무 정신이 투철하고, 2차 세계대전 중에 독일군을 상대로 벌인 치열한 레지스탕스 운동으로 알려져 있다. 카잔차키스는 크레타섬을 무대로 한 장편 소설『그리스인 조르바』를 썼다. 내가 크레타섬에 대한 안내서에서 얻을 수 있는 지식은 대략 그 정도였다. 그 섬의 실제 생활이 어떤지에 대해서는 알 길이 없었다. 그도 그럴 것이다. 여행 안내서란 어디까지나 그곳을 지나가는 사람들을 위한 책이지, 이제부터 거기에 눌러앉아 살려는 사람을 위해 쓰인 것이 아니다.

나는 자신이 과거에 가노 크레타였던 여자와 둘이 그리스에서 생활하는 모습을 상상해 보았다. 우리는 과연 어디에서 어떤 생활을 하게 될까. 우리는 어떤 집에서 살고, 어떤 것을 먹을까. 아침에 일어나면 뭘 하고, 어떤 얘기를 하며 하루를 지낼까. 그리고 그 생활이 과연 앞으로 몇 달, 몇 년이나 계속될까? 내 머리에는 이미지라고 할 수 있는 것이 전혀 떠오르지 않았다.

하지만 이 생각이 비유 같은 것이더라도, 나는 이대로 크레타섬에 가 버릴 수도 있다, 하고 나는 생각했다. 나는 아무튼 크레타섬에 가서, 과거에 가노 크레타였던 여자와 둘이 생활할 수도 있다. 나는 테이블에 놓인 여행 안내서 두 권과 발 옆에 놓인 새 여행 가방을 번갈아 잠시 쳐다보았다. 그것들은 구체적인 형태를 지닌 나의 가능성이었다. 나는 그 가능성이라는 개념을 눈에 보이는 형태로 전환하기 위해, 일부러 시내까지 나가서 안내서와 여행 가방을 샀다. 그리고 보면 볼수록, 그 가능성은 매력적이었다. 모든 것을 전부 내던지고, 여행 가방 하나만 들고 미련 없이 이곳을 떠나면 된다. 간단한 일이다.

내가 일본에 남아 할 수 있는 일이 있다면, 집에 틀어박혀 구미코가 돌아오기를 꼼짝 않고 기다리는 것 정도다. 아니, 구미코는 절대 돌아오지 않는다. 나를 기다리지 말라고, 찾지 말라고 그녀는 편지에 분명하게 썼다. 물론 그녀가 뭐라고 하든, 내게는 그녀를 계속해서 기다릴 권리가 있다. 그러나 그렇게 하면 나는 점차 마모되어 갈 것이다. 훨씬 더 고독해질 것이고, 훨씬 더 어찌할 바를 모르고, 훨씬 더 무력해질 것이다. 문제는 여기서는 아무도 나를 필요로 하지 않는다는 것이었다.

아마 이대로 가노 마르타의 동생과 크레타섬으로 가야하지 않을까. 그녀가 말했듯이, 그렇게 하는 것이 나와 그녀에게 최선일 것이다. 나는 발 옆에 놓여 있는 여행 가방을 다시 한번 빤히 쳐다보았다. 내가 그 여행 가방을 들고, 가노 마르타의 동생과 함께 이라클리온 공항(크레타섬의 공항 이름이다.)에 내리는 광경을 상상해 보았다. 어느 한 마을에 정착해 생활하고, 생선을 먹고, 새파란 바다에서 수영하는 장면을 상상해 보았다. 하지만 그림엽서 같은 그런 두서없는 공상을 거듭하는 사이에 가슴속에 딱딱한 구름 같은 것이 점점 퍼져 나갔다. 한 손에 새 여행 가방을 들고 쇼핑객들로 혼잡한 신주쿠 거리를 걸으면서, 나는 공기구멍에 뭔가 끼인 듯한 갑갑함을 계속 느끼고 있었다. 자신의 팔다리를 정확하게 잘 움직이지 못하고 있는 듯한 기분이 들었다.

　레스토랑에서 나와 길을 걸을 때, 내가 들고 있던 여행 가방이 앞쪽에서 성큼성큼 걸어오던 남자의 다리에 부딪쳤다. 덩치가 큰 그 젊은 남자는 회색 티셔츠를 입고 야구 모자를 쓰고 있었다. 귀에는 이어폰을 꽂고 있었다. 나는 그 남자에게 "죄송합니다." 하고 사과했다. 그러나 남자는 아무 대꾸 없이 모자를 고쳐 쓰더니, 팔을 앞으로 쭉 뻗는 식으로 내 가슴팍을 힘껏 쳤다. 조금도 예상치 못한 일이었다. 나는 비틀거리다 넘어져 건물 벽에 머리를 부딪쳤다. 남자는 내가 쓰러지는 것을 확인하고는, 표정 하나 변하지 않은 채 그대로 걸어가 버렸다. 순간적으로 뒤를 쫓아갈까 하고 생각했지만, 생각을 바꿨다. 그래 봐야 소용없다. 나는 일어나 한숨을 쉬고, 바지에 묻은 흙을 털었다. 그리고 여행 가방을 다시 들었다. 누군가가 내가 떨어뜨린 책을 주워 건네주었다. 챙이 거의 없는 동그란 모자를 쓴 자그마한 노부인이었다. 그것은 아주 신기한 모양의 모자였다. 내게 책을 건넬 때, 그녀는 말은 하지 않고 고개만 잘게 흔들었다. 그 노부인의 모자와 동정적인 표정을 보자니, 나는 의미도 없이 불쑥 태엽 감는 새가 떠올랐다. 어딘가의 숲속에 있을 태엽 감는 새가.

한동안 머리가 아팠지만, 부상이라고 할 정도는 아니다. 머리 뒤에 조그만 혹이 생겼을 뿐이다. 이런 데서 어슬렁거리지 말고 빨리 집에 가는 편이 좋겠군 하고 나는 생각했다. 그 고요한 골목으로 돌아가는 편이.

마음을 진정시키려고 역 매점에서 신문과 레몬 사탕을 샀다. 주머니에서 지갑을 꺼내 값을 치르고, 신문을 옆구리에 끼고 개찰구로 걸어가는데 뒤에서 여자 목소리가 들렸다. "저기요, 오빠." 하고 그 여자는 외쳤다. "거기 가는 키가 크고, 얼굴에 멍 있는 오빠!"

그것은 나를 부르는 소리였다. 매점 판매원이 나를 부르고 있었다. 나는 이유를 모른 채 되돌아갔다.

"거스름돈을 안 받아 갔어요." 하고 그녀는 말했다. 그리고 1000엔에서 남은 거스름돈을 내게 건넸다. 나는 고맙다고 하고서 그걸 받아들었다.

"멍이라고 말해서 미안해요." 하고 그녀는 말했다. "달리 어떻게 불러야 할지 몰라서 그만."

괜찮다는 식으로 나는 얼굴에 간신히 미소를 띠고 고개를 저었다.

그녀는 내 얼굴을 보았다. "굉장히 땀을 많이 흘리고 있는데, 괜찮아요? 어디 안 좋아요?"

"너무 더워서, 걷다가 땀을 흘렸을 뿐입니다. 고마워요."

하고 나는 말했다.

나는 전철을 타고 가면서 신문을 읽었다. 그때는 잘 몰랐는데, 신문을 손에 들기는 정말 오랜만이었다. 우리는 신문을 구독하지 않았다. 구미코가 전철을 타고 출근하는 도중에 기분 내키면 역의 매점에서 아침 신문을 사고는, 나를 위해 그걸 집에 가져왔다. 그리고 다음 날 아침이 되면 나는 전날 신문을 읽었다. 신문을 읽는 것은 구인란을 읽기 위해서였다. 그런데 구미코가 없어지자, 신문을 사서 갖다 주는 사람도 없어졌다.

신문에는 나의 관심을 끌 만한 것은 전혀 쓰여 있지 않았다. 1면에서 마지막 면까지 죽 훑어보았지만, 거기에 내가 반드시 알아야 할 것은 하나도 없었다. 신문을 접고 천장에 걸린 주간지 광고를 순서대로 보다가, 와타야 노보루라는 글자에 시선이 멈췄다. 꽤 큰 글자로 '와타야 노보루 씨의 정계 진출이 던지는 파문'이라고 쓰여 있었다. 나는 그 '와타야'라는 글자를 한참이나 빤히 올려다보았다. 역시 진짜였군. 저 남자는 정말로 정치가가 될 생각이야. 이거 하나만으로도 일본을 떠날 가치는 있을 것 같군 하고 나는 생각했다.

나는 역에서 텅 빈 여행 가방을 들고 버스를 타고 집에 돌아왔다. 허물 같은 집이었지만, 그래도 집에 돌아오니 마음이 놓였다. 잠시 쉬다가 샤워를 하려고 욕실에 들어갔다.

욕실 안에 이미 구미코의 흔적은 남아 있지 않았다. 칫솔도 샤워 캡도, 화장품도 하나도 남김없이 사라졌다. 거기에는 이미 스타킹도 팬티도 널려 있지 않았고, 그녀 혼자 쓰는 샴푸도 없었다.

욕실에서 나와 수건으로 몸을 닦는데, 와타야 노보루 기사가 실린 주간지를 사 올걸 그랬나 하는 생각이 불현듯 스쳤다. 거기에 과연 뭐라고 쓰여 있을지 점점 궁금해진 것이다. 나는 고개를 저었다. 와타야 노보루가 정치가가 되고 싶다면, 되면 그만이다. 이 나라에서 누군가가 정치가가 되고 싶어 한다면 될 권리가 있다. 게다가 구미코가 내 곁을 떠나간 일로 나와 와타야 노보루와의 관계는 실질적으로 단절되었다. 앞으로 그 남자가 어떤 운명의 길을 걷든 내 알 바가 아니다. 내가 앞으로 어떤 운명의 길을 걷든 와타야 노보루가 알 바가 아닌 것처럼. 잘된 일이다. 애당초 처음부터 그랬어야 했다.

하지만 나는 그 주간지의 제목을 도저히 머리 밖으로 쫓아낼 수가 없었다. 오후 내내 벽장과 부엌의 물건을 정리했지만, 아무리 다른 생각을 하고 몸을 바쁘게 움직여도, '와타야 노보루'라는 광고의 커다란 활자가 강렬한 잔상으로 남아 눈앞에 아른거렸다. 그것은 마치 아파트 옆방에서, 벽을 통해 들려오는 먼 전화벨 소리 같았다. 아무도 받지 않아 전화는 한없이 한없이 울려 댔다. 나는 그런 것은 존재하지 않는다고 생각하려 했다. 들리지 않는 척 하려고 했다. 하지만 소용없었다. 나는 포기하고 동네 편의점까지 걸어가, 그 주간지를 사 왔다.

부엌 의자에 앉아 아이스티를 마시면서 기사를 읽었다. 경제학자이며 평론가로 유명한 와타야 노보루 씨가 다음 중의원 선거에서 니가타 ○○구의 후보로 나설 가능성을 구체적으로 검토하고 있다고 쓰여 있었다. 와타야 노보루의 상세한 경력도 실려 있었다. 학력, 저서, 지난 몇 년 동안 매스컴에서 보였던 활약상. 큰아버지는 니가타 ○○구에서 선출된 중의원 의원, 와타야 요시타카 씨다. 와타야 씨는 건강상의 이유로 은퇴를 표명했지만, 달리 내세울 만한 유력한 후계자가 없다는 점에서 이대로 순조롭게 일이 진행되면 조카와타야 노보루 씨가 그 선거구를 인계하게 될 것이라는 견해가 힘을 얻고 있다. 만약 그렇게 되면, 현 와타야 의원의 강력한 지반과, 와타야 노보루 씨의 지명도와 젊음으로 보아 와타야 노보루 씨의 당선은 확실할 것이라고 쓰여 있었다. "노보루 씨가 출마할 가능성은 99퍼센트라고 할 수 있겠죠. 상세한 조건은 추후 교섭을 통해 정리가 되겠지만, 본인도 출마할 의향이 충분히 있는 듯하니 결국은 그렇게 되지 않을지요." 하고 그 지역의 '어느 유력자'는 말했다.

와타야 노보루의 담화도 실려 있었다. 꽤 긴 담화였다. 아직 정식으로 출마를 결심한 것은 아니다, 하고 그는 말했다. 그런 얘기가 오가고 있는 것은 사실이다. 그러나 내게도 생각이 있고, 나와 달라고 해서 알겠다, 그럼 나가겠다고 간단히 대답할 수 있는 문제가 아니다. 자신이 정치 세계에서 추구하는 것과, 그쪽에서 내게 원하는 것 사이에는 상당한 괴리가 있을지도 모른다. 그러니 앞으로 조금씩 의견을 조율하고 조정하게 될지도 모른다. 그러나 쌍방이 충분히 납득한 상황에서 정말 중의원 선거에 출마하게 되면, 나는 무슨 일이 있어도 반드시 당선할 생각이고, 당선한 뒤에도 그저 신인이라는 명함만 가진 의원이 될 생각은 없다. 나는 아직 서른일곱 살이고, 지금 정치가로서의 삶을 선택하게 되면 앞으로 나아가야 할 길이 멀다. 확실한 비전을 갖고 있으며, 그것을 사람들에게 읍소할 힘도 갖고 있다. 나는 상당히 장기적인 전망과 전략을 기초로 행동할 것이다. 목표는 일단 앞으로의 십오 년에 있다. 20세기가 끝나기 전에 나는 반드시, 정치가로서 이 일본이라는 나라의 명확한 아이덴티티 확립을 추진할 수 있는 위치에 설 생각이다. 그것이 당장의 목표이다. 내가 지향하는 것은 현재 세계 정치의 변경 상태에 있는 일본을 정치적으로나 문화적으로나 모델의 위치로 끌어올리는 것이다. 바꿔 말해서, 일본이라는 국가의 틀을 새롭게 짜는 것이다. 위선의 방출이며, 논리와 윤리의 확립이다. 필요한 것은 명료하지 않은 글귀와 출구 없는 레토릭이 아니라, 실질적으로 제시할 수 있는 명확한 이미지이다. 우리는 그 같은 명확한 이미지를 구성해야 할 시기에 와 있고, 그 같은 국민적, 국가적 합의를 구축하는 것이야말로 지금 정치가에게 강력하게 요구되는 일이다. 지금 우리의 이념 없는 정치는 언젠가는 이 나라를 조류를 타고 떠다니며 흔들리는 거대한 해파리 같은 존재로 만들 것이다. 나는 이상론이나 꿈에는 관심이 없다. 내가 말하고 있는 것은 '반드시 그렇게 되어야 하는 것'이며, 그렇게 되어야 하는 것은 무슨 일이 있어도 그렇게 되어야 한다. 나는 그러기 위한 구체적인 정책안을 갖고 있으며, 그것은 상황의 진행에 따라 앞으로 밝혀지게 될 것이다.

주간지 기사는 와타야 노보루에게 대략 호의적으로 쓰여 있었다. 와타야 씨는 머리가 잘 돌아가는 유능한 정치·경제 평론가이며, 그 설득력 있는 언변은 오래전부터 잘 알려져 있다. 젊고 학력도 좋고, 정치가로서의 장래도 유망할 것이다. 그런 의미에서 와타야 씨가 말하는 '장기적인 전략'도 꿈같은 얘기라고만은 할 수 없는 현실성을 갖고 있다. 다수의 유권자도 그의 출마를 환영하고 있다. 보수적인 선거구에서는 이혼 경력이 있으며 독신이라는 점이 다소 문제가

되겠지만, 젊은 나이와 유능함이 그 감점 요소를 보충하고
도 남을 것이다. 여성 유권자의 표도 많이 얻을 수 있을 것
으로 본다. '다만' 하고 그 기사는 다소 신랄한 어조로 끝을
맺었다. '와타야 씨가 큰아버지의 선거구 지반을 그대로 이
어받아 출마한다는 것은 본인이 비판하는 '이념 없는 정치'
에 편승하는 것이 아니냐 하는 시각도 가능하다. 와타야 씨
의 고매한 정견은 나름의 설득력을 갖고 있지만, 그것이 실
제 정치 활동에서 어느 정도 유효할지는 앞으로의 동향을
보아 판단할 수밖에 없을 것이다.'

　나는 와타야 노보루 관련 기사를 읽은 다음 그 주간지를
부엌 쓰레기통에 버렸다. 그리고 크레타섬에 가기 위해 필요
한 옷가지와 잡다한 것을 일단 여행 가방에 담아 보았다. 크
레타섬의 겨울이 어느 정도 추울지 도통 짐작이 가지 않았
다. 지도를 보니, 크레타섬은 아프리카 가까이에 있었다. 하
지만 아프리카도 장소에 따라 겨울에 상당히 춥기도 하다.
나는 가죽점퍼를 꺼내 여행 가방에 넣었다. 그리고 스웨터
와 바지를 각각 두 벌, 긴소매 셔츠 두 장과 반소매 셔츠 세
장, 트위드 재킷, 티셔츠와 짧은 바지, 양말과 팬티, 모자와
선글라스, 수영복, 수건, 여행용 세면도구 세트를 담았다. 그
랬는데도 여행 가방의 절반밖에 차지 않았다. 하지만 그 이

상 딱히 필요한 것이 생각나지 않았다.

일단 그렇게만 넣고 뚜껑을 닫고 나자, 이제 정말 일본을 떠나려 한다는 실감이 들었다. 나는 이 집을 떠나고, 이 나라를 떠나려 한다. 나는 레몬 사탕을 우물거리면서 새 여행 가방을 잠시 바라보았다. 그리고 구미코가 집을 나갈 때 여행 가방조차 들고 가지 않았다는 것을 문득 떠올렸다. 그녀는 조그만 숄더백과 역 앞 세탁소에서 찾은 블라우스와 스커트만 갖고, 맑은 여름날 아침에 여기를 떠났다. 그녀가 들고 있던 짐은 여기 든 내 짐보다 훨씬 적었다.

그리고 나는 해파리를 생각했다. 와타야 노보루는 '지금 우리의 이념 없는 정치는 언젠가는 이 나라를 조류를 타고 떠다니며 흔들리는 거대한 해파리 같은 존재로 만들 것이다.' 하고 말했다. 와타야 노보루는 진짜 해파리를 가까이에서 보고 관찰한 적이 과연 있을까. 아마 없을 것이다. 나는 있다. 수족관에서 싫기는 했지만, 구미코를 따라 전 세계의 해파리를 내 두 눈으로 보았다. 구미코는 수족관 하나하나 앞에 서서, 거의 말 한마디 않은 채 넋을 잃고 해파리의 유려하고 정묘한 움직임을 쳐다보았다. 첫 데이트인데, 그녀는 내가 옆에 있는 것조차 까맣게 잊어버린 듯했다.

정말 다양한 종류에 다양한 모양에 다양한 크기의 해파리가 있었다. 빗해파리, 오이빗해파리, 띠빗해파리, 유령해파리, 무럼해파리…… 구미코는 그런 해파리들에게 완전히 푹 빠져 있었다. 내가 그 후에 해파리 도감을 사서 구미코에게 선물했을 정도였다. 와타야 노보루는 아마 모르겠지만, 어떤 유의 해파리에게는 뼈도 있고 근육도 있다. 산소 호흡을 하고 배설도 한다. 정자와 난자도 있다. 그리고 그들은 촉수와 갓을 사용해서 아름답게 움직인다. 조류에 휩쓸려 그저 흐물흐물 흔들리는 게 아니다. 절대 해파리를 변호하려는 뜻은 없다. 하지만 그들에게도 그들 생명에 대한 나름의 의사는 있다.

이봐, 와타야 노보루, 하고 나는 말했다. 당신이 정치가가 되는 건 상관 안 해. 그건 물론 당신 마음이니까, 내가 뭐라고 할 문제가 아니지. 하지만 이 한마디는 해야겠군. 부정확한 메타포를 사용해서 해파리를 모욕하는 건 잘못된 일이야.

밤 9시 넘어 갑자기 전화벨이 울렸다. 하지만 나는 한동안 수화기를 들지 않았다. 테이블 위에서 계속 울리는 전화를 물끄러미 바라보면서, 대체 누구일까 하고 생각했다. 이번에는 누가 내게 뭘 원하는 것일까?

그러다 누구인지를 알았다. 그 전화 속 여자다. 왠지는 모르지만, 나는 확신할 수 있었다. 그녀는 그 기묘하고 어두운 방에서 나를 원하고 있는 것이다. 거기에는 지금도, 끈끈하고 무거운 꽃향기가 떠다니고 있다. 거기에는 지금도 그녀의 격렬한 성욕이 있다. '뭐든 해 줄게. 당신의 부인이 해 주지 않은 것도.' 결국 나는 수화기를 들지 않았다. 전화벨은 열 번을 울린 후에 일단 끊겼다가, 다시 울리기 시작해 열두 번 울렸다. 그러고서야 침묵했다. 그 침묵은 벨이 울리기 전에 있던 침묵보다 한결 깊었다. 심장이 큰 소리를 내며 쿵쿵 뛰었다. 나는 오래도록 자신의 손가락을 바라보고 있었다. 심장에서 내보내는 내 피가 시간의 흐름과 함께 손가락 끝까지 도는 광경을 떠올렸다. 그리고 두 손으로 가만히 얼굴을 감싸고, 깊은 한숨을 쉬었다.

침묵 속에서 재깍 재깍 하는 메마른 시계 소리만 온 방에 울렸다. 침실에 가서 바닥에 앉아 새 여행 가방을 또 잠시 바라보았다. 크레타섬이라, 하고 나는 생각했다. 미안하지만 나는 역시 크레타섬에 가야겠어. 오카다 도오루라는 이름을 안고 여기에 사는 것에 좀 지쳤어. 나는 과거에 오카다 도오루였던 남자로서, 과거에 가노 크레타였던 여자와 크레타섬에 가기로 하겠어, 나는 실제로 소리 내어 그렇게 말해 보았다. 하지만 누구를 향해 일부러 그런 말을 하는지는 나 자신도 알 수 없었다. 누군가다.

재깍 재깍 재깍 재깍 재깍 재깍 하고 시계는 시간을 새겼다. 그 소리는 내 심장이 뛰는 소리와 맞물려 움직이는 듯했다.

16

가사하라 메이의 집에서 생긴 유일한 나쁜 일,

가사하라 메이의 흐물흐물한
열원에 대한 고찰

"저요, 태엽 감는 새 아저씨." 하고 그 여자는 말했다. 나
는 수화기에 귀를 대면서 시계를 보았다. 오후 4시였다. 전화
벨이 울렸을 때, 나는 소파에 누워 땀을 흥건히 흘리며 자고
있었다. 짧고, 불쾌한 잠이었다. 자는 동안 마치 누가 내 몸
위에 계속 걸터앉아 있었던 것 같은 감촉이 몸에 남아 있었
다. 그 누군가는 내가 잠들기를 기다렸다가 다가와 거기 앉
아서는, 눈을 뜨기 조금 전에 일어나 어딘가로 가 버렸다.

"여보세요." 하고 그 여자는 조그맣게, 속삭이는 듯한 목
소리로 말했다. 그 목소리는 희박한 공기를 통해 들려오는
것 같았다. "가사하라 메이인데요."

318

"어." 하고 나는 말했다. 입의 근육이 아직 잘 움직이지 않아 상대에게 어떤 식으로 들렸는지는 알 수 없지만, 아무튼 그렇게 말했다. 어쩌면 그저 웅얼거리는 신음으로 들렸을지도 모른다.

"지금 뭐 하고 있었어요?" 하고 그녀는 슬쩍 떠보듯이 물었다.

"아무것도 안 했는데." 하고 나는 말했다. 그리고 수화기를 귀에서 떼고 헛기침을 했다. "아무것도 안 했어. 그냥 낮잠을 자고 있었어."

"내가 깨운 건가요?"

"깨우기야 했지만, 뭐 상관없어. 어차피 낮잠이니까."

가사하라 메이는 무언가를 망설이듯 잠시 틈을 둔 다음에 말했다. "있죠, 태엽 감는 새 아저씨, 괜찮으면 지금 우리집에 오지 않을래요?"

나는 눈을 감았다. 눈을 감자, 어둠 속에 여러 가지 색과 여러 모양의 빛이 떠다녔다.

"좋아."

"나 마당에 누워서 일광욕하고 있으니까, 뒤로 그냥 들어올래요?"

"알았어."

"저, 아저씨, 나 때문에 화났어요?"

"잘 모르겠는데." 하고 나는 말했다. "아무튼 지금 샤워한 다음에 옷 갈아입고 갈게. 하고 싶은 얘기도 있으니까."

차가운 물로 한 차례 샤워를 해서 머리를 개운하게 한 다음에 뜨거운 물로 샤워를 했다. 그리고 마지막에는 또 차가운 물을 끼얹었다. 그제야 눈이 떠졌지만, 몸은 여전히 무거웠다. 간간이 다리가 후들거려서, 샤워를 하는 동안 몇 번이나 수건걸이를 잡거나 욕조에 걸터앉아야 했다. 나 스스로 생각하는 것보다 지쳐 있는지도 모르겠다. 혹이 남아 있는 머리를 샴푸로 감으면서, 신주쿠 거리에서 나를 쓰러뜨린 남자를 생각했다. 나는 그 사건의 의미가 잘 이해되지 않았다. 대체 무엇이 사람을 그렇게 만드는 것일까. 어제 있었던 일인데 벌써 일주일이나 이 주쯤 전의 일처럼 까마득했다.

샤워를 끝내고 수건으로 몸을 닦은 후에 이를 닦고, 거울 앞에서 내 얼굴을 바라보았다. 오른쪽 볼에는 아직도 시퍼런 멍이 남아 있었다. 그것은 이전보다 짙어지지도 엷어지지도 않았다. 안구에는 자잘한 실핏줄이 보이고, 눈 아래에는 거무스름하게 다크 서클이 생겼다. 양쪽 볼은 퀭하게 패어 있고, 머리는 조금 길었다. 마치 조금 전에 숨이 되살아나 무덤에서 흙을 파헤치고 나온 새 시체 같았다.

그리고 나는 새 티셔츠와 짧은 바지를 입고, 모자를 쓰고, 짙은 선글라스를 끼고 골목으로 나갔다. 무더운 하루는 아직 끝나지 않은 상태였다. 생명이 있고 형태가 있는 지상의 것은 하나같이 소나기가 내려 주기를 기다리며 숨을 헐떡거리고 있었지만, 하늘 어디에도 구름의 모습은 보이지 않았다. 바람마저 없어, 정체된 열기가 골목을 뒤덮고 있었다. 늘 그렇지만, 골목에서는 아무와도 얼굴을 마주치지 않았다. 이렇게 더운 날에, 이렇게 한심한 몰골로 누군가를 만나고 싶지 않다.

빈집 마당에서는 오늘도 여전히 새의 석상이 부리를 쳐들고 하늘을 노려보고 있었다. 새는 지난번에 봤을 때보다 훨씬 더럽고 지친 것처럼 보였다. 그 시선에도 뭔지 모르게 절박한 것이 엿보였다. 새는 눈에 힘을 잔뜩 주고, 하늘에 떠 있는 더없이 음산한 광경을 쳐다보고 있는 것처럼 보였다. 새로서는 가능하면 그런 것을 외면하고 싶을 텐데, 그럴 수 없다. 눈이 고정되어 있으니, 보지 않을 수 없는 것이다. 석상 주위를 에워싼 웃자란 잡초들은 마치 그리스 비극의 합창단처럼 미동 하나 하지 않고, 숨죽인 채 신탁이 내려오기를 기다리고 있었다. 지붕 위에서는 텔레비전 안테나가, 그 숨이 턱턱 막히는 열기 속에 은색 촉각을 무감동하게 곧추세우고 있었다. 작열하는 여름 햇살 아래에서, 모든 것이 말라비틀어지고 피폐했다.

빈집 마당을 한참이나 바라보고는 가사하라 메이네 마당

으로 들어갔다. 떡갈나무 아래 시원스러운 그늘이 있었지만, 그녀는 그 그늘을 피해 뜨거운 햇살 속에 누워 있었다. 손바닥만 한 초콜릿색 비키니를 입은 가사하라 메이는 덱체어에 누워 있었다. 수영복은 조그만 천을 간단한 끈으로만 묶은 것이라, 나는 사람이 정말 저런 걸 입고 수영을 할 수 있을지 의문이었다. 처음 만났을 때와 똑같은 선글라스를 낀 그녀의 얼굴에는 큰 땀방울이 송골송골 맺혀 있었다. 덱 체어 밑에는 하얗고 커다란 타월과 선탠오일과 잡지 몇 권이 놓여 있었다. 빈 스프라이트 캔도 두 개 있었지만, 하나는 재떨이로 사용하는 듯했다. 잔디 위에는 플라스틱 호스가 지난번에 사용하고 놔둔 모양 그대로 널브러져 있었다.

내가 다가가자 가사하라 메이가 윗몸을 일으키고 손을 뻗어 라디오 스위치를 껐다. 그녀는 전에 봤을 때보다 훨씬 까맣게 타 있었다. 주말에 잠깐 해변에 가서 태운 얼룩덜룩한 까망이 아니었다. 몸 이 구석에서 저 구석까지, 그야말로 귓불에서 발가락 끝까지 고루 까맣게, 멋지게 타 있었다. 매일 여기에서 하릴없이 몸만 태운 것이리라. 아마 내가 우물 속에 있는 내내. 나는 사방을 돌아보았다. 마당의 광경은 지난번 봤을 때와 거의 비슷했다. 꼼꼼하게 손질한 잔디밭이 펼쳐져 있고, 물을 뽑은 연못은 보기만 해도 목이 마를 정도로 바짝 메말라 있었다.

나는 그녀 옆의 덱 체어에 앉아, 주머니에서 레몬 사탕을 꺼냈다. 사탕은 더위 탓에 포장지에 쩍 들러붙어 있었다.

가사하라 메이는 잠시 아무 말 않고 내 얼굴을 빤히 쳐다보았다. "태엽 감는 새 아저씨, 얼굴에 그 멍은 어떻게 된 거예요? 그거 멍 맞죠?"

"그래, 아마 멍이겠지. 그렇게 물어봐야, 나도 몰라. 내가 알았을 때는 이미 이렇게 되어 있었으니까."

가사하라 메이는 몸을 절반 일으키고 내 얼굴을 뚫어져라 쳐다보았다. 그리고 코 옆에 돋은 땀을 손가락으로 닦아 내고, 선글라스 다리를 약간 올렸다. 렌즈 색이 짙어 눈은 거의 보이지 않았다.

"그래도 뭐 짚이는 일 없어요? 어디서 뭘 하다가 그렇게 되었는지."

"전혀 없어."

"전혀?"

"우물에서 나와서 한참 있다 거울을 봤더니, 이랬어. 정말 그게 다야."

"아파요?"

"아프지도 않고, 가렵지도 않아. 열이 조금 있을 뿐이야."

"병원에는 가 봤어요?"

나는 고개를 저었다. "가도 아마 소용없을걸."

"그럴 수도 있겠네요." 하고 가사하라 메이는 말했다. "나도 병원은 싫어요."

나는 모자와 선글라스를 벗고, 손수건을 꺼내 이마에 흐른 땀을 닦았다. 내가 입고 있는 회색 티셔츠는 겨드랑이 있는 데가 벌써 땀으로 꺼멓게 젖어 있었다.

"수영복이 멋지군." 하고 나는 말했다.

"고마워요."

"버리는 천을 재활용한 것처럼 보여. 한정된 자원을 아주 유효하게 활용한 것처럼."

"집에 아무도 없을 때는 늘 비키니 윗도리까지 벗고 있어요."

"호오." 하고 나는 말했다.

"하기야 뭐, 이런 거 벗어던져 봐야 대단한 알맹이가 있는 것도 아니지만." 하고 그녀는 변명하듯이 말했다.

아닌 게 아니라 비키니 안으로 보이는 그녀의 가슴은 아직 조그맣고 납작했다. "그거 입고 수영한 적 있어?" 하고 나는 물어보았다.

"없어요. 나, 수영 못해요. 아저씨는요?"

"할 수 있지."

"어느 정도?"

나는 혀로 레몬 사탕을 돌돌 굴렸다. "어느 정도든."

"10킬로미터도요?"

"아마." 나는 자신이 크레타섬의 해안에서 헤엄치는 모습을 상상했다. 여행 책자에는 '한없이 하얀 모래사장과, 와인처럼 색이 짙은 바다'라고 쓰여 있었다. 와인처럼 색이 짙은 바다가 어떤 것인지, 나는 상상할 수 없었다. 하지만 나쁘지는 않을 듯하다. 나는 또 얼굴에 돋은 땀을 닦았다.

"지금 집에 아무도 없는 거야?"

"어제 이즈에 있는 별장에 갔어요. 주말이라서 다들 수영하러 간 거죠. 다라고 해 봐야 엄마 아빠와 남동생뿐이지만."

"너는 안 갔어?"

그녀는 아주 살짝 어깨를 으쓱하는 몸짓을 보였다. 그리고 비치 타월 사이에서 쇼트 호프와 성냥을 꺼내 입에 물고 불을 붙였다.

"태엽 감는 새 아저씨, 아저씨 얼굴이 엉망이네요."

"거의 먹지도 마시지도 못하고 캄캄한 우물 속에서 며칠이나 있었어. 얼굴이 엉망이 되는 건 당연하지."

가사하라 메이는 선글라스를 벗고, 내 쪽으로 얼굴을 돌렸다. 그녀의 눈가에는 아직도 깊은 흉터가 남아 있었다. "저 있죠, 태엽 감는 새 아저씨, 나한테 화났어요?"

"잘 모르겠어. 네게 화를 내기보다 우선 생각해야 할 게 아주 많은 것 같아."

"부인은 돌아왔어요?"

나는 고개를 저었다. "얼마 전에 편지가 왔어. 두 번 다시 돌아오지 않겠대. 그리고 구미코가 두 번 다시 돌아오지 않겠다고 썼다는 건, 구미코가 두 번 다시 돌아오지 않는다는 뜻이야."

"한번 결심한 건 쉽게 바꾸지 않는 사람인가 보네요."

"바꾸지 않아."

"가엾은 태엽 감는 새 아저씨." 하고 말한 다음 가사하라 메이는 몸을 일으키고 손을 내밀어 내 무릎을 살짝 만졌다. "가엾은, 가엾은 태엽 감는 새 아저씨. 저, 아저씨, 믿지 않을지도 모르겠지만, 나 정말 마지막에는 아저씨를 우물 속에서 꺼낼 생각이었어요. 나는 아저씨에게 약간 겁을 주고, 골려 주고 싶었을 뿐이에요. 그 안에서 겁을 먹고 소리를 지르게 해 보고 싶었어요. 얼마나 시간이 지나면 아저씨가 자신의 세계 같은 걸 잃어버리고 혼란에 빠지는지, 확인해 보고 싶었어요."

뭐라고 말하면 좋을지 몰라, 나는 잠자코 고개만 끄덕거렸다.

"아저씨, 정말인 줄 알았어요? 내가 아저씨를 거기에서 죽게 하겠다고 한 말?"

나는 잠시 레몬 사탕 포장지를 손으로 돌돌 말고 있었다.

"난 잘 모르겠어. 네가 한 말이 진심으로 들리기도 했고, 그저 겁을 주려는 것처럼 들리기도 했어. 우물 위와 아래로 갈라져서 말하니까 목소리가 아주 이상하게 울려서, 그 표정 같은 걸 제대로 파악할 수 없잖아. 하지만 결국 그건, 어느 쪽이 옳다 그르다 하는 문제는 아니었다고 생각해. 무슨 말인지 이해하겠어? 현실은 몇 가지 층처럼 성립되어 있어. 그러니까 너는 그쪽 현실에서는 나를 정말 죽이려고 했는지도 모르지. 하지만 이쪽 현실에서는 나를 정말 죽이려 하지는 않았는지도 모르고. 그건 네가 어느 현실을 선택하고, 내가 어느 현실을 선택하느냐는 문제일 것 같아."

나는 돌돌 만 레몬 사탕 포장지를 스프라이트 깡통 안에 넣었다.

"저 있죠, 태엽 감는 새 아저씨, 한 가지 부탁이 있는데." 하고 가사하라 메이가 말하고는, 잔디 위에 뻗어 있는 호스를 가리켰다. "저 호스로 내 몸에 물 좀 뿌려 줄 수 있어요? 가끔 물을 끼얹지 않으면 너무 더워서 머리가 이상해질 것 같아요."

나는 덱 체어에서 일어나 잔디밭으로 걸어가서, 파란 플라스틱 호스를 집어 들었다. 호스는 뜨끈하고, 흐물흐물 부드러웠다. 그러고서 나는 화단 뒤에 있는 수도꼭지를 비틀었다. 처음에는 호스 안에서 데워진 뜨끈한 물이 나오더니, 점

차 조금씩 시원한 물이, 그리고 마지막에는 차가운 물이 나
왔다. 나는 잔디에 누운 가사하라 메이의 몸에 물을 쫙 뿌
렸다.

가사하라 메이는 눈을 꼭 감고 몸으로 그 물을 맞았다.
"진짜 시원하고 기분 좋아요. 아저씨도 해 봐요."

"내가 입은 건 수영복이 아니잖아." 하고 나는 말했다. 하
지만 물을 맞고 있는 가사하라 메이는 정말 기분 좋아 보였
고, 그냥 꾹 참고 있기에는 열기가 너무 뜨거웠다. 나는 땀
으로 젖은 티셔츠를 벗고 몸을 앞으로 구부려 머리에 물을
뿌렸다. 그 김에 물을 조금 입에 넣고 넘겨 보았다. 시원하고
맛있는 물이었다.

"이거, 지하수인가?" 하고 나는 물어보았다.

"네, 지하에서 펌프로 끌어올려요. 차가워서 기분 좋죠?
마셔도 괜찮아요. 얼마 전에 보건소에서 사람이 나와 수질
검사를 했는데, 아무 문제가 없다고, 요즘 도쿄 도내에서 이
렇게 깨끗한 물이 나는 곳도 흔치 않을 거라고 했어요. 검사
한 사람이 놀랄 정도로요. 그래도 왠지 꺼림칙해서 마시지
는 않아요. 이렇게 집이 다닥다닥 붙어 있는 곳인데, 언제 뭐
가 섞일지 어떻게 알겠어요."

"그런데 생각해 보면 참 이상하지. 골목 건너 미야와키 씨
집의 우물은 그렇게 바짝 말라 버렸는데, 여기는 이렇게 신

선한 물이 펑펑 솟다니. 좁은 골목 하나 차이인데, 뭐 때문에 이렇게 다른 거지?"

"글쎄요." 하고는 가사하라 메이는 고개를 갸우뚱했다. "아마 수맥의 흐름이 어쩌다 조금 달라져서, 그래서 그쪽 우물은 마르고, 이쪽 우물은 마르지 않은 거 아닐까요. 자세한 건 잘 모르겠지만."

"너희 집에는 무슨 나쁜 일 없었니?" 하고 나는 물어보았다.

가사하라 메이는 얼굴을 찡그리며 고개를 저었다. "지난 십 년 동안에 우리 집에서 생긴 유일한 나쁜 일은, 갈수록 따분해진다는 거예요."

한참이나 물을 맞은 후, 가사하라 메이는 타월로 몸을 닦으면서 내게 맥주를 마시겠느냐고 물었다. 나는 마시고 싶다고 대답했다. 그녀는 집에서 시원한 하이네켄 캔을 두 개 들고 나왔다. 그녀가 한 캔을 마시고, 나도 한 캔을 마셨다.

"태엽 감는 새 아저씨, 앞으로 어떻게 할 생각이에요?"

"아직 뭘 하겠다고 확실하게 정한 건 없어." 하고 나는 말했다. "하지만 아마 여기를 떠나게 될 거야. 어쩌면 일본을 떠날 수도 있고."

"일본을 떠나서 어디 가는데요?"

"크레타섬."

"크레타섬? 그거 혹시 그 사람이랑 관계있는 건가요? 그 크레타 어쩌고 하는 여자요."

"조금은 있어."

가사하라 메이는 그 말에 대해 잠시 생각했다.

"아저씨를 그 우물에서 꺼내 준 사람도 그 크레타 어쩌고 하는 여자예요?"

"가노 크레타." 하고 나는 말했다. "맞아, 가노 크레타가 나를 우물에서 꺼내 줬어."

"태엽 감는 새 아저씨는 친구가 많나 봐요."

"그렇지도 않아. 난 오히려 친구가 적기로 유명해."

"그런데 그 가노 크레타 씨는 어떻게 아저씨가 우물 속에 있다는 걸 알았지. 아저씨 아무에게도 말 않고 거기 들어갔 잖아요. 그런데 어떻게 아저씨가 어디 있는지 알았대요?"

"몰라." 하고 나는 말했다. "전혀 모르겠어."

"그래도 아무튼 아저씨는 크레타섬에 간다는 말이죠?"

"확실하게 결정한 건 아니야. 그럴 가능성도 있다는 말 이지."

가사하라 메이는 담배를 물고 불을 붙였다. 그리고 새끼 손가락 끝으로 눈가의 흉터를 감작거렸다.

"있죠, 아저씨가 그 우물 속에 있는 동안, 나는 거의 여기 누워서 일광욕을 했어요. 여기서 저 빈집 마당을 보면서 몸을 태우고, 우물 속에 있는 아저씨를 생각했어요. 저기에 태엽 감는 새 아저씨가 있다고 말이죠. 그 캄캄한 어둠 속에서 아저씨가 배를 쫄쫄 곯으면서, 조금씩 조금씩 죽음을 향해 다가가고 있다고 말이에요. 아저씨는 거기에서 나올 수 없다, 아저씨가 거기 있다는 건 나밖에 모르니까. 그런 생각을 하면, 나는 아저씨의 고통과 불안과 공포를 아주아주 선명하게 느낄 수 있었어요. 아저씨, 무슨 말인지 알겠어요? 그렇게 해서, 나는 태엽 감는 새라는 인간에게 아주아주 가까이까지 근접한 듯한 기분이 들었다고요. 정말 죽일 마음은 없었어요. 정말이에요, 이 말은. 하지만, 태엽 감는 새 아저씨, 나는 가는 데까지 더 가 보려고 했어요. 아슬아슬한 선까지. 아저씨가 비틀거리고, 두려워서 더는 견딜 수 없고, 그 이상은 버틸 수 없는 선까지요. 그러는 편이 나한테도 아저씨한테도 좋을 것 같았어요."

"이건 내 생각인데, 만약 정말 아슬아슬한 선까지 갔다면, 너 혹시 끝까지 가고 싶어지지 않았을까. 그건 네 생각보다 훨씬 더 간단한 일일 수도 있었어. 거기까지 가면, 그다음은 마지막 한 걸음이니까. 그리고 그다음에 너는 이렇게 생각했을 거야. 이러는 편이 결국 나한테나 너한테나 좋았을 거라고." 하고 나는 말했다. 그리고 맥주를 한 모금 마셨다.

가사하라 메이는 입술을 깨물고 생각에 잠겼다. 잠시 후에 "어쩌면 그랬을지도 모르죠." 하고 그녀는 말했다. "나도 잘 모르겠지만."

나는 마지막 남은 한 모금을 마시고 일어났다. 그리고 선글라스를 끼고, 땀에 젖은 티셔츠를 입었다. "맥주, 잘 마셨어."

"저, 태엽 감는 새 아저씨." 하고 가사하라 메이가 말했다. "어젯밤에 가족이 전부 별장으로 떠난 다음에, 나도 그 우물에 들어가 봤어요. 5시간이나 6시간쯤, 우물 바닥에 꼼짝 않고 앉아 있었어요."

"그럼 네가 그 줄사다리를 풀어서 가져간 거구나."

가사하라 메이는 얼굴을 약간 찡그렸다. "맞아요, 내가 그랬어요."

나는 잔디 쪽 마당으로 눈을 돌렸다. 물을 빨아들인 지면에서 아지랑이처럼 피어오르는 김이 보였다. 가사하라 메이는 담배꽁초를 스프라이트 깡통에 넣어 껐다.

"처음 2, 3시간 동안에는 딱히 아무 느낌도 없었어요. 그야 물론 아저씨가 잘 알다시피 그렇게 캄캄하니까 조금 불안하기는 했지만, 겁이 나거나 무섭지는 않았어요. 나는 보통 여자아이들처럼 별거 아닌 일로 무섭다고 꺄악꺄악 요란을 떨지 않아요. 그냥 어둡기만 하잖아, 그렇게 생각했어요. 태엽 감는 새 아저씨도 며칠이나 여기 있었는데 뭐, 위험할 것도 전혀 없고, 겁낼 이유도 없다고 말이에요. 그런데 2, 3시간이 지나고 나니까, 점차 내가 날 잘 모르겠더라고요. 혼자 어둠 속에 가만히 있으니까, 내 안에 있는 뭔가가 내 안에서 부풀어 오르는 걸 알 수 있었어요. 화분에 심긴 식물의 뿌리가 점점 자라서 끝내는 그 화분을 깨뜨리는 것처럼, 그 뭔가가 내 몸속에서 한없이 커져서 끝내는 내 몸을 촥촥 찢어 버리는 게 아닐까 싶은 느낌이 들었어요. 태양 아래서는 내 몸속에 얌전히 있던 것이, 그 어둠 속에서는 특별한 영양분을 빨아먹은 것처럼, 엄청난 속도로 성장하기 시작했어요. 나는 어떻게든 그걸 막으려고 했어요. 하지만 막을 수 없었어요. 그러자 나는 덜컥 겁이 나기 시작했어요. 도무지 어떻게 할 수 없을 정도로요. 그렇게 겁이 나기는 태어나서 처음이었어요. 내 안에 있던 그 하얗고 흐물흐물한 지방 덩어리 같은 것이 나라는 인간을 집어삼킬 것 같았어요. 그게 나를 먹어 버리려고 했어요. 태엽 감는 새 아저씨, 그 흐물흐물한 건 처음에는 아주 작았어요."

잠시 입을 다물고 가사하라 메이는 그때 일을 떠올리듯 자기 손을 보았다.

"정말 무서웠어요." 하고 그녀는 말했다. "아마 나는 아저씨도 그런 걸 느껴 보길 바랐나 봐요. 그게 아저씨 몸을 아작아작 깨무는 소리를 들어 보길 바랐나 봐요."

나는 덱 체어에 앉았다. 그리고 조그만 수영복에 싸인 가

사하라 메이의 몸을 바라보았다 그녀는 열여섯 살이지만,
몸집은 열세 살이나 열네 살 정도로밖에 보이지 않았다. 가
슴도 허리도, 충분히 성장하지 않았다. 그 몸은 내게 최소한
의 선으로, 게다가 불가사의할 정도로 리얼하게 그려진 데
생을 연상케 했다. 하지만 그와 동시에 그 모습에서는 어딘
가 모르게 늙음이 느껴졌다.

"너 지금까지 살면서, 혹시 더럽혀졌다고 느낀 적 있니?"

"더럽혀졌다?" 그녀는 눈을 약간 찡그리고 나를 보았다.
"더럽혀졌다는 게, 몸을 말하는 건가요? 누군가에게 폭력
적으로 강간을 당했다거나, 그런 거요?"

"육체적으로든, 또는 정신적으로든."

가사하라 메이는 자신의 몸을 내려다보았다가 다시 내
쪽으로 시선을 돌렸다. "육체적으로는 없어요. 아직 나 처녀
인 걸요. 남자에게 가슴을 만져 보게 한 적은 있지만, 그것
도 옷 입은 채였어요."

나는 말없이 고개를 끄덕였다.

"정신적으로는 잘 모르겠네요. 정신적으로 더럽혀진다는
게 어떤 일인지 모르니까."

"나도 뭐라고 설명을 잘 못하겠어. 그냥 단순히 그렇게 느
끼느냐 아니냐의 문제야. 만약 네가 그렇게 느꼈다면, 더럽혀
진 거겠지."

"왜 그런 걸 내게 물어요?"

"내가 아는 사람 중에 그렇게 느끼는 사람이 있어서. 그래서 여러 가지 복잡한 문제가 생겼어. 아, 한 가지 궁금한 게 있는데, 왜 넌 늘 죽음에 대해서 생각하는 거지?"

그녀는 담배를 입에 물고 한 손으로 능숙하게 성냥을 그었다. 그리고 선글라스를 꼈다.

"아저씨는 죽음에 대해서 생각 안 해요?" "생각이야 물론 하지. 하지만 늘 그렇지는 않아. 가끔이지. 세상 사람들이 대체로 그런 것처럼."

"있죠, 태엽 감는 새 아저씨." 하고 가사하라 메이는 말했다. "나는요, 사람이란 저마다 다른 것을 자기 존재의 중심에 갖고 태어난다고 생각해요. 그리고 그 서로 다른 하나하나가 열원처럼, 한 사람 한 사람 안에서 그 사람을 움직여요. 물론 내게도 그런 게 있는데, 간혹 그게 감당이 안 될 때가 있어요. 그게 내 안에서 마음대로 부풀었다가 오그라들었다 하면서 나를 뒤흔들 때의 느낌을 어떻게든 사람들에게 전하고 싶어요. 그런데 아무리 애를 써도 알아주지 않아요. 물론 내 설명이 부족한 이유도 있겠지만, 다들 내 말을 귀담아 듣지 않아요. 듣는 척은 하지만, 사실은 전혀 듣고 있지 않아요. 그래서 나는 때로 짜증이 나고, 그래서 무모한 짓을 하게 돼요."

"무모한 짓?"

"예를 들면, 아저씨를 우물에 가둔다든지, 그리고 오토바이를 타고 가다가 뒤에서 운전하는 아이의 눈을 두 손으로 가린다든지."

그녀는 그렇게 말하고 눈가의 흉터를 만지작거렸다.

"그때 오토바이 사고가 난 거구나." 하고 나는 말했다.

가사하라 메이는 무슨 말이냐는 표정으로 나를 보았다. 내 질문이 잘 들리지 않았다는 눈치였다. 하지만 내가 한 말은 한마디도 빠지지 않고 그녀의 귀에 들렸을 것이다. 짙은 선글라스 너머 눈의 표정은 확실하게 보이지 않았지만, 그녀의 얼굴 전체에 뭔지 모를 무감각이, 마치 잔잔한 물에 잘못 흘린 기름처럼 좍 퍼져 나갔다.

"그 남자아이는 어떻게 됐어?" 하고 나는 물었다.

가사하라 메이는 담배를 입술 사이에 문 채, 나를 보고 있었다. 정확하게 말하면, 내 얼굴의 멍을 보고 있었다. "태엽 감는 새 아저씨, 그 질문에 대답해야 하나요?"

"대답하고 싶지 않으면 안 해도 돼. 그 얘기를 꺼낸 건 너야. 네가 얘기하고 싶지 않으면 할 거 없어."

가사하라 메이는 어떻게 할지 결정을 못하겠다는 듯이 잠자코 말이 없었다. 그러고는 담배 연기를 가슴 깊이 빨아들였다가 천천히 토해 냈다. 나른한 몸짓으로 선글라스를 벗고, 눈을 딱 감고 고개를 쳐들었다. 그런 동작을 보고 있자니, 시간의 흐름이 조금씩 느려지는 것처럼 느껴졌다. 시간의 태엽이 풀려 가는 것 같군 하고 나는 생각했다.

"죽었어요." 마침내 뭔가를 포기하듯 가사하라 메이가 표정 없는 목소리로 그렇게 말했다.

"죽었다고?"

가사하라 메이는 담뱃재를 땅에 떨어뜨렸다. 그리고 수건을 집어 얼굴에 돋은 땀을 몇 번이나, 몇 번이나 닦았다. 그러고서 마치 까맣게 잊고 있던 용건이 기억난 것처럼, 사무적이고 빠른 말투로 설명했다.

"그때 엄청 속도를 내고 있었어요. 에노시마 근처에서."

나는 잠자코 그녀의 얼굴을 보았다. 가사하라 메이는 하얀 비치 타월을 두 손으로 잡고 양쪽 볼을 짓누르고 있었다. 손가락 사이에서 하얀 담배 연기가 피어올랐다. 바람이 없어서, 그 연기는 마치 작은 봉화처럼 똑바로 위를 향해 올라갔다. 그녀는 울어야 할지 웃어야 할지 줄곧 망설이는 것 같았다. 적어도 내 눈에는 그렇게 보였다. 그녀는 그 좁은 경계에 불안정한 자세로 서서, 휘청휘청 한없이 흔들리고 있었다. 하지만 결국은 어느 쪽으로도 쓰러지지 않았다. 가사하라 메이는 표정을 꾹 짓누르고, 타월을 땅에 내려놓은 후 담배를 한 모금 피웠다. 시간은 5시에 가까웠지만 더위는 조금도 물러가지 않았다.

"내가 그 아이를 죽였어요. 하지만 물론 죽일 생각은 아니었어요. 그냥 나는 아슬아슬한 선까지 가고 싶었을 뿐. 우리는 그전에도 몇 번이나 그런 걸 했어요. 게임 같은 거였어요. 오토바이를 타고 가면서, 뒤에서 눈도 가리고 옆구리도 간질이고……. 그런데도 그전까지는 아무 일 없었어요. 그때는 어쩌다……."

가사하라 메이가 얼굴을 들어 내 얼굴을 보았다.

"아저씨, 난 내가 더럽혀졌다고는 생각지 않아요. 나는 그저 어떻게든 그 흐물흐물한 것에 다가가고 싶었을 뿐이에요. 나는 내 안에 있는 그 흐물흐물한 것을 유인하고 끄집어내서 뭉개 버리고 싶었어요. 그리고 그걸 유인하기 위해서는 정말 아슬아슬한 선까지 갈 필요가 있었어요. 그러지 않고는, 그게 잘 꺼내지지 않아요. 맛있는 미끼를 던져야 한다고요." 그녀는 그렇게 말하고는 천천히 고개를 저었다. "나는 더럽혀지지는 않았어요. 하지만 구제되지도 않았어요. 지금은 아무도 나를 구제할 수 없어요. 저, 태엽 감는 새 아저씨, 내 눈에는 세계가 그냥 텅 비어 보여요. 내 주위에 있는 모든 게 가짜로 보여요. 가짜가 아닌 건 내 안에 있는 그 흐물흐물한 것뿐이에요."

가사하라 메이는 오래도록 조그맣게, 규칙적으로 숨을

쉬었다. 새도, 매미도, 아무것도 울지 않았다. 그 마당은 아주 고요했다. 정말 세계가 텅 비어 버린 것 같았다.

갑자기 무슨 생각이 난 것처럼, 가사하라 메이가 내 쪽으로 몸을 돌렸다. 그녀의 얼굴에는 표정이 완전히 사라지고 없었다. 마치 무언가에 씻긴 것처럼. "태엽 감는 새 아저씨는 그 가노 크레타란 여자랑 잤어요?"

나는 고개를 끄덕였다.

"크레타섬에 가면 편지 보내 줄 거예요?" 하고 가사하라 메이가 물었다.

"보낼게. 만약 크레타섬에 가면. 하지만 아직 최종적인 결정을 내린 건 아니야."

"그래도 갈 생각이죠?"

"아마 가게 될 거야."

"이리 와요, 아저씨." 하고 가사하라 메이가 말했다. 그리고 덱 체어에서 몸을 일으켰다.

나는 덱 체어에서 일어나 가사하라 메이 옆으로 갔다.

"여기 앉아요, 태엽 감는 새 아저씨." 하고 가사하라 메이가 말했다.

"얼굴을 이쪽으로. 내게 보여 줘요, 아저씨."

그녀는 정면에서 내 얼굴을 잠시 뚫어져라 쳐다보았다. 그러고는 한 손을 내 무릎에 놓고, 다른 한 손을 내 얼굴의 멍에 올려놓았다.

"가엾은 태엽 감는 새 아저씨." 하고 가사하라 메이는 속
삭이듯 말했다. "아저씨는 보나마나 많은 걸 떠안은 거겠죠.
자신도 모르게, 싫다고 마다하지도 못하고. 마치 벌판에 비
가 내리는 것처럼 — 눈을 감아요, 아저씨. 풀로 딱 붙인 것
처럼 꼭 감아요."

나는 눈을 꼭 감았다.

가사하라 메이가 내 얼굴의 멍에 입을 맞췄다. 얇고 조그
만 입술이었다. 마치 잘 만들어진 물체 같은 입술이었다. 그
리고 그녀는 혀를 내밀어 멍 전체를 천천히 핥았다. 그녀의
한 손은 계속 내 무릎에 놓여 있었다. 그 촉촉하고 따스한
감촉은 전 세계의 벌판을 지난 곳보다 훨씬 더 먼 곳으로부
터 찾아왔다. 그리고 그녀는 내 손을 잡고, 자신의 눈가에
있는 흉터 위에 갖다 놓았다. 나는 그 1센티미터 정도 길이
의 흉터를 살며시 쓰다듬었다. 가사하라 메이의 흉터를 쓰
다듬고 있자니, 그녀 의식의 파동이 손가락 끝에 전해졌다.
그것은 뭔가를 찾는 듯한 희미한 떨림이었다. 누군가 이 소
녀를 꼭 안아 줘야 하리라. 내가 아닌 누군가가. 그녀에게 뭔
가를 줄 수 있는 자격이 있는 누군가가.

"만약 크레타섬에 가면, 편지 꼭 보내 줘요, 태엽 감는 새
아저씨. 난 아주 긴 편지 받는 거 좋아해요. 아무도 보내 주

지 않지만."

"보낼게." 하고 나는 말했다.

17

가장 간단한 것,

세련된 형태의 복수,
기타 케이스 안에 있던 것

다음 날 아침, 나는 여권용 사진을 찍으러 갔다. 스튜디오의 촬영용 의자에 앉자, 사진사는 직업적인 눈초리로 내 얼굴을 잠시 쳐다보더니 아무 말 않고 안쪽으로 들어가 파운데이션 같은 것을 가져와서는 오른쪽 볼의 멍 위에 그걸 발랐다. 그리고 뒤로 물러나 멍이 드러나지 않도록 조명의 각도와 세기를 꼼꼼하게 조절했다. 나는 카메라 렌즈를 쳐다보고, 사진사가 시키는 대로 엷은 미소 같은 것을 입가에 머금었다. 모레 낮까지는 사진이 나오니까 그다음에 가지러 오라고 사진사는 말했다. 집으로 돌아간 나는 삼촌에게 전화를 걸어, 아마 몇 주 내로 이 집에서 나가게 될 거라고 말했다. 갑작스럽게 말해서 죄송하지만, 사실은 구미코가 불쑥 집을 나가 버렸다고 나는 털어놓았다. 나중에 온 편지를 보니, 그녀가 집으로 돌아오는 일은 두 번 다시 없을 것 같아, 나로서는 한동안 — 어느 정도 기간이 될지는 아직 알 수 없지만 — 이 장소를 떠나 있고 싶다, 하고. 내가 대략 설명을 끝내자, 삼촌은 전화기 저편에서 무슨 생각에 잠긴 듯 잠시 말이 없었다.

"너희 부부는 지금까지 아주 잘 지내고 있는 것처럼 보였는데." 삼촌은 가볍게 한숨을 쉰 후에 그렇게 말했다.

"사실은 저도 그렇게 생각하고 있었습니다." 나는 솔직하게 말했다.

"얘기하고 싶지 않으면 안 해도 되는데, 구미코가 집을 나간 특별한 이유라도 있는 거냐?"

"구미코에게 연인이 생긴 것 같습니다."

"그런 심증이 있다는 말이지?"

"아니요. 심증 같은 것은 없습니다. 하지만 본인이 그렇게 썼어요, 편지에."

"그렇구나." 하고 삼촌은 말했다. "그렇다면, 뭐 그런 거겠지."

"그렇다고 봐야죠."

그는 또 한숨을 쉬었다.

"저는 괜찮습니다." 하고 나는 삼촌을 위로하듯 밝은 목소리로 말했다. "그냥 잠시, 이곳을 떠나 있고 싶습니다. 장소를 바꿔 기분전환을 하고 싶고, 앞으로의 일도 찬찬히 생각해 보고 싶어요."

"그래서 갈 곳은 있는 거냐?"

"아마 그리스에 가게 될 겁니다. 거기 사는 친구가 있는데, 전부터 한번 놀러 오라고 해서요." 나는 거짓말을 해 약간 기분이 찜찜해졌다. 그러나 지금 삼촌에게 사실을 있는 그대로 전부, 정확하고 알기 쉽게 설명하기란 아무리 생각해도 불가능했다. 온전한 거짓말을 하는 편이 차라리 낫다.

"음." 하고 그는 말했다. "그건 좋은데, 어차피 나는 그 집을 누구에게 빌려줄 마음은 없으니까, 짐은 그대로 놔두면 돼. 아직 젊으니 다시 시작할 수도 있고, 한동안 멀리 가서 느긋하게 쉬는 것도 좋겠지. 그리스라…… 그리스도 좋겠지."

"여러 가지로 죄송합니다." 하고 나는 말했다. "하지만 만약 제가 없는 사이에 무슨 사정이 생겨서 다른 사람에게 집을 빌려 주게 될 경우, 지금 있는 저의 짐은 적당히 처분해도 괜찮습니다. 딱히 쓸 만한 것도 없으니까요."

"그런 건 뭐 됐어. 나중 일은 내가 생각할 테니까. 그런데 전에 네가 전화를 걸었을 때, '흐름이 정체'되었다느니 그런 말을 했는데, 구미코와 무슨 관계가 있는 건가?"

"그렇습니다. 조금은 있어요. 그런 말을 듣고 다소 마음에 걸리는 게 있었습니다."

삼촌은 잠시 생각에 잠긴 듯했다. "조만간 한번 가 봐도 되겠냐? 내 눈으로 무슨 상황인지 보고 싶다. 한동안 안 가 보기도 했고."

"언제든 괜찮습니다. 저는 밖에 나갈 일이 없으니까요."

전화를 끊고서 나는 갑자기 답답해졌다. 지난 몇 달 동안에 어떤 기묘한 흐름이 나를 여기까지 데리고 왔다. 지금 내가 있는 세계와 삼촌이 있는 세계 사이에는, 눈에 보이지 않는 두껍고 높은 벽 같은 것이 있었다. 그것은 한 세계와 다른 세계를 가르는 벽이었다. 삼촌은 저쪽 세계에 있고, 나는 이쪽 세계에 있다.

이틀 후에 그가 집을 찾아왔다. 삼촌은 내 얼굴의 멍을 보고도 별다른 말을 하지 않았다. 무슨 말을 하면 좋을지 몰랐을 것이다. 좀 이상하다는 듯이 눈을 약간 찡그렸을 뿐이었다. 그는 고급 스카치위스키 한 병과, 오다와라에서 산 어묵 모듬 세트를 선물로 들고 왔다. 나와 삼촌은 툇마루에 앉아 어묵을 먹으면서 위스키를 마셨다.

"역시 툇마루는 참 좋구나." 하고 삼촌이 말하고는 몇 번이나 고개를 끄덕거렸다. "아파트에는 당연히 툇마루라는 게 없으니, 때로 이 집이 그립기도 해. 툇마루에는 툇마루에 앉았을 때의 각별한 기분이라는 게 있으니 말이지."

삼촌은 한참이나 하늘에 뜬 달을 바라보았다. 누가 조금 전에 잘 갈아 놓은 것처럼 하얗고 뾰족한 초승달이었다. 그런 것이 실제로 하늘에 지속적으로 떠 있다는 게 나로서는 무척 신기했다.

"그런데, 그 멍은 어디서 생긴 거지?" 삼촌이 별일은 아니라는 듯이 물었다.

"그걸 잘 모르겠어요." 하고 나는 말했다. 그리고 위스키를 한 모금 마셨다. "알고 보니까 여기에 이런 게 생겼더라고요. 한 일주일쯤 된 것 같은데. 좀 더 설명을 잘할 수 있으면 좋겠지만, 안타깝게도 설명할 길이 없습니다."

"병원에는 가 봤어?"

나는 고개를 저었다.

"나는 아직도 납득이 안 가는데, 그것과 구미코가 집을 나간 일 사이에 무슨 관계가 있는 거야?"

나는 고개를 저었다. "하지만 아무튼 이 멍은 구미코가 나간 다음에 생겼습니다. 순서로 하자면요. 인과 관계는 저도 잘 모르겠습니다."

"난데없이 얼굴에 그런 멍이 생기다니, 난 그런 얘기는 들어 본 적이 없는데."

"저도 없습니다." 하고 나는 말했다. "설명하기가 참 어려운데, 이 멍의 존재에 점차 익숙해지고 있는 것 같습니다. 물론 이런 멍이 생겨서 처음에는 저도 놀랐고, 상당히 충격이기도 했어요. 얼굴만 봐도 기분이 영 나빴고, 이게 평생 사라지지 않고 여기 있으면 어쩌나 하는 생각도 들었고요. 그런데 시간이 흐르면서, 어떻게 된 건지 점차 신경이 안 가더라고요. 그렇게 나쁜 건 아니지 않나 하는 생각까지 들고 말이죠. 왜 그렇게 되었는지는 저도 모르겠지만요."

"흠." 하고 삼촌은 말했다. 그리고 어딘가 모르게 의심스럽다는 눈초리로 내 오른쪽 볼의 멍을 바라보았다.

"네가 그렇게 말하니, 그럼 된 거겠지. 어디까지나 그건 너의 문제니까 말이다. 혹시 필요하다면, 의사를 소개해 줄 수도 있는데."

"감사합니다. 하지만 당장 병원에 가 볼 마음은 없습니다. 의사에게 보여 봐야 별 의미가 없을 것 같아요."

삼촌은 팔짱을 끼고 하늘을 한참 올려다보았다. 평소처럼 별은 보이지 않았다. 그저 또렷한 초승달 하나가 거기 있을 뿐이었다. "너와 둘이 이렇게 느긋하게 얘기를 나눈 지가 참 오래되었지. 가만히 놔둬도 구미코와 잘 살아갈 거라고 생각했거든. 게다가 나는 원래 남의 일에 이러쿵저러쿵하는 걸 별로 좋아하지도 않고 말이지."

그건 잘 안다고 나는 말했다.

삼촌은 잔을 살랑살랑 흔들었다. 잔 속의 얼음이 카랑카랑 부딪쳤다. 그리고 한 모금을 마시고는 잔을 내려놓았다. "네 신변에 요즘 들어 무슨 일이 생겼는지 나야 모르지. 흐름의 정체다, 풍수다, 구미코가 사라졌다, 어느 날 갑자기 얼굴에 멍이 생겼다, 한동안 그리스에 가 있겠다. 그래, 그건 다 그렇다 치자고. 네 아내는 집을 나갔고, 네 얼굴에는 멍이 생겼어. 이렇게 말해서 미안하지만, 내 아내가 집을 나가고 내 얼굴에 멍이 생긴 게 아니지. 그렇잖아? 그러니 네가 자세하게 설명하고 싶지 않다면 굳이 설명하지 않아도 돼. 나도 괜한 말은 하고 싶지 않고. 다만 말이지, 자신에게 가장 중요한 게 뭔지를, 다시 한번 잘 생각해 보는 편이 좋겠다는 생각은 드는군."

나는 고개를 끄덕였다. "꽤나 생각해 봤습니다. 그런데 여러 가지 일이 아주 복잡하고 단단하게 얽혀 있어서, 일일이 풀어 하나하나를 가를 수가 없어요. 어떻게 풀면 좋을지 모르겠습니다."

삼촌이 미소를 머금었다. "그런 때를 잘 헤쳐 나갈 수 있는 요령이 있어. 그 요령을 모르니 세상 사람들 대부분이 잘못된 결단을 내리는 거야. 그리고 실패한 다음에 이렇다 저렇다 투덜거리거나 또는 남 탓을 하곤 하지. 나는 그런 예를 지겹도록 많이 봐 왔고, 솔직히 말해서 이제는 보고 싶지도 않아. 그래서 군이 이렇게 거창하게 말하는 건데, 그 요령이란 별로 중요하지 않은 일부터 처리하는 거야. 그러니까 A에서 Z까지 순서를 붙인다면, A에서 시작하는 게 아니라 XYZ 언저리부터 시작하는 거지. 너는 일이 너무 복잡하게 얽혀 있어서 손을 댈 수가 없다고 하는데, 그건 말이지, 가장 중요한 일부터 처리하려고 해서 그런 게 아닐까. 무슨 중요한 일을 결정하려고 할 때는, 별거 아닌 일부터 시작하는 게 좋아. 누가 봐도 알 수 있고, 누가 생각해도 알 수 있는 정말 별거 아닌 일부터 시작하는 거야. 그리고 그 별거 아닌 일에 충분히 시간을 투자해.

내가 하는 일은 뭐 그리 대단한 장사는 아니야. 긴자에 가게를 네다섯 군데 갖고 있을 뿐이지. 세상 전체로 보면 정말 하찮은 거야. 그러니까 일일이 자랑할 것도 없어. 하지만 성공하느냐 실패하느냐, 그 두 가지로 얘기를 좁히자면, 나는 단 한 번도 실패한 적이 없어. 그건 내가 그 요령을 실천해 왔기 때문이야. 사람들은 누가 봐도 알 수 있는 별거 아닌 부분은 쓱 건너뛰고, 조금이라도 빨리 앞으로 나아가려고 하지. 하지만 나는 그러지 않았어. 별거 아닌 일부터 시작해서, 거기에 시간을 투자하지. 그런 일에 시간을 투자하면 투자할수록, 나중 일이 잘 풀린다는 걸 아니까 그러는 거야."

삼촌은 또 위스키를 한 모금 마셨다.

"예를 들어서 말이야, 어디에 가게를 차리려고 한다고 쳐. 레스토랑이든 술집이든 뭐든 좋아. 한번 상상해 보라고, 자신이 어디에다 가게를 차리려고 한다고. 선택할 수 있는 장소가 몇 군데 있어. 그중 한 군데를 정해야 하지. 어떻게 하면 좋겠나?"

나는 잠시 생각해 보았다. "우선 각각의 장소에 대해서 견적을 뽑아 보겠죠. 이 장소면 집세가 얼마고, 대출은 얼마나 받아야 하고 다달이 얼마를 갚아 나가야 하는지, 손님은 어느 정도 있어야 하고, 회전율은 어느 정도에 손님당 단가가 얼마고, 인건비는 어느 정도이며, 손익 분기점은 어느 선이 될지…… 그런 점을 따져 보지 않겠어요?"

"그런 걸 하니까 대부분의 사람들이 실패하는 거야." 하고 삼촌은 웃으면서 말했다. "내가 하는 방법을 가르쳐 주지. 괜찮아 보이는 장소가 있으면, 그 장소 앞에 서서 하루에 3시간이나 4시간 정도, 길거리에 지나다니는 사람들의 얼굴을 그저 가만히 바라보는 거야. 며칠이고 며칠이고 며칠이고 며칠이고. 아무 생각 안 해도 괜찮아. 견적을 뽑아 볼 필요도 없고. 어떤 사람이 어떤 표정으로 그 길을 걸어가는지 그냥 보는 걸로 충분해. 최소한 일주일은 걸리겠지. 그동안에 3000에서 4000명 정도의 얼굴을 보게 될 거야. 시간이 더 오래 걸릴 수도 있어. 그러다 보면, 갑자기 알게 돼. 갑자기 안개가 걷히는 것처럼 알게 돼. 그곳이 과연 어떤 장소인지를 말이지. 그리고 그 장소가 뭘 원하는지를. 만약 그 장소가 원하는 것과 자신이 원하는 것이 전혀 다르면, 그걸로 끝이야. 다른 곳에 가서 똑같은 걸 또 반복해. 그러나 그 장소가 원하는 것과 내가 원하는 것 사이에 공통점이나 타협점이 있다는 걸 알면, 그러면 성공의 실마리를 잡은 셈이야. 그다음에는 그걸 꼭 잡고 놓지 않으면 돼. 그런데 그걸 잡기 위해서는 비가 오나 눈이 오나 거기에 서서, 자신의 눈으로 사람들의 얼굴을 꼭 봐야 해. 계산은 나중에라도 얼마든지 할 수 있어. 난 말이지, 아주 현실적인 사람이야. 나의 이 두 눈으로 납득이 갈 때까지 본 게 아니면 믿지 않아. 사용 설명서나 논리, 계산은, 또는 무슨 주의다 이론이다 하는 것들은, 대개 자기 눈으로 뭘 볼 수 없는 사람을 위한 거야. 그리고 세상 사람들은 대개 자기 눈으로 뭘 보지 못하지. 왜 그런지는 나도 몰라. 하려고 하면 누구든 할 수 있는 일인데 말이지."

"매직 터치가 전부는 아니군요."

"물론 그것도 있지." 하고 삼촌은 싱긋 웃으며 말했다. "하지만 당연히 그게 전부는 아니야. 내 생각에, 네가 해야 할 일은 역시 가장 간단한 일부터 생각하는 것. 예를 들자면,

어느 길모퉁이에 서서 매일 오가는 사람들의 얼굴을 보는 거야. 서둘러 결정할 필요는 없어. 힘들지도 모르겠지만 가만히 멈춰 서서 시간을 들여야 하는 일도 있는 법이야."

"당분간 여기 있으라는 말인가요?"

"아니, 나는 어디로 가라거나 여기 있으라는 말을 하는 게 아니야. 그리스에 가고 싶으면 가면 되지. 여기 남고 싶으면 남으면 되고. 그건 네가 순서를 정해서 결정할 일이야. 다만 나는 네가 구미코와 결혼한 것은 잘한 일이라고 늘 생각해 왔어. 구미코에게도 좋은 일이라고 말이지. 그런데 왜 갑자기 이런 식으로 엉망이 되었는지, 난 아직 이해가 안 돼. 너도 아직 이해가 잘 안 되겠지?"

"그렇습니다."

"그렇다면, 뭔가를 분명하게 알 때까지, 자기 눈으로 보는 훈련을 하는 편이 좋지 않겠어. 시간을 들이는 걸 두려워해서는 안 돼. 무언가에 넉넉히 시간을 들이는 것은, 어떤 의미에서는 가장 세련된 형태의 복수거든."

"복수." 하고 나는 조금 놀라 말했다. "뭐죠, 그 복수라는 말은. 누구에 대한 복수라는 겁니까?"

"너도 조만간 그 의미를 알게 될 거야." 하고 삼촌은 웃으면서 말했다.

우리가 툇마루에 앉아 같이 술을 마신 시간은 1시간 남 짓이었다. 그리고 삼촌은 일어나, 야, 이거 너무 오래 있었군 하고는 돌아갔다. 혼자 남은 나는 툇마루 기둥에 기대어 멍 하니 마당과 달을 바라보았다. 나는 한참이나, 삼촌이 남기 고 간 현실적인 공기 같은 것을 넉넉히 가슴으로 들이쉴 수 있었다. 그 덕분에 정말 오랜만에, 안심이 되었다.

하지만 그로부터 몇 시간이 지나 그런 공기가 서서히 열 어지자, 사방은 또다시 엷은 슬픔의 막 같은 것에 에워싸였 다. 결국 나는 이쪽 세계에 있었고, 삼촌은 저쪽 세계에 있 었다.

삼촌은 정말 간단한 일부터 생각하면 된다고 했다. 하 지만 나는 무엇이 간단하고 무엇이 어려운 일인지 구별할 수 없었다. 그래서 다음 날 아침 출근 시간이 끝날 무렵, 집 을 나서서 전철을 타고 신주쿠에 갔다. 그리고 거기에 서서 실제로, 사람들의 얼굴을 그저 가만히 바라보기로 했다. 그 런 일을 한다고 무슨 보탬이 될지는 알 수 없었지만, 아무것 도 안 하고 가만히 있기보다는 아마 나을 것이라고 생각했 다. 사람들의 얼굴을 지겹도록 보는 것이 간단한 일의 한 예 라면, 그 예를 실행해 보아도 좋을 것이다. 적어도 손해는 없 을 것이다. 잘하면 그 행위에 뭐가 '간단한 일'인지를 내게 시사해 주는 무언가가 포함되어 있을지도 모른다.

첫날, 나는 신주쿠역 앞의 화단에 걸터앉아 눈앞을 지나가는 사람들의 얼굴을 2시간가량 가만히 쳐다보았다. 하지만 그 길은 오가는 사람들이 너무 많았고, 그들의 발걸음은 너무 빨랐다. 누군가의 얼굴을 지그시 보는 것도 쉽지 않았다. 게다가 거기 오래 앉아 있으니, 부랑자 같은 남자가 다가와 내게 자꾸 말을 걸었다. 경찰이 몇 번이나 지나가면서 내 얼굴을 힐금힐금 쳐다보기도 했다. 그래서 나는 역 앞을 떠나 좀 더 느긋하게 오가는 사람들을 바라볼 수 있는 적당한 장소를 찾기로 했다.

육교를 걸어 신주쿠역 서쪽 출구 쪽으로 가서, 잠시 그 주변을 돌아다니다가 고층 빌딩 앞에서 조그만 공원을 발견했다. 광장에는 세련된 벤치가 있고, 거기에 앉아 마음껏 오가는 사람들을 바라볼 수 있었다. 사람들이 역 앞만큼은 많지 않았고, 꽁무니에 작은 위스키 병을 차고 다니는 부랑자도 없었다. 나는 던킨 도넛에서 도넛과 커피를 사 점심으로 먹고는 종일 거기에 앉아 있었다. 그리고 저녁 퇴근 시간이 시작되기 전에 집으로 돌아왔다.

처음에는 머리숱이 적은 사람만 눈에 띄었다. 가사하라 메이와 함께 가발 회사의 조사 아르바이트를 한 영향이다. 눈이 머리가 벗어진 사람들을 저절로 쫓아가 송, 죽, 매로 분류했다. 이럴 거면 가사하라 메이에게 전화를 걸어서, 같이 아르바이트를 또 해도 좋았다고 생각했을 정도였다.

하지만 며칠이 지나자, 아무 생각 없이 그저 사람의 얼굴을 볼 수 있게 되었다. 오가는 사람들 대부분은 고층 빌딩에 있는 사무실을 드나드는 남녀 회사원들이었다. 남자들은 하얀 와이셔츠에 넥타이를 매고 가방을 들고 있었다. 대다수의 여자들은 굽이 높은 구두를 신고 있었다. 그 외에 빌딩 안에 있는 레스토랑이나 가게를 찾는 사람들도 있었다. 꼭대기 층에 있는 전망대에 오르기 위해 찾아온 가족도 있었다. 그냥 어디서 와서 어디로 이동하는 사람들도 있었다. 사람들은 그렇게 빨리 걷지는 않았다. 나는 특정한 누가 아니라 그저 멍하니 그들의 얼굴을 바라보았다. 때로 어떤 이유로 관심을 끄는 사람이 있으면, 얼굴을 집중해서 바라보고, 눈으로 그 모습을 좇았다.

일주일 동안, 하루도 빠짐없이 계속했다. 출근 시간이 어언 끝나는 10시쯤 전철을 타고 신주쿠에 가서, 광장 벤치에 앉아 4시까지 거의 꼼짝도 하지 않고 가만히 사람들의 얼굴을 보았다. 실제로 해보고 안 일인데, 내 앞을 줄줄이 지나가는 사람들 얼굴을 좇다 보면, 마치 마개라도 뽑은 것처럼 머릿속이 텅 비어 갔다. 나는 누구에게도 말을 걸지 않았고, 또 아무도 내게 말을 걸지 않았다. 아무 생각도, 아무 고민도 하지 않았다. 때로 자신이 돌 벤치의 일부가 되고 만 듯한 기분이 들었다.

그런데 딱 한 명, 내게 말을 건 사람이 있었다. 야위었지만 차림새가 고상한 중년의 여자였다. 몸에 딱 맞는 선명한 분홍색 원피스를 입고, 귀갑테의 짙은 선글라스를 끼고, 하얀 모자를 쓰고, 반짝거리는 하얀 핸드백을 들고 있었다. 다리가 무척 예쁘고, 아주 비싸 보이는 하얀 가죽 샌들을 신고 있었다. 화장은 짙었지만, 흉할 정도는 아니었다. 그 여자는 내게, 무슨 곤란한 일이 있느냐고 물었다. 딱히 없다, 하고 나는 말했다. 매일 여기서 보는데, 대체 뭘 하고 있느냐하고 그녀는 또 물었다. 사람의 얼굴을 보고 있다고 나는 대답했다. 무슨 목적이 있어 사람의 얼굴을 보느냐고 그녀가 물었다. 딱히 목적 같은 것은 없다고 대답했다.

그녀는 핸드백에서 버지니아 슬림을 꺼내, 조그만 금 라이터로 불을 붙였다. 그리고 내게 한 개비를 권했다. 나는 고개를 저었다. 그녀는 선글라스를 벗고, 아무 말 없이 내 얼굴을 멀뚱멀뚱 쳐다보았다. 정확하게 말하면, 그녀는 내 얼굴의 멍을 보았다. 대신 나는 그녀의 눈을 들여다보았다. 하지만 그 안에서 어떤 감정의 움직임도 감지할 수 없었다. 그저 한 쌍의, 정확하게 기능하고 있는 검은 눈동자가 있을 뿐이었다. 그녀의 코는 조그맣고 뾰족했다. 얇은 입술에는 꼼꼼하게 립스틱을 바르고 있었다. 나이를 가늠하기는 어려웠지만, 아마 사십 대 중반쯤일 것이다. 언뜻 보기에는 더 젊은 것 같은데, 콧대 옆선이 약간 특이하게 늘어져 있었다.

"돈은 있어요?" 하고 그녀가 물었다.

"돈?" 나는 놀라서 되물었다. "뭐죠 대체, 그 돈이라는 말?"

"그냥 물었을 뿐이에요. 돈은 있는지? 돈에 쪼들리는 건 아닌지 해서."

"그런 거 아닙니다." 하고 나는 말했다.

여자는 내 말을 음미하듯이 입술을 약간 일그러뜨린 채, 나를 유심히 쳐다보았다. 그리고 고개를 끄덕거렸다. 그다음 선글라스를 끼고, 담배를 땅에 버리고, 쓱 일어나 뒤도 돌아보지 않고 가 버렸다. 나는 어안이 벙벙한 채 인파 속으로 사라지는 그녀의 뒷모습을 바라보았다. 머리가 조금 이상한지도 모른다. 하지만 그런 사람치고는 차림새가 너무 멀쩡하다. 나는 그녀가 버리고 간 담배를 발로 밟아 끄고, 천천히 주위를 돌아보았다. 내 주위는 여느 때와 똑같은 현실로 가득했다. 사람들은 저마다 목적을 갖고, 어디선가 와서 어딘가로 이동했다. 나는 그들이 누군지를 모르고, 그들 또한 내가 누군지 몰랐다. 나는 심호흡을 하고, 또 아무 생각 없이 그들의 얼굴을 바라보는 작업에 들어갔다.

나는 계속해서 열하루 동안, 거기에 앉아 있었다. 매일 커피를 마시고, 도넛을 먹고, 내 앞을 지나가는 몇천 명이나 되는 사람들의 얼굴을 그저 가만히 바라보았다. 내게 말을 걸었던 고상한 차림새의 중년 여자와 나눈 의미 없는 짧은 대화를 제외하면, 나는 그 열하루 동안 아무와도 말을 하지 않았다. 특별한 일은 전혀 없었고, 아무 사건도 생기지 않았다. 그 열하루가 거의 공백인 채로 흘러갔는데도, 나는 아직 어디에도 가 있지 않았다. 나는 여전히 복잡하게 얽힌 미로 속에서 헤매고 있었다. 가장 간단한 얽힘조차 풀지 못했다.

그런데 열하루째 저녁때 기묘한 일이 벌어졌다. 일요일이었고, 나는 평소대로 늦은 시간까지 거기에 앉아 사람들의 얼굴을 바라보았다. 일요일에는 평소와는 다른 종류의 사람들이 신주쿠를 찾고, 출퇴근 전쟁도 없다. 불현듯 검은 기타 케이스를 든 젊은 남자의 모습에 시선이 갔다. 키는 크지도 작지도 않다. 검은 뿔테 안경을 끼고, 머리는 어깨까지 길게 늘어뜨리고, 청바지에 데님 셔츠를 입은 모습에 다 낡은 하얀 스니커즈를 신고 있었다. 그리고 똑바로 앞을 향하고, 무슨 생각에 잠긴 듯한 눈빛으로 내 앞을 가로질러 갔다. 그 남자의 모습을 보았을 때, 무언가가 내 의식을 두드렸다. 심장이 쿵쿵 조그만 소리를 내었다. 내가 아는 남자다, 하고 나는 생각했다. 저 남자를 전에 어디선가 본 적이 있다. 누구였는지를 기억하는 데 몇 초 걸렸다. 어느 밤, 삿포로의 술집에서 노래를 불렀던 남자였다. 틀림없는 그 남자였다.

얼른 벤치에서 일어나 그 남자 뒤를 서둘러 쫓아갔다. 남자는 느릿느릿 걷고 있어서 쫓아가기가 어렵지 않았다. 남자의 보조에 맞춰 10미터 정도 거리를 두고 따라갔다. 나는 그 남자에게 말을 걸어 보자고 생각했다. 당신, 삼 년 전쯤에 삿포로에서 노래를 불렀죠, 거기에서 당신 노래를 들었던 사람입니다, 하고 나는 말하리라. "그러시군요, 감사합니다." 하고 그는 대답할 것이다. 하지만 그다음에는 무슨 말을 한단 말인가. "실은 그 밤에 내 아내가 낙태 수술을 받았습니다. 그리고 그녀는 얼마 전에 집을 나갔습니다. 다른 남자와 줄곧 자고 있었던 거죠." 그렇게라도 말해야 하나? 아무튼 나는 그 남자 뒤를 따라가기로 했다. 어쩌면 걷는 중에, 어떻게 하면 될지 좋은 생각이 떠오를지도 모른다고 생각하고서.

그 남자는 역 반대 방향으로 걸어가고 있었다. 고층 빌딩이 이어지는 지역을 지나고, 고슈 가도를 지나 요요기 방면으로 향했다. 무슨 생각을 하는지는 알 수 없지만, 집중해서 무언가를 깊이 생각하고 있는 것처럼 보였다. 또 늘 걸어 다니는 익숙한 길인지, 사방을 두리번거리거나 길을 잃는 일도 없었다. 앞을 똑바로 향한 채, 거의 일정한 속도로 걸었다. 나는 그 뒤를 쫓으면서, 구미코가 낙태 수술을 받았던 날로 돌아갔다. 3월 초의 삿포로. 지면은 딱딱하게 얼어붙었고, 때때로 눈발이 살랑살랑 흩날렸다. 나는 다시 그 거리로 돌아가, 그 얼어붙을 듯한 공기를 들이마셨다. 사람들이 내쉬는 하얀 입김을 눈앞에서 볼 수 있었다.

그때부터 뭔가가 변하기 시작한 거였어 하고 나는 문득 생각했다. 분명하다. 그때를 경계로 내 주위에서 흐름이 확실한 변화를 보이기 시작했다. 지금 와서 생각해 보면, 그 낙태 수술은 우리 둘에게 아주 중요한 의미가 있는 사건이었다. 하지만 그때 나는 그 중요성을 미처 인식하지 못했다. 나는 낙태라는 행위 자체에 너무 심하게 집착했다. 하지만 진짜 중요한 점은 다른 곳에 있었는지도 모른다.

나는 그렇게 하지 않을 수 없었어. 그리고 그렇게 하는 것이 우리 둘에게 가장 옳은 일이라고 생각했어. 여보, 당신이 모르는 일도 있어. 내가 아직은 말할 수 없는 일도 있어. 당신에게 숨기려는 건 아니야. 나는 그게 정말 있었던 일인지 어떤지 아직 확신이 없을 뿐이야. 그러니까 아직은 말할 수가 없어.

그때 그녀는 아직 그 무언가가 진실인지 아닌지 확신하지 못했다. 그리고 그 무언가는 낙태보다는 오히려, 임신에 관계된 것임이 거의 틀림없다. 또는 태아에 관계된 것이었다. 그것은 대체 무엇이었을까? 무엇이 그렇게까지 구미코

360

를 혼란스럽게 만들었던 것일까? 그녀는 내가 아닌 남자와 관계했기 때문에 그 아이를 낳는 걸 거부했던 것일까. 아니, 아니다. 그런 일은 있을 수 없다. 그녀 자신이 그런 일은 있을 수 없다고 단언했다. 그 아이는 나의 아이였다. 하지만 내게 말할 수 없는 무언가가 있었다. 그리고 그 무언가는, 이번 구미코의 가출과 밀접한 관계가 있다. 모든 것은 거기에서 시작되었다.

하지만 과연 어떤 비밀이 숨겨져 있는지, 나로서는 도저히 짐작조차 할 수 없었다. 나 혼자만 어둠 속에 남겨져 있었다. 단 한 가지 아는 것은, 그 무언가의 비밀이 풀리지 않는 한 구미코는 두 번 다시 내게 돌아오지 않으리라는 것뿐이다. 마침내 나는 자신의 몸 안에서 소리 없는 분노 같은 것을 느끼기 시작했다. 그것은 내 눈에는 보이지 않는 무언가에 대한 분노였다. 나는 등을 쭉 펴고, 크게 숨을 들이쉬어 요동치는 심장을 진정시켰다. 하지만 그 분노는 물처럼 소리 없이, 내 몸 구석구석을 적셨다. 그것은 슬픈 분노였다. 나는 그 분노를 어디에도 터뜨릴 수 없다. 어떻게도 해소할 수 없다.

남자는 똑같은 걸음으로 계속 걸었다. 오다큐선 선로를 넘고, 상점가를 통과하고, 신사를 지나고, 군데군데 복잡하게 얽힌 골목을 지났다. 나는 그가 알아차리지 못하게 경우에 따라 적당히 거리를 두고 뒤를 쫓았다. 그가 내가 따라오는 것을 전혀 눈치채지 못하고 있는 것은 분명했다. 단 한 번도 뒤돌아보지 않았기 때문이다. 저 남자는 뭔지 몰라도 정상이 아닌 부분이 있다고 생각했다. 뒤도 돌아보지 않을뿐더러 한눈 한번 팔지 않는다. 그렇게 집중해서 과연 무슨 생각을 하고 있는 것일까? 어쩌면 반대로 아예 아무 생각을 하지 않는 것일까?

남자가 사람들이 오가는 길에서 벗어나 이 층짜리 목조 주택이 죽 늘어선 한적한 구역으로 들어갔다. 좁은 길은 구불구불 굽었고, 그 양쪽에는 낡은 가옥이 거의 간격 없이 줄지어 서 있었다. 기묘할 정도로 인기척이 없었다. 주변의 가옥 절반 이상이 빈집인 탓이다. 빈집 현관에는 널판이 덧대어 있고, 건축 예정이라는 팻말이 걸려 있었다. 또 군데군데, 마치 이가 완전히 빠진 것처럼 잡풀이 돋은 공터가 있고 그 주위를 철망이 두르고 있었다. 머잖아 이 일대를 한꺼번에 철거하고 그 자리에 새 건물을 지을 계획이라도 있는 것이리라. 아직 사람이 사는 집 앞에는 나팔꽃 화분이며 갖가지 화분이 빼곡하게 놓여 있었다. 세발자전거가 나동그라져 있고, 2층 창문에는 수건과 아동용 수영복이 널려 있었다. 창문 아래와 문 앞에 나른하게 드러누운 고양이 몇 마리가 나를 보고 있었다. 저녁이지만 아직 밝은 시간인데, 사람의 모습은 보이지 않았다. 여기가 지리적으로 어느 부근인지 알 수 없었다. 어디가 북쪽이고 어디가 남쪽인지도 알 수 없었다. 아마 요요기와 센다가야와 하라주쿠 세 역을 잇는 세모꼴 속일 것이라고 나는 대충 짐작했다. 그러나 확신은 없었다.

아무튼 도시의 한가운데에, 무시당한 것처럼 덩그러니 남아 있는 지역이었다. 원래부터 길이 좁아서 차가 거의 들어올 수 없었던 탓에 오래도록 이 한 구역에만 개발업자의 손이 미치지 못했던 것이다. 그곳에 발을 들여놓자 이십 년이나 삼십 년쯤 시간이 거꾸로 돌아간 듯한 기분이 들었다. 그리고 조금 전까지 그렇게 시끄럽게 들리던 자동차 소리도 어딘가로 빨려 들어간 듯 사라지고 없었다. 남자는 기타 케이스를 들고, 그 미로 같은 길을 걸어 아파트로 보이는 목조 건물 앞에 멈췄다. 그리고 입구를 열고 안으로 들어가, 문을 닫았다. 문은 잠겨 있지 않은 듯했다.

나는 잠시 거기에 서 있었다. 손목시계의 바늘은 6시 20분을 가리키고 있다. 나는 건너편 공터를 두른 펜스에 기대어 한동안 그 건물을 관찰했다. 흔히 있는 이 층짜리 목조 아파트다. 입구의 분위기나 각 방의 배치로 그걸 알 수 있다. 나도 학생 시절에 그런 아파트에 한동안 산 적이 있었다. 현관에 신발장이 있고, 화장실은 공동으로 사용하고, 조그만 부엌이 딸린 단칸 아파트 — 학생과 독신 회사원이 살았다. 하지만 그 건물에서는 사람이 사는 기척이 느껴지지 않았다. 소리 하나 들리지 않고, 움직임 하나 감지되지 않았다. 멜라민 화장판으로 마감한 입구 문에는 사는 사람들의 명패도 붙어 있지 않았다. 얼마 전에 뜯어냈는지, 그 자리가 길쭉하고 하얀 공백으로 남아 있었다. 사방에는 아직도 오후의 열기가 남아 있는데, 모든 방의 창문은 딱 닫혀 있고, 그 안의 커튼도 닫힌 채였다.

어쩌면 이 아파트도 조만간 주변 건물과 함께 철거될 예정이라서, 아무도 안 사는 것인지도 모른다. 만약 그렇다면, 그 기타 케이스를 든 남자는 어디서 뭘 하는 것일까? 남자가 안으로 들어간 다음, 어느 방의 창문이 활짝 열리지 않을까 싶어 기다렸지만, 여전히 아무런 움직임도 없었다.

인기척 하나 없는 골목에서 마냥 시간을 죽일 수 없어, 나는 그 아파트 건물 현관에 가서 문을 열어 보았다. 문은 역시 잠겨 있지 않아, 스르륵 안쪽으로 열렸다. 나는 잠시 그 앞에 서서 안쪽의 동향을 살폈다. 그러나 어두컴컴해서 안에 뭐가 있는지 한눈에 알아볼 수 없었다. 창문이란 모든 창문이 다 닫혀 있는 탓에, 텁텁한 열기가 고여 있었다. 우물 속에서 맡았던 냄새와 비슷한 곰팡내도 났다. 더위 탓에

셔츠의 겨드랑이는 이미 푹 젖었다. 귀 뒤로 땀이 주르륵 흘러 떨어졌다. 나는 과감하게 안으로 들어가, 소리 나지 않게 살며시 문을 닫았다. 그리고 우편함과 신발장에 붙어 있는 명패로(만약 그런 것이 있다면), 아직 여기 사는 사람이 있는지를 확인하려 했다. 그런데 그때 나는 불현듯, 거기에 누군가가 있다는 것을 알았다. 누가 나를 빤히 보고 있다.

문에 들어서자 바로 오른쪽에 높은 신발장 같은 것이 있고, 그 뒤에 마치 몸을 숨긴 것처럼 누군가가 있었다. 나는 숨을 죽이고, 그 어두컴컴한 열기 속을 보았다. 거기에는 내가 뒤를 따라온 기타 케이스를 든 젊은 남자가 있었다. 그는 여기로 들어오자마자 신발장 뒤에 가만히 숨어 있었던 것이다. 쿵쿵 뛰는 심장 소리가 내 목 바로 아래에다 못을 박는 소리처럼 들렸다. 그 남자는 저런 곳에서 뭘 하고 있는 것일까? 나를 기다렸는지도 모른다. 또는…… "저, 안녕하세요." 하고 나는 용기를 내어 말을 건네 보았다. "좀 여쭙겠는데요……."

그때 무언가가 갑자기 내 어깨를 쳤다. 몹시 심하게 쳤다. 대체 무슨 일이 일어난 건지, 상황을 파악할 수 없었다. 그때 내가 느낀 것은, 눈앞이 어질어질할 정도로 강한 육체적 충격이었다. 영문을 모른 채 나는 거기에 멀거니 서 있었다. 하지만 다음 순간, 나는 퍼뜩 이해했다. 방망이다. 그 남자는 신발장 뒤에서 마치 원숭이처럼 재빨리 뛰쳐나와 야구 방망이로 내 어깨를 힘껏 친 것이다. 내가 어리둥절하고 있는 사이에, 그는 다시 한번 방망이를 휘두르며 나를 덮쳤다. 비키려고 했지만 이미 늦었다. 방망이가 나의 왼쪽 팔을 쳤다. 그 순간, 감각이 사라졌다. 아픔도 없었다. 마치 왼팔 자체가 공중으로 완전히 사라진 것처럼, 감각을 잃었을 뿐이다.

그때 거의 반사적으로 나는 상대의 몸을 걷어찼다. 고등학생 시절에 가라테 유단자인 친구에게, 정식으로는 아니지만 가라테의 초보적인 기술을 배운 적이 있었다. 그는 며칠이나 내게 걷어차기만 연습하게 했다. 화려한 동작도 없이, 오로지 최대한 강하게, 최대한 높이, 그리고 최단거리에서 똑바로 다리를 걷어 올리는 연습만 했다. 여차하는 순간에는 걷어차기가 가장 효과적이야 하고 그는 말했다. 과연 그 말이 옳았다. 남자는 방망이를 휘두르느라 정신이 없어 걷어차일 수도 있다는 가능성은 전혀 염두에 없었다. 나도 제정신이 아니어서 어디를 찼는지도 몰랐고 그렇게 강력하지도 않았지만, 남자는 충격으로 움찔한 듯했다. 그는 방망이를 휘두르다 말고, 마치 시간이 멈춘 것처럼 멍한 눈으로 나를 보았다. 그 틈에 이번에는 더 정확하고 더 강력하게 상대의 하복부를 걷어찼다. 남자가 고통스러워하며 몸을 꺾는 사이에 나는 남자의 손에서 방망이를 빼앗았다. 그리고 이번에는 옆구리를 힘껏 걷어찼다. 남자가 내 다리를 잡으려고 해서 또 한 번 걷어찼다. 그리고 같은 곳을 또 찼다. 그다음에는 방망이로 허벅지를 내리쳤다. 남자는 탁한 비명 같은 소리를 내지르면서 바닥에 나뒹굴었다.

처음에는 나는 공포와 흥분 때문에 남자를 걷어차고 때렸다. 내가 맞지 않기 위해 상대를 걷어차고 때렸던 것이다. 그런데 남자가 바닥에 쓰러진 후부터, 그것은 명백한 분노로 바뀌었다. 얼마 전, 구미코를 생각하며 걸었을 때 내 몸 안에서 솟구쳤던 소리 없는 분노가 아직도 거기에 남아 있었다. 그리고 그 분노는 지금 해방되어 넓게 확산되면서 불길처럼 타올랐다. 그것은 격한 증오에 가까운 분노였다. 나는 다시 한번 방망이로 남자의 허벅지를 내려쳤다. 남자의 입가에서 침이 질질 흘렀다. 방망이로 맞은 내 어깨와 왼팔이 조금씩 욱신욱신 아프기 시작했다. 그 아픔이 나의 분노를 더욱 부채질했다. 남자는 고통에 얼굴이 일그러졌지만, 그런데도 팔을 사용해 일어나려고 했다. 나는 왼손에 힘이 잘 들어가지 않아 방망이를 내던지고, 남자의 몸에 올라타 오른손으로 힘껏 얼굴을 쳤다. 몇 번이나 몇 번이나 그 얼굴을 쳤다. 오른 손가락이 얼얼하고 아파 올 때까지 쳤다. 상대가 의식을 잃을 때까지 치려고 했다. 멱살을 잡고, 바닥에 머리를 내리쳤다. 나는 지금껏 이렇게 치고받는 싸움은 한 번도 한 적이 없었다. 힘껏 사람을 때린 적도 없었다. 그런데 어떻게 된 일인지 그만둘 수 없었다. 머릿속으로는 이제 그만해야 한다고 생각하고 있었다. 이 정도면 충분하다. 이 이상은 과하다. 이놈은 이제 일어설 수도 없다, 그렇게. 그러나 그만둘 수 없었다. 자신이 둘로 분열되고 말았다는 것을 깨달았다. 이쪽의 나는 이제 저쪽의 나를 막을 수 없었다. 나는 심한 오한을 느꼈다.

그때 남자가 웃고 있다는 것을 알았다. 남자는 얻어맞으면서도 나를 향해 히죽히죽 웃고 있었다. 얻어맞으면 얻어맞을수록 웃음이 커졌다. 그리고 마지막에는, 코와 찢어진 입술에서 피가 흐르는데도, 자신의 침에 목이 막혀 컥컥거리면서도 키들키들 소리 내어 웃었다. 이놈이 미쳤군 하고 나는 생각했다. 나는 그만 때리고 일어섰다.

사방을 돌아보자 신발장 옆에 세워져 있는 검은 기타 케이스가 보였다. 나는 아직도 웃고 있는 남자를 내버려 두고 거기에 가서, 기타 케이스를 바닥에 넘어뜨리고 잠금을 풀어 뚜껑을 열었다. 그 안에는 아무것도 없었다. 텅 비어 있었다. 기타도 없고, 양초도 없었다. 남자는 기침을 하면서 나를 보고 웃었다. 갑자기 나는 숨이 막혔다. 건물 안의 후덥지근한 공기가 참을 수 없어졌다. 곰팡내, 내가 흘린 땀의 감촉, 피와 침 냄새, 그리고 내 안에서 끓어오르는 분노, 증오, 그런 모든 것이 참을 수 없어졌다. 나는 문을 열고 밖으로 나갔다. 그리고 문을 닫았다. 주위에는 여전히 인기척 하나 없었다. 덩치 큰 갈색 고양이가 이쪽은 힐금 쳐다보지도 않고 천천히 공터를 가로질러 갈 뿐이었다.

누가 뭐라 하기 전에 그 구역을 빠져나가고 싶었다. 어느 쪽으로 가면 좋을지 알 수 없었지만, 그래도 대충 방향을 잡아 걸어가는 중에 신주쿠역으로 가는 버스 정거장을 발견했다. 버스가 올 때까지 숨을 가다듬고, 머릿속을 정리하려고 했다. 하지만 흐트러진 호흡은 마냥 그대로였고, 머리도 정리되지 않았다. 나는 그저 사람의 얼굴을 보려 했을 뿐이다, 머릿속으로 그런 말을 몇 번이나 뇌까렸다. 삼촌이 그랬던 것처럼, 나도 길모퉁이에서 오가는 사람들을 바라보았을 뿐이다. 그리고 가장 간단한 얽힘을 풀려고 했을 뿐이다. 버스에 타자 승객들이 모두 내 쪽으로 고개를 돌렸다. 그들은 놀란 표정으로 내 모습을 잠시 보고는, 어딘가 모르게 불편하다는 듯이 눈길을 돌렸다. 아마 얼굴에 난 멍 때문일 것이라고 생각했다. 내 하얀 셔츠에 묻은 남자의 피(거의 코피였지만)와 손에 든 야구 방망이 때문이라는 것을 알기까지 잠시 시간이 걸렸다. 무의식적으로 그 방망이를 들고 왔던 것이다.

결국 나는 그 방망이를 집까지 가지고 돌아왔다. 그리고 벽장 속에 처박아 두었다.

그날 밤, 날이 밝도록 잠을 이루지 못했다. 시간이 흐르면서 남자에게 방망이로 얻어맞은 어깨와 왼팔이 부어오르고 욱신욱신 아팠다. 오른 주먹에는 수도 없이 남자를 때린 감촉이 고스란히 남아 있었다. 그리고 문득 정신을 차려 보면, 아직도 오른손은 주먹을 꽉 쥔 채 싸울 태세를 하고 있었다. 주먹을 풀려고 해도 손이 좀처럼 말을 듣지 않았다. 그리고 무엇보다 나는 자고 싶지 않았다. 지금 이대로 잠이 들면, 보나마나 악몽을 꾸게 될 것이다. 기분을 가라앉히려고 부엌 식탁 앞에 앉아 삼촌이 남기고 간 위스키를 스트레이트로 마시고, 카세트 테이프로 조용한 음악을 들었다. 나는 누구와든 얘기를 나누고 싶었다. 누구든 내게 말을 걸어 주었으면 했다. 전화기를 식탁에 갖다 놓고, 몇 시간이나 바라보았다. 누구든 좋다, 누구든 좋으니까 전화 좀 걸어 달라 하고 나는 생각했다. 그 묘한 수수께끼의 여자라도 좋다. 누구든 좋다. 무의미하고 너저분한 얘기라도 상관없다, 불쾌하고 불길한 얘기라도 좋다. 아무튼 누구라도 말을 걸어 줬으면 했다.

　그러나 전화벨은 울리지 않았다. 나는 병에 절반 정도 남아 있던 스카치위스키를 전부 마셔 버리고는 밖이 환하게 밝아 온 후에야 침대에 들어가 잠들었다. 제발 꿈은 꾸지 않기를, 오늘 단 하루라도 좋으니 나의 잠이 그냥 공백으로 남아 주기를, 하고 나는 잠들기 전에 생각했다.

그러나 물론 꿈을 꾸었다. 예상했던 대로 끔찍한 꿈이었다. 꿈에 그 기타 케이스를 들고 걸어갔던 남자가 등장했다. 꿈속에서 나는 현실과 똑같은 행동을 취했다. 나는 그 남자 뒤를 따라가, 아파트 현관문을 열고, 방망이로 얻어맞고, 그리고 그를 걷어차고, 또 차고, 때리고, 또 쳤다. 하지만 그다음부터는 실제와 달랐다. 내가 주먹을 날리다 말고 일어서자, 남자는 침을 흘리고, 키들키들 웃으면서 주머니에서 나이프를 꺼냈다. 조그맣고, 아주 예리해 보이는 나이프였다. 칼날이 커튼 사이로 스미는 희미한 저녁 햇살을 받아 반짝, 뼈처럼 하얗게 빛났다. 하지만 남자가 그 나이프로 나를 덮친 것은 아니었다. 그는 스스로 옷을 벗고 알몸이 되자, 마치 사과 껍질이라도 벗기는 것처럼 자신의 피부를 쓱쓱 벗기기 시작했다. 그는 껄껄 웃으면서 피부를 점점 벗겨 나갔다. 온몸에서 피가 줄줄 흘러 바닥에 거뭇거뭇 끔찍한 웅덩이를 만들었다. 오른손으로 왼팔의 피부를 벗겨 내고, 피부가 벗겨져 피범벅이 된 왼손으로 오른팔의 피부를 벗겼다. 그리고 끝내 남자는 시뻘건 고깃덩어리가 되었다. 하지만 고깃덩어리가 되었는데도, 그는 아직 까만 구멍 같은 입을 벌리고 웃고 있었다. 안구만이 그 고깃덩어리 안에서 데굴데굴 굴러다녔다. 그러다 벗겨 낸 피부가 부자연스러울 정도로 큰 웃음소리에 맞춰 바닥을 기더니, 질질 소리를 내며 이쪽으로 다가왔다. 나는 도망치려고 했다. 그러나 다리가 움직이지 않았다. 그 피부는 내 발목에 이르자, 천천히 몸을 타고 기어올랐다. 그리고 내 피부 위를 뒤덮기 시작했다. 내 피부 위에 남자의 끈적거리는 피투성이 피부가 조금씩 들러붙었다. 피 냄새가 사방에 진동했다. 피부는 얇은 막처럼 내 다리를 덮고, 몸을 덮고, 얼굴을 덮었다. 마침내 눈앞이 캄캄해지고, 웃음소리만 그 암흑 속에 울렸다. 그리고 나는 눈을 떴다.

눈을 떴을 때, 나는 나 자신을 어찌할 수 없을 정도로 혼란스럽고 또 겁에 질려 있었다. 한참이나, 자신이라는 존재를 제대로 인식할 수 없었다. 나는 손가락을 바들바들 떨고 있었다. 하지만 그와 동시에, 나는 한 가지 결론에 도달해 있었다.

나는 도망칠 수 없고, 도망쳐서도 안 된다. 그것이 내가 얻은 결론이었다. 가령 어디로 간들, 그것은 반드시 나를 쫓아올 것이다. 어디까지나.

18

크레타섬에서 온 편지,

세계의 가장자리에서 떨어진 것,
좋은 뉴스는 조그만 소리로 말해진다

마지막까지 꽤나 생각했지만, 결국 나는 크레타섬에 가지 않았다. 과거에 가노 크레타였던 여자는 그리스로 출발하기 딱 일주일 전에 식료품이 잔뜩 든 종이봉투를 들고 내집을 찾아와, 저녁을 만들어 주었다. 우리는 저녁을 먹는 내내, 얘기다운 얘기를 나누지 않았다. 저녁 설거지가 끝난후, 아무래도 당신과 함께 크레타섬에 갈 수 없을 것 같다고나는 말했다. 내가 그렇게 말했는데도, 그녀는 딱히 의외는아니라는 표정이었다. 오히려 당연하다는 듯이 받아들였을뿐이다. 그녀는 짧아진 앞 머리칼을 손가락 사이에 끼우면서 말했다.

"오카다 씨와 같이 갈 수 없는 건 정말 아쉽지만, 어쩔 수 없죠. 크레타섬에는 혼자서도 갈 수 있으니까 괜찮아요. 내 걱정은 하지 마세요."

"여행 준비는 다 됐나?"

"필요한 것은 대충 다 갖췄어요. 여권도, 비행기 티켓도, 여행자 수표도, 가방도. 짐이 그렇게 많은 건 아니에요."

"언니는 뭐라고 했지?"

"우리는 아주 친밀한 자매예요. 그러니까 멀리 떨어지는 것은 정말 힘겨운 일이죠. 서로에게. 하지만 가노 마르타는 강하고 머리도 좋은 사람이니까, 나를 위한 일이 뭔지 잘 알아요." 그리고 그녀는 조용히 미소만 머금은 얼굴로 나를 보았다. "오카다 씨는 혼자 여기 남는 편이 좋겠다고 생각한 거죠?"

"그래." 하고 나는 말했다. 그리고 자리에서 일어나 커피를 내리려고 주전자에 물을 받아 끓였다. "그런 기분이 들어. 얼마 전에 문득 그런 생각이 들었어. 나는 이곳을 떠날 수는 있지. 하지만 이곳에서 도망칠 수는 없다고 말이야. 아무리 멀리 가도 도망칠 수 없는 일도 있어. 당신이 크레타섬에 가는 건 좋은 일이라고 생각해. 여러 가지 의미에서 과거를 청산하고 새로운 인생을 시작하려고 하니까. 하지만 나는 그렇지 않아."

"구미코 씨 얘기를 하는 건가요?"

"아마, 그렇겠지."

"오카다 씨는 여기에서 구미코 씨가 돌아오기를 계속 기다릴 건가요?"

나는 싱크대에 기대어 물이 끓기를 기다리고 있었다. 하지만 물은 좀처럼 끓지 않았다. "솔직히 말해서, 뭘 하면 좋을지는 나도 몰라. 실마리가 전혀 없어. 그래도 조금씩 알게 되었어. 뭐라도 해야 한다는 걸 말이지. 그냥 여기 앉아서 구미코가 돌아오기를 기다려 봐야 소용 없어. 구미코가 돌아오기를 바란다면, 나는 내 손으로 여러 가지 일을 명확하게 해야 해."

"그런데 아직 뭘 하면 좋을지 모른다는 말이군요?"

나는 고개를 끄덕였다.

"내 주위에서 뭔가가 조금씩 형태를 잡아 가고 있다는 건 나도 느낄 수 있어. 모든 게 여전히 부옇고 애매하지만, 거기에는 연결 고리 같은 게 반드시 있을 거야. 하지만 그걸 억지로 잡거나 끌어낼 수는 없어. 모든 게 조금 더 분명해지기를 기다리는 수밖에 없다고 생각해."

가노 마르타의 동생은 식탁에 두 손을 가지런히 올려놓고, 내가 한 말에 대해서 잠시 생각했다. "기다리는 건 쉬운 일이 아니에요."

"그렇겠지." 하고 나는 말했다. "내가 지금 여기서 예상하는 것보다 아마 훨씬 힘겨운 일일 거야. 풀리지 않는 갖가지 문제를 껴안은 채 혼자 여기 남아, 과연 찾아올지 어떨지 모르는 것을 그저 가만히 기다리는 건. 솔직한 기분을 말하자면, 나도 가능하면 모든 것을 내던지고 당신과 둘이 크레타 섬에 가 버리고 싶어. 그리고 모든 것을 잊고, 새 생활을 시작하고 싶어. 그러려고 여행 가방도 샀고, 여권용 사진도 찍었어. 짐도 꾸렸고. 정말 일본을 떠날 생각이었어. 그런데 이곳에서 뭔가가 나를 찾고 있다는 예감 또는 감촉을 도무지 떨쳐 버릴 수가 없어. 내가 '도망칠 수 없다'라고 한 건, 그런 말이야."

가노 마르타의 동생은 잠자코 고개를 끄덕였다.

"표면상 이건 아주 어이없을 만큼 단순한 얘기야. 나의 아내는 남자가 생겨서 집을 나갔어. 그녀는 이혼하고 싶다고 해. 와타야 노보루가 말했듯이, 세상에 흔히 있는 일이지. 이리저리 괜한 생각 말고 당신과 함께 미련 없이 크레타 섬으로 떠나, 모든 것을 잊고 새로운 인생을 시작하면 되는 걸지도 몰라. 하지만 실제로는, 보기보다 단순한 얘기가 아니야 — 나는 그렇다는 걸 알고 있어. 당신도 그건 알겠지. 그렇지 않나? 가노 마르타도 알고 있을 거야. 아마 와타야 노보루도 알겠지. 내가 모르는 뭔가가 거기에 숨겨져 있어.

나는 어떻게든 그걸 밝은 곳으로 끄집어내고 싶어."

나는 커피 내리기를 포기하고 가스 불을 끈 다음 식탁으로 돌아가, 가노 마르타의 동생과 마주앉아 그녀 얼굴을 보았다.

"그리고 만약 가능하다면, 나는 구미코를 되찾고 싶어. 내 이 손으로, 이 세계로 데려올 거야. 그러지 않고는 나란 인간도 이대로 마냥 상실되어 가지 않을까 해. 그걸 조금씩 알게 되었어. 아직 부옇기만 하지만."

가노 마르타의 동생은 식탁에 놓인 자기 두 손을 바라보고, 얼굴을 들어 나를 보았다. 립스틱을 바르지 않은 입술을 꼭 다물고 있었다. 이윽고 그녀가 입을 열었다. "저는 그래서 더더욱 오카다 씨를 크레타섬으로 데려가려고 했어요."

"내가 그렇게 못하도록 하기 위해서?"

그녀는 조그맣게 고개를 끄덕였다.

"왜 그렇게 하도록 놔두고 싶지 않은 거지?"

"위험하기 때문이에요." 하고 그녀는 차분한 목소리로 말했다. "그곳은 위험한 장소이기 때문이에요. 지금은 아직 되돌아갈 수 있어요. 우리 둘이 크레타섬에 가면 돼요. 거기라면 우리는 안전합니다."

아이섀도도 바르지 않고 인조 속눈썹도 붙이지 않은, 완전히 새로운 가노 크레타의 얼굴을 멀거니 쳐다보다가 나는 순간적으로, 자신이 지금 어디에 있는지 애매해지고 말았다. 자욱한 안개 덩어리 같은 것이 아무런 사전 암시 없이 내 의식을 완전히 에워쌌다. 나는 나를 잃어버렸고, 나는 나에게 잃어버려졌다. 여긴 어디지 하고 나는 생각했다. 나는 여기서 대체 뭘 하고 있는 거지? 이 여자는 누구야? 하지만 이내 현실로 돌아왔다. 나는 내 집의 부엌 식탁에 앉아 있다. 나는 부엌 수건으로 땀을 닦았다. 살짝 현기증이 일었다.

"괜찮아요, 오카다 씨?" 하고 과거의 가노 크레타가 걱정스러운 표정으로 물었다.

"괜찮아." 하고 나는 말했다.

"저, 오카다 씨, 오카다 씨가 언젠가 구미코 씨를 되찾을 수 있을지 어떨지, 그건 나도 몰라요. 하지만 만약 오카다 씨가 실제로 구미코 씨를 되찾을 수 있다 치고, 그 때문에 오카다 씨가, 또는 구미코 씨가 원래처럼 행복해질 수 있다는 보장은 어디에도 없어요. 모든 것이 고스란히 원래 자리로 돌아가는 일은 없지 않을까요. 그 점에 대해서는 생각해 보았나요?"

나는 얼굴 앞에서 두 손을 깍지 꼈다가 다시 풀었다. 주위에서 소리다운 소리라고는 들리지 않았다. 나는 다시 한 번, 자신이라는 존재 안에 나를 적응케 했다.

"그 점은 나도 생각해 봤어. 모든 것이 이미 다 훼손되어서, 아무리 애를 써도 원래대로 돌아가는 일은 없을지도 모르지. 그럴 가능성과 확률이 높을 수도 있을 거야. 하지만, 가능성과 확률만으로 움직이지 않는 것도 있어."

가노 마르타의 동생은 손을 내밀어 식탁에 놓인 내 손을 살짝 건드렸다.

"그 여러 가지를 충분히 알고서도 남고 싶다면, 남아야 할지도 모르죠. 그건 당연히 오카다 씨가 정할 일이에요. 같이 크레타섬에 갈 수 없어 나로서는 무척 아쉽지만, 심정은 잘 알아요. 앞으로 여러 가지 일이 오카다 씨에게 일어날 테지만, 아무쪼록 저를 잊지 마세요. 아시겠나요, 무슨 일이 있으면 저를 떠올리세요. 저도 오카다 씨를 떠올릴 테니까."

"당신을 생각하지." 하고 나는 말했다.

과거에 가노 크레타였던 여자는 다시 한번 입술을 꼭 다물고, 오래도록 허공에서 말을 찾았다. 그리고 그녀는 아주 조용한 목소리로 말했다. "잘 들어 보세요, 오카다 씨도 잘 알다시피 이곳은 피비린내 나는 폭력적인 세계입니다. 강해지지 않은 채 살아남아서는 안 돼요. 하지만 동시에 그 어떤 작은 소리도 놓치지 않도록 차분히 귀를 기울이는 것도 중요한 일입니다. 아시겠어요? 좋은 뉴스는, 대부분의 경우 작은 목소리로 말해진답니다. 아무쪼록 그 점을 기억하세요."

나는 고개를 끄덕였다.

"태엽 감는 새 씨, 당신의 태엽을 무사히 찾을 수 있으면 좋겠어요." 하고 과거에 가노 크레타였던 여자는 내게 말했다. "안녕."

8월이 거의 끝나갈 무렵에, 나는 크레타섬에서 날아온 엽서를 받았다. 엽서에는 그리스 우표가 붙어 있고, 그리스 글자의 스탬프가 찍혀 있었다. 과거에 가노 크레타였던 여자가 보낸 게 분명했다. 그녀 외에 크레타섬에서 내게 그림엽서를 보내 줄 만한 사람은 단 한 명도 떠오르지 않았다. 하지만 보내는 사람의 이름이 쓰여 있지 않았다. 아직 새 이름을 정하지 못했나 보군 하고 나는 생각했다. 이름이 없는 인간은 자신의 이름을 쓸 수 없다. 하지만 거기에는 이름은 물론 글도 단 한 줄 적혀 있지 않았다. 그저 내 이름과 주소가 파란색 볼펜으로 쓰여 있고, 크레타섬 우체국의 소인이 찍혀 있을 뿐이었다. 뒷면은 크레타섬의 해안 풍경을 찍은 컬러 사진이었다. 바위산에 둘러싸인 새하얗고 조그만 해변이 있고, 가슴을 드러낸 젊은 여자가 혼자 일광욕을 하고 있었다. 바다는 짙은 파란색이고, 하늘에는 마치 만들어 붙인 것처럼 하얀 구름이 떠 있었다. 그 위에 서서 걸을 수 있을 만큼이나 단단한 구름이었다.

과거 가노 크레타였던 여자는 크레타섬에 무사히 도착한

듯했다. 나는 그녀를 위해 기뻐했다. 그녀는 그곳에서 새로운 이름을 찾으리라. 그리고 이름과 함께 새로운 자기와, 새로운 생활을 찾아 나가리라. 하지만 그녀는 나를 잊지는 않는다. 크레타섬에서 보낸, 글이 한 줄도 없는 그림엽서는 내게 그런 말을 하고 있었다.

나는 시간도 보낼 겸 그녀에게 편지를 썼다. 그러나 주소도 모르고, 받을 사람은 이름조차 없다. 그러니 애당초 보낼 생각이 없는 편지였다. 나는 다만 누군가에게 편지를 써 보고 싶었다.

'가노 마르타에게 연락이 끊긴 지 아주 오랩니다.' 하고 나는 썼다. '그녀 역시 나의 세계에서 깨끗이 모습을 감춰 버린 듯하군요. 사람들이 내가 속한 세계의 가장자리에서 하나둘 소리 없이 떨어져 가는 것처럼 생각됩니다. 모두 저쪽으로 한없이 걸어가, 홀연히 모습을 감춰 버립니다. 아마 그 어딘가에 세계의 가장자리 같은 것이 있나 봅니다. 나는 아무 특징 없는 매일을 보내고 있습니다. 너무 특징이 없어서, 전날과 그 다음 날의 구별이 점차 모호해지고 있습니다. 신문도 읽지 않고, 텔레비전도 보지 않고, 밖에도 거의 나가지 않습니다. 가끔 수영장에 가는 정도입니다. 실업 수당은 오래전에 끊겨 지금은 저금을 파먹고 있지만, 생활비가 그

렇게 많이 필요한 것은 아닙니다.(크레타섬에 비하면 생활비가
조금 더 비쌀지 모르겠지만.) 어머니가 남겨 주신 소소한 유산
덕분에 당분간은 먹고살 수 있을 것 같습니다. 예의 얼굴에
생긴 멍에는 이렇다 할 변화가 없습니다. 하지만 솔직하게
말하면, 시간이 흐르면서 나는 그 멍을 점차 의식하지 않게
되었습니다. 만약 이 멍을 간직한 채 앞으로의 인생을 살아
가야 한다면, 그렇게 하자고 생각합니다. 어쩌면 이 멍은 내
가 껴안고 살아가야만 하는 것인지도 모른다는 생각도 합
니다. 왜 그런지는 나도 이유를 모릅니다. 하지만 왠지 그렇
게 생각됩니다. 아무튼 나는 이곳에서 조용히 귀 기울이고
있습니다.'

　　때로 가노 크레타와 잤던 밤을 떠올렸다. 하지만 그 기억
은 불가사의할 정도로 막연했다. 나는 그 밤 그녀를 안고,
몇 번인가 섹스를 했다. 그것은 틀림없는 사실이었다. 하지
만 몇 주일이 지나자, 그 사실에서 명확한 실감 같은 것이
홀홀 떨어져 나갔다. 나는 그녀의 몸을 구체적으로 떠올릴
수 없었다. 어떤 식으로 그녀와 몸을 섞었는지도 잘 떠오르
지 않았다. 그 밤의 현실적인 기억보다 오히려, 그 이전에 의
식 속에서 — 비현실 속에서 — 그녀와 섹스했던 때의 기억
이 한결 선명했다. 그 이상한 호텔의 한 방에서, 구미코의 파

란 색 원피스를 입고 내 몸에 올라탔던 그녀 모습이 몇 번이나 눈앞에 알알이 떠올랐다. 그녀는 손목에 두 줄짜리 팔찌를 하고 있었고, 그것이 자글자글 마른 소리를 냈다. 딱딱해진 내 페니스의 감촉도 떠올릴 수 있었다. 그것은 그때껏 경험해 보지 못했을 정도로 딱딱하고 컸다. 그녀는 그것을 손에 잡고 자신의 몸 안에 스르륵 밀어 넣고는, 천천히 고리를 그리듯 몸을 돌렸다. 나는 그녀가 입은 구미코 원피스의 끝자락이 내 몸에 스치던 감각을 아직도 똑똑히 기억하고 있었다. 그러다 나도 모르는 사이에, 가노 크레타는 내가 모르는 수수께끼의 여자로 뒤바뀌었다. 구미코의 원피스를 입고 내 몸에 올라탄 것은, 내게 몇 번이나 전화를 걸었던 그 수수께끼의 여자였다. 그리고 성기 역시 가노 크레타가 아니라 그 여자의 것이었다. 나는 그 온도와 피부결의 차이를 알 수 있었다. 마치 다른 방에 들어갔을 때처럼. "모든 것을 잊어요." 하고 그 여자는 내게 살며시 속삭였다. "잠자듯이, 꿈을 꾸듯이, 따뜻한 진흙 속에 누워 뒹굴듯이." 그리고 나는 사정했다.

그 기억은 틀림없이 어떤 의미를 갖고 있다. 무슨 의미가 있기 때문에, 현실을 뛰어넘어 내 안에 선명하게 남아 있는 것이다. 하지만 그 의미가 무엇인지, 나는 아직 이해하지 못하고 있다. 나는 그 기억의 한없는 재생 속에서, 눈을 꼭 감고 한숨을 쉬었다.

　9월 초에, 역 앞에 있는 세탁소에서 전화가 걸려 왔다. 세탁물을 가지러 오라는 전화였다.

　"세탁물?" 하고 나는 물었다. "세탁물을 맡긴 적이 없는데요."

　"있다니까 그러네. 아무튼 가지러 와요. 대금은 치렀으니, 가지러 오기만 하면 된다고. 당신, 오카다 씨 맞지?"

　그렇다고 나는 말했다. 전화번호도 틀림없는 우리 집이었다. 나는 반신반의하면서 세탁소에 갔다. 세탁소 주인은 여전히 커다란 카세트라디오로 이지 리스닝 뮤직을 틀어 놓고, 셔츠를 다리고 있었다. 역 앞 세탁소의 이 조그만 세계에는 변화랄 게 무엇 하나 없었다. 이곳에는 유행도 없고, 변천도 없다. 전위도 없고, 후위도 없다. 진보도 없고, 후퇴도 없다. 칭찬도 없고 매도도 없다. 아무것도 늘지 않고, 아무것도 사라지지 않는다. 그때 흐른 음악은 버트 배커랙의 그리운 곡 「두 유 노 더 웨이 투 새너제이」였다.

　가게에 들어서자, 세탁소 주인은 다리미를 손에 든 채 당황한 듯 잠시 내 얼굴을 빤히 쳐다보았다. 나는 왜 그가 그렇게 내 얼굴을 뚫어져라 쳐다보는지 알 수 없었다. 그러다 내 얼굴의 멍 때문이라는 것을 알았다. 그럴 만도 하다. 낯익은 인간의 얼굴에 갑자기 멍이 생겼다면, 누구든 놀란다.

"사고가 좀 있었습니다." 하고 나는 설명했다.

"그거 참, 고생이 많았겠구려." 하고 주인은 말했다. 정말 딱하게 여기는 목소리였다. 그는 손에 든 다리미를 잠시 쳐다보고는, 다리미판에 조용히 세워 놓았다. 마치 자신의 다리미 탓이 아닐까 하고 의심하듯이. "낫는 거요, 그거?"

"모르겠습니다." 하고 나는 말했다.

그리고 주인은 비닐 커버를 씌운 구미코의 블라우스와 스커트를 내게 건네주었다. 가노 크레타에게 주었던 구미코의 옷이었다. 이거, 머리가 짧은 여자가 맡기고 갔죠, 이 정도 길이의, 하고 말하면서 나는 손가락과 손가락 사이를 3센티미터 정도 벌렸다. 그러나 주인은, 아닌데, 머리는 이 정도 길이였어 하면서 손으로 어깨를 가리켰다. 갈색 투피스에 빨간 비닐 모자를 쓰고 있었는데, 그 사람이 대금도 선불하고 다 되면 댁으로 전화를 걸라고 했어 하고. 나는 고맙다고 말하고, 블라우스와 치마를 들고 집으로 돌아왔다. 나는 옷을 가노 크레타에게 줬다고 생각했다. 그녀의 몸을 산 '대금'이었고, 돌려받아 봐야 사용할 곳도 없었다. 왜 가노 마르타가 굳이 그 세탁소까지 가서 그 옷들을 맡겼는지 이유를 알 수 없었다. 하지만 아무튼 반듯하게 접어서 구미코의 다른 옷들이 들어 있는 서랍에 넣었다.

나는 마미야 중위에게 편지를 썼다. 편지에 근자에 내 신변에 일어난 일을 간단하게 설명했다. 그에게 누가 될 수도 있었지만, 달리 편지를 보낼 상대가 생각나지 않았기 때문이다. 나는 우선 그 점을 사과했다. 그리고 마미야 중위가 우리 집에 찾아왔던 그날, 구미코가 집을 나갔다고 썼다. 그녀가 그때까지 몇 달 동안이나 다른 남자와 잤다는 것, 그 후에 내가 우물 속에 들어가 사흘 가까이 생각했다는 것, 지금은 혼자 생활하고 있다는 것, 혼다 씨가 준 유품은 그저 빈 위스키 상자였다는 것.

일주일 후에 그가 보낸 답장이 날아왔다. 실은 자신도 그 후에 왠지 모르게 오카다 씨가 마음에 걸렸다고 그는 썼다. 당신과 아주 오래 속을 터놓고 얘기했어야 했다는 생각이 들었다. 그러지 못한 것이 못내 아쉬웠다. 그러나 그날 갑작스럽게 볼일이 생겨서 밤까지 히로시마에 꼭 돌아가야 했다. 그래서 지금 이렇게 오카다 씨에게 편지를 받으니 나로서도 기쁘다. 내 생각에, 혼다 씨가 나와 당신을 만나게 하고 싶었던 게 아닐까 한다. 혼다 씨는 나와 당신이 만나는 것을, 나와 당신에게 좋은 일이라고 생각한 것이 아닐까. 그래서 유품을 전한다는 명분으로 나를 당신에게 보낸 것이라고 생각된다. 당신에게 전한 유품이 빈 상자였다는 것을 보면 설명이 된다. 나를 당신에게 보낸 것이 혼다 씨의 유품이었을 것이다.

'오카다 씨가 우물에 들어가셨다고 해서 저는 크게 놀랐습니다. 왜냐하면, 저 역시 우물에 늘 마음이 끌렸기 때문입니다. 그렇게 위험한 일을 당했으니 우물이라면 쳐다보기도 싫을 만큼 넌더리가 났어야 하는데, 그렇지가 않았습니다. 저는 지금도 어딘가에서 우물을 보면, 그 안을 꼭 들여다보곤 합니다. 볼 뿐만 아니라, 만약 물이 말라 버린 우물이면 그 속에 내려가 보고 싶다는 생각마저 듭니다. 아마 우물 속에서 무언가와 조우하게 되기를 원하는 것이겠지요. 거기에 들어가면, 그리고 거기에서 가만히 기다리면, 어쩌면 무언가를 만날 수 있을지도 모른다는 기대가 있는 것이겠지요. 그렇게 해서 저의 인생이 회복될 수 있으리라고 생각하는 건 아닙니다. 그런 기대를 하기에 저는 이미 나이를 너무 먹었습니다. 제가 원하는 것은, 저의 잃어버린 인생의 의미 같은 것입니다. 그것이 무엇에 의해, 왜 상실되었는가 하는 것입니다. 저는 그것을 이 눈으로 밝혀내 확인하고 싶습니다. 그럴 수만 있다면, 저는 자신이 지금보다 한층 더 상실되어도 상관없다고까지 생각하고 있습니다. 아니, 앞으로 몇 년 살 수 있을지 모르겠으나, 저는 기꺼이 그 무거운 짐을 지려는 생각까지 하고 있습니다.

부인께서 집을 나가셨다고요. 저로서는 너무도 안타까운 일입니다. 그러나 그 일에 관해서 오카다 씨에게 이래라저래라 말씀드릴 수 있는 처지가 아니군요. 저는 너무 오래 애정이나 가정과는 인연이 없는 장소에서 살아왔습니다. 그러니 저는 그 같은 일에 대해서는 뭐라 말씀 드릴 자격이 없습니다. 그러나 만약 오카다 씨의 내면에, 부인께서 돌아오기를 조금 더 기다려 보겠다는 마음이 다소나마 있다면, 지금처럼 지긋하게 기다리는 것이 옳다고 생각합니다. 저의 의견을 원하신다면, 그것이 제 의견입니다. 누군가가 사라진 후, 그곳에 남아 혼자 산다는 것은 괴로운 일입니다. 그 점은 충분히 잘 알고 있습니다. 그러나 이 세상에, 아무것도 원하는 것이 없는 적요함만큼 가혹한 것도 달리 없습니다.

가능하다면 조만간 도쿄에 올라가 오카다 씨를 뵈었으면 합니다. 그러나 지금은 한심하게도 다리를 조금 다쳐, 낫기까지 조금 시간이 걸릴 것 같습니다. 아무쪼록 몸조심하시고, 건강하게 지내시기 바랍니다.'

가사하라 메이도 오래도록 내 앞에 모습을 나타내지 않았다. 그녀가 우리 집에 온 것은 8월 말이었다. 그녀는 늘 그랬듯이 담을 뛰어넘어 마당으로 들어왔다. 그리고 내 이름을 불렀다. 우리 둘은 툇마루에 앉아 얘기했다.

"저, 태엽 감는 새 아저씨, 그거 알아요? 그 빈집, 어제부터 철거하고 있어요. 미야와키 씨네 그 집요." 하고 그녀는 말했다.

"그럼 누가 그 땅을 산 건가?"

"글쎄요, 모르겠어요."

나는 가사하라 메이와 함께 골목을 지나 빈집 뒤까지 갔다. 아닌 게 아니라 집을 철거하는 작업이 이미 시작된 상태였다. 여섯 명쯤 되는 헬멧 쓴 인부들이 덧문과 유리창을 떼어 내고, 싱크대와 전자제품을 꺼내 오고 있었다. 나와 그녀는 그들이 작업하는 광경을 한참이나 바라보았다. 그들은 그런 작업에 익숙한지, 거의 말도 하지 않은 채 묵묵히, 체계적으로 움직이고 있었다. 하늘 저 위쪽에는 가을의 도래를 알리는 하얗고 곧은 구름이 몇 줄기나 떠 있었다. 크레타섬의 가을은 어떨까 하고 나는 생각했다. 거기에도 이런 구름이 떠 있을까.

"저 사람들, 우물도 철거할까요?" 하고 가사하라 메이가 물었다.

"아마, 그러겠지." 하고 나는 말했다. "그런 걸 남겨 둔다고 무슨 도움이 되겠어. 위험하기만 했지."

"하기야 안에 들어가는 사람이 있을지도 모르고." 하고 그녀는 아주 진지한 표정으로 말했다. 그녀의 까맣게 탄 얼굴을 보고 있으려니, 그 뜨거운 열기로 뒤덮인 마당에서 그녀가 내 얼굴의 멍을 핥았을 때의 감촉이 선명하게 떠올랐다.

"태엽 감는 새 아저씨, 결국 크레타섬에는 안 갔네요."

"여기 남아서 기다려 보기로 했어."

"구미코 씨는 이제 안 돌아온다고 했다면서요. 전에 그러지 않았나요?"

"그건 또 다른 문제야." 하고 나는 말했다.

가사하라 메이는 눈을 약간 찡그리고 내 얼굴을 보았다. 그녀가 눈을 찡그리자 눈가의 흉터가 깊어졌다. "태엽 감는 새 아저씨, 왜 가노 크레타 씨랑 잤어요?"

"필요했기 때문이야."

"그것도 또 다른 문제인가요?"

"그렇다고 할 수 있지."

그녀는 한숨을 쉬었다. "안녕, 아저씨, 또 봐요."

"안녕." 하고 나도 말했다.

"저, 태엽 감는 새 아저씨." 그녀는 잠시 망설이다가 덧붙이듯이 말했다. "나, 아마 학교로 돌아갈지도 몰라요."

"학교로 돌아갈 마음이 생긴 거군."

그녀는 어깨를 살짝 으쓱했다. "다른 학교예요. 원래 학교에는 절대 돌아가고 싶지 않아서요. 그런데, 그 학교가 여기에서 좀 멀어요. 그러니까 당분간 아저씨를 못 만날 거예요."

나는 고개를 끄덕였다. 그리고 주머니에서 레몬 사탕을 꺼내 입에 넣었다. 가사하라 메이는 잠시 사방을 돌아보고서, 담배를 입에 물고 불을 붙였다.

"저, 아저씨, 여러 여자들이랑 자면 재미있어요?"

"그런 문제가 아니야."

"그 말은 벌써 들었어요."

"응." 하고 나는 말했다. 하지만 그 이상 무슨 말을 하면 좋을지 나는 몰랐다.

"뭐 됐어요, 그건. 하지만요, 나는 태엽 감는 새 아저씨를 만난 덕분에 겨우 학교로 돌아갈 마음이 생겼어요. 이건 정말이에요."

"왜지?"

"왤까요?" 하고 가사하라 메이는 말했다. 그리고 또 눈을 약간 찡그리고 나를 보았다. "아마 좀 더 정상적인 세계로 돌아가고 싶어진 거겠죠. 아저씨랑 같이 있으면서 나, 정말 재미있었어요. 이건 거짓말 아니에요. 그러니까 그 말은, 아저씨 자신은 아주 정상적인데, 실제로는 엄청나게 정상적이지 않은 행동을 하고, 그리고 또 뭐랄까…… 응, 예측이 불가능해요. 그래서 아저씨 옆에 있으면 조금도 심심하지 않았어요. 그런 게 나에게 큰 도움이 되었어요. 심심하지 않으면, 불필요한 생각을 안 해도 되잖아요. 아닌가요? 그러니까 그런 점에서는, 태엽 감는 새 아저씨가 옆에 있어서 좋았어요. 하지만 솔직히 말해서, 가끔은 힘들었어요."

"어떻게?"

"음, 뭐라고 할지, 아저씨를 보고 있으면, 마치 아저씨가 나를 위해 열심히 뭔가와 싸우고 있는 게 아닐까 하는 기분이 들었어요, 간혹. 이상한 얘기지만, 그런 생각이 들면 덩달아 나까지 땀이 줄줄 흘러요. 알겠어요, 무슨 얘긴지? 아저씨는 늘 태연한 표정을 하고 있어서, 뭐가 어떻게 되든 자기와는 상관없다는 식으로 보여요. 하지만 사실은 그렇지 않아요. 아저씨는 아저씨 나름으로 열심히 싸우고 있어요. 타인에게는 그렇게 보이지 않지만요. 안 그렇다면 왜 굳이 우물 속에 들어갔겠어요. 그렇지 않나요? 그러나 물론 태엽 감는 새 아저씨는 나를 위해서가 아니라, 어디까지나 구미코 씨를 찾기 위해서, 뭔가를 상대로 투닥투닥 볼품없게 싸우고 있어요. 그러니까 내가 땀을 흘릴 필요는 없다고요. 그건 아는데, 그런데도 역시, 태엽 감는 새 아저씨는 나를 위해서도 싸우고 있다는 기분이 들어요. 그러니까 아저씨는 구미코 씨를 위해 싸우면서, 동시에 결과적으로 다른 여러 사람을 위해서도 싸우고 있지 않나 싶어요. 그래서 아저씨가 간혹 바보처럼 보이는 게 아닐까요. 그런 생각이 드네요. 그래서인지, 태엽 감는 새 아저씨, 나는 그런 아저씨를 보고 있으면, 때로 힘들어요. 정말 힘들어요. 아저씨에게는 조금도 승산이 없어 보이는 걸요. 만약 내가 어느 쪽에 돈을 걸어야한다면, 미안하지만, 나는 아저씨가 지는 쪽에 걸 거예요. 아저씨를 좋아하지만, 그렇다고 파산하고 싶지는 않거든요."

"그건 잘 알지."

"나는 아저씨가 쓰러지는 걸 보고 싶지 않고, 이 이상은 땀을 흘리고 싶지도 않아요. 그래서 조금 더 정상적인 세계로 돌아가려는 거예요. 하지만, 만약 태엽 감는 새 아저씨를여기서 만나지 않았더라면, 이 빈집 앞에서 마주치지 않았더라면, 아마 그렇게 되지 않았을 거예요. 학교로 돌아간다는 생각도 안 했을 거예요. 그렇게 정상적이지 않은 곳에서아직도 미적거리고 있을 거예요. 그런 의미에서는 뭐, 태엽감는 새 아저씨 덕분인 거죠." 하고 그녀는 말했다. "태엽 감는 새 아저씨도 전혀 도움이 안 되는 건 아니네요."

나는 고개를 끄덕였다. 누군가에게 칭찬을 듣기는 정말오랜만이었다.

"저, 악수하지 않을래요?" 하고 가사하라 메이가 말했다.

나는 그녀의 조그맣고 까맣게 탄 손을 잡았다. 그러고서야 그 손이 얼마나 작은지를 새삼스럽게 깨달았다. 아직 어린애잖아 하고 나는 생각했다.

393

"안녕, 태엽 감는 새 아저씨." 하고 그녀가 다시 말했다. "왜 크레타섬에 가지 않았어요? 왜 여기서 도망치지 않았어요?"

"어느 쪽에 걸지, 선택할 수 없기 때문이었어."

가사하라 메이는 손을 놓고, 뭔가 진귀한 것을 보듯 내 얼굴을 한참이나 빤히 쳐다보았다.

"안녕, 태엽 감는 새 아저씨. 언젠가 또 봐요."

그리고 열흘 정도 지나자 빈집은 완전히 철거되었다. 그곳은 그저 평평한 공터가 되고 말았다. 집은 거짓말처럼 흔적도 없이 사라졌고, 우물 역시 흔적도 없이 메워졌다. 마당의 풀과 나무는 뽑혀나가고, 새의 석상도 어디론가 사라지고 말았다. 보나마나 어딘가에 버려졌을 것이다. 새로서는 그 편이 좋았는지도 모른다. 골목과 마당을 가르고 있던 간단한 울타리도 사라지고, 그 자리에 안을 들여다볼 수 없는 높이의 튼튼한 널담이 새로 생겼다.

10월 중순, 어느 오후의 일이었다. 나는 구립 수영장에서 혼자 수영하다가 환영 같은 것을 보았다. 그 수영장에는 늘 배경 음악이 흐르는데, 그때 들린 곡은 프랭크 시나트라의 「드림」과 「리틀 걸 블루」 같은 옛날 노래였다. 나는 그런 노래들을 무심히 들으면서 25미터를 천천히 몇 번이나 왕복했다. 그러다 환영을 본 것이다. 또는 계시 같은 것을.

문득 돌아보았을 때, 나는 거대한 우물 속에 있었다. 내가 수영하고 있는 곳은 구립 수영장이 아니라 그 우물 속이었다. 몸을 에워싼 물은 무겁고 끈끈하고, 또 따뜻했다. 거기에서도 나는 외톨이였고, 사방에서 들리는 물소리는 평소와는 다르게 묘하게 울렸다. 나는 수영을 하다 말고, 가만히 물에 떠서 천천히 사방을 돌아보고, 그리고 드러누워 머리 위를 올려다보았다. 물의 부력 때문에 아무 어려움 없이 떠 있을 수 있었다. 주위는 깊은 어둠에 싸여 있고, 바로 위로는 동그랗고 깔끔하게 도려내진 하늘이 보일 뿐이었다. 하지만 신기하게도 무섭지 않았다. 여기에 우물이 있고, 그 속에 지금 이렇게 내가 떠 있다는 것이 아주 자연스럽게 생각되었다. 지금까지 그걸 몰랐다는 것이 오히려 놀라웠다. 그것은 세계에 있는 모든 우물의 하나이고, 나는 세계에 있는 모든 나의 하나였다.

동그랗게 도려내진 하늘에는 마치 우주 자체가 자잘한 조각이 되어 튄 것처럼, 무수한 별이 선명하게 빛나고 있었다. 암흑이 겹겹이 쌓인 어두운 천장에, 별들이 소리 없이 날카로운 빛의 송곳을 곧추세우고 있었다. 그리고 나는 우물 위로 부는 바람 소리를 들을 수 있었다. 그 바람 속에서 누군가가 누군가를 부르는 목소리를 들을 수 있었다. 아주 오래전에 어디선가 들은 적이 있는 목소리였다. 나도 그 목소리를 향해 뭐라고 말하고 싶었지만, 목소리가 나오지 않았다. 아마 내 목소리는 그 세계의 공기를 진동하게 할 수 없는 것이리라.

우물은 어마어마하게 깊었다. 가만히 입구를 올려다보니, 나도 모르게 머릿속에서 상하 위치가 역전되어 마치 높은 굴뚝 꼭대기에서 똑바로 아래를 내려다보고 있는 듯한 느낌이 들었다. 하지만 나는 정말 오랜만에 차분하고 편안한 기분일 수 있었다. 나는 물속에서 천천히 팔다리를 뻗고, 크게 몇 번 숨을 쉬었다. 내 몸이 안쪽에서부터 따뜻해지고, 마치 무언가가 살며시 밑에서 받쳐 주는 것처럼 가벼워졌다. 뭔가가 나를 감싸고, 받쳐 주고, 지켜 주고 있는 것이다.

그리고 얼마나 시간이 흘렀을까, 마침내 소리도 없이 날이 밝아왔다. 원주의 가장자리를 따라 나타난 희붐한 보라색 빛의 줄기가 색감을 바꿔 가면서 천천히 영역을 넓혀 가고, 별들은 반대로 그 빛을 잃어 갔다. 몇몇 밝은 별이 하늘 한구석에 한참 남아 있었지만, 결국은 색이 탁하게 흐려지면서 지워지고 말았다. 나는 무거운 물에 뜬 채, 태양의 모습을 가만히 바라본다. 눈이 부시지는 않다. 마치 짙은 선글라스를 끼고 있는 것처럼, 어떤 힘이 태양의 뜨거운 빛으로

부터 내 두 눈을 지켜 주고 있다.

잠시 후, 태양이 우물 바로 위로 올라왔을 때, 그 거대한 구체에 희미하지만 명확한 변화가 생긴다. 그에 앞서, 마치 시간의 축이 푸르르 크게 몸을 떨듯 기묘한 순간이 찾아온다. 나는 숨을 멈추고, 눈에 힘을 주고, 앞으로 무슨 일이 생기려는지 지켜보려고 한다. 마침내 태양의 오른쪽 구석에 마치 멍처럼 검은 얼룩 반점이 나타나는 것이 보인다. 그리고 그 조그만 얼룩 반점은, 조금 전에 새로 태어난 태양이 밤의 어둠을 침식했던 것처럼, 조금씩 조금씩 태양의 빛을 깎아들어 간다. 일식이라고 나는 생각했다. 내 눈앞에서 지금 일식이 진행되고 있다.

하지만 그것은 정확한 의미의 일식은 아니다. 왜냐하면 검은 반점은 태양의 거의 절반을 덮은 지점에서 그대로 침식을 중단했기 때문이다. 그리고 그 반점은 통상적인 일식에서 보이는 또렷하고 깔끔한 윤곽을 지니고 있지 않았다. 그것은 일식이라는 형태를 가장하고 있지만, 실제로는 일식이라 할 수 없는 것이었다. 그렇다고 그 현상을 과연 어떤 이름으로 불러야 할지, 나는 도무지 알지 못한다. 로르샤흐 테스트를 받을 때처럼, 나는 눈을 찡그리고 그 반점의 형태 속에서 어떤 의미 같은 것을 읽어 내려고 시도한다. 그러나 그것은 형태이면서 형태가 아니고, 그 무엇이면서 아무것도 아니었다. 그 형태를 눈여겨 바라보자, 나는 자신이라는 존재를 점차 자신할 수 없어졌다. 나는 몇 번이나 심호흡을 해 심장의 요동을 가다듬은 후, 무거운 물속에서 천천히 손가락을 움직여, 어둠 속에 있는 나 자신을 다시 한번 확인한다. 괜찮아, 틀림없이 있어. 틀림없이 나는 여기 있다. 여기는 구립 수영장이며 우물 속이고, 나는 일식이며 일식이 아닌 것을 목격하고 있다.

나는 눈을 감는다. 눈을 감자, 저 멀리에서 웅얼거리는 소리가 들려 왔다. 처음에 그 소리는, 들릴까 말까 할 만큼 희미한 소리였다. 벽을 통해 들려오는 사람들의 확실치 않은 얘기 소리처럼. 그러다 마침내, 마치 라디오의 주파수를 맞출 때처럼, 소리가 조금씩 뚜렷한 윤곽을 지녀 간다. 좋은 뉴스는 조그만 소리로 말해집니다, 하고 과거 가노 크레타였던 여자는 말한다. 나는 의식을 집중하고, 귀를 기울여 그 말을 들으려고 한다. 그러나 그것은 사람의 목소리가 아니다. 몇 마리 말이 뒤섞여 우는 소리다. 말들은 그 어둠 속 어느 장소에서 무언가에 흥분한 것처럼 날카롭게 울어 대고, 코를 힝힝거리고, 발로 지면을 강하게 차고 있었다. 그들은 다양한 소리와 절박한 몸짓으로 내게 어떤 메시지를 보내려는 것 같았다. 하지만 나는 잘 모른다. 대체 왜 이런 곳에 말이 있는 것일까? 그리고 그들은 내게 뭘 전하려 저리 발버둥

치는 것일까?

짐작조차 가지 않는다. 눈을 감은 채, 나는 거기에 있을 말들의 모습을 떠올리려 한다. 내가 떠올릴 수 있는 말들은 모두 마구간 안에 있고, 지푸라기 위에 누워 하얀 거품을 입에 물고 버둥거리고 있다. 무언가가 그들을 몹시 고통스럽게 하고 있다.

나는 일식 때면 죽어 간다는 말 얘기를 퍼뜩 떠올린다. 일식이 말들을 죽이는 것이다. 나는 그 얘기를 신문에서 읽고 구미코에게 들려 주었다. 구미코가 밤늦게 들어왔고, 내가 저녁을 버렸던 그 밤의 일이다. 말들은 깎여 가는 태양 아래에서 혼란에 빠지고 두려워한다. 그리고 그들 중 몇 마리는 지금 실제로 죽어 가고 있다.

눈을 뜨자, 태양은 사라지고 없었다. 거기에는 이미 아무 것도 존재하지 않았다. 원의 형태로 깔끔하게 구분된 허공이 머리 위에 떠 있을 뿐이다. 지금은 침묵이 우물 속을 뒤덮고 있다. 그 침묵은 사방에 있는 모든 것을 빨아들이고 말 것처럼 깊고, 짙다. 나는 마침내 숨이 갑갑해져, 가슴 한가득 숨을 들이쉰다. 그리고 그 안에서 무슨 냄새를 맡는다. 꽃향기다. 대량의 꽃이 어둠 속에서 뿜어내는 요염한 냄새다. 그러나 그 냄새는 마치 억지로 찢겨 나간 꿈의 흔적처럼 허망하다. 다음 순간, 나의 폐 속에서 그 냄새는 강력한 촉매라도 얻은 것처럼 통렬하고 격하게 증식해 간다. 꽃가루의 자잘한 바늘이 내 목구멍과 콧구멍과 몸의 안쪽을 찌른다.

208호실의 어둠 속에 떠다녔던 냄새와 똑같다, 하고 나는 생각한다. 테이블에 놓인 커다란 꽃병, 거기에 담긴 꽃. 잔에 따른 스카치위스키의 냄새도 미미하게 섞여 있다. 그리고 그 기묘한 전화 속 여자 — "당신에게는 치명적인 사각지대가 있어." 나는 반사적으로 사방을 돌아본다. 깊은 어둠 속에는 그 무엇의 모습도 보이지 않는다. 하지만 나는 확실하게 느낀다. 조금 전까지 여기에 있었지만, 지금은 이미 없는 것의 기척. 그녀는 아주 잠깐, 나와 어둠을 공유하고, 그 존재의 표시로 꽃향기를 뒤에 남기고 사라졌다.

나는 숨을 멈춘 채 조용히 물 위에 떠 있다. 물은 나의 몸무게를 계속 받쳐 주고 있다. 마치 나라는 존재를 암암리에 격려하듯이. 나는 가슴 위에서 두 손을 마주 잡는다. 나는 다시 한번 눈을 감고 의식을 집중한다. 심장이 뛰는 생생한 소리가 귓가에서 들린다. 그것은 다른 누군가의 심장 소리처럼 들린다. 하지만 그것은 나의 심장 소리다. 내 심장 소리가 어딘가 다른 장소에서 들려올 뿐이다. 당신 안에는 치명적인 사각지대가 있어, 하고 그녀는 말했다.

그렇다, 내게는 어딘지 모를 치명적인 사각이 있다.

나는 무언가를 놓치고 있다.

그녀는 내가 잘 아는 누군가이다.

그러고서 나는 무언가가 휙 뒤집히듯, 모든 것을 이해한다. 모든 것이 한순간에 환히 드러난다. 그 빛 아래에서 모든 것은 너무도 선명하고 간결했다. 나는 짧게 숨을 들이쉬고, 천천히 토해 낸다. 토해 내는 숨은 마치 불에 탄 돌처럼 딱딱하고, 뜨겁다. 틀림없다. 그 여자는 구미코였다. 왜 지금까지 알아차리지 못했을까. 나는 물속에서 마구 고개를 저었다. 생각해 보면 뻔한 일이 아닌가. 그야말로 뻔한 일이다. 구미코는 그 기묘한 방 안에서 나를 향해서 죽을힘을 다해 오직 하나의 메시지를 보내고 있었다. '내 이름을 찾아 줘.' 하고.

구미코는 그 캄캄한 방에 갇힌 채, 거기서 구조되기를 바랐다. 그리고 그녀를 구해 낼 수 있는 사람은 나 말고는 아무도 없었다. 이 넓은 세상에 오직 내게만 그럴 자격이 있었다. 왜냐하면 나는 구미코를 사랑하고, 구미코 역시 나를 사랑하기 때문이다. 그리고 만약 그 시점에서 그녀의 이름을 찾기만 했더라면, 거기에 숨겨진 어떤 방법을 사용해서 구미코를 어둠의 세계에서 구해 낼 수 있었을 것이다. 하지만 나는 그것을 찾지 못했다. 그런 데다 나는 그녀가 나를 부르는 전화벨 소리까지 묵살하고 말았다. 그런 기회가 앞으로 두 번 다시 없을지도 모르는데.

한참이 지나자 몸이 부들부들 떨리는 흥분이 조용히 잦

아들고, 그 대신 공포가 소리도 없이 밀려왔다. 주위의 물이 갑자기 차가워지고, 해파리처럼 끈적거리는 이상한 모양의 물체가 내 주위를 에워쌌다. 귓속에서, 심장이 뛰는 소리가 커다랗게 울렸다. 나는 자신이 그 방에서 본 것을 알알이 떠올릴 수 있었다. 누군가가 문을 두드리는 딱딱하고 건조한 소리가 아직도 귀에 선명했고, 복도의 불빛을 받아 순간적으로 하얗게 빛났던 나이프는 지금도 소름이 돋을 만큼 생생했다. 그것들은 아마 구미코라는 인간의 어딘가에 숨겨진 광경이었을 것이다. 그리고 그 캄캄한 방은 구미코 자신이 껴안고 있는 어둠의 영역이었다. 침을 삼키자, 텅 빈 공간을 밖에서 두드리는 듯한 소리가 커다랗게, 허망하게 울렸다. 나는 그 공동을 두려워하는 동시에 그 공동을 채우려 하는 것을 두려워했다.

　마침내 그 공포도 밀려왔을 때와 똑같이 훌쩍 어딘가로 물러갔다. 나는 얼어붙은 숨을 천천히 폐 밖으로 밀어내고, 새로운 공기를 들이쉬었다. 주위의 물이 조금씩 온기를 되찾아 가고, 덩달아 몸속 깊은 곳에서 기쁨과 비슷한 생생한 감정이 솟아오르는 것을 느낄 수 있었다. 구미코는 내게, 두 번 다시 당신을 만나는 일은 없을 것이라고 했다. 왜 그랬는지는 모르지만, 구미코는 느닷없이, 단호하게 내 곁을 떠났다. 하지만 그녀가 나를 버린 것은 절대 아니었다. 버리기는 커녕 그녀는 사실 나를 절실하게 필요로 했고, 간절하게 원했다. 다만 어떤 이유로 그렇다는 말을 할 수 없었다. 그래서 이런저런 방법으로, 다양하게 형태를 바꿔 가며, 내게 커다란 비밀 같은 것을 필사적으로 전하려 했던 것이다.

그렇게 생각하자, 가슴이 뜨거워졌다. 지금까지 내 안에 얼어붙어 있던 몇 가지가 무너지고 녹아내리는 것을 느낄 수 있었다. 수많은 기억과 생각과 감촉이 하나가 되어 밀려와, 내 안에 있던 감정의 덩어리 같은 것을 떠밀어 냈다. 녹아내리고 떠밀려 간 것은 소리 없이 물과 섞여, 어둠 속에서 내 몸을 얇은 막으로 부드럽게 감쌌다. 그것은 거기에 있다, 하고 나는 생각했다. 그것은 거기에 있고, 내가 손 내밀어 주기를 기다리고 있다. 시간이 얼마나 걸릴지는 알 수 없다. 얼마나 큰 힘이 필요한지도 모른다. 그러나 나는 버텨야 한다. 그리고 그 세계를 향해 손을 내밀기 위한 수단을 찾아내야 한다. 그것이 내가 해야 할 일이다. 기다려야만 할 때는 반드시 기다려야 한다, 그것은 혼다 씨가 한 말이었다.

묵직한 물소리가 들렸다. 누군가가 물고기처럼 스륵스륵 다가왔다. 그리고 우람한 팔이 내 몸을 껴안았다. 수영장의 감시원이었다. 나는 지금까지 그와 몇 번 대화를 나눈 적이 있다.

"괜찮으세요?" 하고 그가 내게 물었다.

"괜찮습니다." 하고 나는 말했다.

그곳은 이제 그 거대한 우물 속이 아니라 25미터 길이의 구립 수영장이었다. 소독약 냄새와 천장에 반사되는 물소리가 한순간에 내 의식으로 돌아왔다. 풀 사이드에 사람이 몇명 서서, 무슨 일인가 하고 내 쪽을 쳐다보고 있었다. 나는 갑자기 다리가 저렸다고 감시원에게 설명했다. 그래서 물에 그냥 떠 있었다고. 감시원은 나를 수영장에서 끌어올리고는, 잠시 쉬는 편이 좋겠다고 말했다. "고맙습니다." 하고 나는 그에게 말했다.

나는 풀 사이드의 벽에 기대고 앉아, 살며시 눈을 감았다. 내 안에는 그 환영이 빚은 행복한 감촉이 아직 양지바른 곳처럼 남아 있었다. 그리고 나는 그 햇볕 속에서 생각했다. 그것은 거기에 있다, 하고. 모든 것이 내 손에서 떨어져 나간 것은 아니다. 모든 것이 어둠 속으로 쫓겨 간 것은 아니다. 거기에는 아직 무언가가, 따스하고 아름답고 귀중한 것이 분명하게 남아 있다, 그것은 거기에 있다. 나는 이제 알 수 있다.

어쩌면 내가 질지도 모른다. 나는 소실되고 말지도 모른다. 아무것도 이루지 못할 수도 있다. 죽을힘을 다했지만, 이미 모든 것이 돌이킬 수 없을 정도로 훼손된 다음일지도 모른다. 나는 그저 폐허에서 시커먼 재를 허망하게 움켜쥐고 있을 뿐인데, 그것을 나만 모르고 있는지도 모른다. 내 쪽에 돈을 거는 사람은 이 주위에는 아무도 없을지도 모른다. "상관없어." 하고 나는 조그맣게, 그러나 단호한 목소리로 거기에 있는 누군가를 향해 말했다. "이 말만은 할 수 있어. 적어도 내게는 기다려야 할 것이 있고, 찾아야 할 것이 있어."

그리고 나는 숨을 죽이고, 가만히 귀를 기울인다. 그리고 거기에 있을 조그만 목소리를 들으려고 한다. 물방울이 튀는 소리와 음악과 사람들의 웃음소리 너머에서, 내 귀는 그 소리 없는 희미한 울림을 듣는다. 거기에서 누군가가 누군가를 부르고 있다. 누군가가 누군가를 찾고 있다. 목소리가 아닌 목소리로. 말이 아닌 말로.

(3권 「새 잡이 사내」로 이어짐)

옮긴이 김난주

1987년 쇼와 여자대학에서 일본 근대문학 석사 학위를 취득했고, 이후 오오쓰마 여자대학과 도쿄 대학에서 일본 근대문학을 연구했다. 현재 대표적인 일본 문학 전문 번역가로 활동하며 다수의 일본 문학 및 베스트셀러 작품을 번역했다.

옮긴 책으로 무라카미 하루키의 『일각수의 꿈』, 『바람의 노래를 들어라』, 『포트레이트 인 재즈』, 『코끼리 공장의 해피엔드』, 『밸런타인데이의 무말랭이』, 『세일러복을 입은 연필』, 『해 뜨는 나라의 공장』, 『쿨하고 와일드한 백일몽』, 요시모토 바나나의 『키친』, 『하드보일드 하드럭』, 『하치의 마지막 연인』, 『암리타』, 『티티새』, 『막다른 골목의 추억』 등과 『겐지 이야기』, 『모래의 여자』, 『기린의 날개』, 『천공의 벌』 등이 있다.

태엽 감는 새 연대기 2 — 예언하는 새

1판 1쇄 펴냄 2018년 12월 10일
2판 1쇄 펴냄 2018년 12월 13일
2판 7쇄 펴냄 2023년 5월 31일

지은이   무라카미 하루키
옮긴이   김난주
발행인   박근섭·박상준
펴낸곳   (주)민음사

출판등록 1966. 5. 19. 제16-490호
주소 서울특별시 강남구 도산대로1길 62(신사동)
강남출판문화센터 5층 (우편번호 06027)
대표전화 02-515-2000 | 팩시밀리 02-515-2007
홈페이지 www.minumsa.com

한국어 판 ⓒ(주)민음사, 2018. Printed in Seoul, Korea

ISBN 978-89-374-3934-6 (04830)
ISBN 978-89-374-3932-2 (04830) (세트)

* 잘못 만들어진 책은 구입처에서 교환해 드립니다.